厉鹗 的

文学思想和诗词创作

Li E de Wenxue Sixiang he
Shici Chuangzuo

王小恒　著

中国社会科学出版社

图书在版编目（CIP）数据

厉鹗的文学思想和诗词创作 / 王小恒著 . —北京：中国社会科学
出版社，2018.8（2019.7 重印）

ISBN 978 – 7 – 5203 – 2552 – 3

Ⅰ. ①厉… Ⅱ. ①王… Ⅲ. ①厉鹗（1692 – 1752）—
文学思想—研究②厉鹗（1692 – 1752）—诗歌研究

Ⅳ. ①I209.49②I207.227.49

中国版本图书馆 CIP 数据核字（2018）第 108995 号

出 版 人	赵剑英	
责任编辑	耿晓明	
责任校对	石春梅	
责任印制	李寡寡	

出 版	中国社会科学出版社	
社 址	北京鼓楼西大街甲 158 号	
邮 编	100720	
网 址	http://www.csspw.cn	
发 行 部	010 – 84083685	
门 市 部	010 – 84029450	
经 销	新华书店及其他书店	

印刷装订	北京君升印刷有限公司
版 次	2018 年 8 月第 1 版
印 次	2019 年 7 月第 2 次印刷

开 本	710×1000 1/16
印 张	16.5
字 数	252 千字
定 价	58.00 元

凡购买中国社会科学出版社图书，如有质量问题请与本社营销中心联系调换
电话：010 – 84083683

自 序

此稿成于十余年以前，写得还比较稚嫩，然古人敝帚自珍之意，不忍舍之。今于文后附以已发表旧文数篇，有与恩师张兵先生合作三篇，以及独立撰写一两篇，合为一书出版，承载一段足迹，记录一段历程，也留下一段心路。

以厉鹗为"职志"的清代中期浙派诗人群体，在整个中国诗史上，只不过是惊鸿一瞥，难以引起人们注意；在目前已经出版的有代表性的中国文学史著中，至多亦不过寥寥数行。值得注意的是严迪昌、朱则杰二先生的《清诗史》以及刘世南先生的《清诗流派史》，于浙派诗人群体设专章介绍。又有张仲谋教授的《清代文化与浙派诗》，若不是笔者孤陋寡闻的话，此著堪称目前研究浙派诗的唯一专书，而这书已经出版20年了。前人筚路蓝缕之功不可磨灭，此种情形恰如厉鹗在《宋诗纪事自序》中所说的那样，宋诗"迄今流传者仅数百家，即名公巨手，亦多散佚无存，江湖林薮之士，谁复发其幽光"？三百年而后，我辈翻检浙派诸多诗人诗文集，感慨正复如此！就是作为此派领袖的厉鹗，至今尚无专书加以介绍。我书不足道，愿为引玉之砖！

以厉鹗为宗主的浙派士人，生前不屑仕进，功名不彰。生活于清代中期这样一个极度专制与文化牢笼之时代，不但是时代的悲哀，更为士人的不幸！此时正是文字狱案极度肆虐之时，心中纵有无限悲酸，亦不敢斑斑显言。这使得此派诗人在创作风格上产生了一种奇妙的反弹：心中江河激荡，流于文字反而波澜不惊，甚至干枯无奇。这点早为同时人所訾议。然而当我们综合审视浙派诗人诗文集的时候，往往会有一种了然于心、心照不宣之感。浙派诗人摄于王朝之威，在貌似平淡无奇的语言间建立了一套彼此心意相通的暗语系统。想想厉鹗友人王豫横遭文字狱案牵连入狱，其妻弟姚世钰日夜惊惧，厉鹗与王豫、姚世钰交谊均非泛泛，此时他正流连于杭、扬间，表面上看，人如平素，诗仍惯常，但真的是这样吗？

"知人论世"的说法由来已久。对于浙派诗人来讲，诗歌创作实为第二层面的事情了。据目前可以考索的文献资料，可以肯定属于浙派诗人群成员的几有百人之多。这是一个表面看起来十分松散的群体，有悖于向来对于诗歌流派认为创作倾向、创作风格等为基本判定因素的看法，这一诗人群体其实尊尚宋调者固比比皆是，追步唐音者也不乏其人，折中唐宋并不鲜见，自抒性情、不问尊尚的也大有人在。诗学尊尚如此迥异的这一群体，是靠什么走到一起来，结成深厚的情谊，以至于两三日不见，辄"相思不已"，书信往还，靠的是相同或相近的人格与价值取向。借用目下一句流行语：这是一群"三观"十分接近的人。不管他们来自何种背景，曾经有过何种跌宕起伏的人生，现在他们聚首一处，没有尊卑高下之分，谈诗论艺，切磋学问，隐然是风雨时世中自成一体的群落。因此，对于浙派诗人群体研究来说，其诗实为其人的佐证，人第一，诗第二。这里丝毫没有忽视浙派诗歌创作独立价值的意思，笔者想说：研究浙派诗人群体，应以其诗印证其人，深入了解并理解其人之后，对其诗才可能有准确客观的评论。否则，在对于浙派诗歌创作的评价上，则可能隔靴搔痒，流于表面化。

为了对于浙派诗人群体有一个全面的研究，对其在清代诗史上的地位有一个准确的定位，此派宗主厉鹗是一把"钥匙"，加以较为全面研究首当其冲。十余年过去了，在此书之后，六十万字《清代中期浙派诗人集群研究》也已成稿。其中甘苦，冷暖自知。虽然，笔者的浙派研究尚"在路上"，笔者的理想状态是打通浙派诗群初期、中期、末期研究，成一《浙派诗人群体流变史》，则不枉"以码字讨生活"之名矣。

王小恒

丁酉冬月于涪州

目　　录

引　论

一　厉鹗与浙派

江浙地区在明清两代被视为人文渊薮，事实上，两宋时期的江浙文化就极为辉煌。南宋时期的以陈亮、叶适为代表的注重践行、倡言事功的学术思潮，可以说对以黄宗羲为代表的"蕺山学派"和由他开创的"浙东学派"而言具有先导意义。黄宗羲由于其所持的文学观念及在明清之际对浙地文人的巨大影响，被视为清代诗歌流派——浙派的鼻祖。

但是"浙派"这一概念的提出，可以上溯至宋代。宋代以来，浙地文人画非常兴盛。到了明初，以戴进等人为首的作为绘画流派的"浙派"在杭州出现。这在当时以及后来，不但对绘画本身，而且对文学等各种艺术门类都产生了重大影响，如与厉鹗同时的丁敬，直接受此画风影响，创立浙派印学，成为印学一代宗师。作为清代诗歌流派的"浙派"概念的提出，据现有材料显示，应推袁枚，他说："吾乡诗有浙派，好用替代字，盖始于宋人而成于厉樊榭。"① 这里，需要指出的是，从绘画"浙派"到诗歌"浙派"的衍移变迁，不仅仅是时代和艺术门类的差别，更为重要的是，前者重在地域，后者重在诗歌风格接近及人格追求的气味相投、惺惺相惜（尽管浙派诗人绝大多数是浙地人）。

由此，又需要对所谓狭义的浙派和广义的浙派略加辨析。所谓狭

---

① 袁枚著，顾学颉点校：《随园诗话》卷九《八三》，人民文学出版社1982年版，第320页。

义的浙派也即袁枚所讲的"浙派",也就是清代雍、乾时期以厉鹗为职志的杭州诗人群。狭义的浙派是一个非常典型的诗歌流派,这个诗派成员联系非常紧密,相当一部分私谊甚厚,其创作宗旨与作品风格极为相似,他们经常进行规模大小不等的唱和活动,检诸人诗集,"联句诗"一体是他们诗歌唱和频繁使用的方式。而广义的"浙派"则指贯穿清代前中期、下开清中期的桐城诗派和近代的宋诗派的这样一个诗歌流派,以厉鹗为代表的浙派只是广义浙派产生到发展的一个特定阶段。毫无疑问,以厉鹗为灵魂的浙派把广义浙派作为一个诗歌流派的主要特征都典型、充分地表现出来了。狭义浙派作为一个绵延近百年、诗人百余人的诗派,在中国诗史上堪称最大的诗派之一,总体上研究它有不少的障碍和困难,具体地说,浙派诗人大多数是布衣人士、草根阶层,在野色彩极浓。生前困顿,身后凄凉,诗集难以付梓,印出后又不受重视,失传残缺者不在少数,不少浙派诗人在诗史上面目相当模糊,这些都构成了研究上的困难。因此,较全面地研究作为狭义浙派灵魂的厉鹗是进一步认识浙派的基础,本研究所指"浙派",如无特别说明,均指狭义浙派。至于厉鹗与浙派的关系,上文已略有所及,下文还将大量涉及。在清代就已经有了"厉派"这样一个说法,因此不论从人格上,还是从学术研究、文学创作上,厉鹗都极具代表性和示范性。

二 厉鹗研究小史

厉鹗作为浙派的灵魂和宗师,从其步入诗坛至今 300 多年来,人们对他关注和研究的深度与广度实难与他在清代诗史上的实际地位相匹配。这样一种不匹配固然与厉鹗的人格追求与布衣身份有直接关系,但如果只强调这一点,从文学史研究的角度看,就难以保证研究的客观性。纵观厉鹗研究的历史进程,相对集中的时期当在其生前及稍后;而繁荣期则在 20 世纪 90 年代前后,这里拟分三阶段略述之。

(一)身前至 1911 年:活跃期

这时期对厉鹗进行评价的"官方语言"见于《四库全书总目》《国史·文苑传》《清史列传》《杭州府志·文苑传》等。这些评价对厉鹗其人其诗作了简要的评价。《四库全书总目》称厉鹗"生平博洽群书，尤熟于宋事"，称其诗"吐属娴雅，有修洁自喜之致"①，《清史列传》则评厉鹗"性孤峭，不苟合"，其诗"幽新隽妙，刻琢研炼"②，而《国史·文苑传》《杭州府志·文苑传》也大率类此。

较早对厉鹗的诗史地位和诗词创作作出评价的是厉鹗的一批挚友。检《樊榭山房集》附录二"挽词"作者共二十九人③，这些挽词是厉鹗研究极为珍贵的第一手材料。它之所以珍贵，其一是因为它是感性的，最接近原生态；其二是这些挽词作者绝大多数都是厉鹗生前至交，相濡以沫、相夕共处，最了解厉鹗，因而也最有发言权（当然也可能有溢美之词）。然而综合考查雍、乾诗坛实际情况，这些评价是恰当的，现举几例说明。

马曰琯是厉鹗生前至交之一，他评厉鹗："年来吟社半凋零，胡后唐前失典型。寒鉴楼空小师死，招魂又复酹寒厅"，尊崇、痛惜之情溢于言表！闵华吊其"先生已是传千古，十卷诗词即子孙"（按，厉鹗一生无子）；杭世骏是雍、乾时期的著名学者和诗人，也是厉鹗至交，他评厉鹗逝去为"清词坠响文堂寂，瘦影飘空野寺昏"，"等身著作凭公论，住世风华付凤因"。陈章更把厉鹗逝去喻为"宄山潮莫争消长，学海文江一夕干"④。程梦星作为韩江吟社中人，厉鹗生前与其多有唱和，程的挽词曰："诗才疑鬼复疑仙，落拓人间六十年。"惊慕之意也不可遏止！而陈章的另一首挽诗可谓厉鹗一生文学活动与地位的总结：

> 邗江诗社迭为宾，凭仗君扶大雅轮。
> 翡翠鲸鱼皆有得，敦槃无复主盟人。

这时期，较为集中地研究和评价厉鹗的，当推袁枚。袁枚运用诗

---

① 永瑢等：《四库全书总目》卷一七三，中华书局1965年版，第1529页。
② 王钟翰点校：《清史列传》卷七二《文苑传二》，中华书局1987年版，第5833页。
③ 厉鹗：《樊榭山房集》附录二《挽词》，上海古籍出版社1992年版。
④ 同上。

话形式点评诗人及诗歌，在当时就产生了重大影响。其中，厉鹗及其浙派是袁枚关注的一大焦点。首先是作为诗歌流派概念的正式提出就始于袁枚。后来朱庭珍《筱园诗话》、李慈铭《越缦堂读书记》皆沿用此说，因而"浙派"遂为一专用名词。其次袁枚还评论浙派及厉鹗，《仿元遗山论诗》之"厉樊榭"云："小雅才兼大雅才，僧虔用典出新裁。幽怀妙笔风人旨，浙派如何学得来。"① 袁枚对以厉鹗为首的浙派总体上持肯定态度，但对其好用典故替字也有所批评。另外，沈德潜《清诗别裁集》、王昶《蒲褐山房诗话》、李既汸《鹤征后录》、杭世骏《词科掌录》对其诗文也屡加评述。

传记年谱方面，撰有《厉樊榭墓碣铭》的全祖望是与厉鹗同时的经史大家以及浙东学派在这一时期的重要代表。《厉樊榭墓碣铭》历述厉鹗生平、性情、著述，相当全面，故而向被厉鹗研究者目为重要文献，广为征引。其他涉及厉鹗生平的研究著作尚有钱仪吉编《碑传集》，李桓纂《国朝耆献类征初编》，李元度撰《国朝先正事略》，张维屏撰《国朝诗人征略初编》，王昶撰《湖海诗人小传》，陶湘撰《昭代名人尺牍小传》，杭世骏撰《词科掌录》《词科余话》，钱林辑、王藻编《文献征存录》，等等，限于篇幅，这里不一一评述。年谱之著有朱文藻撰、缪荃孙重订的《厉樊榭先生年谱》（以下简称朱谱）。这些文献为全面研究厉鹗生平提供了一个初步而重要的依据。另据来新夏《近三百年人物年谱知见录》载，梁启超有《厉樊榭年谱》一卷，但两检《梁启超全集》及其他相关文献资料，惜未见。

这时期，厉鹗别集的整理出版也成绩颇丰。《樊榭山房集》主要有三类，第一类是乾隆本，分两种：乾隆四年（1739）本，系厉鹗生前原刊；乾隆四十三年（1778）本，是后来人用乾隆四年本翻印的，因而乾隆本都只收诗集十八卷。第二类是道光二十八年（1848）蒋刻本和光绪丁亥（1887）徐刻本，都只收了游仙诗和一部分词。

---

① 袁枚：《小仓山房诗集》卷二十七，王英志主编：《袁枚全集》，江苏古籍出版社1993年版，第595页。

第三类是光绪甲申年（1884）汪曾唯振绮堂本，这个版本有初刻本和补充本二种。这是目前最为完善的本子。因为补充本是在初刻原版基础上，增加"集外诗"自《题郭云日记真迹》以下共二十九首，又《集外文》一卷二十一篇，因而收录最为完备。现代流行的《四部丛刊》本及《国学基本丛书》本都是据此本影印和排印，可谓后来居上。另外，乾隆二十六年（1761），厉鹗从子绣周之友鲍廷博刻《游仙诗》三百首。乾隆三十四年（1779），汪沆刊樊榭《文集》八卷，都堪为称道。

附带指出，由于厉鹗作诗喜用典故，加之他学问极为广博，所以读者每每理解困难。有感于此，清代道光、咸丰之交的学者兼诗人董兆熊对厉鹗诗十六卷加以详注，实为有功于厉鹗研究。

（二）1912年至1979年：沉寂期

这一时期，由于时代大潮的风起云涌，厉鹗研究陷入沉寂。但也有一些成绩，值得珍视的是两部年谱之著。

首先是1936年商务印书馆出版的陆谦祉的《厉樊榭年谱》（铅印本，以下简称陆谱），不但在篇幅上较朱谱大为增加，而且补充了不少罕为人知的事迹及史实，显示了厉鹗研究在沉寂中仍有推进。另一部年谱之作是孙克宽编《厉樊榭年谱初稿》（《大陆杂志》1978年第6期），惜因在台湾出版，难以见到，想必较陆谱又有所增益。

生平传记的叙述，在这时期，尚有郑方坤的《清朝名家诗钞小传》，徐世昌的《清儒学案小传》，支伟成的《清代朴学大师列传》多有涉及，基本雷同而少新意，兹不赘述。

文献出版整理方面，这时期以清代光绪甲申汪氏振绮堂本为底本，影印或排印的《樊榭山房集》"四部丛刊本""国学基本丛书本""丛书集成初编本"有力地促进了厉鹗别集的流传与布扬，诚功不可没，这些本子为后来学者研究厉鹗打下坚实的文献基础。

（三）1980年至今：繁荣期

1980年以后，清诗研究从整体上开始复苏，但仍不尽如人意。学术界对厉鹗也有所关注，然而真正的繁荣是要到20世纪90年代以后。这时期厉鹗研究开始突破过去多生平研究、少涉及厉鹗文学创作的价值和意义的状况，开始把厉鹗及其创作放在清代文化的宏观视野中进行观照，并对厉鹗创作的特质进行了有意义的探索，取得了重大的进展和成果。

1980 年以后的三四年中，陆续出现了几篇专论厉鹗创作的论文。其中有陈有琴的《略谈厉鹗在西湖写的各体诗及其他》①、陈铭的《诗魔厉鹗和他的西湖泛月诗》②、杨海明的《从厉鹗的〈论词绝句〉看浙派词论一斑》③、朱则杰的《论厉鹗的诗》④，这些专题论文在新的时代条件下相对集中地出现，昭示了厉鹗研究新纪元的到来。同时，这些论文都相当中肯地对厉鹗作了评价，如杨海明《从厉鹗〈论词绝句〉看浙派词论一斑》一文，首先认为以诗论词应从厉鹗开始，然后分十二小节分别对厉鹗《论词绝句》进行笺评，最后把厉鹗词论主张归纳为四点：强调词的艺术性，"以婉约为正宗"；主"雅"黜俗；崇尚姜（夔）、张（炎）；重格律。同时也批评其词论"偏重艺术而比较忽视思想内容"⑤。

在上述几篇专论之后，厉鹗研究又有十年之久的消歇期。以 1994 年为界，厉鹗研究渐入佳境。1994 年至今，发表的专论厉鹗及其创作的论文十多篇，涉及厉鹗的文章著作更多。

刘世南《厉鹗与浙派》一文⑥，是这一阶段发表较早的文章。该文从"浙派的产生""厉鹗的诗论""厉鹗的诗""对浙派的评价"四个方面，力图对厉鹗及浙派作出恰当的评判。稍后发表的王英志的《厉鹗山水诗初探》一文⑦，也是对厉鹗诗歌创作进行探索的重要研究成果。在厉鹗词的研究方面，高建中的《略论樊榭词》⑧ 是一篇

---

① 陈友琴：《略谈厉鹗在西湖写的各体诗及其他》，《西湖》1980 年第 3 期。

② 陈铭：《诗魔厉鹗和他的西湖泛目诗》，《文化娱乐》1981 年第 4 期。

③ 杨海明：《从厉鹗〈论词绝句〉看浙派词论一斑》，《明清诗文研究丛刊》1982 年第 2 期。

④ 朱则杰：《论厉鹗的诗》，《杭州师院学报》1983 年第 3 期。

⑤ 杨海明：《从厉鹗〈论词绝句〉看浙派词论一斑》，《明清诗文研究丛刊》1982 年第 2 期。

⑥ 刘世南：《厉鹗与浙派》，《苏州大学学报》（哲学社会科学版）1994 年第 2 期。

⑦ 王英志：《厉鹗山水诗初探》，《吴中学刊》（社会科学版）1996 年第 4 期。

⑧ 高建中：《略论樊榭词》，《华东师范大学学报》（哲学社会科学版）1997 年第 2 期。

力作。①

真正标志着厉鹗研究繁荣期到来的首先是严迪昌的《清词史》和《清诗史》以及《谁翻旧事作新闻——杭州小山堂赵氏的"旷亭"情结与〈南宋杂事诗〉》②和《往事惊心叫断鸿——扬州马氏小玲珑山馆与雍、乾之际广陵文学集群》③等著(文)的出版与发表。这些著作与论文的价值首先是构建了一个研究清代诗词的总体思路。如严迪昌在剖析清诗发展演变规律时一针见血地指出,"清代诗史嬗变流程的特点是:不断消长继替过程中的'朝''野'离立。这是迥然有异于前明的复古与反复古态势的特定时空阶段的诗史景观"④。同时,对于贫寒憔悴的"草根阶层"所抱有的强烈同情以及热烈的赞扬,使诗史研究也别有意味地"著我之色"。对特定诗史的深重审视,对诗人诗心的感悟,对清代人文生态和文化生态的真切勾勒,对研究对象的情感寄托等,都大大超越了具体的研究,而上升为一种独特的方法与理念;再以此方法和理念为统领,将之贯彻到具体的研究中去,因而使枯燥的学术研究也闪耀着人性的光辉,熠熠夺目!

兹略举一例为证:向来对浙派和厉鹗创作的攻击集中在他们典故用得太多、太僻,如厉鹗等七人的《南宋杂事诗》701首,在用典方面可谓登峰造极。严迪昌在《谁翻旧事作新闻——杭州小山堂赵氏的"旷亭"情结与〈南宋杂事诗〉》一文中,透辟地分析了自康熙五十年(1711)至乾隆一朝,文网稠密,士人生存的社会、文化生态极为恶劣。在这个动辄遭祸的时代,文人们的人心和"诗心"都紧裹起来,不但作诗,就连赵氏"旷亭"这样的藏书楼都非常曲折地寄托着他们的心志,这也是他们唯一的选择。对此,严迪昌满怀信心地指出:"可以预期,《杂事诗》的能够合理的、符合史实解读之时,

---

① 张兵赞扬该文为"极有分量的论文",见张兵《清词研究二十年》,《甘肃社会科学》1999年第5期。

② 严迪昌:《谁翻旧事作新闻——杭州小山堂赵氏的"旷亭"情结与〈南宋杂事诗〉》,《文学遗产》2000年第6期。

③ 严迪昌:《往事惊心叫断鸿——扬州马氏小玲珑山馆与雍、乾之际广陵文学集群》,《文学遗产》2002年第4期。

④ 严迪昌:《清诗史》,浙江古籍出版社2002年版,第16页。

当是重新认辨以厉氏为代表并维系杭州、扬州、天津等地诸诗群的
'盛世'诗史另类真相的契机获得之日。那些堆垛在他们身上的诗学
陈说与机械反映论的指责必定可以进行一番清理。"① 同时，严迪昌
在这篇文章中认为，在文网高张的清中叶，《南宋杂事诗》能流传后
世，"诚为意外奇事"，原因在于厉鹗等人"于不厌其杂"的"小
道"，包括僻典、替字，情有独钟，并认为：惯用"小道也者，岂非
特定人生态中一种极佳之自处或群居形态？一种艺术地撑宽人文空间
的高妙手段？于是，能武断责难以厉鹗为'初祖'的浙派诗群专事
僻典，冷卧山水窟么？"由此，严迪昌的洞微知心的研究方式也显见
其深刻性与独特性。这样，对许多文学现象合理的诠释，对文学作品
的解读，令人信服，别具匠心。

厉鹗研究繁荣期到来的另一重要标志是张仲谋《清代文化与浙派
诗》② 的出版及田晓春博士论文《清代"盛世"布衣诗群研究》的完
成，这两部著作的研究对象都涉及厉鹗及其浙派成员，受到学术界好
评。另外，这一阶段，较系统地涉及研究厉鹗的文学思想的著作与论
文也可称盛。邬国平、王镇远合著的《中国文学批评通史（陆）·
清代卷》，方智范、邓乔彬、周圣伟、高建中等著《中国词学批评
史》，陈水云的《清代词学发展史论》，黄保真、蔡钟翔、成复旺的
《中国文学理论史》（四），丁放的《金元明清诗词理论史》，蒋哲伦、
傅蓉蓉的《中国诗学史·词学卷》，张健的《清代诗学研究》，王运
熙、顾易生主编的《中国文学批评史新编》等著作对厉鹗的词学和
诗学思想均有论述，但主要侧重在词学方面。另有一些论文也对厉鹗
的文学思想进行了探讨，如孙克强的《清代词学的雅俗之辨》③、程
继江的《论清代三大词派对辛词的接受与评价》④ 等文，虽不是专论

---

① 严迪昌：《谁翻旧事作新闻——杭州小山堂赵氏的"旷亭"情结与〈南宋杂事
诗〉》，《文学遗产》2000 年第 4 期。
② 关于张仲谋先生《清代文化与浙派诗》，张兵撰文（《文学遗产》1999 年第 2 期）
盛赞该著是"文化视野中的浙派诗歌流变史"。
③ 孙克强：《清代词学的雅俗之辨》，《学术月刊》2000 年第 6 期。
④ 程继江：《论清代三大词派对辛词的接受与评价》，《江西师范大学学报》（哲学社
会科学版）2002 年第 4 期。

厉鹗，但都把厉鹗放在更为广阔的文化环境里加以审视，表现出宏通的视野。

这时期，文献的整理出版方面，最大的贡献是 1992 年上海古籍出版社点校出版了厉鹗的《樊榭山房集》（清董兆熊注、陈九思标校），为厉鹗研究的进一步推进提供了文献基础。

2003 年以来至今，有一批关于厉鹗的研究成果问世，主要有田晓春《凭仗君扶大雅轮——从樊榭集外书札一通之考证论厉鹗在雍、乾诗坛的地位》①、张兵与王小恒《厉鹗与浙派诗学思想体系的重建》②《厉鹗与浙西词派词学理论的建构》③、《厉鹗扬州交游考略》④、何春环《风尘耻作吏，山水事幽讨——论厉鹗的人格特征及对其诗词风格论的影响》⑤、郑幸《丁敬与厉鹗交游考论》⑥、方盛良《清代士商互动之文化原生态个案考论——厉鹗与"小玲珑山馆"》⑦《樊榭词新论》⑧、王之望《佳词醇雅　笺助风流——略论查为仁、厉鹗的〈绝妙好词笺〉》⑨、夏飘飘《"唐宋互参论"辨——厉鹗"宗唐说"献疑》⑩、朱万曙《小玲珑山馆：一个"有意味"的文学空间》⑪、叶

---

① 田晓春：《凭仗君扶大雅轮——从樊榭集外书札一通之考证论厉鹗在雍、乾诗坛的地位》，《西北师大学报》（社会科学版）2004 年第 2 期。

② 张兵、王小恒：《厉鹗与浙派诗学思想体系的重建》，《文学遗产》2007 年第 1 期。

③ 张兵、王小恒：《厉鹗与浙西词派词学理论的建构》《西北师大学报》（社会科学版）2007 年第 5 期。

④ 张兵、王小恒：《厉鹗扬州交游考略》，《西北师大学报》（社会科学版）2008 年第 3 期。

⑤ 何春环：《风尘耻作吏，山水事幽讨——论厉鹗的人格特征及对其诗词风格论的影响》，《江淮论坛》2005 年第 3 期。

⑥ 郑幸《丁敬与厉鹗交游考论》，《浙江树人大学学报》2005 年第 5 期。

⑦ 方盛良：《清代士商互动之文化原生态个案考论——厉鹗与"小玲珑山馆"》，《文学评论》2007 年第 4 期。

⑧ 方盛良：《樊榭词新论》，《文学遗产》2007 年第 3 期。

⑨ 王之望：《佳词醇雅　笺助风流——略论查为仁、厉鹗的〈绝妙好词笺〉》，《广西社会科学》2009 年第 5 期。

⑩ 夏飘飘：《"唐宋互参论"辨——厉鹗"宗唐说"献疑》，《浙江学刊》2014 年第 4 期。

⑪ 朱万曙：《小玲珑山馆：一个"有意味"的文学空间》，《中国人民大学学报》2016 年第 6 期。

修成《厉鹗与水西庄查氏的文学交游及其意义》① 等文，这些论文从厉鹗的诗史地位、诗学思想、词学建构、活动平台、人格特征、学术撰著、交游网络等方面加以考索，显示了厉鹗研究的逐步迈向深入。其中，张兵、朱万曙、王小恒、方盛良、夏飘飘、郑幸等学者对厉鹗及其浙派予以持续关注，成果丰富。申屠青松的《厉鹗年谱长编》（浙江工商大学出版社，2016 年）更是厉鹗年谱的集成之作，尤堪注意。

　　以上是对厉鹗研究的一个简单回顾，厉鹗作为浙派宗师，在 20 世纪 90 年代以来相关研究虽取得了若干重要成绩，但与其在清代文学史甚至中国古代文学史上的地位还很不相称。浙派是清代诗歌研究的重要课题之一，厉鹗还是打开清中叶诗坛研究的一把钥匙。同时，前辈的研究大多集中在诗词，这似乎给人一个假象，似乎厉鹗在创作诗词之外，并无其他著述。这又是一大误解，事实上，厉鹗在创作了大量诗词之外，还有文、曲的创作，又是学问大家。而这些，还没有引起人们应有的重视与注意。作为本研究的重点之一，依据现有材料，试图对厉鹗及其创作进行较为全面、深入的探讨，力求还原一个真实的厉鹗形象。

---

① 叶修成：《厉鹗与水西庄查氏的文学交游及其意义》，《北京社会科学》2017 年第 4 期。

第一章　厉鹗的生平、思想与著述

第一节　厉鹗的生平

厉鹗是一个具有浓厚的"在野"色彩的著名学者兼文学家，观其一生，没有建立惊天动地的丰功伟业，也未亲历过惊涛骇浪般的政治事件，更没有担当天下的经世之志，对当时严酷的政治文化高压也没有作出过任何激烈甚或是明显的反抗。但是，厉鹗和他的浙派在当时的社会政治、经济、文化生态之下，属于极为特异的一个群体。这一群体隐然与王朝处于离心状态之中，尽管没有明显的反抗斗争，但这一群体的存在本身在号称"盛世"的雍、乾时代显得是那么不协调，甚至刺眼！作为以布衣为主体的清代中期浙派，其宗主厉鹗恐怕是这一时期著名的布衣之一。关于厉鹗的生平便从这里讲起。

清朝康熙三十一年（1692）五月初二日辰时，在浙江杭州城东东园的一个农家，一个男婴出生了，这家的女主人被称作何孺人，二十三岁得一子，自然欢天喜地。这个男婴就是后来的著名诗人和学者厉鹗，他字太鸿，又字雄飞，号樊榭、南湖花隐。从厉鹗的名字看，无论是他的家人还是他自己，都想让他有一番作为，然而不幸的是，他不但生活在极度专制的雍、乾时代，又出身于一个极度贫困的家庭。这两点可以说缠绕了厉鹗的一生，他不能脱离严酷的时代，更不能摆脱终身的贫穷。其实厉鹗的祖上曾居住在慈溪，后来迁到钱塘，也就是现在的杭州。他的祖父和父亲都是布衣，他在家里排行第二，兄名士泰，弟名子山。由于父亲去世早，长兄为父，士泰便担负起养活一家老小的重任，但只靠卖烟叶过活还是有困难。无奈之下，士泰便提出将厉鹗寄养到"僧寮"的动议，厉鹗"不可"，士泰只能作罢。①就在这样的贫困境遇之下，厉鹗一天天长大。到他十六岁时，即康熙四十六年（1707），厉鹗迎来了他一生中的第一个转折。这年，他结识乡里贤达杭可庵并从之游。这位可庵先生，便是后来成为大学者和大名士的杭世骏的父亲，厉鹗因此也与杭世骏成为终身不逆的挚友。在刻苦学习的同时，厉鹗还广泛出游，增长见识，在这两种因素的交织影响之下，厉鹗在十九岁时就写出了非同凡响的《游仙百咏》，初步显示了他特殊的文学才能和高超的想象力。在诗中，厉鹗似乎对当时现实有所不满，但又无可奈何，只能仿古人诗体，来抒发自己的感愤。在以后的岁月里，他又连续写了《续游仙百咏》《再续游仙百咏》，这样，《游仙百咏》共三百首，成为他作品中的巨制。他自己对此也颇为满意："昔谢逸作蝴蝶诗三百首，人呼为谢蝴蝶。世有知我者，其将以予为厉游仙乎？"②

康熙五十三年（1714），厉鹗二十三岁，这年，厉鹗实现了他人生道路上的又一次重大转折，由求学转变为坐馆先生。他教的学生也就是后来的著名学者、诗人汪沆及其兄汪浦。汪氏家筑有听雨楼，书香古朴，书声琅琅，厉鹗与汪氏兄弟亦师亦友，学习、生活十分惬意。这样的日子过了五年。在这五年内，厉鹗结交了金农、周京等诗人，并在二十五岁时结婚，娶蒋氏。需要指出的是，蒋氏一生未育，厉鹗将此事视为终身的遗憾。

康熙五十九年（1720），对二十九岁的厉鹗来说，是非同寻常的一年。这一年，他参加了乡试，以第四十九名中式。当时的主考官是江西临川人李绂。李绂见了他写的谢表，叹道："此必诗人也。"③并立即录取。厉鹗于同年北上入京参加会试。因为是第一次入京，作者的心情是愉快的，一路上，他"出莺脰湖，道经姑苏新丰（即今丹阳）、广陵，到宝应，渡河上宿迁、郯城，过沂水，历半城、蒙阳、羊流店拜羊太傅祠，入泰安，道中望岳作歌，晚次齐河，除夕

---

① 全祖望：《厉樊榭墓碣铭》，《樊榭山房集》附录三，第 1739 页。
② 厉鹗：《樊榭山房续集集外诗》之《再续游仙百咏》诗前小序，第 864 页。
③ 全祖望：《厉樊榭墓碣铭》，《樊榭山房集》附录三，第 1739 页。

始抵德州"①，这次长途旅行大大开阔了厉鹗的视野，他写了许多诗。在京城，他的诗受到吏部侍郎兼掌院学士汤右曾的赞赏。但不幸的是，这次考试失利。汤右曾想把他请到府中，但"樊榭为人孤僻，次晨遽束装不谢而归。说者服侍郎之下士，而亦贤樊榭之不因人热"②。回到杭州后，厉鹗诗名大振，与当地的许多志同道合者结成诗社，频繁唱和，如金志章、周京、金农等人。另外，结识扬州盐商马曰琯、马曰璐兄弟，也是厉鹗在这一时期的重大事件。"二马"在物质上经常接济贫困的厉鹗，更重要的是马氏将自己的藏书无条件地供厉鹗阅览。"扬州二马"筑有小玲珑山馆，内有聚书楼，藏书极为丰富。正是利用马氏丰富的藏书，厉鹗写成了《宋诗纪事》等煌煌巨著。在著书之余，厉鹗与二马等人谈诗论文，考证文物，切磋学艺，结韩江诗社，"觞咏无虚日"③，后来全祖望也加入。除此之外，雍、乾之际，厉鹗撰写了《南宋院画录》八卷，《东城杂记》二卷，《湖船录》一卷和部分词作，并与沈嘉辙、吴焯、陈芝光、符曾、赵昱、赵信共同撰写《南宋杂事诗》七卷。

雍正九年（1731），厉鹗四十岁，时任浙江巡抚的程元章聘厉鹗、杭世骏、沈德潜、张云锦、吴焯、赵信等二十八人分修《浙江通志》。值得注意的是，后来"发达"的沈德潜与厉鹗在修史之余谈文论诗，意见已见分歧。袁枚就说："吾乡厉太鸿与沈归愚，同在浙江志馆而诗派不合。"④ 这次修志，"越二年始削稿，又一年剞劂蒇事"⑤。

乾隆元年（1736），樊榭受浙江总督程元章之荐（此次共举荐十八人，包括杭世骏、汪沆、钱载等人）参加博学鸿词科考试。博学鸿词科自康熙十八年（1679）开科以来，对消弭汉族士人的离心力起了很大作用，实际上以考试之名，行拉拢之实。如果说清初政治尚不

① 陆谦祉：《厉樊榭年谱》，商务印书馆 1935 年版，第 17—18 页。
② 全祖望：《鲒埼亭集·外编》卷二六《汤侍郎集序》，朱铸禹：《全祖望集汇校集注》，上海古籍出版社 2000 年版。
③ 李坦：《扬州历代名贤录》七六《马曰琯》，江苏人民出版社 2014 年版，第 113 页。
④ 袁枚：《随园诗话·补遗》卷十"十三"，第 617 页。
⑤ 汪沆：《槐塘诗稿》卷二，清乾隆刻本。

统一，文化上难施高压，这种考试尚不失为一种有效的手段。而到乾隆时代，文治武功既已奏效，领土已归于统一，文字狱的打击既已使士人噤若寒蝉，博学鸿词科考试早已失去其本意而"变味"，徒然成为示恩的手段。对厉鹗来说，这次考试是他一生中最后一次入京参加科举考试。本来以厉鹗的天性，无意于此，但他的好友全祖望这时特地从京城写信劝他，要他"与堇浦诸君勉之"①。迫于挚友的热忱相劝，樊榭参加了这次考试。在这批征士中，樊榭的才华是出类拔萃的，杭世骏曾说："是科征士中，吾石友三人皆据天下之最。太鸿之诗，稚威（胡天游）之古文，绍衣（全祖望）之考证穿穴，求之近代，罕有伦比。"② 这话绝非虚语，此三人皆为浙人，稚威为胡天游，山阴人，绍衣为全祖望，鄞县人，皆是那个时代出类拔萃的知识分子。但这次考试，樊榭因误写格式而落选，实为憾事。这次落选后，厉鹗已经四十六岁，开始步入老年了，这时期的厉鹗似乎更贫困，健康状况也大不如前。但就是在这种情况下，膝下无子的隐痛也时时折磨着他。

这时候，一位名叫朱满娘的女性进入了他的生活。她的出现，给这时期的厉鹗的生活和创作都打上了强烈的亮色，也是他一生中最富色彩和诗意的时期。两人感情非常深挚，厉鹗对朱氏极为欣赏："姿性明秀，生十有七年矣。……姬人针管之外，喜近笔砚，影拓书格，略有楷法。从予授唐人绝句二百余首，背诵皆上口，颇识其意。每当幽尤无俚，命姬人缓声循讽，未尝不如吹竹弹丝之悦耳也。余素善病，姬人事予其谨。"然而不幸的是，在他们共同生活了七年，在厉鹗五十一岁时，朱氏病逝，年仅二十四岁。这件事对厉鹗打击很大，"悲逝者之不作，伤老境之无悰，爰写长谣，以摅幽恨"③。翻检厉鹗后期诗词创作，有多首为伤悼朱氏而作，甚至在朱氏病逝数年之后，仍然悲伤不已，作诗纪念。在某种意义上，这些诗词，应该说是厉鹗创作中表达最见直接、感情最为剀透的作品之一，此类诗曾大受袁枚

---

① 全祖望：《鲒埼亭集·外编》卷四六《与厉樊榭劝应制科书》。
② 杭世骏：《词科掌录》，《樊榭山房集》附录四，第1744—1745页。
③ 厉鹗：《樊榭山房续集》卷二《悼亡姬十二首序》，上海古籍出版社1992年版。

赞赏，很有价值。

晚年的厉鹗患有牙疾、足痛，甚至肺部也有隐疾，并且经常靠典当家俱、出卖书籍维持生活，可谓贫病交加。但这阶段，厉鹗的学术研究却可谓硕果累累。著名的《宋诗纪事》一百卷和《辽史拾遗》二十四卷都完成于这一阶段。两部巨著对后世影响深远。

在厉鹗的晚年尚有两件事值得一提。一件是乾隆十三年（1748），樊榭已经五十七岁了，却"忽有宦情，会选部之期近，遂赴之"。这次，他的诸多好友如全祖望等都劝他，不必以"素丝""清才"应选一区区县令。樊榭答曰："吾思以薄禄养母也"①，既是为了养母，同仁不好再劝阻，厉鹗遂北行。北上入都时，谢山相送，赠诗云："尔才岂百里，何事爱弹冠？鱼釜良非易，茧丝亦大难。瘦腰甘屈节，薄禄望承欢。倘有清吟兴，休从薄瘠兰。"② 然而当他北上到达天津时，老友查为仁留他住在水西庄探讨艺文。查为仁即著名的"南马北查"中的"北查"，亦藏书丰富，好结交文士，与"南马"（扬州二马）一样，是在当时凄凉时世中，与贫寒文人推心置腹、相濡以沫的著名人士。当时，厉鹗是临时路过住在他家里，看见查氏为南宋周密的《绝妙好词》所作的笺注，分外高兴。因为樊榭也对《绝妙好词》有极大的兴趣，并曾经收集过有关《绝妙好词》的材料，做过一些研究。这时他想的是：是和查为仁合作完成一部巨著，还是入都铨选区区一介县令？最后，他决定留下来，和查为仁同笺《绝妙好词》，数月之后，全书完成，返回杭州。谢山听到消息，戏之曰："是不上竿之鱼也"③，并欣然作诗一首："慈亲年八十，捧檄已非时。大有陟岵乐，长吟投苇诗。悲秋笠泽鲙，招隐小山枝。兴尽翩然返，从今保素丝。"④ 谢山不愧为樊榭的知己和"石友"，以樊榭入仕为忧，而以樊榭全身而归为乐！

另一件事是，乾隆十六年（1751），也就是樊榭去世前一年春三

---

① 全祖望：《厉樊榭墓碣铭》，《樊榭山房集》附录三，第1739页。
② 全祖望：《鲒埼亭诗集》卷七《樊榭北行》。
③ 全祖望：《厉樊榭墓碣铭》，《樊榭山房集》附录三，第1739页。
④ 全祖望：《鲒埼亭诗集》卷八《樊榭至津门而归》。

月，乾隆皇帝弘历奉太后南巡江、浙，樊榭和吴城（吴焯之子）共撰《迎銮新曲》进呈乾隆，吴城曲为《群仙祝寿》，樊榭曲曰《百灵效瑞》，此事在当时很有影响。

乾隆十七年（1752）九月，樊榭病重，十日，以文稿二册授弟子汪沆，曰："予生平不谐于俗，所为诗文亦不谐于俗，故不欲向不知我者索序。诗词二集，已自序而授之梓；尚留小文二册藏敝箧，子知我者也，他日曷为我序而存之。"[①] 汪沆泣而受命。十一日辰时，樊榭与世长辞，享年六十一岁。身后八十老母尚存，备极萧瑟。

樊榭去世后，在他的朋友中引起了巨大悲痛，前后写挽词吊唁者二十九人。一方面，他们感叹从此失去了一位挚友；另一方面，叹惜诗坛失去了一位领军人物。事实上，在厉鹗死后三年，马曰琯亦去世，江浙诗社活动也逐渐衰息。

第二节　厉鹗的思想与人格特征

樊榭的一生，经历了康熙时代的后期、整个雍正时代与乾隆时代前期，这一时代，正是人们所盛称的"康乾"盛世。然而这一"盛世"骨子里的情况如何呢？

经济方面，据钱穆的统计数字，中国历史上具备"盛世"经济指标的朝代似乎只有三个朝代：汉、唐、明。清代号称经济最繁荣的康乾时代，也不能与这三个朝代相媲美。而且随便翻检一下这个时代诗人的集子，所触到的不是盛世的乐观、轻松、繁荣，而是沉闷、扭曲、哀痛。在这些集子里，天灾、人祸此起彼伏，百姓动辄流离失所。白莲教等民众起义早在乾隆时代已颇具声势。厉鹗在其《樊榭山房集》中反映流民、饥荒、水灾、旱灾等问题的诗篇已颇不少。兹举二例说明："近日官仓米，如京积最高。庐陵价先踊，河内发犹劳。鼠盗难周防，鸠形讵遍叨。盈虚如可酌，估客集千艘。"[②] 在《春饼》

---

① 汪沆：《樊榭山房文集序》，《樊榭山房文集》卷首。
② 厉鹗：《樊榭山房诗词集》卷七《官米》。

诗后小注云："近时麦价之昂，前此未有。"① 由此可见，一方面，官米堆积如山，鼠咬虫蛀，官员待价而沽。另一方面，饥民、流民"鸠形"蓬面，成为社会问题。因此，诗歌作为一种感性记录往往比国史记载来得更直接、更单纯，也更真实！可见，清代的经济繁荣是一种表面的、畸形的繁荣，繁荣的是贪官污吏，民众非常贫困，甚至还经常颠沛流离。厉鹗本身的生活境遇就是一个生动的例证。厉鹗在不到三十岁就已中举，并且是著名诗人，但他仍然陷于一种赤贫境地。经常迫不得已典衣、卖书，樊榭诗集有《午节贫甚，叕甫冒雨以白金十两假我，赋此奉谢》一诗，还靠朋友接济度日。再举一例为证："收处心常损，拈来泪欲垂。谁怜非长物，竟遭易晨炊。宿读人难得，长贫我自知。只愁食肉者，还有鬼名嗤。"② 一个博得举人身份的著名诗人经常陷入断炊状态，以"鬻书"来"易晨炊"，可谓触目惊心！身有功名的人竟然如此，下层民众可想而知！这就是所谓"盛世"的真相。这也是厉鹗作为一个个案研究的典型性所在。

政治状况。康熙前期，玄烨通过一系列手段，除鳌拜，清除亲政障碍；平三藩，取缔军事割据；收台湾，恢复领土统一；战沙俄，维护圣朝尊严，可以说建立了不世之功。但后期在立储问题上举棋不定，立而复废，废而又立，造成了宫廷的混乱，政局的跌宕。最后，皇四子胤禛以据说非常可疑的方式登上了帝位，成为雍正帝。胤禛在位的十三年，把自己弄得很辛苦。一方面，为巩固自己的帝位而不断铲除异己，甚至手足相残，同时又疲于应付战争；另一方面，自著《大义迷觉录》为他获得帝位途径之正当进行了"不惭"的辩解。在此种情况下，可以想见，整个朝政和民众生活处于什么状态。另外，就是在康熙后期及雍正时期文字狱大兴，株连甚广。文字狱既是政治问题又是文化问题，因为遭殃者多为文人。政治矛头有不少指向江浙等地。有人质言厉鹗《樊榭山房集》对如此重大的文字狱案竟无涉及，实属强人所难，大言不惭。可以说，文字狱案越重大，不但在

①　厉鹗：《樊榭山房续集》卷七《春饼》。
②　厉鹗：《樊榭山房诗词集》卷八《鬻书和沈峬公》。

《樊榭山房集》中难见踪影，恐怕在其他人的别集中亦少见记载。

文化方面最堪重视。一是夷夏问题。中华民族在悠久的历史文化发展与积淀过程中，形成了诸多的文化传统，"夷夏之辨""夷夏之大防"的传统是其中之一。这些传统经过数千年的传承，已经沉淀到中国古代文人的血脉中，无可更变，不少人甚至为它付出了鲜血与生命的代价。厉鹗生活的时代离明季已远，清初明遗民已凋零殆尽；到了厉鹗这一代人，迫于时代文化气息的转变，已缺乏明遗民的斗争精神，只能把精力集中于学术研究和诗文创作上。这里，可以肯定地说，厉鹗及以厉鹗为领袖的浙派人格精神和学术研究、文学创作在全新的时代条件下，产生了一种微妙的倾向。即厉鹗及其浙派成员在文化上不约而同地认同宋代，尤其是南宋。这种认同不仅是历史发展的客观结果，也是浙派同仁的主观选择。先说前者，宋代之前，浙江也曾出现了像王羲之这样的文化名人，但就全国来说，还未上升到领袖地位。宋代之后，在经济文化等诸方面，对浙江来说是一个重大转折。尤其是宋高宗赵构定都临安，导致了全国经济、文化重心彻底南移，尤其在文化上，就全国范围内来说，江浙处于绝对领先的地位。据唐圭璋《宋词四考·两宋词人占籍考》，宋代可考词人 867 人，浙江一省占 216 人①。诗歌有"永嘉四灵""江湖诗派"等诗派，也是相当繁荣。除诗词创作之外，浙江的经史之学在南宋也相当发达，如叶适、吕祖谦、陈亮、杨简、黄震等。其中叶适与黄震，对黄宗羲、全祖望等"浙东学派"代表性成员来说，都属先驱人物。而南宋古都杭州对浙派诗人来说，就更特殊了。这里的一山一水，一草一木，在厉鹗诸人眼里，都别具深意。而北宋、南宋被异族威逼，导致亡国灭种的惨痛史实，在清朝统治者入主中原后，对当时及后来的汉族士人，无不产生了巨大的刺激，血脉深处的"夷夏之大防"的文化传统受到极大的挑战，虽然刻骨铭心，但又无力改变。再想想清初，许多士人宁肯牺牲生命也不剃发、变换衣冠，所以浙派诸人认同宋代非常耐人寻味。厉鹗及其浙派在认同宋代的同时，选择宋诗作为学习、

---

① 唐圭璋：《宋词四考》，江苏古籍出版社 1985 年版，第 1 页。

效仿对象。国家的灭亡，清朝统治者的文化高压，使得士人的品格趋向沉潜与坚忍，并且产生了对政治的离心状态。这种心态与唐诗的风格是不相协调的，而宋诗的清幽瘦硬正可表现其沉郁、幽冷的心境。厉鹗不但与沈嘉辙等七人合写《南宋杂事诗》，这 701 首作品与其说是诗，不如说是史。独立撰成《宋诗纪事》一百卷，与查为仁合笺南宋周密词选《绝妙好词》。又撰《南宋院画录》《东城杂记》《湖船录》，皆与宋代有关，就是《辽史拾遗》也不能说与宋代历史毫无关涉。全祖望称杭州"为唐宋以来帝王都邑，一举目皆故迹"①。一语可谓道破天机！从厉鹗学术研究和创作的审美取向、精神气韵、总体风格诸方面看，都与宋代人文特征的重知识学问、重瘦硬清雅等要素紧密吻合，渗透着强烈的宋代文化气味，所以可以说，厉鹗是宋代文化的隔代传人。

二是文字狱。厉鹗生前，清廷发动了数次大狱，主要有：康熙五十年（1711）的戴名世《南山集》案，这次案狱历时三年，五十二年始结。戴名世被斩首，桐城方氏家族遭毁灭性打击；雍正六年（1728）吕留良《文选》案，此案历时五年，雍正十年（1732）结案。吕留良父子已死者戮尸，活者斩立决，弟子辈斩首，孙辈远遣宁古塔，先后株连者数百人，这次案狱打击对象主要是浙籍人士，厉鹗时年三十六岁，虽未被株连，想必耳闻目见甚多。此外尚有雍正八年（1730）屈大均《翁山诗外》《文外》案，汪景祺《西征随笔》案，查嗣庭日记案等，都属大案，其他中小案件则多如牛毛，不胜其计。这样一些严酷的文字狱对当时士人人格及学风都产生了严重影响。学者们惴惴不安，以求自保。但是，反抗的呼声是重压所无法消弭的，学者们的民族感情往往通过幽微曲折的方式得以传达。如厉鹗等人的一些学术著作就是如此。与文字狱相联系的，还有厉鹗生前早已奠定基础的理学治世政策及其身后的《四库全书》的编纂，皆是清朝皇帝在文化上的"大手笔"。

三是博学鸿词科的实施。作为与文字狱相为表里、互相补充的另

---

① 全祖望：《鲒埼亭集》卷二十六《厉太鸿〈湖船录〉序》。

一条文化政策，康熙十八年（1679）推出博学鸿词之科，专门网罗明遗民中声望卓著者。像著名遗民傅山、朱彝尊都曾参加过首科考试。这条政策一是有利于消弭满汉矛盾，动摇士人对满清的戒心。二是客观上为汉族士人提供了一条出路。弘历刚一继位，即开乾隆元年之博学鸿词科，厉鹗以名诗人受浙江总督之荐应考，然非樊榭本意。

正是在厉鹗生存的清中叶特有的政治、经济、文化背景之下，加上厉鹗个人独特的生活经历和性格，形成了他独有的思想和人格特征。

厉鹗的思想和人格特征如下。

第一，性不苟合，不谐于俗。在厉鹗去世前一天，对弟子（也是挚友）汪沆说："予生平不谐于俗，所为诗文亦不谐于俗。"① 这反映了厉鹗对自己个性的认识。对这种"不谐于俗"，时人有更形象的描述："厉樊榭征君制意拙率，不修威仪。尝曳步缓行，仰天摇首，虽在衢巷，时见吟咏意。市人望见遥避之，呼为'诗魔'。""厉征君之诗词，与金农冬心书画乡里齐名，人称髯金、瘦厉。"② 真是一个鲜活的"狷者"形象。厉鹗的"不谐于俗"首先表现在对科举考试的不够热衷上。按常理，对于出身极贫又富有才华的厉鹗来说，参加科举正好是一个进身之阶，至少可以摆脱贫困。但纵观其一生对几次重大考试的态度，均处在"可为可不为"之间，他在参加乡试时，就一举中式，这时还不到三十岁，同年入京准备参加会试。此时，厉鹗诗名已籍甚，但当会试报罢之后，他却不辞而别，谢绝了高官汤右曾的聘请，而这对一般士人来说，也是绝好的进身机会。在入京途中，厉鹗观赏沿途风景的兴趣似乎大大超过了对本次会试的兴趣，他写道："沉湎居蠹主，浩荡游子意。平生淡泊怀，荣利非所嗜。哂笑讵云乐，明发难自弃。兹来扪空囊，翻为故交累。因思在家贫，襁祥尚高致。束书细遮眠，疏花香破鼻。纸阁无多宽，回隔飞尘至。因之问故园，南鸿烦寄字。"③ 这首诗如写于考试失利之后，尚可解为牢骚

---

① 汪沆：《樊榭山房文集序》，《樊榭山房文集》卷首。
② 蔡朗余：《剩稿》，《樊榭山房集》附录四。
③ 厉鹗：《樊榭山房诗词集》卷二《广陵寓楼雪中感怀》。

语。但事实上，厉鹗正处于乡试中式，参加会试之前的"得意春风"之中，此诗应为樊榭真性情的一个表现。乾隆元年（1736），厉鹗受浙督陶元章之荐，应博学鸿词考试，机会难得，挚友杭世骏等人对他极为"看好"。而厉鹗却无意应试，后来是全祖望等"同人强之始出，穆堂阁学欲为道地"①。结果，在考试中，厉鹗误将论写在诗前，再次落第，此举是出于无意误还是有意误尚在可疑之间。而最后一次考试更近"荒唐"："家居既久，思得禄为养，丞办装，将诣吏曹选。至天津县，羁滞数日，意忽不可，浩然而返，竟未入国门也，其诡越又多类此。"② 其实，厉鹗在津门与查为仁共撰《绝妙好词笺》，优游数月，而放弃了考试。一般士人视为生命的科举考试，在厉鹗眼里，竟不抵一本笺注书的分量，这实在是绝大的讽刺和嘲笑！樊榭虽为一布衣出身的诗人，但在时人眼里，也颇具风采："辛亥岁，君（指厉鹗）以有司荐入通志馆，余厕身其中，一时名士汇聚于南椎署。诸君负意气，皆以风华相尚，君独褐衣布履行稠人中，时与余把臂谈诗文，原原本本，皆有依据。"③ 这是厉鹗四十岁左右的形象，显得既自信又笃实！

　　与对科举宦途的冷漠相联系，厉鹗对于自然山水却极为痴迷。对此，他曾经有过这样的自白："我生少孤露，力学恨不早。屡躯复多病，肤理久枯槁。干进懒无术，退耕苦难饱。怅下第温岐，归敝庐孟浩。风尘耻作吏，山水事幽讨。结托贤友生，耽吟忘潦倒。"④ 事实上，厉鹗一生山水登临之作最多，他的心魂已寄寓到山水中去，难怪他的诗有人誉为"十诗九山水"，爱好山水也成了其人格特征的重要表现。这样的人格特征的形成，与康、雍时期的政治、文化高压和频发的文字狱等也有极大关系。

　　第二，追求隐逸、鄙弃尘俗。检《樊榭山房集》，可以看到厉鹗

---

　　① 全祖望：《厉樊榭墓碣铭》，《樊榭山房集》附录三。
　　② 陈康祺：《郎潜纪闻初笔》卷十三《厉樊榭》，褚家伟、张文玲点校：《清代史料笔记丛刊》本，中华书局1990年版，第278页。
　　③ 陈康祺：《郎潜纪闻初笔》卷十三《厉樊榭》，第278页。
　　④ 厉鹗：《樊榭山房续集》卷八《六十生日答吴荦村见贻之作》。

的交游者绝大多数是布衣，但也有大量的僧、道等方外人士。厉鹗跟这些方外人士不但探讨文事、追慕史迹，而且相当一部分成了终生的挚友。在不少诗词中，厉鹗自己仿佛也成了一位世外高人："生平落拓东城下，溪云素心都负。迹似潜夫，身如灌圃"①，"落托华颠，栖泊频年。展心胸、都付与山川……诗囊点检，莫怪萧然。但贮江风，贮江月，贮江烟"②。这些词句都充分表现了厉鹗的精神追求与人格特征。其次，厉鹗对古代的隐士、遗民也表达了无限仰慕之情。厉鹗笔下经常出现的隐士遗民有严光："秋光今夜，向桐江、为写当年高躅。……鹤梦疑重续。挐音遥去，西岩渔父初宿"；有谢翱："心忆汐社沈埋，清狂不见，使我形容独……随流飘荡，白云还卧深谷"③；还有谢逸："吾师谢无逸，扫地过平生"④。此外还有陶渊明、贾浪仙、林和靖、徐稚、邓牧等。这些古代的高人逸士都是厉鹗心目中的人格典范。

总之，历史车轮行进到清代中期，鉴于清朝社会、政治、经济、文化上的一系列特征，传统儒家的"兼济天下"和"为民请命"的干世精神早已被扫荡精光，庞大的清朝官僚系统成了一个奴仆集团，传统士人的棱角也早已被磨平，就连个人著述中稍微流露一下真性情、真思想，都会面临很大风险。加上自明代以来资本主义萌芽、商品意识至清中叶亦已大大强化。在这两者交互作用之下，士风急剧转向，转向之一为少政治风险的考据，另一方面则为逃向山水，维护精神的自由和人格的独立。厉鹗及其浙派成员显然属于后者，他们大率属于这样一群人：济世之志早已被挤压殆尽，而思想之光却并未完全熄灭。他们转而运用极曲折迂回的方式表现他们幽远的梦想，有时淡薄至于完全看不见，但他们的灵魂与精神确实又依附于这些东西之

---

① 厉鹗：《樊榭山房集外词·秋林琴雅四》之《台城路·富景园宋史所云》，第916页。

② 厉鹗：《樊榭山房续集》卷九《行香子·忆焦山旧游》。

③ 厉鹗：《樊榭山房诗词集》卷九《百字令·月夜过七里滩光景奇绝歌此调几令众山皆响》。

④ 厉鹗：《樊榭山房诗词集》卷四《正月八日城南纪游二首·崇圣院》。

上，封建王朝在这些东西上抓不到口实，但读者大概也能感觉到它隐然存在。

第三节　厉鹗的著述

一　厉鹗的文学创作及著述

厉鹗作浙派的宗师和诗学大师，他一生创作了大量文学作品，涵盖各种文体形式。同时，在诗学尤其是宋代诗学方面更是成就卓出，值得我们认真探讨和研究。

（一）《樊榭山房集》三十九卷

董兆熊注、陈九思标校、上海古籍出版社 1992 年出版的《樊榭山房集》是目前唯一的厉鹗别集点校本，收录最全。集后附有大量有关厉鹗的文献材料，堪称善本，是我们研究厉鹗创作的最主要依据。

从收在厉鹗《樊榭山房集》中的作品来看，厉鹗一生的主要创作是诗、词、文，今传世诗 1400 余首，词 200 余首，文 137 篇，另有与吴城合作《迎銮新曲》传奇，吴城作《群仙祝寿》、厉鹗作《百灵效瑞》，此外尚有散曲创作 81 首。

（二）与沈嘉辙等七人合作的《南宋杂事诗》七卷

《南宋杂事诗》作为咏史诗的结集，是雍正初年沈嘉辙、陈芝光、符曾、赵昱、厉鹗、赵信及吴焯七人合撰，每人各写 100 首，其中符曾多写一首，所以总数为 701 首。《四库全书总目》云："是书以其乡为南宋古都，故捃摭轶闻，每人各为诗百首，而以所引典故注于每首之下。意主纪事，不在修词，故警句颇多，……然采据浩博，所引书几及千种。一字一句，悉有根柢。萃说部之菁华，采词家之腴润。一代故实，巨细兼该，颇为有资于考证。盖不徒以文章论矣。"[1] 可谓要言不繁。关于《杂事诗》的主旨，查慎行所为《序》曰："吾杭自建炎南渡，号称帝都，虽偏据规小，顾历七朝百五十余年间事，亦綦赜矣！……大抵绚者如霞锦，淡者若云烟，领异标新，目不暇给，

---

[1] 永瑢等:《四库全书总目》卷一九一，第 1733 页。

而今而后，于古都旧事可无舛漏之憾矣乎。"① 此语颇耐琢磨，而言下之意是非常清楚的。事实上，当人们审视《南宋杂事诗》中所吟咏的朝堂景象、宫廷逸事、时尚节气、山川遗迹时，就可以看到，各卷都不约而同地对两宋之交的惨况，南宋立国的繁盛，直到最后灭于"异族"铁蹄之下的情景作了大量的抒写。诗中还用相当篇幅写了至死难忘故国的南宋遗民如谢翱、汪元量等，透露出一种华夏人文遭践踏、甚至毁灭的巨大哀痛。因此，很明显，厉鹗诸人是借写南宋史迹表达对兴亡的感慨和胸中莫言的惆怅。

总之，《南宋杂事诗》既是一部寄寓特定群体心境的咏史诗合集，又缘其所征引文献近千种，附录所引用书目中不少已散佚，所以，"《杂事诗》不仅是清代宋诗学研究的一种重要典籍，同时也为南宋文学的研究提供了相当可观的文献资料以及足资校勘的文本异文"②，具有很高的诗学与史学价值。

（三）《宋诗纪事》

"纪事"体作为中国古典文学文献的特殊体式，具有悠久的历史，而且所纪之事不限于诗、词，各体皆具。这些"纪事"，大多以人为中心，把该时代的作家的生平事迹、轶闻趣事，以及对于具体文学创作的点评研究资料，汇集成册。唐代孟棨的《本事诗》是中国诗史上第一部专述诗歌本事的著作，是"纪事"一体的直接源头，同时它又是诗话的肇始之作。此后，诗歌纪事有宋代计有功的《唐诗纪事》八十一卷，近代陈衍《辽诗纪事》十二卷、《金诗纪事》十六卷、《元诗纪事》二十四卷，陈田《明诗纪事》一百八十七卷，今人邓之诚《清诗纪事初编》八卷，钱仲联主编《清诗纪事》；文的纪事之作有清代陈鸿墀《全唐文纪事》一百二十二卷；词的纪事之作有清张宗橚《词林纪事》二十二卷，今人唐圭璋《宋词纪事》；曲的纪事之作有王文才的《元曲纪事》，都可谓洋洋大观。在诸多纪事体著

---

① 查慎行：《南宋杂事诗序》，厉鹗等：《南宋杂事诗》，清嘉善刘子端手录、武林芹香斋摹镌本。

② 严迪昌：《谁翻旧事作新闻——杭州小山堂赵氏的"旷亭"情结与〈南宋杂事诗〉》，《文学遗产》2000 年第 6 期。

作中，厉鹗著《宋诗纪事》一百卷是对后世影响较大的一部。

厉鹗作为宋代文学的隔代继承者，对宋代文学尤其是诗歌有极深的研究。雍正三年（1725），他与好友汪祓江合作，欲效计有功《唐诗纪事》体例，搜罗鉴录宋诗，但因故罢去。后来此事得到大盐商、大藏书家兼至交"扬州二马"的大力援助，于乾隆十一年（1746）编成这部煌煌巨著。《宋诗纪事》收宋代诗人三千八百多家，各卷以人为中心进行编排，卷一是帝王皇后，卷二至卷八十一是按时代编排的各家诗人，卷八十二至卷八十三是时代无考的诗人，卷八十四至卷九十九是宫掖、宗室、降王、闺媛、宦官、外臣、道流、释子、女冠尼、属国、无名子、妓女、卟仙女仙、神鬼，卷一百是谣谚杂语，各家之下附有小传，有时在传后附有作者评论。厉鹗在《宋诗纪事自序》中说，宋诗"迄今流传者仅数百家，即名公巨手，亦多散佚无存，江湖林薮之士，谁复发其幽光？"① 正是有感于此，《宋诗纪事》中所收录的三千八百一十二家，有不少诗人是不为人知、作品也久已散佚的。经过厉鹗的广加搜集，不仅以人存诗，而且以诗存人，正如钱锺书所说："没有他们指出，我们的研究就要困难得多。不说别的，他们至少开出了一张宋代诗人详细名单，指示了无数探讨的线索，这就省掉我们不少心力。"②

《宋诗纪事》的另外一个特点是搜集材料非常丰富。由于厉鹗对宋代笔记、杂史、小说、诗话等材料非常熟悉，可以说是他那个时代对宋代文献掌握的最充分的人之一，所以他能驾轻就熟地把这些材料加以钩辑整理，使之归于各家或其诗之下，为后人提供了极大便利。此外，《宋诗纪事》重视考证订误。厉鹗曾说："胡元任不知郑文宝、仲贤为一人；注苏诗者不知欧阳闢非文忠之族；方万里不知薛道祖非昂之子；以至阮阆林所纪三李定，王伯厚所记两曹辅之类，非博稽深订，乌能集事？"③ 由此出发，厉鹗订正了不少前人的讹误。尽管纪昀等人在《四库全书总目》中模拟厉鹗批评的口吻对《宋诗纪事》

① 厉鹗：《宋诗纪事·自序》，上海古籍出版社1983年版，第1页。
② 钱锺书：《宋诗选注·序》，生活·读书·新知三联书店2002年版，第24页。
③ 厉鹗：《宋诗纪事·自序》，第1页。

论述的种种不确加以指出，但也不得不承认："然全书网罗赅备，自序称阅书三千八百一十二家。今江南、浙江所采遗书中，经其签题自某处钞至某处，以及经其点勘题识者，往往而是。则其用力亦云勤矣。考有宋一代之诗话者，终以是书为渊海，非胡仔诸家所能比较长短也。"① 诚为确论。作为煌煌百卷的巨著，《宋诗纪事》在为后人提供了大量宋代诗学文献的同时，也招来诸如"重出""失收""失考"之类的批评，但毕竟瑕不掩瑜。也许无论什么样的大家都有犯错误的时候，学术研究就是在发掘和订误中获得进步的，厉鹗如是，纪昀亦如是，无须多怪。

《宋诗纪事》的最早本子是乾隆刻本［乾隆十一年（1746）刻］，厉鹗生前已刊刻，此后，清代陆心源撰《宋诗纪事补遗》一百卷及《宋诗纪事小传补正》四卷，又有宣古愚、罗以智、屈弹山等的《宋诗纪事续补》三十卷。这些都证明了《宋诗纪事》问世后在清代的影响。今人孔凡礼辑撰的《宋诗纪事续补》，"积二十余年之功"②，辑录厉鹗、陆心源二书未收作者一千五六百人，按时代先后为三十卷。孔著主要从一些地方志中广加搜罗，诚为厉鹗宋诗学功臣。另外，钱锺书所著《宋诗纪事补正》也于 2003 年 1 月问世。该书一出版，立即受到不少批评③，其学术地位尚待进一步探讨。最后，值得一提的是，1934 年，哈佛燕京学社引得编纂处编存《宋诗纪事著者引得》，有一定参考价值。

（四）与查为仁合著的《绝妙好词笺》七卷

《绝妙好词》七卷，是南宋周密所编。周密（1232—1298），字公谨，号草窗、蘋洲，又号四水潜夫，晚号弁阳老人。宋端宗时曾任浙江义乌令，南宋亡后隐居不仕，辑录宋代文献、家乘旧闻为《齐东野语》《辛癸杂识》等书。其《绝妙好词》"不无荆棘之悲，用志黍

---

① 永瑢等：《四库全书总目》卷一九六，第 1795 页。

② 孔凡礼：《宋诗纪事续补·自序》，北京大学出版社 1987 年版，第 1 页。

③ 重要的批评意见如陈福康《对〈宋诗纪事补正〉的几点意见》，《上海文汇报》2003 年 6 月 15 日"学林"专版；傅璇琮、张如安《〈宋诗纪事补正〉疏失举正》，《南京师范大学学报》2003 年第 4 期。

离之感"①。《绝妙好词》七卷,收录了南宋一百三十二家词人作品近四百篇,始于张孝祥,终于仇远。选词标准以婉约清丽为主,以姜夔、吴文英等人词风为宗。

《绝妙好词》作为一个很重要的宋词版本,元明时已湮没无闻。清初藏书家钱曾述古堂藏有手抄本,柯煜(钱曾族婿)与其从父柯崇朴对抄本加以校订纠讹,镂板以传,从此,《绝妙好词》才得以重见天日。该本即康熙二十四年柯崇朴小幔亭刻本,此版后归高士奇,高氏于康熙三十七年将此版重新印行。雍正三年(1725),项绹群玉书堂又重刻《绝妙好词》,此版本保存了许多有用资料。另外,《绝妙好词》版本今尚存清初毛氏汲古阁抄本,不如前几种版本影响大。厉鹗、查为仁所笺之本即柯、高之本②。由于《绝妙好词》版本稀缺,关于它的一则轶事,兹录于此,足资一噱。吴焯《读书敏求记》跋云:

> 绛云未烬之先,藏书至三千九百余部,而钱遵王此记凡六百有一种,皆纪宋板元抄,及书之次第完缺、古今不同,手披目览,类而载之。遵王毕生之菁华,萃于斯矣,书既成,扃之枕中,出入每自携,灵踪微露,竹垞谋之甚力,终不可见。竹垞既应召,后二年,典试江左,遵王会于白下。竹垞故令客置酒高燕,约遵王与偕,私以黄金翠裘予侍书小吏,启钥,预置楷书生数十于密室,半宵写成而仍返之。当时所录,并《绝妙好词》在焉。词既刻,函致遵王,渐知竹垞诡得,且恐其流传于外也。竹垞乃设誓以谢之。③

---

① 柯煜:《绝妙好辞序》,清刻本。

② 此版本《绝妙好词》有厉鹗题跋云:《绝妙好词》"幸虞山钱遵王氏收藏抄本。禾中柯孝廉、南陔钱塘高詹事江村校刊以传,是书乃流布人间矣。近时购之颇艰。余最有倚声之癖,吴丈志上掇残帙以赠,仅得二卷,又借于符君幼鲁,属门人录成,乃为完好"。

③ 关于此则轶事,检钱曾《读书敏求记》,跋者当为吴焯(1676—1733),厉鹗挚友,也是著名藏书家,有瓶花斋藏书楼,与汪氏振绮堂并称于世。清末朱孝臧跋语误为"何义门谓竹垞诡得之",结果以讹传讹,吴焯变为何焯,今订正之。钱曾撰,丁瑜点校:《读书敏求记》,书目文献出版社1984年版,第157页。

厉鹗为《绝妙好词》作笺，一方面从词风及作词宗旨上，与周密及《绝妙好词》所选诸人一脉相承，而且更主要的是他秉承了周密作为南宋遗民选辑此集的特有心态，实不愧周密词学的异代传人。当他于乾隆十三年（1748）入都铨选县令、途经天津查为仁水西庄时，见"莲坡之辑，颇有望洋之叹"，并将自己以前所搜集的有关资料"举以付之，次第增入"①，笺成是书，是一个质量很高的笺本。

严格地讲，《绝妙好词》并不算注，因为它基本上没有对字、词、句的注疏，而是把各种参考资料加以汇编，以保存资料为宗旨。从内容上，它分为作者小传及资料，词的背景及解题，词的评价三部分。第一部分是词人的小传及相关资料，这一部分内容很重要，因为《绝妙好词》所选相当一部分词人都"士生隐约，不得树立功业，炳焕天壤，仅以词章垂称后世，而姓名犹在若灭若没间"②。第二部分内容较少，有时连续几首词而不见着一字。由于厉鹗、查为仁都对宋代文献很熟悉，因而这部分提供的资料也有一定价值。第三部分是对每位词人的总体评价。总评大多先征引《词旨》的《属对》《警句》二章，摘录出该词人的好的属对及警句，广引诸家点评，有时还附录其他词作。乾隆十五年（1750），查氏自刻《绝妙好辞笺》问世。随后，道光八年（1828）杭州徐氏（徐懋）刊本和光绪间翻刻徐氏本。民国又有《四部备要》本，较精善。1957年，中华书局上海编辑所又据《四部备要》重印单行本，是目前最善而又全面的本子。

二 厉鹗的历史著述及其他

厉鹗不但在文学上有理论、有创作、有选集、有笺注，是清中期的一位文学巨匠，而且是一位有成就的史学大家。与文学创作与研究主要集中在宋代（尤其是南宋）一样，他在史学领域，对宋代也极为关注，除《辽史拾遗》二十四卷不是直接研究宋史之外，像《东

---

① 厉鹗：《樊榭山房文集》卷四《绝妙好词笺序》。
② 同上。

城杂记》《湖船录》《南宋院画录》等，均把研究的视点专注于南宋。因此，厉鹗的史学著作与文学著作构成了一种文化领域中的独特景观，具有一种颇具形式感的无穷意味。这大概是因为文字狱案盛行，文化"高压"酷烈，士人抱无限怨抑，又无由也不敢抒发时而创造的独有的表述方式。这种方式的曲折与深幽恐怕在整个中国文化史上都较为少见，它"冠冕堂皇"而又意在言外，它让人能隐然心会而又"无迹可寻"，正是在这模棱两可之间，某种特定而又难以释怀的民族情绪得到另一种意义上的酣畅淋漓的表述！下面对厉鹗的史学著作作一简单介绍。

（一）《辽史拾遗》二十四卷

是书《四库全书》已著录。关于《辽史拾遗》撰写之缘起，樊榭自己说："宋、辽、金三史，同修于元至正间，秉笔者多一时名儒硕彦。而《宋史》失之繁，《辽史》失之简。"①并认为明代王圻所作《续文献通考》所及辽事，"条分件系，不出正史，尝病其陋，而叹辽之掌故沦亡也"②。正是有感于有辽一代掌故、文献的散轶，厉鹗发奋"拾"《辽史》之所"遗"。体例上，《辽史拾遗》对正史材料有注疏，以便进一步使之更加详明；有补充，对正史疏漏不及的史实，则参考各种文献补充于后。若与正史记载互有差异的材料，则进行论证排比，并加以按语，以说明作者自己的意见。又对同类著作的时间错乱及讹误之处，多有补正。同时又在文条之后补辑辽之四境方位、物产及风土人情，相当完备。正是由于厉鹗在搜集史实上下了一番功夫，此著材料丰富，价值很高，正如厉鹗所云：

> 暇日辄为甄录，自本纪外，志、表、列传、外记、国语，凡有援引，随事补缀。犹以方域幽邈，风尚寥邈，采篇咏于山川，述碑碣于塔庙，短书小说，过而存之。③

---

① 厉鹗：《樊榭山房文集》卷四《辽史拾遗序》。
② 同上。
③ 同上。

所以后学对这本名著评价很高。《四库全书总目》云："鹗采撷群书，至三百余种，均以旁见侧出之文，参考而求其端绪。年月事迹，一一钩稽……皆采辑散佚，足备考证。"① 梁启超也热情称赞"清儒治《辽史》者莫勤于厉樊榭鹗之《辽史拾遗》二十四卷"②，严迪昌也推许厉鹗为"有专功的史学家"③，这里的"专攻"就包括《辽史拾遗》一书。同时，厉鹗自己对此著也颇为得意，曾吟诗曰："旧史临潢新注就，不知谁肯比松之（时注辽史成）。"④ 完全以裴松之注陈寿《三国志》的史学成就自命，"亦不诬也"⑤。

比厉鹗稍后，有杨复吉著《辽史拾遗补》。杨氏认为厉鹗《辽史拾遗》二十四卷，虽"博采旁然，粲然大备"，但材料方面仍"异置孔多，不免语焉弗评之憾"⑥，遂参以《旧五代史》《契丹国志》《宋元通鉴》三书，增益《辽史拾遗》四百余条，成《辽史拾遗补》五卷，实为厉鹗史学之功臣。

（二）《东城杂记》二卷

《四库全书》已著录。厉鹗家住杭州城东一个叫东园的地方，存有大量宋代故迹，《宋史》曾载其名。厉鹗生于斯，长于斯，对这里的一草一木、一瓦一石都极为熟悉，正所谓"举目皆古迹"（全祖望语）。厉鹗对此怀有极深的感情。原序曰："杭城东曰东园，地饶水竹蔬蓏，修然清远。先君子因家焉。小子生于是，居已三十年，凡五迁，未尝离斯地也。"由于要"考里中旧闻遗事"，而苦于"志乘所述寥寥无几"，所以厉鹗一方面四处访朋问友，获得材料，另一方面"从古籍参稽，每存所得，辄掌录之"。有朋友建议他"古杭事綦繁，何不推广成书，而区区方隅为关"⑦。在厉鹗的不懈努力下，《东城杂

---

① 永瑢等：《四库全书总目》卷四六，第414页。

② 梁启超：《梁启超论清学史二种·清代学术概论》，复旦大学出版社1985年版，第434页。

③ 严迪昌：《清诗史》，第881页。

④ 厉鹗：《樊榭山房续集》卷一《岁暮二咏·借书》。

⑤ 永瑢等：《四库全书总目》卷四六，第413页。

⑥ 杨复吉：《辽史拾遗补序》，《丛书集成初编》本，商务印书馆1936年版，第1页。

⑦ 厉鹗：《东城杂记·自序》，商务印书馆1936年版。

记》于雍正六年（1728）三月撰成。

《东城杂记》记载大抵略古详今，补《宋史》所未记载的内容九十五条，分为上下两卷。上卷四十六条，下卷四十九条。尽管两卷总数尚不满百条，但很有史料价值。其中如两宋、元、明以来的奇闻轶事，关于古杭东城的名胜、古迹、文物以及来历，以至诗、词、文的题咏等，无不博雅清丽，引人入胜。内容精博而典核，有些内容就连地方专志如《浙江通志》和杭州的旧志也未涉及。在体例上有"小传"之设（灌园以后），对以后修地方志极有帮助。难怪《四库全书总目》称道曰："是书虽偏隅小记而叙述典雅，彬彬乎有古风焉。"[①]为此，中华书局上海编辑所把它列为参考资料之一，1958年以《粤雅堂丛书》作底本排印出版。

（三）《湖船录》一卷

《湖船录》一卷，是杭州西湖画船之总录，共八十多条。早在清初，浙人朱彝尊就有《说舟》之著，厉鹗的《湖船录》就是在《说舟》基础上增益而成。虽然亦是偏隅小记，但叙述雅洁，非独骚人之结习闲情，对吴自牧《梦粱录》和田汝成《西湖游览志》等书也补充甚多，西湖志乘都有园林之盛，而西湖画船实亦应为此类著作之必不可少。正如厉鹗所云："西湖风漪三十里，环以翠岚，策勋于游事者，唯船为多。"[②]此书成后一百多年，有杭州人丁午撰《湖船续录》。据其自序称，其先祖丁敬曾撰有《湖船续录》一卷，《杭州府·艺文志》有载。按，丁敬与厉鹗实为终生挚友，为浙派印学之鼻祖。然此书未见。今观丁午之《续录》所辑画船近一百条。其数量超过了厉鹗的《湖船录》，但是有些船名似嫌牵强附会，如"卖鱼船"等。

（四）《增修云灵寺志》八卷

乾隆九年（1744）成书，《全库全书》存目。云灵寺原名灵隐寺，是浙江第一大寺，位于今杭州西湖湖畔。康熙时，玄烨南巡，

---

① 永瑢等：《四库全书总目》卷七十，第628页。

② 厉鹗：《湖船录题辞》，朱彭等：《南宋古迹考（外四种）》，浙江人民出版社1983年版，第124页。

"驻跸山中"①，御书"云林"二字匾额，遂改名为云林寺。灵隐之有志，历史相当久远，"前此之有志也，始自昌黎白珩子佩氏，近则仁和孙治宇台氏、吴增子能氏相继重修"，但是"天文焕烂，佛日重光，曷可无纪？前志虽三属草，脱漏尚多，曷可无述？"② 因此，当时的云林寺住持高僧巨涛和尚请樊榭主修寺志，张曦亮协助。作为杭人的樊榭自然慨然应允。新志在体例门类上，仍沿旧志，重点是补前几部旧志之未备，未几，书成，共八卷。

(五)《南宋院画录》八卷

此书《四库全书》已著录。南宋自偏安临安，并与金国达成和议之后，越是歌舞不休，吟咏太平。除此之外，还效仿前朝宋徽宗赵佶故事，设立御前画院，并有相应的专职官员。画院官员所作就是院画。所以画院实为官方主持设立的从事绘画的专门机构。当时院画名家有所谓刘松年、马远、李唐、夏珪等四大家之目。在画院设置之初，由于某些画家与北宋画院存在师承渊源，尚能取得相当成就，如李唐等人诸作造诣较高，厉鹗即云："如《晋文公复国图》《观潮图》之类，托意规讽，不一而足，庶几合于古画史之遗，不得与一切应奉玩好等。"③ 但总体上，由于是官方画家，雍容华贵，因而所作偏于精工细琢，生活体验有限。

《南宋院画录》的内容，是第一卷为总述。第二卷到第八卷，记载自李唐以下共九十六位画家，是书对于每位画家均详细地勾勒生平事迹，后附以诸书所藏的真迹题咏，内容显得既丰富又详明。该书正如《四库全书总目》所称："征引渊博，于遗闻轶事殆已采撷无遗矣。"④ 之所以有这样的成就，一是由于厉鹗本来就对宋代文献极其熟悉，所以征引起来左右逢源。二是由于他不满足于《梦粱录》《武林旧事》等书对院画作者的粗略记载，而是别据《图绘宝鉴》《画史会要》等书画专书加以钩沉提要。并"编搜名贤吟咏题跋，与夫收

---

① 永瑢等：《四库全书总目》卷七七，第670页。
② 厉鹗：《樊榭山房续集集外文》之《增修云林寺志序》。
③ 厉鹗：《樊榭山房文集》卷四《南宋院画录序》。
④ 永瑢等：《四库全书总目提要》卷一一三，第969页。

藏赏鉴语，荟萃成帙"①。因此，厉鹗又是一位杰出的书画鉴赏家。

（六）其他

1. 预修《浙江通志》

雍正九年（1731），厉鹗、杭世骏、张熷、沈德潜、吴焯、赵信、张云锦等人受浙抚程元章（后为浙督）之聘，参修《浙江通志》。本次修志总裁为总督李卫，管理为程元章，总修为编修傅玉秀，分修则厉鹗、杭世骏诸人。三年后这一次官方主持的修志活动告毕。

2.《玉台书史》

汪曾唯（振绮堂主人）撰厉樊榭《轶事》曰："《辽史拾遗》《东城杂记》《湖船录》先后雕于振绮堂，《宋诗纪事》《南宋院画录》《玉台书史》《南宋杂事诗》《绝妙好词笺》，诗文词曲诸集，或先生自刊，或后进续刊。咸丰、庚申、辛酉，极毁于兵燹。"② 检各类材料，《玉台书史》一著的记载唯出现于上。但汪氏作为著名藏书家与出版家，又其先祖鱼亭公与厉鹗过从甚密，此言当不是虚语。然《玉台书史》未见原书，此处不便评论。

---

① 厉鹗：《樊榭山房文集》卷四《南宋院画录序》。
② 厉鹗：《樊榭山房集》附录四《轶事》。

第二章 厉鹗的交游及文学活动

第一节 厉鹗交游考

在人们眼中，厉鹗的性格"不谐于俗"，为人孤高自处，又酷好林泉之游，其社会交往一定寥寥无几，不值一提。其实这是一个极大的误解，检厉鹗《樊榭山房集》，据笔者统计，单厉鹗生前有过直接唱和者已超过一百六十人，这还不算厉鹗为其写过诗序、文序，或因种种原因，没有直接进行唱和因而也没有进入诗集的交游者。另外，据王曾祥《南湖花隐记》载，厉鹗生前诗作逾万首，此说亦可信。因为清人诗集几千首逾万首的情况普遍存在，就连乾隆这样的"业余诗人"一生作诗居然数万首，不但是皇帝里面作诗最多的，而且在诗史上也可谓空前绝后。但厉鹗是一个对文学创作和学术研究都极认真的人，文学和学术可以说是他的生命，他虽作诗多，也勇于"删诗"，流传至今的诗集基本上为其生前手定，而厉鹗现存诗只有一千多首。那么，可以想象一下，被樊榭"砍掉"的八九千首诗，涉及的交游人数比一百六十人将会庞大很多！进一步审视这一百六十余人的构成就会发现，囊括了包括社会各阶层、各个方面的形形色色的人物，有显宦达官，有商贾方外，有士人画家，有村夫硕儒。但必须指出的是，与厉鹗交游者有两大基本特点：一是布衣寒士占多数。厉鹗一生虽也中过举，但从生活状况和社会地位而言与一般布衣无异。这样的处境使得他自然而然地认同"草根阶层"的布衣寒士，这些布衣寒士自甘贫寒，有的才华横溢却一生不参加科举考试，像丁敬、金农等人。这些下层文人追求精神独立和人格自由，游离于皇朝政权束缚之外。事实上，以厉鹗为领袖的浙派人士绝大多数是这一类型。二是厉鹗所交往的人士即便是豪富之家，仍毫无骄奢之气，终日与寒士为伍，谈诗论画，心灵相通，如"扬州二马"；即使是高官，也毫无跋扈之习，他们礼贤下士，极力给寒士们创造艺文氛围，并从物质上给予大力支援，而且从种种迹象来看，他们官位虽高，但也难以与皇朝最高层达成默契，或多或少地处于相疏离状态，如两淮盐运使卢见曾等。总而言之，与厉鹗交往者，大都呈现出一种心灵紧缩、面貌暗淡的状态与色调。这一点是布衣与达官、寒士与富豪所共有的，正如前文所述，这是特有的时代氛围在人们身上的一种折射。下面，将对樊榭交游状况择要采取"以点带面"方式分类加以考辨。

一 厉鹗与盐商的交往——兼论清中期盐商文化

盐业自隋唐以来，便是直接影响政府税收和民众日常生活的重要产业。两淮及扬州地区由于其得天独厚的地理位置，自古就产盐。以清代两淮盐区为例，它辖三十个盐场，所产食盐行销苏、皖、赣、湘、鄂、豫六省，占全国三分之一。经历宋元，到明清时代，扬州成为全国著名的经济和文化中心。同时，明清时期也是两淮和扬州盐业的大发展时期。两者相互作用，使得扬州这样一个水陆交会之地激发出极为独特的文化格局。

扬州作为两淮盐业的中心城市，处于长江、运河交汇之处，在清代，两淮巡盐御史衙门及两淮盐运使衙门便设在扬州。两淮盐商形成庞大的经济势力是在明代中叶，尤其是徽商，与传统的晋商"平分秋色"。而到了清代，徽商的经济实力达到了顶峰。除徽商之外，陕商也具有很大的势力。这是盐商作为一种文化形成的必要条件。明清盐商文化形成的另一重要条件是扬州特定的文化氛围。

首先是江浙自两宋以后就是人文渊薮，扬州更是人文荟萃之地。"扬州为南北之冲，四方贤士大夫无不至此。"① 清初孔尚任就认为天

---

① 李斗著，汪北平、涂雨公点校：《扬州画舫录》卷十《城西录》，历代史料笔记丛刊本，中华书局1960年版，第241页。

下五大都会为文人必游之地，扬州居其一。"广陵据南北之胜，文人寄迹，半于海内。"① 明清时代的文士们唱和雅集之风极浓。这也是有文化传统的，早在北宋时期，一代文宗欧阳修就曾有过令当时和后世文人仰慕不已的平山堂雅集。欧阳修在庆历八年（1048）知扬州府，筑平山堂，"壮丽为淮南第一"，他经常"携客往游，遣人去邵伯取荷花千余朵，插百盆，与客相间。遇酒行，即遣妓取一花传客，以次摘其叶，尽处则饮酒。往往侵夜，载月而归"②。明代文人雅集渐成风气，如大盐商郑元勋，建有影园。影园建成后，他就招致四方文士，在院内赋诗宴饮，连日不绝。并且还把多人赋诗汇集镂版。入清以后，盐商招集文人雅集更是异彩纷呈。最盛者堪称"扬州二马"小玲珑山馆、行庵，程梦星筱园及漪南别业，陕商张四科和徽商陆景辉的让圃。这几处园林构成了著名的浙派"韩江雅集"的主要活动场所。另外，天津查为仁水西庄也为这时期浙派著名的雅集之处。

其次是盐商祖籍及先人大都富有文化传统，以"扬州二马"为代表的徽商，可称典型。《清史列传·文苑传》："马曰琯，字秋玉，安徽祁门人，原江苏江都籍，诸生，候选知州。性孝友，笃于学，与马曰璐互相师友，俱以诗名，时称'扬州二马'。"③ 二马的故乡安徽祁门有极浓厚的儒学风气，"自井邑田野，以至深山远谷，居民之处，莫不有学、有师、有书史之藏"④，故又有"文献之邦"的美誉。加上徽人对程朱理学极为推崇，因而形成其"贾而好儒"的特色。在这样一个具有浓厚文化氛围的环境中，徽商大都具有相当的文化修养，而且在业盐致富后并没有放弃儒业，而是亦商亦儒。徽人对"商"与"儒"的关系具有独到的看法，可见其经商的宗旨："贾为厚利，儒为名高。夫人毕事儒不效，则弛儒而张贾；既侧身飨其利矣，及为子孙

① 汪蔚林编：《孔尚任诗文集》卷六《广陵听雨诗序》，中华书局1962年版，第439页。
② 叶梦得：《避暑录话》卷上，影印文渊阁《四库全书》子部863册，台湾商务印书馆1936年版，第631页。
③ 王钟翰：《清史列传》卷七十一《马曰琯》，第5866—5877页。
④ 《道光休宁县志》卷一《风俗》，《安徽府县志辑》本，江苏古籍出版社1998年版，第316页。

计，宁弛贾而张儒。一张一弛，迭相为用。"① 这样一种价值取向当然对于徽人经商致富后仍致力于文化，从而造成盐商文化的高度繁荣具有关键性意义。此外，徽商还有一个重要思想："富而教不可缓也，徒积资财何益乎"②？这个思想即使在今天看来也未必过时。

下面再简要谈一下盐商文化的重要实绩。扬州盐商文化作为明清时代独特的文化现象，尤其到清代，已发展到极度繁荣的程度。其主要表现是创办书院、兴办诗会、活跃文化市场等。

第一，兴办书院。富裕起来的扬州盐商，除了在家办私塾，延请先生，教育自己的子弟之外，对兴办书院等社会事业也极为热衷。柳诒徵曾说："两淮盐商利甲天下，书院膏火资焉，故扬州之书院，与江宁省会相颉颃，其著名者有安定、梅花、广陵三书院，省内外人士咸得肄业焉。"③ 作为扬州书院的代表，安定、梅花、广陵三书院，由以盐商为代表的民间力量出资兴建运行，并且邀请大批名流学者到此讲学，在中国教育史上自是辉煌一笔。安定书院就是康熙初年由盐运使与一些盐商共同出资、兴建的。乾隆元年（1736），曾任两淮总商的汪应庚一次性捐五万两银子重建扬州学府——江甘学宫，又拿出两千两银子购买各类乐器，一万三千两购置学田，其租税作为学宫的运作经费及学子参加考试的花销，这实在是功德无量之事。另一方面，一些文化巨子频频到书院讲学，有些还执掌书院，他们被称为山长、掌院、院长。如杭世骏、赵翼、蒋士铨、陈祖范等人就曾主安定书院，姚鼐、茅元铭、胡长龄等人曾任梅花书院院长。此外，担任过扬州各大书院院长的还有王步青、厉鹗、全祖望、王乔林等人。在盐商们苦心营造的如此浓厚的文化气氛中，清代扬州人才鼎盛。著名的"扬州学派"就繁盛于这个时期。另据扬州市地方志编撰委员会编《扬州市志》介绍④，整个清代扬州府进士总数达到 348 人，一甲进

①　汪道昆：《太函集》卷五十二《海阳处士仲翁佩戴氏合葬墓志铭》，《续修四库全书》第 1347 册，上海古籍出版社 2002 年版，第 390 页。
②　《歙县新馆鲍氏著存堂宗谱》卷二《柏庭鲍公传》，清稿本。
③　柳诒徵：《江苏书院志初稿》卷五，《江苏国学图书馆年刊》，1931 年。
④　扬州市地方志编撰委员会：《扬州市志》，中国大百科全书出版社上海分社 1997 年版，第 538 页。

士 11 名，梅花书院学子洪莹还曾中状元，这与清代盐商文化的高度繁荣有密切联系。此外，清中期的一大批经学大家、诗人、历史学家均出于扬州各大书院，如段玉裁、王念孙、王引之、梁国治、洪亮吉、孙星衍、顾九苞等人出于安定书院；扬州学派的两位重要人物刘文淇、凌曙出于梅花书院，另外像赵翼、万应磬均曾于两淮诸书院读书。两淮盐商对教育的巨大投入，赢得了巨大回报，值得更加深入地研究。

第二，藏书刻书。就扬州在整个清代藏书刻书业来说，成就极为辉煌。扬州盐商非常热衷于藏书，凡七略百家、二藏九部，无不搜罗殆尽。若见稀本秘籍，要么重价购之，要么连夜赶钞，必欲纳之书楼。天长日久，盐商藏书名动学林。这里举一例说明，清中叶乾隆皇帝主持编《四库全书》，从全国各地征集书籍，"两淮马裕家"所献图书数量惊人（马裕乃盐商马曰璐之子），马裕共献书 776 种，明以前的珍本就有 127 种，占《四库全书》总数（3457 种）的 22.4%。这些藏书涉及经、史、子、集四部，在献书者中排名第一，乾隆皇帝特赏《古今图书集成》一部。而另一大盐商程晋芳也藏有书籍五万多卷。盐商不但藏书丰富，而且各有专好，如程志铭专藏曲谱，安歧（字仪周）则收藏艺术图书。由于"富可敌国"，盐商在大量收藏图书时，还不惜投入巨资刻印各种书籍。著名的《全唐诗》《全唐文》《佩文韵府》《御选历代诗余》就是由官方主持、盐商出资刊刻的。盐商独立刊刻的图书更是不计其数，范围遍及经史子集。根据方盛良的统计，这方面以歙县籍盐商最多，如程梦星"程氏今有堂刻本"有清朱鹤龄《重订李义山诗集笺注》三卷、《集外诗笺注》一卷、附《诗话》一卷、《年谱》一卷、《平山堂小志》十二卷；黄晟"黄氏亦政堂刻本"有北魏郦道元《水经注》四十四卷，宋李昉《太平广记》五百卷、清顾蔼吉著《隶辨》八卷；江春"康山草堂刻本"有宋龙大渊《宋淳熙敕编古玉图谱》一百卷；汪应庚精刻地理方志，有《平山览胜志》十卷。祁门盐商"二马"的雕版更是种类繁多，在盐商刻书活动中享有盛誉，这一点后文还将评述。

第三，构筑园林，兴办诗会，活跃文化市场。盐商具有富可敌国的巨大财富。两淮盐商盐税占全国盐课 60% 左右。具有如此雄厚的物质基础，盐商大都筑有园林，有的规模相当宏大。如明代盐商郑元勋兄弟四人都筑有园林别业，郑元勋有影园，大弟元化有嘉树园，小弟侠如有休园。崇祯十三年（1640），郑氏邀名流至园，各赋七言律诗至数百首，请钱谦益评定，并将诗结为《瑶华集》出版。清代此风达至极盛。据《南巡盛典》及《两淮盐法志》记载，乾隆十六年（1751）春，清高宗奉太后懿旨南巡江、浙，驾临扬州，并亲游盐商园林十六处，分别是：黄履暹趣园、江春康山草堂与净香园，程梦星筱园，洪征治大、小虹园，汪立德小香雪，汪廷璋熙春台、汪玉枢九峰园、汪秉德尺五楼、吴租禧万松叠翠与春流画舫、吴加龙锦春园、徐士业水足居，还有巴、罗、郑、周、闵、鲍、田等家园林，弘历也曾驾临。另外像皇帝未亲临的马氏小玲珑山馆、江氏东园也别具特色，在清代文化史上影响巨大。除淮南外，淮阴的园林建筑亦很宏大，光诸程就有别业近三十处。两淮盐商所构筑的这些园林、别业是盐商文化的重要载体。

不难想象，在诸盐商所构筑的数量繁多的园林书楼里，由盐商出面号召，各阶层文士、画家踊跃参加，共同演奏出异常繁盛的文化交响乐，该是如何壮丽而独特的景观！李斗记这种文化的具体情形云："至会期，于园中多设一案，上置笔二、墨一、端砚一、水注一、笺纸四、诗韵一、茶壶一、碗一、果盒茶食盒各一。诗成即发刻，三日尚可改易重刻，出日遍送城中矣。每会酒肴极珍美。一日共诗成矣，请听曲。邀至一厅甚旧，有绝琉璃四，又选老乐工四人至，均没齿秃发，约八九十岁矣，各奏一曲而退。倏忽间命启屏门，门启则后二进皆楼，红灯千盏，男女乐各一部，俱十五六岁妙年也。"① 可见，这种盐商与文士的诗酒之会是集赋诗、饮酒、美食、演剧为一体，诚可谓"经济搭台，文化唱戏"。事实上，盐商文化的一个重要方面就是盐商对文化市场的有力推动。如诗文市场，不少文人终生以卖文为生，广大文士利用自己的特长，给人写寿序、墓铭等

---

① 李斗：《扬州画舫录》卷八《城西录》，第 180—181 页。

方式获利。厉鹗、全祖望都是此中之人。传说安歧刻孙过庭书谱，袁枚题二十余字便得白银两千。其次是书画市场，"扬州八怪"诸人得以生存并将"八怪"画风发扬光大，就缘于盐商对该市场的开辟。诚如郑燮所说："王蓂林澍，金寿门农，李复堂鱓，黄松石树谷后名山，郑板桥燮，高西唐翔，高凤翰西园，皆以笔粗墨税，岁获千金，少亦数百金，以此知吾扬之重士也。"① 最后是戏曲市场。《扬州画舫录》载："两淮盐务，例蓄花、雅两部，以备大戏。"②"花"即"花部"，有京腔、秦腔、弋阳文腔、湖广罗罗腔、句容梆子腔、安庆二簧，亦即"乱弹"；"雅"即指昆腔。同时，盐商蓄有大量乐伎，这可从《剧说》《花部农谭》《扬州府志》等文献得到进一步印证。扬州盐商养有家班近百，所演剧目过千，而且演出阵容宏大，舞台设计豪华。如盐商张氏容园的情形是："梨园数部，承应园中，堂上一呼，歌声响应，岁时佳节，华灯星灿，用蜡至万数千斤，四壁玻璃射之，冠钗莫辨。只见金碧照耀，五色光明，与人影花枝迷离凌乱而已。埒于容园者，若黄，若程，若包，莫不斗縻争妍，如骖之靳。"③ 正是有了强大的财力作后盾，盐商对雅文化与俗文化都广泛参与、积极支持，创造了明清时代辉煌的盐商文化。因此，明清盐商不但促进了商业的繁荣，而且创造了文化的辉煌。

以上是对明清盐商文化所做的宏观巡视，下文拟以"扬州二马"为代表，包括程梦星、张四科、陆景辉诸盐商在内，以厉鹗与盐商的交往为主要视角，对清中叶盐商文化作一个案分析。

马曰琯（1688—1755），字秋玉，号嶰谷、沙河遗老。马曰璐（1695—1769?），字佩兮，号半查、半槎、南斋。马氏兄弟二人，"互相师友，俱以诗名"④，时人尊称"扬州二马"。关于其家世，杭世骏《朝议大夫候补主事加二级马君墓志铭》曰："君讳曰琯，字秋玉，姓马。氏系出汉新息侯援，迨宋末，造丞相廷鸾，隶籍鄱阳，生

---

① 李金新：《郑板桥在潍县·板桥偶记》，潍坊市新闻出版局1993年版，第151页。
② 李斗：《扬州画舫录》卷五《新城北录·下》，第107页。
③ 王瑜、朱正海：《盐商与扬州》，江苏古籍出版社2001年版，第282页。
④ 王钟翰：《清史列传》卷七一《马曰琯》，第5866—5877页。

五子，季为端益，始迁婺，再传为真三，始籍祁门，世遂为祁门人。曾祖大极，前明诸生。祖承运州倅，始家于扬，考谦州司马，两世皆以君贵，赠朝议大夫。妣洪氏、妣陈氏皆封恭人。洪恭人生二子，长子曰康，早殇，次曰楚，以后世父。陈恭人生君及昆弟曰璐。"① 厉鹗撰文云："马氏系出鄱阳贵与先生讳端临后，后迁祁门"②，综合以上二《铭》，马氏先世籍鄱阳，系历史文化名人马端临之后，到马端临时迁婺。张健《新安文献研究》据《新安名族志》，认为马氏先祖由鄱迁婺，是"固与蔡京有隙"③，到端临子辈时始定籍安徽祁门。而到了"二马"祖父马承运时，定居扬州。马承运兄弟马承烈、马承熙皆业盐，热心公益，颇得人望。"二马"父马谦，"笃者尽礼，里党咸称之"④，娶洪氏、陈氏，洪氏生曰康、曰楚，陈氏生曰琯、曰璐。洪氏是一个标准的贤妻良母，"二马"虽非己出，但甚于亲生，她对曰琯、曰璐有良好影响。"二马"亲母陈氏也出身于名门望族。在这样的家世环境中长大的"二马"兄弟，终生相互敬爱有加，亦师亦友，感情深厚。

"扬州二马"作为大盐商，继承了明清盐商及先辈的优良传统，一生热衷文化事业，尤其是其小玲珑山馆别业，实为险恶时世中，为贫寒布衣士子遮风挡雨的茅庐。"二马"居于扬州新城东关街，在居所对门筑街南书屋。街南书屋由十二景构成：小玲珑山馆、看山楼、红药阶、觅句廊、石屋、透风透月两明轩、藤花庵、浇药井、梅寨、七峰茅亭、丛书楼、清响阁。厉鹗诗集中有《题秋玉、佩兮街南书屋十二首》，专为纪这十二景而作。其中，小玲珑山馆与丛书楼两处景致，对厉鹗及其浙派诗人来说，极具感情色彩和象征意义。前者为"二马"藏书与厉鹗等浙派同仁雅集吟咏之处，后者为"二马"刻书与"韩江吟社"成员读书借书之所。

① 杭世骏：《道古堂文集》卷四十三《朝议大夫候补主事加二级马君墓志铭》，《续修四库全书》第 1427 册，上海古籍出版社 2002 年版，第 619 页。
② 厉鹗：《樊榭山房文集》卷七《朝议大夫候选主事马公暨元配洪恭人墓志铭》。
③ 张健：《新安文献研究》，安徽人民出版社 2005 年版，228 页。
④ 厉鹗：《樊榭山房文集》卷七《朝议大夫候选主事马公暨元配洪恭人墓志铭》。

先说小玲珑山馆。

李斗《扬州画舫录》说："扬州诗文之会，以马氏小玲珑山馆、程氏筱园及郑氏休园为最盛。"① 此外，与"二马"小玲珑山馆实为一体的是徽商陆钟辉、陕商张四科的让圃。陆景辉，字南圻，又字淳川，号环溪，江苏扬州人，著有《放鹤亭小稿》一卷、《环溪词》一卷；张四科，字喆士，号渔川，陕西临潼人，著有《宝闲堂集》《响山词》。关于"让圃"之名，尚有一段佳话，据阮元《淮海英灵集》载："初有鬻地于张渔川（张四科）者，继又鬻于南圻（陆钟辉）。南圻后知之，以让于张，张亦不受，让于陆，马秋玉征君为之解，乃共构一园，名曰让圃。……与（马氏）行庵并为韩江雅集之地。"② 又据徐世昌《晚晴簃诗汇·诗话》云"渔川侨居扬州，得隙地于天宁寺旁，筑让圃，与马嶰谷昆季行庵为邻，并有竹木亭馆之胜，互集诗社，一时名流，觞咏所聚，风雅好事，两家盖如骖靳"③。正是以"二马"小玲珑山馆及行庵、程梦星的筱园、张四科与陆钟辉的让圃这样一个三位一体的吟咏之所，厉鹗等浙派成员与"二马"结下了生死与共的友谊。他们相濡以沫，惺惺相惜，频繁唱和，并且他们的交往与情谊几乎终其一生。据清人朱文藻及今人陆谦祉《厉樊榭年谱》，厉鹗馆"二马"小玲珑山馆几近三十年。观厉鹗三十岁以后诗文，每年他均前往小玲珑山馆小住，并有大量与"二马"唱和诗词作品传世。同时，厉鹗在与"二马"等人唱和时极受礼遇，地位很高。全祖望云："祁门马嶰谷兄弟延樊榭于馆……嶰谷诗社，以樊榭为职志，连床刻烛，未尝不相唱和。"④ 可以说，"二马"是厉鹗一生最要好、最重要的至交之一。厉鹗与"二马"的交谊之深通过以下几件事也可得到印证。

---

① 李斗：《扬州画舫录》卷八《城西录》，第180—181页。

② 阮元：《淮海英灵集》乙集卷三，《续修四库全书》集部第1682册，上海古籍出版社2002年版，第100页。

③ 徐世昌：《晚晴簃诗汇》卷七十八，《续修四库全书》集部第1630册，上海古籍出版社2002年版，第621页。

④ 全祖望：《厉太鸿墓碣铭》，《樊榭山房集》附录三。

其一，买妾求子。厉鹗正妻蒋孺人一生未育，后继娶朱满娘，共同生活七年后，年仅二十四岁的朱氏又逝去，也无子嗣。所以，无子的痛苦一生都困扰着樊榭。乾隆八年（1743），这时他已经五十二岁了，仍然没有断绝求子的企望，于是年纳刘姬。杭世骏《马君嶰谷墓志铭》云："钱塘厉征君五十无子，借君宅以蓄华艳。"① 又据全祖望《厉樊榭墓碣铭》云："以求子故，累买妾而卒不育，最后得一妾，颇昵之，乃不安其室而去，遂以怏怏失志死。"按，樊榭卒年六十一，据陆谦祉《厉樊榭年谱》按语："最后之妾即指刘姬，但不能考其离去之年月"②，此说不确。复检朱文藻《厉樊榭先生年谱》，称乾隆十六年（1751）初夏，厉鹗"遣刘姬"③，当以后者为是。在厉鹗纳刘姬过程中，曰琯起了决定作用。当时樊榭已馆于"二马"小玲珑山馆二十年。樊榭纳妾时，"仪式"就在山馆由曰琯操办，所以杭世骏说"借君宅以蓄华艳"，即双双居住在山馆。再检厉鹗诗集，有《十一月十三日广陵事戏答诸同人作二首》，其一曰："岂是风怀尚未衰，鬓丝禅榻已心灰；恐教人种年来失，又遣香车客里摧。名士肯分闲馆贮（谓嶰谷、半查），词流许借聘钱来（谓恬斋、西畴、南圻、渔川）。居然添得诗家事，不比金钗二十枚"④，五十已过而又纳妾，樊榭颇为同人所戏，但求子确实急切，诗中除感谢曰琯"闲馆贮"的慷慨之外，还对陆钟辉（南圻）、张四科（渔川）、方士俿（西畴）、汪玉珂（恬斋）等筹资以作"聘钱"也颇致感激。关于这件事，曰琯、赵信等老友都有诗作题咏，曰琯诗云："画取双眉当远风，隔墙诗老漫相探（谓谢山），幽资的的如琼玉，皓月盈盈正十三。顾氏瑶池工点笔，苏家小袖最宜男；国香一觉征前梦，近事南唐喜剧淡。"⑤

　　① 杭世骏：《道古堂文集》卷四十三《朝议大夫候补主事加二级马君墓志铭》，第619页。

　　② 陆谦祉：《厉樊榭年谱》"乾隆八年"条，第62页。

　　③ 朱文藻：《厉樊榭先生年谱》"乾隆十六年"条，厉鹗：《樊榭山房集》附录五，第1783页。

　　④ 厉鹗：《樊榭山房续集》卷四《十一月十三日广陵纪事戏答诸同人作二首》其一。

　　⑤ 马曰琯：《沙河遗老小稿》卷二《樊榭纳丽》其二，《丛书集成初编》本，中华书局1985年版，第27页。

诗后小注曰："南堂纳丽扬州归，与旧姬连育四子。"可见，樊榭膝下无子，作为"石友"的曰琯也颇见焦急。"雪凝柔玉满邗沟，花蕊新词乞小留。想得定情鸳帐暖，莫教月上夜生愁。"① 作为无话不谈的老友，赵信真是"哪壶不开提哪壶"，这时搬出樊榭前任病死的爱姬朱满娘月上，难怪樊榭戏答诸同人诗如此难为情！由以上生活琐事可以看出厉鹗与"二马"、张四科、陆景辉诸盐商的感情真是亲密无间，毫无寄人篱下之感。

其二，小别相思。检厉鹗《樊榭山房集》及马曰琯《沙河遗老稿》《嶰谷词》和马曰璐《南斋集》《南斋词》，不但一般唱和随处可见，而且表达朋友之间离情相思的作品也很多。他们往往小别几日，辄相思不已，徒令后人艳羡和惭愧。兹略举数例为证。如曰琯有词曰："竹杖芒鞋，素心乘兴西湖去。吴峰越崖最宜秋，刚与潮相遇。山馆忆君几度。待归帆归来恐暮。西泠携酒，东郭吟诗，离情三处。"② 词题云："樊榭归里，啸斋买舟偕往，作西湖之游，相隔弥月，怅然有怀。"实是一首情韵俱佳的词作。另有一首《齐天乐·送樊榭归湖上》写得也很动人。再举一首曰璐的词，亦名《忆故人·怀樊榭啸斋》，其云："江影摇凉，故人同泝澄波去。夜兰清露滴篷窗，想见吟声苦。遥问两湖鸥鹭。近中秋，园蟾极浦。水仙祠冷，伍子山空，看潮何处。"③ 在这隐露雍、乾时代肃杀之气的悲苦"吟声"中，出身贫寒的布衣之士与具有显赫家世、富可敌国的大盐商的心灵之间建立了一种微妙的共鸣与交流，实非今日之巨商大贾所能梦见，也令今日之布衣寒士望洋兴叹。此类诗词在《樊榭山房集》中更是随处可见，尤其在樊榭后半生，扬州为其诗文化活动的主要之地，这类诗词更多。

---

① 赵信：《秀砚斋吟稿》之《寄调厉樊榭纳姬扬州》，转引自陆谱"乾隆八年"条，第62页。

② 马曰琯：《嶰谷词》之《忆故人·樊榭归里，啸斋买舟偕往，作西湖之游，相隔弥月，怅然有怀》，《丛书集成新编》第81册，新文丰出版社2008年版，第2页。

③ 马曰璐：《南斋词》卷一《忆故人·怀樊榭啸斋》，《丛书集成新编》第81册，新文丰出版社2008年版，第2页。

第三部分涉及设位治丧。乾隆十七年（1752）秋，六十一岁的樊榭与世长辞了。据方盛良《二马年谱》，樊榭死后，曰琯、曰璐集张世进、方士伋、陈章、闵华、陆钟辉、楼锜、程梦星、汪玉珂等11人，在行庵设灵位，进行祭奠，并作诗吊唁。曰琯悼诗云："年来吟社半凋零，胡后唐前失典型。寒鉴楼空小师死，招魂又复酹寒厅。雪荐衣梨霜荐柑，清冬仿佛会城南。纸莲花动风吹帐，老木萧萧叶打庵。"[①] 时序虽是秋天，但山馆诸人就像遭遇寒冬的雪击霜打，悲痛之情不可抑止。曰璐的挽诗云："故人随逝水，洒泪驻行云。只此平生意，寒花如见君。香清缘竹尽，叶响带钟闻。不道行吟地，伤心日易曛"[②] 又有《哭樊榭》之作，更是肝肠寸断，感人至深："大雅今谁续，哀鸿亦叫群。情深携庾信，义重哭刘镇。望远无来辙，呼天有断云。那堪闻笛后，又作死生分。"[③] 真是既悲人又怜己，富为盐商，心如"哀鸿"，"盛世"的真相在这里已见一斑！另外，盐商如程梦星、汪玉珂、陆钟辉、张四科、方士伋等人都有悼词。难怪严迪昌把小玲珑山馆称为"诡谲时世中的风雨茅庐"，它护养了一代士心，也延续了一代文化，且多为像厉鹗这样的浙人。这就是活动在小玲珑山馆里诸人的人心与诗心，而浙人正是雍、乾时期文字狱与科举大案的打击重点。厉鹗从雍正五年起长住小玲珑山馆，而此期前后正是文字大案频发之际，如年羹尧、查嗣庭、汪景祺等案。一般文人惊魂未定之时，"二马"小玲珑山馆却宛如"世外桃源"，"收容"一批曾经是"钦犯""罪臣"和大批"草根阶层"在内的各色人物，此时文坛仿佛一潭死水，而小玲珑山馆却雅集不断，他们不谈政治，却隐然结成了一个与在朝力量相对峙的巨大群落。

再说聚书楼。"二马"的聚书楼藏书极为丰富，前文已谈过，曰璐之子马裕在乾隆朝修《四库全书》时献书数量当时居第一，超过了传是楼和天一阁。关于马氏聚书楼，全祖望的介绍最为全面，其云：

---

① 马曰琯：《沙河遗老小稿》卷五《哭樊榭八截句》其八，第72页。
② 马曰璐：《挽词》，《樊榭山房集》附录二。
③ 马曰璐：《南斋集》卷四《哭樊榭》四首其一，《丛书集成初编》本，中华书局1985年版，第82页。

　　其居之南有小玲珑山馆，园亭明瑟，而岿然高出者，丛书楼也，迸叠十万余卷。予南北往还，道出此间，苟有宿留，未尝不借其书，而嶙谷相见寒暄之外，必问近来得未见之书几何，其有闻而未得者几何？随予所答，辄记其目，或借钞或转购，穷年兀兀，不以为疲。其得异书，则必出以示予，席上满斟碧山朱氏银槎，侑以佳果，得予论定一语，即浮白相向。方予官于京师，从馆中得见《永乐大典》万册，惊喜贻书告之。半查即来，问写人当得多少，其值若干，从臾于甚锐。……百年以来，海内聚书之有名者，昆山徐氏、新城王氏、秀水朱氏其尤也。今以马氏昆弟所有，几几过之。①

　　可见，"二马"兄弟完全把藏书当成一种事业，投入了巨大的心力访书、购书、抄书，因而才积少成多，在学林获得盛誉的。这与一般富贵人家借书籍装点门面、附庸风雅截然不同。由于藏书丰富，丛书楼对上到官员，下到寒士中热心向学者具有极大的吸引力，就连两淮盐运使卢见曾也是聚书楼的常客。《扬州画舫录》载：卢氏赠秋玉诗云："玲珑山馆辟疆俦，邱索搜罗苦未休。数卷《论衡》藏秘籍，多君慷慨借荆州。"②"荆州"虽语含戏谑，但也是见惠及学林之深。在马氏丛书楼众多的读者中，厉鹗是具有代表的一位。厉鹗一生著作等身，其大部分著作材料来源于马氏丛书楼，而且他又是清代最精熟宋代文献的学者之一，这也得益于马氏丛书楼。《清史稿》云："扬州马曰琯小玲珑山馆富藏书，鹗久客其所，多见宋人集，为《宋诗纪事》一百卷，又……《辽史拾遗》……皆博洽详瞻。"③《宋诗纪事》乃厉著宋代诗学巨著，其前二十卷分别标著马曰琯、马曰璐之名，说明马氏兄弟不但为厉鹗著《宋诗纪事》提供资料，而且参与了其中部分内容的编纂。另几部著作如《南宋杂事诗》《东城杂记》《南宋

---

① 全祖望：《鲒埼亭集外编》卷一七《丛书楼记》，第1065页。
② 李斗：《扬州画舫录》卷一〇《虹桥录上》，第231页。
③ 赵尔巽：《清史稿列传》卷四八五《列传》二七二；《文苑二》"厉鹗"，《清代传记丛刊》本，明文书局1985年版，第711页。

院画录》的撰写，据有关资料，也可以肯定是受了马氏丛书楼藏书丰富之惠。厉鹗这方面的努力也受到"二马"的肯定和赞赏，如对樊榭的《宋诗纪事》和《辽史拾遗》二著，马曰璐曾说："史收辽散佚，诗纪宋英灵（樊榭辑有《辽史拾遗》及《宋诗纪事》）。寂寞丛书畔，高楼剩坠萤。"① 既明确说明二书著于丛书楼，也表彰厉鹗二著收散佚之功和纪英灵之志。当然，像全祖望、姚世钰等都深受马氏聚书楼的福泽，全祖望的成就更大，此不赘述。

"扬州二马"除了对各类文士以诚相待并纳于小玲珑山馆，将丛书楼丰富藏书慷慨出借外，在刻印图书方面，还有两项善举，不愧是清中叶盐商文化的杰出代表。对这两项贡献兹缀于后。

一是创立"马版"品牌。商业需要文化，这是人们的共识。两淮盐商在经营活动中，也深知文化的品位不同，将直接影响经济效益。由于马氏家族重视文化传承，于是"马版"品牌脱颖而出。"扬州二马"的食盐包装精美，在江淮盐市享有盛誉。又以蝉衣拓法拓《华山碑》，世称"马拓"。影响更大的，是饮誉雕版印刷业的"马版"品牌。"马版"图书校勘精审、雕刻细致，深受学者和一般读者欢迎。"马版"图书数量很大，范围广阔，主要分两类，一种是前人善本书。如唐张参《五经文字》三卷，宋娄机《班马字类》五卷。另一种是当时人著作和诗词集。如著名的厉鹗《宋诗纪事》一百卷，姚世钰《孱守斋遗稿》四卷，"扬州八怪"之一的汪士慎《巢林集》，后者版藏于小玲珑山馆。诗词集主要是"二马"、厉鹗等人的唱和集，如《韩江雅集》十二卷、《焦山纪游集》一卷、《林屋酬唱集》一卷，还有"二马"自己的诗词集，如马曰琯《沙河遗老小稿》六卷、《嶰谷词》一卷、马曰璐的《南斋集》六卷、《南斋词》二卷。此外，朱彝尊的《经义考》也是著名的"马版"产品。

二是创办梅花书院。关于梅花书院前文已略有涉及，这里只作补充。梅花书院坐落于扬州广储门外梅花岭，明代即在这里建书院，名为甘泉竹窝，后更名为甘泉书院。清雍正十二年（1734），"扬州二

① 马曰璐：《南斋集》卷四《哭樊榭》四首其二，第82页。

马"慷慨解囊，发此义举，在甘泉书院原址独资兴建梅花书院。当时
江都官方的文教长官吴锐特撰《梅花书院碑记》大力表彰。厉鹗也
作《扬州新构梅花书院纪事二十韵为秋玉赋》，大加称颂，兹录
于后：

> 一篑前朝筑，层台久已倾。榛芳谁剪薙，堂庑忽峥嵘。断手
> 由者旧，同心快落成。乔林书阁迥，疏影墨池横。带草缘文砌，
> 衣鱼走旅楹，人来石仓学，地胜月泉名。都讲堪重席，高材自短
> 檠。俗将歌吹易，气以苣兰更。白雁江南谶，红羊宋室平。双忠
> 同抗节，百战力婴城。纯孝维桑重，天恩绰楔旌。庭闱因愈疾，
> 笄帼独怀清。血尽栖魂馆，风缠托体茔。异时齐俎豆，列屋若宗
> 祊。始作图经记，姱修月旦评。功逾文太守，颂遍鲁诸生。丹膝
> 斯千襈，青鞋访二黉。无忘等嘉树，有道补由庚。为约春初霁，
> 还寻郭外行。仍持无算爵，共听栗留鸣。①

二 厉鹗与学人硕儒的交往

"二马"小玲珑山馆人物品目繁杂，但也有一部分堪称经史大师，
其中与厉鹗有终生情谊的是全祖望和杭世骏。

（一）全祖望，生于康熙四十四年正月初五（1705 年 1 月 29
日），卒于乾隆二十七年七月初二日（1755 年 8 月 9 日），晚厉鹗十
三年生，并在厉鹗去世后三年病逝。其活动时间几乎与厉鹗同时。他
字绍衣，号谢山，自署"鲒埼亭长"，浙江鄞县（今宁波市）人。全
祖望的先祖在明朝四代为官，在清军入关时，曾祖大程曾参与钱肃乐
领导的鄞县抗清斗争。随后祖望家族与抗清义士一直保持着联系。祖
望祖、父两代人均绝意科举功名，喜欢历史考据，尤其对明清之际逸
闻轶事非常感兴趣。由于受家学影响，祖望一生推崇节义之士，并为
整理前明忠烈事迹付出巨大努力，也做出了巨大贡献。为开阔学术视

---

① 厉鹗：《樊榭山房诗词集》卷七《扬州新构梅花书院纪事二十韵为秋玉赋》，第
550 页。

野，祖望雍正八年（1730）春携二万卷书入都，对方苞《丧礼惑问》提出异议。以方苞在学术界和文坛的巨大威望，祖望初出茅庐，居然敢对他的著作提出不同意见，这让学术界对他刮目相看。雍正十年（1732），祖望再次入京应顺天乡试，得以高中。乾隆元年（1736），祖望中进士，入翰林院。一生至交之一，也是全祖望恩师的户部尚书李绂对他深为赞赏，二人加上翰林院学士万承苍，从乾隆二年（1737）后，同住一院，一起讲学赋诗、考据史事，结下了深厚友谊。祖望与李绂、方苞的交谊，引起了当朝大佬张廷玉的不满，张便对祖望借故打击。从此，祖望卷入党争的漩涡。激愤之下，乾隆二年（1737），祖望辞官，从此专意治学。乾隆十三年（1748），祖望到绍兴蕺山书院讲学，取得了很大成功。十七年（1752），他又应邀主讲广东肇庆端溪书院。二十年（1755）三月，他的幼子韭儿夭折，悲痛欲绝的祖望写了《韭儿埋铭》，几天后即故去，年仅五十一岁。

祖望一生贫穷，但治学极勤，著作等身，著有《鲒埼亭集》等十余种。由于他私淑浙东学派的代表、刘宗周的弟子黄宗羲，所以他较全面地继承了浙东学派经世、务实的学术思想。他的重大学术贡献，其一是对晚明史实的整理、发掘，从而表彰忠臣、义士，将其精神发扬光大，间接抒发家国之痛、兴亡之感。其二是在黄宗羲《宋元学案》前十七卷的基础上，续成后八十三卷，使其成为完整的学术史专著。另外，值得一提的是其《困学纪闻三笺》之著。王应麟《困学纪闻》，清初已有阎若璩、何焯为之作注，祖望对前二笺均不满意，为之三笺。谢国桢认为王应麟《困学纪闻》与胡三省注《通鉴》有"异曲同工之妙"，因为二人都"生于南宋的末年，同是负有国家兴亡之感，扶持清议，发扬民族气节的志士"，并认为祖望《三笺》有"著者提倡民族气节的深意"①，是有眼光的。实际上，这是浙派诸人的惯常做法，以厉鹗为首的浙派提倡宋诗，厉鹗写的《宋诗纪事》《南宋院画录》等书与祖望《三笺》也具"异曲同工之妙"。

祖望既是史学大师，又是浙派的重要成员，更是马氏小玲珑山馆

---

① 谢国桢：《明末清初的学风》，人民出版社1982年版，第202页。

和丛书楼的常客。其《困学纪闻三笺》的著成，与马氏丛书楼密切相关（祖望曾撰《丛书楼记》）。伍崇曜指出，全绍衣寓（马氏）畬经堂中，成《困学纪闻三笺》①。检全祖望《鲒埼亭诗集》，可见涉及樊榭之诗共十三首，厉鹗《樊榭山房集》则更多。祖望诗多为题咏唱和，最后两首《樊榭北行》《樊榭至津门而归》更属珍贵。乾隆十三年（1748），厉鹗忽以铨选县令入京，祖望作《樊榭北行》劝阻，樊榭不从，然在津门查为仁水西庄小住数月，撰成《绝妙好词笺》之后，意外返回，祖望大喜过望，又作《樊榭至津门而归》以贺。另外，检《鲒埼亭文集》，有《与厉樊榭劝应制科书》一文。乾隆元年（1736），樊榭受浙抚程元章之荐，应博学鸿词科，鹗意有未愿，祖望作此文以劝。文中祖望劝樊榭应试，并从各个角度阐明应试是势所必须，言辞恳切，真挚动人，真是非净友所不能道也。特别值得一提的是，樊榭逝后一年，即乾隆十八年（1753）七月，祖望因旧病复发，辞去肇庆端溪书院讲席归里，抱病为樊榭撰《墓碣铭》，此铭为印证厉、全二人交谊最全面、最切实的文献。文开头即曰："余自束发出交天下之士……有韵之文，莫如樊榭……樊榭属予序其《宋诗》《辽史》一种，忽忽十年，息壤在彼，而今陨涕而表其墓，悲夫"②，《宋诗》《辽史》即厉鹗《宋诗纪事》《辽史拾遗》，全祖望均为之序，厉鹗《湖船录》也有祖望序。祖望在写这篇《墓碣铭》之后两年，就与世长辞了。

（二）杭世骏（1695—1772），字大宗，号董浦，晚号秦庭老民，浙江仁和人。雍正二年（1724）中举人。乾隆元年（1736）应博学鸿词科，以一等第五及第，授编修。参校武英殿《十三经》《二十四史》，纂修《三礼义疏》等书。无论在浙派诸人中，还是在考据大家中，杭世骏都是一个独特的存在。他蔑视束缚在一般士人身上的一套行为规范和道德规范，他不拘小节，有些玩世不恭。同时他"贪财"、好赌，学人与名士两种因素在他身上得到统一。据洪亮吉撰

① 伍崇曜：《沙河遗老小稿·跋》，见马曰琯《沙河遗老小稿》，第99页。
② 全祖望：《厉樊榭墓碣铭》，厉鹗《樊榭山房集》附录三。

《书杭检讨逸事》云："先生家故不丰……又疏懒甚，或频月不衣冠，性顾嗜钱，每馆俸所入，必造官板之大者以索贯之，积床下，或至尺许，其幺麽破碎及私铸者方以市场，两手非墨污，即铜绿盈寸。……先生一岁必两归钱塘，归后无事，或携钱数百，与里中少年博左近望仙桥下。"① 杭氏"嗜钱"的另一"罪证"是在其在广东任书院院长时，买了大批湖笔徽墨，然后托当道官员硬性推销给属下官吏，赚了一大笔钱，并由此失去了一个人生知交全祖望②。但任何事都是祸福相倚的。当谢山去世以后，他的学生董秉纯、蒋学镛将其文稿进行整理后，交杭世骏作序，世骏借机把稿子压了起来。试想，如果顺利作序出版的话，以祖望文集的思想内容，实难逃过雍、乾时期高涨的文网。这样，直到嘉庆年间，文网渐弛之时，祖望集才得以刻版，这也算世骏对学界的一大"贡献"吧。

但以世骏上述的人品，将何以自处？又何以处人？又怎能与厉鹗等以人格独立、注重精神追求的浙派诗人结成终生的友谊呢？再据洪亮吉《书杭检讨逸事》，其云："然先生虽若有钱癖，尝见一商人获罪醝使，非先生莫能解，夜半走先生所乞救，并置重金案上，先生掷之出，不顾"，世骏竟"贪财如此"！又云，先生"最不喜读邸报，里居二十年，同岁生或积官至大学士尚书总督，先生不知也"。并举一例，说刘纶以吏部尚书兼大学士身份拜访世骏，世骏戏之曰："汝吴下少年耳，亦入阁办事耶？"③对这位身至高位者竟毫无敬意，如此言行，却令人兀生"敬意"。应澧撰杭氏《墓志铭》云："先生条陈四事，言过切，忤旨推问，举主相国徐文穆公免冠谢罪，下先生吏议，寻放还"④，这说的是乾隆八年（1743）二月杭世骏建言获罪事，杭世骏献策称各省督抚满人数量太多，乾隆大怒，将其革

①　洪亮吉著，刘德权点校：《洪亮吉集·更生斋文甲集》卷四《书杭检讨逸事》，中华书局 2001 年版，第 1038 页。
②　徐时栋：《烟屿楼文集》卷一六《纪事·记杭董浦》（戊辰）：谢山知道此事后，告诉了"扬州二马"，让他们帮助劝阻一下，结果惹恼了杭董浦。《续修四库全书》第 1542 册，上海古籍出版社 2002 年版，第 363—364 页。
③　洪亮吉：《洪亮吉集·更生斋文甲集》卷四《书杭检讨逸事》，第 1038 页。
④　杭世骏：《道古堂集》卷首附，第 197 页。

职。在清代士人奴化严重的大氛围中，这样做是需要胆量的。这一重大打击可能也是造成杭氏个性玩世不恭的诱因之一。另据龚自珍《杭大案逸事状》，世骏罢官后，乾隆南巡时，曾三次接驾。乾隆见到左右官员所递名册时，见世骏名列其中，问："杭世骏尚未死么？"待见到世骏时，"帝问：'汝何以为活？'对曰：'买破铜烂铁陈于地卖之。'上大笑"。① 时人还记有世骏于乾隆三十年（1765）接驾时情景："上顾杭世骏而问曰：'汝性情改过么？'世骏对曰：'臣老矣，不能改也。'上曰：'何以老而不死？'对曰：'臣尚要歌咏太平。'上哂之。"② 从以上诸种记载来看，杭世骏在面对建言获罪、罪不可测时，笑谈自如，毫无所恐，在革职后，三次接驾，但每次都不啻是一场剑拔弩张的面对面的较量，不但惊心动魄，还充满机锋，杭世骏外表佯狂下对自己不留任何余地的心态已袒露无遗，更不要说邀功请赏！没有对最高统治者的深刻理解和清醒认识，没有内在的耿介与胆量，要说出这样的话实在不可思议。以上所论虽来源于"逸闻""轶事"，但也绝非面壁虚造。

至此，杭世骏的形象与个性已可谓呼之欲出了，正是这些，是这样一个张扬显露、才华横溢的大名士与性格普遍沉潜暗郁的厉鹗等浙派诸人情感得以融汇、交谊得以延续的根本原因。从精神上，杭世骏与厉鹗是一致的。

厉鹗在早年便与杭世骏相识、相知，成为密友。康熙四十六年（1707），厉鹗刚好十六岁，从杭世骏的父亲杭可庵游，与小他四岁的杭世骏同住同学，结下了儿时的友谊。厉鹗后来为可庵撰《可庵先生遗像记》叙之甚明。杭世骏《道古堂文集》有《厉母何孺人寿序》一文，对厉母何孺人也非常尊敬。可以说厉、杭是通家之好。雍正九年（1731），厉鹗、杭世骏等人同受浙抚程元章之聘，预修《浙江通志》。在志局，二人合作也非常愉快。修志期间，他们曾向藏书丰富的谢山写信，借《四明旧志》，时谢山尚在京师，于是派人告知其

---

① 龚自珍：《龚自珍全集》之《杭大宗逸事状》，上海古籍出版社1999年版，第161页。

② 杭世骏：《道古堂全集》附《轶事》。

父，将书"尽送志局"①。此事全祖望《跋宁波简要志》一文曾叙及。乾隆元年（1736），厉鹗、杭世骏等十八人又同受浙督程元章之举，应博学鸿词科，厉鹗意有未愿，世骏到京后，告知谢山，遂有谢山千里写信劝厉鹗应试事，见祖望《与厉樊榭劝应制科书》一文。此外，作为"韩江诗社"中人，厉鹗与世骏唱和更为频繁，检世骏《道古道诗集》和厉鹗《樊榭山房集》，此类诗作比比皆是，这里不再赘述。

　　与厉鹗交游的学人硕儒，尚有一人值得提及，他就是王昶，交往时间虽短但意义重大，这里略做交代。

　　王昶（1725—1806），字德甫，号述庵，一号兰泉，又号琴德，江苏青浦县人。他既具有卓越的理政才能，又是朴学大家。与朱筠并称"北朱南王"。著有《蒲山房诗话》《湖海诗传》《国朝词综》等书。王昶得识厉鹗，是在乾隆十三年（1748），这时厉鹗已经五十七岁了，而王昶才二十三岁，实为"忘年交"，王昶《蒲褐山房诗话》记之甚详："予于戊辰岁，在长洲赵君饮谷小吴船遇之，辱为忘年交；后征君过吴，必访余于朱氏蘋花水阁，凡三年而征君下世矣。"② 值得称道的是，在厉鹗去世之后，葬于杭州西溪王家坞，因无子嗣，坟茔杂草丛生，王昶及其友人何琪取樊榭及其妾朱氏栗主归，在杭州城外牙湾黄山谷祠，备一室供之，王昶还特撰门楹题联，联曰："丈室花同天女散，摩围诗共老人参"③，并约朋友在节令之日时时洒扫祭奠，实不枉友朋之名，令人起敬。

三　厉鹗与"扬州八怪"部分成员的交往

　　清中叶"扬州八怪"是中国艺术史上极具影响的画派，其活跃期，与厉鹗为宗师的浙派是同步的。两派之间存在着共融、交叉之处，因为"八怪"成员有浙人，并且有诗艺极高者。"八怪"画派除跟浙派联系紧密外，还与扬州盐商有直接的利益关联。"八怪"画、

---

① 全祖望：《鲒埼亭集》卷三十五《跋宁波简要志》。
② 陆谦祉：《厉樊榭年谱》"乾隆十三年"条，第73页。
③ 厉鹗：《樊榭山房集》附录五《王述庵先生〈蒲褐山房诗话〉》。

印等艺术作品的主要购买者是盐商，如"八怪"成员几乎都与"扬州二马"有深厚的交谊，这种情况不但在"八怪"诗文集，还是在"二马"集子里，都能看到。关于八怪的成员数量，向来主张甚多，但多持不限于八人之说。"八怪"成员的社会阶层也很复杂，有卑官，如郑燮，但大多数是布衣，与浙派大多数成员完全一致。至于"八怪"的"怪"，前人分析论述已很多，但这种"怪"作为特定时世的压抑、坎坷的一种折射，充满异端色彩，恐怕也是很重要的因素。张仲谋甚至说："单纯从诗学角度说，'八怪'诗不妨列为浙派之外围附派"①，也有一定道理。"八怪"画文化现象还需要进一步深入研究，这里，仅以"扬州八怪"中金农、陈撰、华岩以代表，来说明厉鹗与"扬州八怪"的交谊。

金农（1687—1763），字寿门，又字司农，浙江钱塘人，著名布衣。他的字号很多，有几十个，但最著名的是冬心。他既是公认的"八怪"画派的主要成员，又是重要的浙派诗人。约三十岁时，金农首次来到扬州，这时同乡老友厉鹗、陈撰都在扬州，从此，扬州就成了金农的第二故乡。乾隆元年（1736）的博学鸿词科，他的老友杭世骏、厉鹗都先后入京，金农也曾被荐，参加了考试应试，但厉鹗、金农都未中式。金农一生极嗜漫游，他以扬州为中心，行迹飘忽不定。金农曾写有一诗自作描绘：

蓄鱼于树鸟栖泉，物性相违便颠倒。
洗耳凿环非矫世，此翁百不受人怜。②

厉鹗本性"不谐于俗"，而金农"物性相违"，真可谓志同道合，金农又自命为"我是如来最小弟""布衣雄世"，很有几分杭世骏的玩世不恭。

① 张仲谋：《清代文化与浙派诗》，东方出版社1997年版，第305页。
② 金农：《冬心先生集·冬心先生三体诗》，《自赠》三首其三，《续修四库全书》集部第1424册，上海古籍出版社2002年版，第594页。

事实上，金农是厉鹗最好的朋友，两个人的性情在浙派诗人里是最相近的，二人生前即有"髯金瘦厉"之称。他们与杭世骏曾有"三文士"之目。这些说法一是因为他们当时名气都很大，也由于他们交往极为密切。又如著名的浙派印学宗师，也是厉鹗好友丁敬对厉、金二人的描述："金髯（农）碑版熟掌故，瘦厉（鹗）石墨长镌华。轻舒漫掩世虑远，杳同佛屋缮楞伽。"① 真可谓知人之言！再检金农《冬心先生集》（该集是"八怪"传世诗文集诗歌数量最多者）。涉及厉鹗之诗四首，而厉鹗《樊榭山房集》涉及金农的诗也很多，在厉鹗涉及交游的诗作中数量是相当可观的，这说明厉鹗在诸多交游友朋中，对金农很是倾心！《樊榭山房集》开篇便是《金寿门见示所藏景龙观钟铭拓片》，另有一首《金寿门过访以诗卷索拙序，话良久，殊慰寒寂》，曰：

> 尔我相看已壮夫，恒河照影昔游俎。
> 江山兴好朋尊隔，罗绮年来一字无。
> 折脚铛边残叶冷，缺唇瓶里瘦梅孤。
> 只应绝调艰为序，卷卷淹留类贾胡。②

凄寒孤寂的冬夜里，浙派诸人就是这样互相温暖、互相慰藉，虽然长夜难挨，却也"殊慰"，虽"绝调艰为序"，却也"茶话良久"，实在是意味幽深。

除金农外，陈撰也是厉鹗的"八怪"挚友。陈撰（1678—1758），字楞山，号玉几，浙江鄞县人，布衣，与金农一样，他也长期寓居扬州，著有《绣铗集》《玉几山房吟卷》等。在厉鹗《樊榭山房集》中，涉及陈撰之诗极多。然陈撰这个人，从各种材料看，面目很模糊，记载极隐约。《清史列传》说他是"毛奇龄弟子，修行读书，嘐然古处。乾隆十二年，以布衣举博学鸿词，辞不赴。诗意冲逸

---

① 丁敬：《砚林诗集》卷三《石鼓歌》，同治癸酉钱塘丁氏刊《西泠五布衣遗著》本，国家图书馆藏。
② 厉鹗：《樊榭山房诗词集》卷三《金寿门过访以诗卷索拙序话良久殊慰寒寂》。

高简，虽极古，要能离俗，家存玉几山房，蓄书画最富，精鉴赏，画格尤高，为时人所宝"①。再翻胡艺撰《陈撰年谱》，1747 年（丁卯，乾隆十二年）条，竟无一语及陈撰被荐鸿博语。事实上，清廷也并未于此年举行博学鸿词科考试。真是矛盾层出！再检 1736 年（丙辰，乾隆元年）条，正是这一年，厉鹗亦被浙督程元章荐举应试。此条载："赵之垣荐（撰）举博学鸿词，不就。有《辞宁夏赵银台荐启》。"②《清史列传》误，应为乾隆元年，今订正之。

观厉鹗《樊榭山房集》，与陈撰唱和之诗词数量几与金农近，达十多首，主要为诗词唱和，谈书论画，互作序跋，其中有一首颇需注意：

> 拉瑟西风故故摧，江鸿社燕共徘徊。
> 那知极浦水花老，又按绕篱岩桂开。
> 隔岁相思同浊酒，几旬尘土挽纯灰。
> 瘦权更在高寒顶，清露翻经坐石台。③

在表达深挚的情谊之外，还多了一层弦外之音。此时厉鹗不过二十五岁，陈撰也才四十岁，情调非常凄厉，情绪也很落寞。浙派诸人就是这样，作诗唱和时往往不直接表达，采用迂回曲折的抒情方式，但有时在不经意间流露出真性情，体现了所谓康、乾"盛世"中文士的压抑和凄凉心声。

除金农、陈撰之外，"八怪"画派的华岩也是厉鹗的布衣挚友。华岩（1682—1703），原字德嵩，字秋岳，福建上杭人。他流落他乡后，为了表示不忘桑梓之乡之意，取号为新罗山人（上杭旧为新罗地），有《离垢集》。华岩一生在杭州时间最久，因而得交厉樊榭，从其诗集取名看，孕离垢绝俗之意，因而也与厉鹗属于同调。徐逢吉题华岩《离垢集》曰："华君秋岳，天才警挺，落笔吐辞，自其少

---

① 王钟翰：《清史列传》卷七十一《杭世骏》，第 5865 页。
② 胡艺：《陈撰年谱》，江苏美术出版社 1993 年版，第 20 页。
③ 厉鹗：《樊榭山房诗词集》卷一《秋分日呈陈愣山兼寄亦谙上人》。

时，便无尘埃之气，壮年苦读书，句多奇拔。近益好学，长歌短吟，无不入妙。盖其有仙骨，世人不知其故也。"①

厉鹗与华岩的诗画之交，开端于厉鹗为华岩《横琴小像》自画像写了一首《高阳台》词：

> 剑气横秋，诗肠涤雪，风尘湖海年年。三径归来，慵将身在笑天？草堂不著樱桃梦，寄疏狂、菊涧梅边。想清游，如此须眉，如此山川！
>
> 枯桐在膝冰徽冷，纵一弦虽设，亦似无弦。世外音希，更求何处成连！几时与子苏堤去，采蘋苹花，小艇街烟。笑平生，忘了机心，合伴鸥眠。②

这是樊榭词中难得的境界开阔、情调豪迈，又意脉流畅、毫不生涩的好词！既是题像之作，那词意与人物精神面貌就要协调，由此，也可以想见华岩其人。此外，厉鹗为华岩诗集题词云："辛亥上春获读秋岳先生诗集，惊叹高妙，非尘埃中所有，敬题五言一首，聊当跋尾。"③并署名"同学弟厉鹗顿首"。厉鹗比华岩小整十岁，从题词看他对华岩也相当敬重，可谓亦师亦友。

"八怪"画派成员以布衣为多，像金农、陈撰、华岩均为布衣，一生经历都很简单，但他们多才多艺，个性鲜明，靠自己的创造才能赢得了时人和后人的尊敬，厉鹗与他们的交往，主要是出身、经历、志趣的投合，所以很值得关注。

四　厉鹗与官场人物的交往

厉鹗作为一个布衣学者和诗人，一生未出仕任官，加上又个性清高，观其《樊榭山房集》，不但集中无一首干谒之作，所交往的所谓

---

① 徐逢吉：《离垢集题词》，见华岩《离垢集》卷首，《清代诗文集汇编》本第251册，上海古籍出版社2011年版，第114页。
② 厉鹗：《樊榭山房诗词集》卷九《高阳台·题华秋岳横琴小像》。
③ 厉鹗：《离垢集题词》，华岩：《离垢集》卷首，第114页。

官场人物也多是卑官，即卑官也往往是罢官之后，才见交往。本节要主要叙述的厉鹗与曾两任两淮盐运使卢见曾的交往，但在两人诗文集中均不见直接交往的痕迹。然而笔者的主要着眼点在于，卢见曾的文艺活动作为盐商文化的重要组成部分，开了这时期的文化风气，对当时江浙文坛及学术界的学人、诗人均有直接或间接的影响，这是清中叶文化史上的事实，应当承认。

卢见曾（1690—1768），字抱孙，号澹国，又号雅雨，自号雅雨山人，山东德州人，著有《雅雨堂集》。卢氏一生，仕途基本顺遂，但也经历了一些波折与坎坷。康熙五十年（1711）中举，六十年（1721）中进士，历任四川洪雅县令、江南亳州蒙城知县、六安知州、亳州知州、庐州知府、江宁知府、颍州知府，并于乾隆二年（1737），迁两淮都转盐运使，可谓宦途顺利，步步高升。《清史列传》谓其"短小精悍，有吏才"①，在任期间，颇有政绩。但其一生的更大辉煌与坎坷都是在两任盐运使期间。初任盐使刚七个月，便因"被参一十七款，共诬赃银一千六百两"②，连同其他罪名被乾隆发往塞外军台。十三年后，即乾隆十八年（1753），再任两淮都转盐运使。又十年后，告老还乡。谁知"退休"之后却灾祸突起。乾隆三十三年（1768），时任盐政尤拔世以相沿充公之提引舞弊名入告，历任盐官均获罪，卢见曾亦被牵连。《药里慵谈》述之甚详：

> （见曾）亏累官项七八十万，不能考终牖下，为人所怜。然至今称于人口，比之狐狸猫貉啖尽者，较有区别。先生提引查钞事发，吾乡徐君步云以召试中书直军机，遣健骑泄之于卢，以故无所获。承审官拘卢幼子，诱其尽言，云："某日，徐世兄自京城有人来，我父忧见于色。"徐以此革职，戍军台。卢，徐召试举主也。……同时为卢累，谪军台者有纪文达，罢职者王昶、赵

① 王钟翰：《清史列传》卷七十一《卢见曾》，第5838页。

② 卢见曾：《雅雨堂文集》卷四《上宰相书》，《续修四库全书》第1423册，上海古籍出版社影印本2002年版，第496页。

文哲，纪为卢姻亲，王、赵旧宾客也。①

后此案钦定处决，但尚未执刑，卢见曾已于乾隆三十三年（1768）九月二十八日逝于苏州。

卢见曾生前所尚，略与"扬州二马"同，如兴建书院、大力刻书、扶持诸儒、兴复古学等。不同处唯在前者为官方身份，后者具民间色彩，而且卢氏与"二马"私交极好，曰琯去世后，见曾极为悲痛：

> 前月才同哭旧俦，那堪君又去荒丘。
> 淮阳老友从今尽，金石遗文谁更搜。
> 名士共悲东道主，高情常在借书楼。
> 琅嬛福地知归处，山馆玲珑本暂留。②

至于厉鹗与卢见曾的交谊，有两条材料值得珍视。一条载于王昶《湖海诗人小传》：卢见曾"凤慕其乡王阮亭尚书风流文采，故前后任两淮运使各数年，又值竹西殷富，接纳江浙文人，惟恐不及，如金寿门农、陈玉几撰、厉樊榭鹗、惠定宇栋、沈学子天成、陈授衣章、对鸥皋兄弟前后数十人，皆为上宾"③。除沈天成、惠栋外，其他诸人皆为厉鹗挚友。见曾延揽、结交厉鹗诸人真可谓"扬州二马"故事的"官方版"！而第二条材料便与见曾刊刻王士禛《渔洋感旧集》有关。《渔洋感旧集》成书于康熙十三年（1674），然一直未能刻版问世。卢氏得到此书抄本后，赞叹不已，爱不释手。后遇马曰琯，二人不谋而合，决定刊刻此书，卢见曾非常高兴："马君秋玉又不期而遇于京师……慨然任剞劂之事。"④ 该书开雕于乾隆十七年（1752），卢见曾《感旧集补传凡例》有详细说明，其云：

---

① 李春光：《清代名人轶事辑览》，中国社会科学出版社 2004 年版，第 849—850 页。
② 卢见曾：《雅雨堂文集》卷下《哭马嶰谷主事》，第 435 页。
③ 王昶：《湖海诗人小传》卷二《卢见曾》，同治四年亦西堂刊本。
④ 卢见曾：《雅雨堂文集》卷二《刻渔洋山人感旧集序》，第 465 页。

是集辗转抄写，讹误颇多，宋编修蒙泉尝订正之，复委榆村之孙寀、余子谦以校雠之役，再三过，尚有阙疑。玲珑山馆藏书充栋，所与稽者厉樊榭鹗、陈授衣章，皆博雅君子，幸重检阅，而后授梓，毋致有鲁鱼亥豕之讹。①

可见，厉鹗、陈章参与了该书的最后校定，这时厉鹗已经六十岁了，见曾语气中显然对他们抱着很大的信赖。想必在卢氏至为重视的《渔洋感旧集》雕前校雠过程中，见曾与樊榭必有机会晤面。由于厉、卢二人身份的悬殊以及厉鹗的性格取向，尽管见曾礼贤下士，但两人见面不一定频繁，这方面尚待深入挖掘。

与厉鹗联系紧密、且频频见于厉鹗的《樊榭山房集》的官场人物是鲍钤，此人官位不高，却与贫寒人士极有善缘。鲍钤（1690—1748），字冠亭，山西应州人，隶汉军。先后任浙江长兴知县、海塘通判、嘉兴海防同知。著有《道腴堂诗文稿》等。《清史列传》称鲍钤"工诗文"②，厉鹗集内录有多首与鲍钤的唱和诗，兹录一首以见其怀：

> 罢举我偏懒，去官君赤贫。
> 娱书亲静客，多病爱闲人。
> 花落郊园晚，诗题京洛尘。
> 相思劳远道，已历几冬春。③

官是卑官，更兼"去官"，又"赤贫"，虽系官员，实与厉鹗乃同一流人物。虽然自己并不富裕，但鲍钤在资助朋友方面是极慷慨的，《清史列传》载：鲍钤"长兴诸生王豫缘事被逮，为经理其家，

---

① 卢见曾：《渔洋山人感旧集·凡例》，见周骏富辑《清代传记丛刊》，明文书局1985年版，第12页。
② 王钟翰：《清史列传》卷七十一《鲍钤》，第5872—5873页。
③ 厉鹗：《樊榭山房诗词集》卷五《答西冈明府见怀》。

殁后又为雕其集"①。王豫亦为厉鹗挚友，过从甚密，诗集中多有唱和。厉鹗另一挚友金农的诗集《景申集》就是由厉鹗作序，鲍钤出资雕印的。由此可见，鲍钤虽官位不高，资财不厚，但对厉鹗浙派诸人来说，确是官场人物中的至交。

前文说过，厉鹗一生交游甚广，以上只是择要论述。而大量的交游者将在厉鹗的文学活动中加以涉及。

第二节　厉鹗的文学活动

厉鹗作为浙派宗师，一生虽以徜徉山林为心魄寄托，但在清代雍、乾年间杭州、扬州的数次重大诗歌唱和活动他均是核心成员，而且他是扬州韩江诗社、杭州湖南诗社当之无愧的领袖，同时他又是沟通扬、杭两地诗社的重要纽带。此外，厉鹗还是杭州、扬州诗界与津门诗坛的重要沟通者（津门诗坛又以查为仁为东道主）。因此，探讨厉鹗文学活动是全景式考察其交游的重要方面。下文笔者拟就厉鹗生前参与的诗歌唱和活动的线索加以勾勒，以显示其成就，明确其地位。

一　韩江雅集

说韩江诗社是厉鹗时代最重要的诗歌团体大概亦不过分。比厉鹗稍后的袁枚记诗社盛况云："马氏玲珑山馆一时名士如厉太鸿、陈授衣、汪玉枢、闵莲峰诸人，争为诗会，分咏一题，哀然成集。"②诗社活动的主要地点是"扬州二马"的小玲珑山馆与行庵、程梦星的筱园与张四科、陆景辉的让圃。诚如全祖望《厉樊榭墓碣铭》所言，"二马"等的韩江诗社是奉樊榭为职志的。对于韩江诗社，乾隆八年（1743）重九一次雅集，可谓韩江雅集活动中的一次高潮，富于象征意义。此次雅集地点在马氏兄弟之行庵，事后苏州画家叶震

---

① 王钟翰：《清史列传》卷七十一《鲍钤》，第5872—5873页。
② 袁枚：《随园诗话》卷三《六一》，第92页。

初为之作画，名曰《九日行庵文谦图》，检厉鹗《樊榭山房文集》中有《九日行庵文谦图记》，在文中，韩江吟社最主要成员已囊括其中。文曰：

> 按图中共坐短榻者二：右箕踞者，为武林胡复斋先生期恒；左抱膝者，为天门唐南轩先生建中也。坐交床者二人：中手笺者，歙方环山士庶；左仰首如欲语者，江都闵玉井华也。一人坐藤墩拈髭者，鄞全谢山祖望也；一人倚石坐，若凝思者，临潼张渔川四科也。树下二人：离立把菊者，钱塘厉樊榭鹗；袖手者，钱塘陈竹町章也。一人凭石床坐抚琴者，江都程香溪先生梦星也。听者三人：一人垂袖立者，祁门马半槎曰璐；二人坐瓷墩，左倚树、右跂脚者，歙方西畴士俴、汪恬斋玉枢也。二人对坐展卷者，左祁门马嶰谷曰琯；右吴江王梅沜藻也。一人观者，负手立于右，江都陆南圻钟辉也。从后相倚观者一人，歙洪曲溪振珂也。①

这段文字勾勒出一张韩江诗社"全家福"，图中不仅人物个性略有显露，而且"流品"极杂。盐商二马兄弟、张四科、陆景辉、方士俴、方士庶、洪振珂，另有王藻；辞官或罢官文人：全祖望、胡期恒（官至甘肃巡抚，年羹尧案牵连者），程梦星（退休翰林），唐建中（被康熙皇帝"开除"的庶吉士）；寒士：厉鹗、闵华、陈章、汪玉枢。此十六人身份、经历、遭际、生活环境迥异，何以能结成如此紧密的诗歌团体、高吟低唱呢？沈德潜于此已心领神会，其云："今韩江诗人不于朝而于野，不私两人而公平同人，匪矜声誉，匪竞豪华而林园往复，迭为宾主，寄兴咏吟、联结常课、并异乎兴高而集、兴尽而止者，则今人倡和不必同于古人，亦不得谓古今人之不相及也。"② 由此可以看出，韩江诗社诗人群体实是一个与朝堂文人有截

---

① 厉鹗：《樊榭山房文集》卷六《九日行庵文谦图记》。
② 沈德潜：《韩江雅集序》，《韩江雅集》卷首，清刻本。

然区别的唱和诗群，这一群体与在朝者的疏离正是要么备受屈辱打击，要么对王朝有一种深埋于文化血脉中的不相融合而产生的反作用力。

韩江雅集的成员除了上述最重要的十六位之外，尚有张世进、姚世钰、楼锜、陆锡畴、杭世骏等人，并且有像释明中等这样的方外人士参加。总的看来，韩江诗社的成员数量较为庞大。

二 湖南诗社

袁枚《随园诗话》云："乾隆初，杭州诗酒之会最盛。名士杭、厉之外，则有朱鹿田璋、吴瓯亭城、汪抱朴台、金江声志章、张鹭洲湄、施竹田安、周穆门京。每到西湖堤上，㩒裳联襼，若屏风然。有明中、让山两诗僧，留宿古寺，诗成传钞，纸价为贵。"① 湖南诗社之盛可见一斑。另据《全谢山年谱》载："陈句山将北上，吴瓯亭邀先生（按指樊榭）及金江声、周穆门、全谢山、金冬心、梁蔎林、杭堇浦、施竹田、汪复园、释明中集钱于瓶花斋。"② 可见主要成员不外以下数人：厉鹗、周京（程门）、金志章（江声）、全祖望、金农（冬心）、梁启心（蔎林）、杭世骏、汪台、释明中、陈句山、施安（竹田）。同时"瓶花斋"乃著名藏书家吴焯（1676—1733）的藏书楼，会于瓶花斋，其主人吴焯、吴焯子吴城当然也是核心成员。另外，与周京等人唱和者尚有郑江、吴廷华、丁敬、陈兆仑、张湄、汪沆（厉鹗诗弟子）、戴廷熺、江源、顾之琰、之麟兄弟，这些，都应视为湖南诗社重要成员。此派诗人除奉厉鹗为旗帜外，周京也是一个极重要人物。全祖望曾云："穆门以诗名天下五十余年……杭之诗人为社集，群雅所萃，奉穆门为职志。"③ 因此，可以说，这个诗社是奉周京、厉鹗二人为领袖的。在《樊榭山房集》中，厉鹗与湖东诗社诸同志唱和之处甚多。总的来说，湖东诗社成员组成比韩江诗社要单纯得多，以寒士布衣为主，因而说，在

---

① 袁枚：《随园诗话》卷三《六四》，第93—94页。
② 陆谦祉：《厉樊榭年谱》"乾隆十一年"条引《全谢山年谱》，第66页。
③ 全祖望：《鲒埼亭集》卷第十九《周穆门墓志铭》。

野色彩也更浓一些。

三 焦山纪游

关于焦山，厉鹗记其曰："京口金、焦二山，为天下绝景。金山去瓜洲咫尺……焦山相去稍远，岩亭幽敻，孤峙盘涡巨浪间，游人迹罕至。"可见焦山是一个风景奇绝、远离闹市、人迹罕见的游览胜地。厉鹗一生曾三游焦山，据厉鹗撰《焦山纪游集序》，第一次是在清雍正八年（1730）冬天，第二次是在乾隆二年（1737）夏，第三次是在乾隆十三年（1748）冬，三次出游"皆马君嶰谷、半查为之主，……同游者九人，往返两宿南庄，留山中凡三日夕"，且"人各赋诗七首、联句一首，次第为一集"①。可见，今传世之《焦山纪游》当为三次唱和结集。再考朱文藻《厉樊榭先生年谱》按："焦山为广陵马嶰谷、半查招游……（第一次）是十六人同游。又按：……（第二次）则是十人同游。又按：寒夜石壁庵同联句者：马曰琯、方士健、马曰璐、杭世骏、陈章、陆钟辉、楼锜及先生（按指厉鹗）凡八人，则又是八人同游矣。"②仅以寒夜石壁庵同联句者为八人便断定此次出游焦山者共八人，此说不确。朱谱同条又载厉鹗"同堇浦（杭世骏）、竹町（陈章）、西畴（方士健）、南圻（陆钟辉）、于湘（楼锜），宿山嶰谷南庄。重游焦山"，这与厉鹗《焦山纪游序》所载出游成员及宿地皆完全相同，按语中独少闵华（今传世《焦山纪游集》收闵华诗），盖误。值得提出的是，三次焦山之游尤其是最后一次，共游者均为厉鹗密友，因此可以说，焦山纪游活动既创作成果丰硕、又无负于友朋盛情的。

厉鹗等焦山之游的意义，除了文人素来雅好山水、借以交友咏诗的表面用意之外，应有一层不自觉的深心，沈德潜序《林屋酬唱录》时说过的一席话这里也颇为适用：

---

① 厉鹗：《樊榭山房文集》卷三《焦山纪游集序》。
② 朱文藻：《厉樊榭先生年谱》"乾隆十三年戊辰，年五十七岁"条，《樊榭山房集》附录五，第 1782 页。

> 诸君子远居维扬。维扬称华腴地，乃能涉江航堑，叩寄逃虚，舍明丽之区，入静深之境，以其笔墨发山水之灵，岂陶贞白所云："见朱门广厦，无欲往之心，望高崖，噉大泽，恒欲就是者与。"①

这里沈氏未达时的感受，可谓透辟。在很多时候，沈德潜总是像厉鹗诸人文学活动的旁观者和见证人，不经意间总是能揭破许多秘密，故可说其本人实为厉鹗浙派诸人的反面参照系。这说明，厉鹗浙派诸人无论是文学创作、学术研究，还是文学活动、登临酬唱总是带上了一种别具意味的倾向，这种倾向或许并非自觉，它含糊但却让人能心领神会，琢磨不尽。因此，厉鹗等浙派诸人的文学活动更应上升到社会文化的层面去审视，才能透彻、准确地去诠释它。

四　西湖修禊

修禊本为我国古代的一种风俗，春秋两季皆有，其中以春季修禊为最盛。每年农历三月三日，人们到水边用香熏草药沐浴，以期消灾避邪。魏以后卒成定例，一般持续三日。由于修禊活动为人们提供了一个集会的机会，故文人在修禊日吟诗唱和就是很自然的事了。另外，修禊期间文人们除了吟诗之外还听曲唱戏，所以，修禊活动是一项综合的文化活动。

文化史上较早较著名的文人修禊活动当属东晋书法家、文学家王羲之等人的兰亭修禊。其实，汉及以后诸人如张衡、蔡邕、王融、沈约等人文集中也常见"禊堂文讌"的字眼。颇为巧合的是，王羲之也为浙人。东晋穆帝永和九年（353），王羲之与当时会稽一带名士四十多人同游山阴兰亭，举行修禊大会，会后，诸人唱和诗结为《兰亭集》，王羲之为之作《兰亭集序》，此举诚为文人集会的盛事。此后各朝，修禊诗会不断。元代文人刘仁本仿兰亭遗事，亦约四十二人会于秘阁湖唱和，诗集颇有流传。到清代此类活动更是频繁，如清初

---

① 沈德潜：《林屋酬唱录序》，《林屋酬唱录》卷首，乾隆刻本。

著名的有王士祯（曾任扬州推官）红桥修禊。到了乾隆期，卢见曾对渔洋这位同乡前辈非常追慕，不但刊刻其《渔洋感旧集》，而且效渔洋旧事，于乾隆二十二年（1757），主持红桥修禊，见曾自己作七言律诗四首，先后和者达七千余人，诗集编次成三百余卷。此举可以说轰动了当时整个文坛。可惜的是，樊榭此时已长眠地下四年了，无缘目睹其盛况。但樊榭生前也曾参加过杭州知府鄂敏主持的修禊大会，规模也很盛大，似可补偿此憾。

乾隆十一年（1746）闰三月三日，杭州知府鄂敏（字筠亭，满洲人）主持修禊大会，与会者各界名人六十一人，樊榭及其好友周京、金志章、金农、丁敬、厉志黼（厉鹗从子）、梁启心、杭世骏、张熷、赵一清、张云锦、全祖望、释明中等人也参预其中，可见，这次修禊大会湖南诗社成员占了相当席位。会后，鄂敏刻刊诗集，高僧明中为之作图，周京为之作记，一时影响很大。在诗会上，厉鹗作《闰三月三日同人集湖上续修禊效兰亭诗体二首》，其二云：

> 群公悦衿契，布席临芳流。
> 夜雨被众绿，云与山沈浮。
> 重三复重月，一唱还一酬。
> 漫言继兰渚，兴到非外求。①

另外，厉鹗集中尚有《三月三日同穆门、莜林、竹田、恒公酹顾丈月田墓，兼修禊湖上，分得之字》一首，虽云"修禊"，则与一般唱和无异了。

综上所述，浙派作为清代阵营庞大、延续时间较长的一个文学流派，以上唱和活动构成其文学活动的主体。这些唱和活动实为清代文学史上一个相当独特之现象，其独特之处倒不在于形成一个文学团体、"出版"几部诗集，其诗史意义实超出了诗学本身：以厉鹗为职志的浙派，以自己的全部艺术才能及品格操守形成一股强劲的在野士

---

① 厉鹗：《樊榭山房续集》卷五《闰三月三日同人集湖上续修禊效兰亭诗体二首》。

人的精神力量，隐然与以文字狱等"硬"的一手与以科举号召的恩宠为"软"的一手相结合瓦解士心的王朝形成疏离。如此理解浙派的诗史意义方不流于皮相，才符合浙派真正的面貌。

第三章　厉鹗的诗学和词学思想

厉鹗作为清代绵延时间最长、诗派阵营较为庞大、文学理论建设完善的文学流派——浙派的文学创作的集大成者和典型，给我们留下了数量不菲的诗、词、文创作，还有散曲、戏曲作品。这些作品，为我们全面、系统认识和研究这位浙派宗师提供了基础。同时，不可否认的是，就文学思想方面看，厉鹗没有系统的、专门性的文学理论著作。但只要我们审视一下厉鹗的《樊榭山房集》，涉及文学思想和主张的地方随处可见（尤其是一些序跋类作品）。以厉鹗孤高淡泊的个性，他大概也不屑于鲜明地抛出理论，以此作为旗帜开宗立派，下面一段话大概可作为一个确证：

> 诗不可以无体，而不当有派。……吕紫微作江西诗派，谢皋羽序睦州诗派，而诗于是乎有派。然犹后人瓣香所在，强为胪列耳，在诸公当日未尝断断然以派自居也。迨铁崖滥觞，已开陋习。有明中叶，李、何扬波于前，王、李承流于后，动以派别概天下之才俊，啖名者靡然从之，七子、五子，叠床架屋。本朝诗教极盛，英杰挺生，缀学之徒，名心未忘，或祖北地、济南之余论，以锢其神明；或袭一二巨公之遗貌，而未开生面。篇什虽繁，供人研玩者正自有限。于此有卓然不为所惑者，岂非特立之士哉！①

此段可视为厉鹗的诗歌流派观，除了作者"宗宋"立场的因素

---

① 厉鹗：《樊榭山房文集》卷三《查莲坡蔗塘未定稿序》。

外，主要是为了申明在创作上应保持个性，严斥盲目跟风的"俗调"，应做"特立之士"，这"特立之士"当然也包括查莲坡和他自己。值得寻味的是，厉鹗无意于树藩篱，也不屑于在文学理论上大张旗鼓，而他却成了浙派宗主，正如当年的"吕紫微""谢皋羽"诸公一样。正由于如此，散落于厉鹗《樊榭山房集》中有关文学思想的吉光片羽也许更具理论号召力。因此，上文所引也可以视作厉鹗诗论与词论的理论出发点与"基调"。

第一节 厉鹗的诗学思想

厉鹗是一位在野色彩极浓的诗人，同时其人品也正如诗品：瘦硬幽峭。作为最能代表浙派面目的大家，他的诗论把浙派诗学理论向前推进了一步。由于其生活道路、诗歌创作及诗学追求上的独特性，使得他适与同时的"格调派"宗主沈德潜在诗学主张上形成鲜明的对比，而与比他稍前的浙派代表朱彝尊也有很大差别。厉鹗的诗学主张由以下几点可见梗概。

一 融学于诗与自出新意

古典诗歌作为中国古代文学中最重要、历时最久的一种体式，经过唐代的高度繁荣，宋代的另辟新路，到了清代，宗唐宗宋俨然成一大关目，从清初到晚清，唐宋诗之争此起彼伏。从一定程度上说，宗唐宗宋与唐宋诗之争有其客观必然性。正如钱锺书《谈艺录》所讲："唐诗，宋诗，亦非仅朝代之别，乃体格性分之殊。天下有两种人，斯分两种诗。……高明者近唐，沉潜者近宋，有不期而然者。故自宋以来，历元、明、清，才人辈出，而所作不能出唐宋之范围，皆可分唐宋之畛域。唐以前之汉魏六朝，虽浑而未划，蕴而未发，亦未尝不可以此例之。"[①] 叶燮对唐宋诗之别也有巧妙的譬喻："譬诸地之生木

[①] 钱锺书：《谈艺录·一》，《诗分唐宋》，生活·读书·新知三联书店 2001 年版，第2—3 页。

然……唐诗则枝叶垂荫，宋诗则能开花，而木之能事方毕。自宋以后之诗，不过花开而谢，花谢而复开。"① 在清代诗论宗唐宗宋、莫衷一是之际，厉鹗以其诗论以及示范性的诗歌创作为宗宋一派开出了新路，可以说顺应了诗歌发展的客观趋势。我们知道，元明三百余年的诗人多学唐，但大多"志大才疏"，在创作实绩上并无特殊成就，最具代表性的当为明代前后"七子"，他们倡言"文必秦汉，诗必盛唐"，其煊赫的气势几乎笼罩了有明一代，然而时代既已不复"盛唐"，钱谦益等诗人早已看出此路不通，因此在其《列朝诗集小传》中对宗唐一路给予不遗余力地抨击。清初邵长蘅也揭示了诗歌宗宋乃客观大势："诗之不得不趋于宋，势也。盖宋人实学唐而能蝉逸唐轨，大放厥词，唐人尚蕴藉，宋人喜迳露；唐人情与景涵，才为法敛，宋人无不可状之景，无不可畅之情。故负奇之士，不趋宋不足以泄其纵横驰骤之气，而逞其赡博雄悍之才，故曰势也。"② 厉鹗也认识到片面学唐、学宋都有失偏颇：

> 夫诗之道不可以有所穷也。诸君言为唐诗，工矣；拙者为之，得貌遗神，而唐诗穷。于是能者参之苏、黄、范、陆，时出新意，末流遂澜倒无复绳检，而不为唐诗者又穷。物穷则变，变则通。③

表面上看来，厉鹗在宗唐宗宋之间是无所侧重的，但由于他认识到宗宋是诗歌发展的趋势，只言其"末流之失"，因而他的兴趣还是完全倾向于"苏、黄、范、陆"等为代表的宋调的。另外，他又有感于宗唐宗宋皆有偏颇，其"拙者""末流"均不足取，他自己走的是一条以宗宋为主、参酌唐诗的道路。这一点他比同时代的朱彝尊、

---

① 叶燮：《原诗·内篇下》之六，丁福保辑：《清诗话》本，上海古籍出版社 1978 年版，第 588 页。
② 邵长蘅：《青门剩稿》卷四《研堂诗稿序》，《四库全书存目丛书》第 248 册，齐鲁书社 1995 年版，第 183 页。
③ 厉鹗：《樊榭山房文集》卷三《懒园诗钞序》。

沈德潜诸人站得都高。朱、沈二人非本文论述重点，这里只取适可与厉鹗诗论、词论形成参照的论点。先看沈德潜，沈氏以倡言"温柔敦厚"的诗教传统名世，且以"格调派"风靡清中叶诗坛，他还编选了《唐诗别裁集》，仅从这些，我们就可以看出其诗学路径，且看他的"高论"：

> 诗至有唐为极盛，然诗之盛，非诗之源也……有明之初，承宋、元之遗习，自李献吉以唐诗振天下，靡然从风，前后七子互相羽翼，彬彬称盛……则唐诗者，宋、元之上流，而古诗又唐诗之源也。①

可见，沈氏在这里大力重振的是前后七子的风势，而这正是厉鹗所大力抨击的，这种诗学主张上的严重分歧的意义恐怕超出了诗学的本身，后来的事实也证明了这一点。浙派及"格调派"在现实中的遭际及沈、厉二人的命运及生活道路也足以形成鲜明的对比，差别尚不止于对明代前后"七子"的态度，还在于厉鹗走的是以宋为主、参酌唐诗之路，而沈氏则一味宗唐，这是厉、沈诗学取向的根本差别。

再看朱彝尊，这位浙派大师②在诗学取径上宗唐，与沈德潜同，但在融学入诗上与厉鹗同。他在个人命运上也颇耐人寻味，仕途煊赫一时，曾在上书房行走，是沈德潜的"同路人"，然而并未"善终"，因枝节小错而被康熙帝"打发"，然后闭门息轨，专事治学与创作，这一点上又与厉鹗同属一格。

朱彝尊诗论在宗唐这一点上或许比沈德潜更为严格，他抨击宋诗及宗宋诗风可谓不遗余力，在其文集中比比皆是，而且言辞极为刻薄生硬，限于篇幅，仅引一例为证：

---

① 沈德潜：《古诗源》卷首《古诗源序》，中华书局 2000 年版，第 1 页。
② 关于朱彝尊到底是不是浙派诗人，向来聚讼纷纭，莫衷一是。

> 迩者诗人多舍唐学宋，予尝嫌务观（陆游）太熟，鲁直（黄庭坚）太生，生者流为萧东夫，熟者降为杨廷秀，萧不传而杨传，效之者何异海畔逐臭之夫耶！①

一味宗唐的弊病厉鹗看得非常清楚，而朱氏却极力为之鼓吹。因此，同是浙地诗人，朱厉二人取径各有不同，但高下也极为分明。但朱、厉差异还没有厉、沈的不同那么大。这是由于朱、厉在储学为材、融学于诗这一立场上相互靠拢，甚至相通。厉鹗在《绿杉野屋集序》中云：

> 少陵之自述曰："读书破万卷，下笔如有神。"诗至少陵止矣，而其得力处，乃在读万卷书，且读而能破致之，盖即陆天随所云："鞭轹波涛，穿穴险固，囚锁怪异，破碎阵敌，卒造平淡而后已"者，前后作者，若出一揆。故有读书而不能诗，未有能诗而不读书。……夫粘，屋材也；书，诗材也。屋材富，而宷庮桴桷，施之无所不宜；诗材富，而意以为匠，神以为斤，则大篇短章均擅其胜。②

另录朱彝尊的一段议论作为比照：

> 诗篇虽小技，其源本经史，必也万卷储，始足供驱使。别材非关学，严叟不晓事。③

他还指出："今之诗家，空疏浅薄，皆由严仪卿诗有别才非关学一语启之，天下岂有舍学言诗之理！"④

---

① 朱彝尊：《曝书亭诗集》卷五十二《书剑南集后》，四部备要本，中华书局1936年版。
② 厉鹗：《樊榭山房文集》卷三《绿杉野屋集序》。
③ 朱彝尊：《曝书亭诗集》卷二一《斋中读书十二首》之十一。
④ 朱彝尊：《曝书亭文集》卷三九《栋亭诗序》。

由此可见，在融学入诗这一点上，厉鹗与朱彝尊相契合，他们都高度重视学问，认为学问乃是作诗的基础。结合清代重学问、重考据的文化背景，可以看出时代文化风气对浙派诗学取向的重大影响。但他们对学问的重视又同中有异：厉鹗主张融汇"群籍"，如他曾欣赏友人之诗"清恬粹雅，吐自胸臆，而群籍之精华，经纬其中"①。可见厉鹗所取之学在理论上没有什么限制，因而范围广大。而朱彝尊主张取材于"经史"，带有目的性和指导性，这一点使得他的诗论带上了浓厚的伦理色彩和教化意识，即他强调"诗言志""诗缘情"，在客观上他有向正统诗教靠近的倾向。这是朱、厉在诗学主张上根本性的不同。朱、厉诗论的另一点重大不同在于：前者强调以"经史"为核心的学问，而归结于严格的宗唐，后者提倡以无所不在的"群籍"为指向的学问，而旨在以宗宋为主，融唐入宋，取宋并不森严。由此可见，同样是推崇学问的诗学观，其最终取向并不同。然而从学理上讲，崇学与宋诗有内在的协调性。虽然杜甫、韩愈是唐人，但正是这一路的学问家兼诗家的唐人衍化出典型的宋诗，这是诗学史上客观的事实。然而朱彝尊既提倡学问，又归旨于宗唐，表面上看似是悖论，但这一点，又显示出清人在宗唐宗宋问题上所作出的探索。

厉鹗在倡言储学为诗的同时，又强调自出新意，而成就一家自成面目之诗。这种见解可谓时时可见，如他赞扬他的朋友赵谷林的诗："格高思精，韵沉语炼，昭宣备五色，锵洋叶六义。胚胎于韦、柳、韩、杜、苏、黄诸大家，而能自出新意，不袭故常。"② 又如他称赞其弟子汪沆的诗："以坚瘦为其格，以华妙为其词，以清莹为其思。……绝去切拟，冥心独造，而卒无不与古人合。"③ 又说："辞必未经人道，而适得情景之真，斯为难耳。"④ 所有这些，都表现出厉鹗力求在创作上不袭蹈前人旧辙，追求艺术个性的独创精神。与"自

---

① 厉鹗：《樊榭山房文集》卷三《汪积山先生遗集序》。
② 厉鹗：《樊榭山房文集》卷三《赵谷林爱日堂诗集序》。
③ 厉鹗：《樊榭山房文集》卷三《盘西记游集序》。
④ 杨钟曦：《雪桥诗话》三集卷五，北京古籍出版社 1991 年版，第 228 页。

铸伟词"相表里，他还认为作诗应抒发真性情，如称赞友人的诗"清恬粹雅，吐自胸臆"①，"盖自庙廊风谕以及山泽之臞所吟谣，未有不至于清而可以言诗者，亦未有不本乎性情而可以言清者"②，都鲜明地表达了这一观点，亦即学人之诗、诗人之诗的结合。同时，也可以看出，抒发真性情与厉鹗论诗的另一宗旨"清""寒"论紧密相连。

二　诗歌清寒论

厉鹗的诗歌清寒论，是其诗论的极具特色的一个方面，这主要来源于他的独特的生活经历及人格追求、美学追求。如果说重学问、融学于诗代表了学宋一派的共性的话，清寒论则凸显出厉鹗诗学主张的个性。这方面的论述主要集中在以下两段话：

> 昔吉甫作《颂》，其自评则曰："穆如清风。"晋人论诗，辄标举此语，以为微眇。唐僧齐己则曰："乾坤有清气，散入诗人脾。"盖自庙廊风谕以及山泽之癯所吟谣，未有不至于清而可以言诗者，亦未有不本乎性情而可以言清者。③
>
> 集中诗大都皆凋年急景，冰雪峥嵘，触于怀而托于音者也。初出以视予，标其首曰"销寒"，予献疑曰："气之游者寒则敛，景之蒙者寒则清，材之柔者寒则坚。其在人也，寒女有机丝，人赖其用；寒士有特操，世资其道：寒亦何可竟销耶？况《复》之一阳，《临》之二阳，当顽飚凛冽之际，大块之生意已萌兆于下，寒亦何必遽销耶？"④

"清""寒"在意义上接近，所不同处仅在程度。二者的内涵主要是：首先他把诗风与诗人人品紧密联系。厉鹗一生憔悴失意，不谐

---

① 厉鹗：《樊榭山房文集》卷三《汪积山先生遗集序》。
② 厉鹗：《樊榭山房文集》卷三《双清阁诗集序》。
③ 同上。
④ 厉鹗：《樊榭山房文集》卷三《余茁村诗集序》。

于俗。"其人孤瘦枯寒，于世事绝不谙，又卞急不能随人曲折，率意而行，毕生以觅句为自得。"他三十岁之前坐馆于汪沆家五年，而三十岁以后大部分时间在"扬州二马"小玲珑山馆，晚年又曾与天津查氏兄弟有密切交往，这种长期"坐馆"的经历以及少年时代差点"寄于僧寮"的记忆都使他形成了一种深刻的"寒士心态"，然而他没有自卑感，独特的生活经历又使他的性格"畸化"，变得异常孤傲、清高。这份孤傲、清高又来自于他的才学以及在当时诗坛的宗主地位。厉鹗生活的时代，正好是性灵派崛起之前，"南施北宋""南朱北王"及查慎行、赵执信之后，查氏虽在世，但与厉鹗无可比性（查属前辈），所以造成"有韵之文莫如樊榭"① 的诗坛格局。这些对厉鹗诗学观的形成都具有深刻影响，难怪有"寒士有特操，世资其道"之句，事实上厉鹗的"特操"不仅是个性人品的必然，又体现在具体行动上。通读厉鹗《樊榭山房集》的一千多首诗，其中没有一首干谒诗，而交游的友人中，也不乏仕途通达者，但都不卑不亢，持守着"寒士"心灵中的"峥嵘"，维护着自己的特操。正因为他秉有这样的"寒士"操守，才自然而然地产生诗歌地清寒论。由此出发，他大力表彰那些"清操寒士"的诗：

> 圣几赋性幽淡，迥出流俗，见干进改错辈，视如腥腐，……故其为诗，澄汰众虑，清思眇冥，松寒水洁，不可近睨。②

符圣几是他的诗弟子，也是一位短命且苦命的诗人："起孤生，克自淬厉于学，不幸年三十三，积病不愈以殁。"出身经历几与厉鹗同。厉鹗表彰这些"寒士"诗人是颇为自觉的。又如：

> （程文石）迫于贫，无以养母，转客四方。……所资以为客者，亦在于诗，然得意之作，文石亦不肯轻以示人也。……今读

---

① 全祖望：《厉樊榭墓碣铭》，《樊榭山房集》附录三，第 1739 页。
② 厉鹗：《樊榭山房文集》卷三《秋声馆吟稿序》。

> 其诗，天机所到，自然流露，如霜下之钟，风前之籁，应气则鸣，初无旬锻月炼之苦，而达生遗物，能使人忘去荣悴得丧所在，然后知文石之诗之进乎道，向之以诗人求文石，犹浅之乎言诗矣。①

又是一位贫病交加的"同道"之人。大凡作者序哪些人的诗与不序哪些人的诗，其本身已有轩轾。其次，"清""寒"本身的内在要求是拒熟避俗。这一点也是坚守"寒士""峥嵘"的必然结果。很明显，这点他继承了宋代黄庭坚的"不俗"论，同时，康乾时期接二连三的文字狱也是这种诗风的促成因素。清初大量的文字狱案的打击对象为浙人，诸如庄廷鑨《明史》案，汪景祺《西征随笔》案，查嗣庭日记案，吕留良《文选》案等，这些残酷的狱案迫使士人只可能选择两条路，要想追求仕途的成功必须奴化自己，为皇朝粉饰太平，拒绝走此种道路，则只有隐于山林，缄口政治，以此保住自己的清操。除此之外没有第三条路可走。以厉鹗的人品天性，只能选择第二条路。而对此形成鲜明对照的是沈德潜，他不但"义无反顾"地选择前一条道路，而且"如鱼得水"（尽管最终的结果也未见其好），由此可见，厉、沈之间的分歧不在于作诗的方法技巧，而在于是两种人生道路、两种诗学精神的对立。事实上，厉鹗对沈氏的道路也颇不屑："往时东南人士，几以诗为穷家具，遇有从事声韵者，父兄师友必相戒以为不可染指。不唯于举场之文有所窒碍，而转喉刺舌，又若诗之大足为人累。及见夫以诗获遇者，方且峨冠纡绅，回翔于清切之地，则又群然曰：'诗不可不学'。"②可见当时风气何等庸俗！学不学诗与学何样诗，均以"遇"与"不遇"为标准，而"峨冠纡绅，回翔于清切之地"的沈德潜之流成了世俗社会眼中成功的典范、取法的对象。沈德潜的诗歌创作成就高下不是本文论述的对象，而其所获得的"成就"是因为他的诗学宗旨与王朝统治取得一致以及其驯服的姿态，却是不争的事实。上引厉鹗的这段文字不仅表明了他拒绝庸

---

① 厉鹗：《樊榭山房文集》卷三《程文石诗集序》。
② 厉鹗：《樊榭山房文集》卷三《叶筼客叠翠诗稿序》。

俗的诗学立场，而且这段话写得相当轻松，极尽揶揄！而在《余苗村诗集序》中，又给这些"奴化"性格的文士以辛辣的讽刺：

> 如果以忍寒可矣，奚至效小儿女，骨脆不能凌吹，亟俟煦和。①

鄙夷这些庸俗诗风的同时，厉鹗赞扬了等待大地回春的"忍寒"意志。以厉鹗为代表的浙派提倡"清""寒"的诗风以及人格追求，大约半个世纪之后，在杰出的浙江诗人龚自珍的诗中得到一定程度的体现，也是无独有偶的事。

第二节　厉鹗的词学思想

厉鹗生前在文学主张上不屑于严树旗帜、开宗立派，这些表现适与浙西词派宗主朱彝尊形成鲜明对照，尽管厉、朱二人在词学思想上极为接近，甚至呈现出一脉相承的轨迹。然而从厉鹗的一些论词序跋以及集中论词的《论词绝句十二首》可以看出，厉鹗词论是在紧承朱彝尊词论的基础上，依然在向前推进。这从一个侧面说明，厉鹗词论与他的诗论的部分观点一样，在体现浙派文学审美倾向的前提下，也充分显示他的个性。同时厉鹗的诗论与词论在审美精神上具有共通性，尽管诗词属于不同的文学样式（这一点将在后文有较详细的叙述）。需要指出的是，《论词绝句十二首》作为厉鹗论词的集中表现，导致论者常常有意无意将它视为厉鹗论词主张的全部，因而得出片面的结论。笔者试图以《樊榭山房集》中的论词序跋以及《论词绝句》为主要依据，较全面揭示厉鹗的词学思想体系。

一　溯词源、论词史、尊词体

词兴于唐五代，盛于两宋，衰于元明，又重振于清。种种迹象表

---

① 厉鹗：《樊榭山房文集》卷三《余苗村诗集序》。

明，词至清代，无论是作家、作品的数量的众多创作流派以及风格的多样化，都堪称"中兴"。"中兴"的另一表征是词学极其发达，词学与词创作互相推动，共同造成了清词的繁荣。其中不少的词作家都具有相当的理论建树，厉鹗作为浙西词派巨子，也高度重视词在文体中的地位。《论词绝句》（以下简称《绝句》）第一首开宗明义：

> 美人香草本离骚，俎豆青莲尚未遥。
> 颇爱花间断肠句，夜船吹笛雨潇潇。①

首先厉鹗把词源溯至盛唐李白，而且认为词的创作精神应上推至《离骚》，不管李白是否创作了尚存争议的《菩萨蛮·平林漠漠烟如织》《忆秦娥·箫声咽》等词作；也不管作为后起的词，与《离骚》是否有直接的关系，作者的着眼点和旨归是认为词完全可以和《离骚》一样，言"香草美人"之志，也可以出自像李白这样的大诗人之手，这就使词和向来所认为的词是"小道""末技"的观念划清了界限。厉鹗除了把词与"骚"相提之外，还把词与《诗经》《乐府》相联系："词源于乐府，乐府源于诗"②，众所周知，《诗经》后来被列为儒家经典之一。厉鹗把词与《诗经》《乐府》相列，也就充分肯定了词的文体地位。这一观点到常州词家那里，更被明确而有力地加以肯定，周济就曾言"诗有史，词亦有史，庶乎自树一帜矣"③。

其次，在充分尊重词这一文学创作样式的基础上，厉鹗还对词史发展以及词派流变有着独到的认识：

> 尝以词譬之画，画家以南宗盛北宗。稼轩、后村诸人，词之

---

① 厉鹗：《樊榭山房诗词集》卷七《论词绝句十二首》之一。以下凡引《论词绝句十二首》者，不另加注。

② 厉鹗：《樊榭山房文集》卷四《群雅词集序》。

③ 周济：《介存斋论词杂著》"六"，人民文学出版社1959年版，第4页。

北宗也；清真、白石诸人，词之南宗也。①

　　南宗词派，推吾乡周清真，婉约隐秀，律吕谐协，为倚声家所宗。自是里中之贤，若俞青松、翁五峰、张寄闲、胡苇航、范药庄、曹梅南、张玉田、仇山村诸人，皆分镳竞爽，为时所称。元时嗣响，则张贞居、凌柘轩。明瞿存斋稍为近雅，马鹤窗阑入俗调，一如市侩语，而清真之派微矣。本朝沈处士去矜号能词，未洗鹤窗余习，出其门者，披靡不返，赖龚侍御蘅圃起而矫之。尺凫《玲珑帘词》，盖继侍御而畅其旨者也。②

　　厉鹗具有清晰而系统的流派及词史演变思想。在他的意识中，词正如画一样，有南北宗之分，"北宗"即所谓豪放词，以辛弃疾等人为代表，"南宗"即所谓婉约派，以姜夔等人为代表。而论浙省一地词人，由宋至今，俨然是一部系统的地域词派发展史。事实上，浙西词派在取径上基本上以前代浙地词人（只有姜夔是江西人）为创作典范，如朱彝尊宗姜、张；厉鹗取径稍宽，除宗姜、张外，还宗周邦彦。因此可以说浙西词派的产生应当是这一地域性词派发展在清代合乎逻辑的推延。

二　宗法周、姜，崇尚雅正

朱、厉二人同为浙西词派宗匠，在词学主张上也可谓大同而微异。厉鹗在专论浙词时独尊周邦彦：

　　南宗词派，推吾乡周清真，婉约隐秀，律吕谐协，为倚声家所宗。①

而在其他一些序跋和《论词绝句》里也尊姜夔，如《绝句》之五：

① 厉鹗：《樊榭山房集序》卷四《张今涪红螺集序》。
② 厉鹗：《樊榭山房集序》卷四《吴尺凫玲珑帘词序》。

> 旧时月色最清妍，香影都从授简传。
> 赠与小红应不惜，赏音只有石湖仙。

　　这里一个"最"字表明尊崇的程度。另外厉鹗对张炎也非常推崇，如《绝句》之七：

> 玉田秀笔溯清空，净洗花香意匠中。
> 羡杀时人唤春水，源流故自寄闲翁。

　　这里可以清楚地看出，尊崇姜夔是因为他"最清妍"，推崇张炎是因为其能"溯清空"。都着眼于一个"清"字。这不但与他诗论的核心精神相通，实际上也就是追求词的"雅正"。而在《群雅词集序》中，他集中地论述了他的"雅正"观念：

> 由诗而乐府而词，必企夫雅之一言，而可以卓然自命为作者，故曾端伯选词，名《乐府雅词》；周公谨善为词，题其堂曰志雅。词之为体，委曲啴缓，非纬之以雅，鲜有不与波俱靡，而失其正者矣。……（今诸君词）远而文，淡而秀，缠绵而不失其正，骋雅人之能事，方将凌铄周、秦，颉颃姜、史……研农编次都为一集，将镂版以问世，冷红词客标以"群雅"，岂非倚声家砭俗之针石哉！①

　　可见厉鹗宗尚周邦彦、姜夔，根本着眼点还是在于把他们看作"雅"的典型，因此，尊周、姜与尚雅正实际上是一而二、二而一的关系。厉鹗尊尚姜、张，这一点和朱彝尊完全相同，所以他说："寂寞湖山尔许时，近来传唱六家词。偶然燕语人无语，心折小长芦钓师。"（《绝句》之九）但情况还远不止于此，清高的厉鹗是向不轻许人的，他之所以"心折"朱彝尊，是因为朱氏乃浙西词派宗主，对

---

　　① 厉鹗：《樊榭山房文集》卷四《群雅词集序》。

厉鹗来讲属前辈人物；更重要的是在词学领域，朱、厉二人词学主张接近或者说主脉相同。如朱、厉都提倡"雅正"，而"雅正"是他们词学的核心，只不过厉鹗对"雅正"的追求更见强烈。然而，这不等于说厉鹗这样一个"特立独行"的浙派领袖在词学主张上缺乏个性。这从厉、朱二人词论"微异"可得鲜明的体现。前文说过，朱氏词尊姜夔，而厉鹗除尊姜夔，似乎更尊周邦彦。

　　厉鹗尊周邦彦应主要有以下两点用意。一是着眼于周邦彦在词史上的独特而重要的地位。陈廷焯《白雨斋词话》称周邦彦"前收苏、秦之终，复开姜、史之始"①，可谓一语中的。在厉鹗看来，周邦彦既开"姜、史之始"，那么倡言宗周邦彦或同宗周、姜应该比独宗姜夔更带有根本性。或者换句话说，宗周邦彦已包含了宗姜夔。二是着眼于周邦彦在词律上的精深造诣。厉鹗在《吴尺凫玲珑帘词序》中赞扬周清真词"律吕谐协，为倚声家所宗"②。另外，厉鹗在《绝句》之十二也表达了他对词律的重视：

　　　　去上双声子细论，荆溪万树得专门。
　　　　欲呼南渡诸公起，韵本重雕绿斐轩。

　　可见，厉鹗推崇周邦彦，还有一层用意在于以周为榜样，强调词律。同时，强调词律与推崇雅正、排俗拒腐在精神上又相当一致。某种意义上，遵守词律是词的"雅正"的基本要求和重要标志。这说明，以朱彝尊为宗师的浙西词派，发展到中期大师厉鹗，偏重格律成为其词论主张的应有之义。

　　与推尊周邦彦、姜夔，崇尚雅正相联系，厉鹗以婉约词为词学正宗，严抑豪放词，这一点也与朱彝尊不同，呈现出极端化倾向。在《绝句》之八中，厉鹗明确指出：

---

　　①　陈廷焯：《白雨斋词话》卷一《词至美成乃有大宗》，《词话丛编》本，人民文学出版社1959年版，第3786页。
　　②　厉鹗：《樊榭山房集序》卷四《吴尺凫玲珑帘词序》，第754页。

> 中州乐府鉴裁别，略仿苏黄硬语为。
> 若向词家论风雅，锦袍翻是让吴儿。

《中州乐府》是元好问所辑的金人词集，附在《中州集》末，所选词大抵为苏、黄一路。"吴儿"指吴激。史载吴激使金被羁，曾与宇文首（命运与吴激相同）赋词，宇文首作《念奴娇》，吴激作《人月圆》。前者效苏、黄，后者是一首婉约风雅之作。厉鹗翻出这桩旧案，意在说明词之正宗在于风雅，而不在豪放。在对豪放词风的立场上，朱氏与厉鹗有所不同，首先是朱氏对以豪放著称的陈维崧非常钦佩，说他是辛弃疾的后身，侧面也说明他对辛弃疾的豪放词风持肯定态度。同时，《词综》中也选了辛弃疾的三十多首作品，这些，都可以看出朱、厉二人词学主张的"同中有异"。

三　强调"寄托"

朱彝尊在《陈纬云红盐词序》中说：

> 词虽小技，昔之通儒巨公往往为之。盖有诗所难言者，委屈倚之于声，其辞愈微，而其旨益远。善言词者，假闺房儿女之言，通之于《离骚》、变雅之义，此尤得志于所宜寄情焉。[1]

朱彝尊借词"空中传恨"，其"恨"应当包括个人的悲愁哀感，也包括故国之思。这方面，厉鹗对他的这位浙西前辈既有继承，又有发展，也有摒弃。厉鹗的"寄托"观念主要集中在《论词绝句十二首》中。先看第一首：

> 美人香草本离骚，俎豆青莲尚未遥。
> 颇爱花间断肠句，夜船吹笛雨潇潇。

---

[1]　朱彝尊：《曝书亭集》第四十卷《陈纬云红盐词序》。

《离骚》以"美人香草"来寄兴托意，即通过"美人香草"来寄寓作品的主体情志。可见，作者在这里搬出《离骚》，来达到"尊词体"的作用，同时又为其"寄托"说张目，而且这种"寄托"以"怨而不怒"的方式出现，又与词的"雅正"相联系。那么，厉鹗主张在词中"寄托"何种蕴含呢？且看：

> 张柳词名枉并驱，格高韵胜属西吴。
> 可人风絮堕无影，低唱浅斟能道无？（《绝句》之二）

> 贺梅子昔吴中住，一曲横塘自往还。
> 难会寂音尊者意，也将绮障学东山。（《绝句》之四）

这两首诗分别写张先、贺铸。在作者心目中，"低唱浅斟"的浪子柳永是无法与张先诸人"并驱"的。因为张先、贺铸等人曾经追求过、痛苦过、失意过，在他们的词中寄托了他们的"寂音"与"幽思"。就张先而言，这种"幽思"当然与《离骚》的"香草美人"传统相合。至于贺铸的"一曲横塘"更是深得《离骚》神韵，以上两首诗都是以具体词人为例，说明词中应寄托个人的悲愤不平之志，这点对朱彝尊的寄托说有扬有弃。朱氏认为，词应寄寓自己个人仕途及私生活的悲哀，这点与厉鹗合。同时，朱彝尊词论中有明显的帮闲与粉饰太平之意，"词则宜于宴嬉逸乐，以歌咏太平"①，这是厉鹗对朱氏之所"弃"。

除了抒发自己的人生哀愁之外，在厉鹗看来，词还应具有更大的功用：

> 头白遗民涕不禁，补题风物在山阴。
> 残蝉身世香莼兴，一片冬青冢畔心。 （《绝句》之六）

---

① 朱彝尊：《曝书亭集》第四十卷《紫云词序》。

送春若调刘须溪，吟到凿秋句绝奇。
不读凤林书院体，岂知词派有江西。 （《绝句》之九）

《乐府补题》原是南宋遗民词集，收录了王沂孙、周密等14人的37首咏物词，以《天香》《水龙吟》《摸鱼儿》《齐天乐》《桂枝香》五调分咏龙涎香、白莲、蝉、蟹等物。近年有学者考证，《乐府补题》寄托元僧杨琏真伽发会稽宋陵，唐钰、林景熙潜收帝后遗骨归葬并树冬青以志之事①。而《乐府补题》在浙西词派的形成及光大上举足轻重，诚如严迪昌所说："《乐府补题》的重出之与浙西词风的炽盛有着命脉相通的重大关系，是探讨浙西词派盛衰史不应忽略的一个至关要紧的环节。《乐府补题》作为浙西派词旨弘扬的载体，它在被凭借以倡导淳雅、清空的同时，一股咏物的词风也就与浙派的存亡相始终。"② 客观地讲，康熙十八年（1679）身为应召"布衣"的朱彝尊入京携带一册《乐府补题》不能说出于无意识，也不能说无风险。但此举在距离明亡国未远、大量遗民尚存、故国之思正烈之时，这本《乐府补题》具有超越时空的意义。它仿佛一面旗帜，在一定程度上，造就了浙西词派及其宗主朱彝尊。半个多世纪之后，厉鹗作为公认的浙派中期巨匠，仍以《乐府补题》作为"浙西派词旨"，很难说有什么现实作用，但在词学取向上有积极意义，即认为词应该抒发亡国之恨、兴亡之感。再看"凤林书院体"，它指江西庐陵凤林书院刊刻之《名儒萃堂诗余》，收南宋遗民词203首，作者多为江西籍，故云"词派有江西"。作者在这里之所以表现出对遗民词的重视，一方面是因为作者在词学上尊崇张炎等遗民词人，另一方面又因为他看到遗民词在内容上抒发身世之感、亡国之恨这一特点。

厉鹗除在《论词绝句》中较为集中地论述词应寄托个人感愤和亡国之恨之外，在一些序跋中也有不少这方面的见解。如他评吴尺凫词"在中年以后，故寄托既深，揽撷亦富，纡徐幽邃，倘恍绵丽，

---

① 肖鹏：《乐府补题寄托发疑》，《文学遗产》1985年第1期。
② 严迪昌：《清词史》，江苏古籍出版社1999年版，第247页。

使人有清真再生之想"①，评友人词"工不减小山，而所托兴乃在感时赋物、登高送远之间"，他又称自己"少时索居湖山，抱侘傺之悲，每当初莺新语，望远怀人，罗绮如云，芳菲似雪，辄不自已，伫兴为之"。②

应当指出，由于时代和个人的原因，厉鹗强调词应抒发主体的哀怨悲愤和兴亡之感。虽然"陈义"甚高，但在"兴亡之感"上往往理论与实践相脱离。严迪昌在论及厉鹗词论与创作时精辟地指出：厉鹗"将朱彝尊的词学观发展推向到极点，于是偏至之论的流弊益重：雅洁无疑是雅洁之至，但性情与'真气'却匮乏少存；'辅以积卷之富'这一点也空前未有，而'独造意匠'则未见用力。……这足见艺术个性和审美习惯的顽强的执拗性，往往不是理性所能约制的。"③很明显，严迪昌的这个观点在厉鹗主张词应抒"兴亡之感"上也是切中要害。

通观厉鹗的诗论与词论，我们不难发现，"清"这一范畴贯通厉鹗诗学词学思想的主线。因此，"清"具有相当丰富和相对广泛的涵盖力："清"首先与"寒"相联系，和"学"一起构成了厉鹗诗论的主框架；进而与"雅"相结合，形成了厉鹗词学的核心元素。所有这些文学观念的总和，构成他对文学及创作的基本认识：一个山林"寒士"的文学观。因此，他比沈德潜有"骨气"，又比朱彝尊有"个性"，而沈德潜与厉鹗则构成了"在朝"与"在野"的两个个例，具有典型性。在他们的不同"人格"的照耀下，形成了两种完全不同的文学观，而两种不同的人生观（包括文学观）又使得他们走着完全不同的人生道路。朱彝尊的"经典"意义在于他是一个徘徊于沈、厉二人之间的又一个典型，走厉鹗的路，他不甘："十年磨剑，五陵结客，把平生涕泪都飘尽。老去填词，一半是空中传恨。几曾围，燕钗蝉鬓。"④走向沈德潜，他不能，他缺乏沈氏的奴性，因而，

---

① 厉鹗：《樊榭山房文集》卷四《群雅词集序》。
② 厉鹗：《樊榭山房文集》卷四《张今涪红螺集序》。
③ 严迪昌：《清词史》，第351页。
④ 朱彝尊：《解佩令·自题词集》，自题《江湖载酒集》。

他在人格上和文学思想上都表现出一种徘徊和过渡色彩。朱氏在文学观上出现一系列的悖论：他推崇姜夔，崇尚雅正，又赞美辛弃疾和陈维崧等豪放词人；以"名布衣"身份应召博学鸿词科，又携带遗民词集《乐府补题》入京；他认为词可寄情传恨，又说词"宜于宴嬉逸乐，以歌咏太平"①；既是亡国之民的身份，又"明确无遗地一遵传统的伦理规范……绝无新的阐解发明"②。虽说的是诗，词恐亦然。总之，如果不避简单化之嫌，沈德潜、朱彝尊、厉鹗不论从人格上，还是从文艺观上适可代表古往今来的三种不同取向：庙堂—过渡—山林，概莫能外，所不同的只是程度而已。

这里以厉鹗在诗学及词学上的其他建树作为结语，诗学方面：著《宋诗纪事》一百卷，为后世"宋诗学"的一大经典；词学方面：与查为仁合著《绝妙好词笺》，也是与其词论相辅而行的淳雅一路南宋词选注本，价值不亚于朱彝尊《词综》。

---

① 朱彝尊：《曝书亭集》第四十卷《紫云词序》。
② 严迪昌：《清诗史》，第507页。

第四章　厉鹗的诗歌创作

厉鹗一生诗作繁丰，但他的创作态度极为严肃，杭世骏就说："（樊榭）生平诗逾万首，勇于删择。"① 厉鹗也曾说："多作不如多改，善改不如善删。"② 以万首之数，今只存一千多首，除"勇于删择"之外，还有一个原因，樊榭自己曾说："仆少好篇咏，晚颇知难。三十年以来所作，随手弃斥，存箧中者仅十之二三。"③ 从现存诗数量上，这确乎是符合实际的。由上海古籍出版社 1992 年点校本《樊榭山房集》可以看出，厉鹗存诗情况如下：诗分《诗词集》《续集》，及《集外诗词文》，《诗集》收二十三岁至四十八岁诗，计 694 首。《续集》收四十九岁至六十岁诗近 700 首，这一作品数量在清代诗家中实不算多。然而，数量并不能说明全部问题，也正是这不到 1400 首诗，奠定了厉鹗作为清中叶诗坛大家和浙派领袖的地位。下文拟从思想内容及艺术成就两方面对厉鹗诗歌进行论述。

第一节　厉鹗诗歌的思想内容

诗歌历史最悠久，发展到了清代，成为一种无所不包、无所不写的文学门类，加上清代是一个文化型社会，因而典型的清诗把宋诗重学问、尚议论的倾向推向了极致。厉鹗作为浙派的领军人物，这方面更具代表性，值得指出的是："'浙派'所构成的是这样一种

---

① 杭世骏：《词科掌录》，转录自《樊榭山房集》附录四，第 1745 页。
② 厉鹗：《樊榭山房文集》卷三《懒园诗钞序》。
③ 厉鹗：《樊榭山房文集》卷四《樊榭山房集自序》。

微妙的景观：人，是清代'盛世'之人；心，是收缩紧裹之心；徜徉的空间原是南宋京畿之域，足可神驰往昔，构想与宋诗心魂相交游；治的是探究宋诗本事的稗官史乘。至于以后时有出现的宗宋诗群，包括清末的'同光体'，从神情心魄的特质言绝不是一回事。这里有假借躯壳、改造自用和师古为尚、技巧为重的区别，是不应混淆，不可同日而语的。"① 因此，从诗歌内容上讲，同样是尊尚学问，浙派与后来的"肌理派"等诗派所折射的诗人主体情绪与诗史意义迥然不同甚至相反。从厉鹗与翁方纲等人的人生经历、情感态度等方面来说，确乎如此。厉鹗的诗歌思想内容丰富多样，兹一一分述之。

一　吟咏自然山水之作

对于厉鹗诗歌题材，时人曾有"十诗九山水"之称。从宏观角度讲，厉鹗等浙派诸人在喜好方面有两大共同点。一个是在治学作诗方面对于宋代（尤其是南宋）抱着一种极大的兴趣；另一个即是喜登山临水，互相唱和，从中寄寓心魂。杭世骏云："（鹗）性耽闲爱静，乐山水。"② 厉鹗去世后，诸友挽诗涉此最多，陈章挽诗云："料得后来无好句，两湖山色为谁青。"易谐挽诗云："秋水月明怀冷句，湖光山色失闲人。"张世进挽诗云："诗仙归上界，云物冷两湖。"③ 可见，厉鹗为湖光山水（尤其是两湖风光）的"知己"，是众人的共识。厉鹗对自己"不谐于俗"、心系奇山丽水的品性，也有极好的自白：

> 我生少孤露，力学恨不早。
> 孱躯复多病，肤理久枯槁。
> 干进懒无术，退耕苦难饱。
> 帐下第温歧，归敝庐孟浩。

① 严迪昌：《清诗史》，第 874 页。
② 杭世骏：《词科掌录》，转录自《樊榭山房集》附录四，第 1745 页。
③ 厉鹗：《樊榭山房集》附录二《挽词》。

风尖耻作吏，山水事幽讨。

结托贤友生，耽吟忘潦倒。①

这首诗作于厉鹗六十岁生日，可说是他对自己一生性耽山水的总结（卒年六十一）。厉鹗一生活动足迹主要在江浙，而江浙又是山水风光极为明丽之区，故而吟咏江浙一带的自然风光（尤其是西湖山水）之作在《樊榭山房集》中比比皆是。事实上，厉鹗诗歌的各类题材皆着写景的色彩，这在下文的论述中还要涉及。

（一）西湖山水诗

关于杭州西湖，北宋苏东坡曾有"欲把西湖比西子，淡妆浓抹总相宜"的名句。事实上，历代吟咏西湖山水的诗人及诗作不计其数。对厉鹗来说，杭州是他的家乡，他与这里的山水风光可说是朝夕相处，非常熟悉，也非常有感情，加上这里又曾是南宋的京畿重地，作为诗歌题材又非常符合他一贯的审美和思想情趣。故可以说，厉鹗是古往今来咏杭州西湖诗最多的诗家之一，从总体上讲，也是质量最高的诗人之一。杭州西湖的山水风光，厉鹗从空间、时间多个不同角度，均有细致入微的刻画。

从空间上说，杭州西湖的诸大名胜，厉鹗诗歌均有描绘。写山的有法华山、南屏山、孤山、紫阳山、紫山、天竺山、葛岭、栖霞岭、韬光峰等；写寺庙的有报国寺、集庆寺、灵隐寺（厉鹗曾为此寺增修寺志）、清华寺、天竺寺、拓福寺、水陆寺、永兴志、栖霞寺、玉泉寺、湖心寺、集慈寺、玛瑙寺、理安寺等；禅院有永庆禅院、安庐院、中塔空禅院、伏虎禅院、转进林院、梵天寺、崇圣院、憩锡庵、奚饮庵、眼富庵、世问庵、法楞庵。厉鹗笔下涉及杭州西湖的著名胜地尚有西溪、龙井、紫云洞、六和塔、冷泉亭、紫云洞、水乐洞等等。厉鹗集中关于寺院、禅庵之类的山水诗独多，这与厉鹗的思想个性以及其交游大量僧道等方外人士紧密相关。而其写杭州西溪的诗更为人所称道，在厉鹗诗集中更集中，以至于吴城极称其诗"可当山经

---

① 厉鹗：《樊榭山房续集》卷八《六十生日答吴荪村见贻之作》。

一卷读也"①，兹举数首为例：

> 连野看峰秀，晴云忽有无。
> 寒田吹摆秮，清渚乱鸥凫。
> 意谓前林近，谁知细路迂。
> 人家炊过午，空翠集山厨。②

> 首春溪中寒，偃卧如屈铁。
> 宵分天柱梦，觉来转清切。
> 开门残月在，下见数峰雪。
> 雪际生白云，窅映不可说。
> 登桥水市静，寻径冰泉裂。
> 田翁尚无事，初阳候林缺。
> 怀新意似欣，理旧抱已结。
> 何如崖栖人，滩竹饭松屑。③

西溪在杭州胜地石人坞附近。相传宋高宗赵构曾想定都西溪，后得凤凰山，就说"西溪且留下"④，所以西溪又俗称"留下"。高宗看中之地，足证西溪为一景色宜人之地。前一首诗由远及近，从客观景物到人物活动的痕迹，生动细致地勾画出西溪景色的秀丽，营造出一种淡然悠远的境界。后一首诗描写的是夜晚西溪的"清切"景象，这种景象比前一首诗主体性要强，可称是一种"有我之境"。

从时间上看，厉鹗笔下不但杭州西湖春、夏、秋、冬的景物俱全，而且同一景物在一天中的不同时段、不同天气状况下所具有的特异姿采，也得到淋漓尽致的表现。这方面，在具体描写西湖景色的诗作中更为典型。先看春天的西湖，以下是咏初春西湖的诗：

---

① 吴城：《云蠖斋诗话》，厉鹗《樊榭山房集》附录四，第1746页。
② 厉鹗：《樊榭山房诗词集》卷一《西溪道中》。
③ 厉鹗：《樊榭山房诗词集》卷七《西溪晓起》。
④ 施奠东主编：《西湖志》卷五《名盛》，上海古籍出版社1995年版，第51页。

亭亭酒舫著三潭，杨柳飞花水染蓝。
却讶春衣风力紧，一天晴雪过湖南。①

这是一首写雪后初霁、春风拂衣的西湖早春景色的好诗，诗的境界是开阔的，诗人在诗中流露的情调也是健朗的。又如《西湖感旧和贞石》：

少年落魄惜春寒，花外层楼烛影残。
一片湖光浑似旧，雨声不到曲栏干。②

这首诗主观感慨与对西湖景色的特有感悟合为一体，在对西湖"湖光""雨声"的描绘中，景物被强烈地主体化了，在厉鹗诗集中实不多见。再举描写深春季节的《暮春马佩兮来游湖上用去年泊垂虹桥谒三高祠韵》为例，诗云：

多君济胜情，重叠如襞积。
昨来勇渡江，稳泛春水宅。
……
平湖蒡初卷，放眼开塞窄。
鱼槛叩堂堂，凫浪飞拍拍。③

亦可谓观察细密，体验入微！再看夏天的西湖，夏天的西湖在诗人笔下，显得更加波澜生姿，动荡不定。首先要提的是《南湖初夏四首》，诗云：

不踏看花陌上尘，草堂近卜约斋邻。

---

① 厉鹗：《樊榭山房诗词集》卷八《湖心寺见柳花作》。
② 厉鹗：《樊榭山房诗词集》卷四《西湖感旧和贞石》。
③ 厉鹗：《樊榭山房诗词集》卷五《暮春马佩兮来湖湖上用去年泊垂虹桥谒三高祠韵》。

垂杨水寺残碑在，瘦策宽鞋浴佛人。（其一）

委巷人归路屈盘，苧衣初试尚嫌单。
斜阳半落湖光里，一阵蘋风助麦寒。（其二）

坏垣桃李自无蹊，记得轻船对苴泥。
看到浓阴春又夏，人家斜倚采桑梯。（其三）①

这几首诗组成一幅幅春夏之交的水墨画，画中景与画中人和谐一致，情趣盎然。季节的变化给人带来的愉悦也渗透在字里行间。景给人提供了一个底色，人因景而显淳朴健康。作者仿佛一个旁观者，笔下的景与人均是西湖风色的构成部分，作者就是这样，用精心选择的意象来表现着自己对西湖风景的敏锐感受。再如写盛夏季节的两首：

雨后看山绿绕城，镜袱初卷半湖明。
荷边鱼在香中戏，桥上人从画里行。
料理酒杯无俗物，销除席帽足闲情。
水风忽送凉如许，摇曳新蝉一两声。②

作者作诗虽然追求清幽的意境，但对特定意象的选择，极具匠心，如"荷边鱼""桥上人"等，都活泼生动，而没有沉入一片死寂中去，这样，不但西湖雨后盛景得到很好的表现，而且作者的情怀也含而不露地得到体现，即"无俗物""足闲情"，尤其最后两句"水风忽送凉如许，摇曳新蝉一两声"堪称神来之笔。又如《雨后南湖晚眺》："新涨夜来平钓矶，田家桥外凉浸微。湖云倒破山一角，水叶乱摇风四围。六月披绵气候变，扁舟弄笛行人归。吴兴城南我旧

---

① 厉鹗：《樊榭山房诗词集》卷七《南湖初夏四首》。
② 厉鹗：《樊榭山房诗词集》卷二《夏至前一日同少穆耕民泛湖》。

识，小水晶宫知者稀。"① 在人们的印象中，西湖向来是水平如镜的，然而在这首诗中，由于暴雨，西湖涨水，气候突变，冷至披绵，西湖一变而为汪洋恣肆的"小水晶宫"。厉鹗笔下的西湖，面貌多样，形态各异。作者都依据自己的真实感受作了细致的传达。其次看秋天的西湖，秋天的西湖由于季节的变换，变得深沉澄静，脉脉含情，如：

> 秋气在兰舫，澹然谐素心。
> 萧云翳空水，灭景堕遥岑。
> 欲写尤难状，将留不可任。
> 绍怜归渡晚，疏蓼一丛深。②

这是樊榭和挚友陈撰、符曾等人秋游西湖时的唱和之作。"感秋"是向来文人传统诗题，厉鹗的这首诗也使人明显感到秋天的萧落和光景的暗淡，真是景物随时令而变，也随心境而变。由于特定的季节，明丽的西湖也被投上一种深郁之色。在《南湖秋望》中，这种深郁之色则更为明显。诗云："几点城隅接翅鸦，忘行乌帽任敧斜。横塘秋水明菰叶，老屋残阳上藓花。渺矣高鸿犹避戈，落然寒事又辞家。南湖多少闲风物，鱼簏谁分一片沙？"③ 诗中"菰叶""老屋""残阳""高鸿"等意象，明显属于因为时序之变而引起的作者心境变换在景物上投射的主体情绪，这种情绪使得西湖景色好像一个迟暮的美人，虽然少了一份明艳和清新，但依然脉脉含情。这种意味到了《南湖中元夜》的"秋逼空街响暗蛩，烟波馆外觅行踪。入怀骤觉风声薄，出海偏惊月气浓"④ 之类那里，更是寒不可耐，西湖风景的美丽仿佛也因诗人心境的复杂而凋落殆尽了。最后看冬季的西湖。冬季的西湖在厉鹗诗集中数量是最少的，也许是冬季西湖景物凋零、不堪观赏的缘故吧。但还可找出若干首，如："转巷山光犹浣粉，入楼柳意

---

① 厉鹗：《樊榭山房诗词集》卷八《雨后南湖晚眺》。
② 厉鹗：《樊榭山房诗词集》卷二《湖上秋阴同陈楞山符幼鲁施竹田张东扶作》。
③ 厉鹗：《樊榭山房诗词集》卷六《南湖秋望》。
④ 厉鹗：《樊榭山房诗词集》卷八《湖南中元夜》。

半销冰。平分幽事晴沙鹭，老我心情故纸绳"①，从"入楼柳忘"看，此已是残冬景象了，故"浣粉""柳意""沙鹭"等景象仍能给人以"寒尽春来"之感。冬日虽萧然，但对于像厉鹗这样的"忍寒之士"来说，它每是"春意"的使者。又如《腊日同周少穆泛湖》云：

> 残年风景得重经，更借湖波倒玉瓶。
> 寺鼓渐催沙草动，船窗才放雪峰青。
> 酒垆泉下无消息，旧曲尊前有典型。
> 举似梅花知此意，冰澌苔涩上空亭。②

这首诗写于吴焯（瓶花斋主人）等老友已离世之背景下，以情托景，以景兴情，写得情景交融，极耐咀嚼。西湖风景正经历的寒冬似也有了一种人生况味。整首诗具有了风景、人事的两双意味或象征意义，已不是单纯的西湖风景诗了。

厉鹗不仅具有深入体察西湖各个不同季节的景物并加以表现的本领，而且具有对西湖在一天中的不同时段以及在风、雨等气候条件下的种种变态加以把握和表现的能力。先举二例以见一斑：

> 出郭晓色微，临水人意静。
> 水上寒雾生，弥漫与天永。
> 折苇动有声，遥山淡无影。
> 稍见初日开，三两列舴艋。
> 安能学野凫，泛泛逐清景！③

> 清绝苕南境，晚来归鸟翻。
> 草枯群溆出，烟起乱峰昏。
> 僻邑无驱马，闲农早闭门，

---

① 厉鹗：《樊榭山房诗词集》卷八《南湖残雪追和句曲外史山居雪斋韵》。
② 厉鹗：《樊榭山房诗词集》卷七《腊日同周少穆泛湖》。
③ 厉鹗：《樊榭山房诗词集》卷一《晓至湖上》。

丛祠望灯影，神力至今存。①

　　仅从这两首诗的题目即可窥见内容之大概，前者题为《晓至湖上》，后者题为《南湖晚望》。前诗写清晨雾中西湖景色。诗中有景、有声、有影，或实或虚，或静或动，不但诗歌意境清疏，而且诗人主观情绪也时见微露，如后两句景物已恍然如在眼前。后一首写黄昏以后西湖景色。作者精心选择了"归鸟""烟起""闭门""灯影"等特有意象和动态，一幅完全不同于西湖晨景的画面简直呼之欲出了。关于西湖在不同气候条件下的动态，如前文的《西湖春雨四首》，已略有论述，这里就不一一列举了。

　　总之，厉鹗善于从各个角度对西湖加以描写，这主要是因为厉鹗就生活在杭州，有真切的体验和感受，因而表现起来就毫不费力，而且景物形象鲜明，具体生动，成就很高。

　　（二）其他

　　厉鹗一生游览范围虽不够广，但由于他性嗜山水，所以每到一地见佳山水，辄有吟咏。观樊榭诗集，确乎如此，他生命中的每次出行，几乎把创作山水诗作为一大"任务"，故而山水诗成了他诗歌创作最常见的题材。除了生活在杭州，创作了大量杭州西湖诗之外，由于他与"扬州二马"是至交，且三十岁后多馆于马氏小玲珑山馆，故从杭州到扬州的山水佳景在他笔下也很常见。

　　在往返于杭、扬之间，厉鹗写了很多山水诗。涉及的地点有苏州、扬州、无锡、南京、镇江、淮阴、徐州、会稽等地，对这些地方的名胜古迹多有歌咏。兹以扬州为重点加以说明，集中有《中秋夜广陵看山楼对月》《秋日同西唐游铁佛寺》《浮山禹庙观山海经塑像三十韵》《邗沟庙》等，关于名胜红桥也有几首。另外，离扬州不远，有焦山之胜，厉鹗与马氏兄弟等人曾三次游览，唱和结集成《焦山纪游集》。樊榭诗集中就有关于焦山者数首，其《焦山看月分得声字》诗云："焦山寺里钟始鸣，焦山寺前江月生。此时月上潮复上，风水

---

① 厉鹗：《樊榭山房诗词集》卷二《南湖晚望》。

相薄为奇声。余音瑟瑟猎枯荻，磔然飞起栖禽惊。长波万里人杳霭，中流一道弛空明。数星莫辨北固火，几点不送南徐更。群峰隔岸悄如睡，何事贾舶贪宵行？"①这虽然是一首厉鹗诸人在焦山唱和时的"命题作文"，但意象错落、景致层出，实是一首好诗。

另外，厉鹗一生曾四入都门，每次入都途中都写有山水诗篇。尤其是第一次入都（1720），在诗人中乡试后入京应会试的背景下，他的心情非常兴奋。他一路出莺脰湖，道经姑苏、新丰（即今丹阳）、广陵，到宝应，渡河上宿迁、郯城，过沂水，历丰城、蒙阴、羊流店，入泰安，次齐河，除夕抵德州。在这一次长途旅行中，他创作了大量山水诗，依次有《莺脰湖》《姑苏旅舍夜雨》《欲游沧浪亭因雨不果怅然有作》《新丰》《骡车口号》《宿迁》《郯城》《过沂水》《半城》《蒙阴》《羊流店拜羊太傅祠》《泰安道中望岳作歌》《晚次齐河》《除夕宿德州》《都下春雪怀里中诸友》《任城夜雨》等。厉鹗这一次入京虽会试未果，但山水诗创作却结出了累累硕果，这些诗可说是篇篇出色，字字珠玑，是厉鹗山水诗中的珍品，真是"山水有知，亦惊知己于千古矣"②。

二　追怀历史之诗

咏史诗自古以来就是诗人题咏的一大题材，左思《咏史》八首被誉为绝唱。此后，咏史之风不衰，至清代厉鹗，俨然为一大宗。检樊榭诗集，作一个大体的统计，其咏史诗的数量近百首，再加上《南宋杂事诗》一百首，总计二百首左右，这个数量仅次于其山水诗。

咏史诗作为一种抒发历史兴亡、歌颂历史人物、品评历史事件、发表史识见解的诗体，其咏叹是需要特定事物、事件的触发，并由特定的事物、事件作为载体的。细读厉鹗咏史诗，其作为特定史识被触发的载体主要有：一是特定的历史文物（如拓片、印章坛罐等）；二是特定的历史遗迹（如碑、墓等）；三是特定的文献（如史书等）。

① 厉鹗：《樊榭山房续集》卷七《焦山看月分得声字》。
② 郦道元：《水经注》卷三十三《江水》，时代文艺出版社 2001 年版。

需要特别加以指出的是，第一类载体中的一定的历史文物，有时作为咏史诗的载体，有时又作为金石考证的对象，不够确定，但本文试图从其偏重上加以厘定，如偏重于发表史识，则认为是咏史诗，如偏于考证，则不属此类。现就三种情况分别举例说明。

首先是由特定的历史文物触发而作的咏史诗。

此类咏史诗较有代表性的有《金寿门见示所藏唐景龙观钟铭拓本》《观王青渠所藏嵩山诸碑版拓本六首》《江上访金寿门出观颜鲁公麻姑山仙坛记米海岳颜鲁公祠堂碑拓本》《赵饮谷买得乐安长公主小玉印出以相示，予定其为明光宗女、熹宗时所称皇八妹者，因赋长歌》《赵忠毅公铁如意歌》《东坡先生墨妙亭诗残刻十七字，石斋黄公得之，琢其背以受墨，名曰'断碑砚'，今归桐溪汪氏，拓其文装于册来索诗》《杭郡庠掘地得苏文忠公表忠观碑宋刻二片》《曲阳孙晴崖明府寄唐北岳庙李克用题名碑拓本》《洪熙古刺水歌同全谢山作》《邵文庄公温砚为西畴作》《题方正学先生双松图为莲坡作》《吴氏家藏十三银凿落歌为蔚洲作》《萧照中兴瑞应图》《潞琴行》等。可见，以上咏史诗的载体为拓片、砚、罐、琴、银凿等历史文物，由于这一类诗篇幅都颇长，兹举《题方正学先生双松图为莲坡作》例说明其内容，其云：

逐燕高飞兵甲动，金川门开浩呼洶。侯城先生真大勇，一语文皇魄为悚。骑箕上天不旋踵，故友门生纷总总。惨淡金灯孤主拥，木末亭边但遗冢。文字禁严众胥恐，双松若非牛革巩，定是阴崖鬼神捧。流传何年拂尘塕？玉轴绫装鸾鹊鞚，一株倾欹如病尰，作鳞之而疑蓁菶。其旁一株蚁穿孔，野叉拗怒两臂拱。偃盖纷披白云澒。写祝丹崖唐应奉，先生署名端且竦。是年严君戍倥偬，初事潜溪角犹鬅。偶然墨戏兴垄涌，劲气贞心天骨重。韦偃毕宏翻偊㒓，澹宜主人宝若珙，出自千秋读书种。白眼阿师讵懵懂，金胡诸臣生食俸，桃李争春漫矜宠！①

① 厉鹗：《樊榭山房续集》卷七《题方正学先生双松图为莲坡作》。

此诗涉及明初一大公案。方孝孺事载于《明史》甚详，也为人们所普遍熟知。尽管方孝孺身遭奇祸，宗族株连死者 873 人，但其忠于旧主、反抗逆乱、不屈而死的忠义气节，至今读此诗仍觉厉厉生风。方孝孺死后，"文字禁严"，门人藏其文稿《侯城集》《逊志斋集》，流传至今。而其《双松图》尚得流传至清中叶，樊榭叹曰"双松若非牛革巩，定是阴崖鬼神捧"，实是罕事。三百年后，生在同样是文字狱严酷的清中叶，厉鹗有感于此，大力表彰了侯城的"大勇""劲气负心"，而当时的胜利者朱棣却形象暗淡，真是千秋功罪，自有后人来评说。由这首诗也可见此类诗的主旨。

其次是由特定历史遗迹所引发而作的咏史诗。这一类数量较大。重要篇目有：《过宋通问副使朱公少章墓》《同寿门游若溪广惠寺是陈武帝故宅》《羊流店拜羊太傅祠》《秋日同高西唐游铁佛寺》《同许初观游城北兴福寺》《摄山杂咏十二首》《题北岭将军庙二首》《题骠骑将军庙》《秋日游城北兴福寺》《过宗阳宫是南宋德寿宫造址三首》《七宝山下茅观同人春望》《南池拜少陵祠》《南皮》《步余杭溪上谒将军庙》《开平王孙种菜歌》《晚次陵江》《夜宿幺溪庵》等。这类咏史诗在境界上比上一类要阔大，思古的感情要深沉。如："百年勋业翻成恨，万古胸襟不易开。我欲临风吊遗迹，片帆正约白云来。"① "太息杜陵叟，空垂万古名。文章羁旅贱，身世腐儒轻。"② "漫向金陵吊夕曛，百年寂寂但孤坟。篱边尚发东风菜，一任空原野火焚。"③ 等等，在这些诗句中，作者卓越的史识得到体现，诗人一吟三叹，比上类诗更多了一些历史意识，不但包含了深厚的历史内容，而且作者的感慨也要深广得多！再如：

> 山势龙飞护佛场，后游佳处未渠央。
> 写经某甲存荒壁，迎客单丁到上方。
> 满眼云涛看起灭，接天草树管兴亡。

---

① 厉鹗：《樊榭山房续集》卷七《南皮》。
② 厉鹗：《樊榭山房续集》卷七《南池拜杜少陵祠》。
③ 厉鹗：《樊榭山房续集》卷七《开平王孙种菜歌》。

萧然欲下催诗雨，相送沿村稻半黄。①

这首诗摆脱了对具体史实的描写和由此而触发的感慨，从而表达了一种对特定历史的总体感受。这种感受由于不与具体史实直接相联系，因而显得洒脱和豪迈。诗人在这首诗里，对历史的感受达到了一个前所未有的高度：一切历史都是短暂的，一切世界的苍茫与纷乱都显得渺小和微不足道。作者赋予"云涛""草树"以一种主体性，仿佛它们是历史的冷眼旁观者，而作者的主观感受也等同于这些客观景物，因而获得了对历史认识的超越感。

最后一类是由特定历史文献触发而作的咏史诗，这类咏史诗似乎比上两类都要纯粹。上两类咏史诗载体都是历史遗迹，本身不是历史，而这一类诗的载体基本上就是史书等类文献了。重要篇目有《读五代史二首》《读史十首》《独流口》《明郑贵妃书泥金普门品经同丁敬身作四首》。其中，《读史十首》②是相当杰出的一组咏史诗。兹录数首如下：

入汴知何日？青城气寂寥。
怨军降北塞，子帝立南朝。
割地终无补，渝盟未可要。
茫茫天水碧，歌舞一时销。（其二）

瓜步三军驻，符离百战场。
乞和因象祖，函首送师王。
天意全赢赵，人心守旧疆。
销金锅子好，君相且奢荒。（其四）

---

① 厉鹗：《樊榭山房诗词集》卷五《九月一日同丁敬身、张希亮、金以宁、符圣几游天龙寺，石壁上有太平兴国六年〈心经〉，门外八卦田即宋郊坛故迹。次登天真寺灵化洞，侧刻字云：梁龙德元年岁次辛巳十一月壬午朔一日，天下都元帅吴越国王缪建置。钱王拜郊台也。此寺登眺最为江山胜处》。

② 厉鹗：《樊榭山房续集集外诗》；《读史十首》。

> 宣宗亦南渡，草草到中州。
>
> 呜咽青山转，凄凉汴水流。
>
> 监军多掣肘，强敌得无尤。
>
> 和议仍前辙，应添上国羞。（其九）

厉鹗的诗以意脉曲折见称，然这几首诗，慨叹之意的流露却不加掩饰。北宋灭亡，南宋小朝廷步步后退，欲有所作为，却多方掣肘，一事无成，只能谋求议和，步前王后尘，赢得一个苟安的局面，"臣相"好再过上"奢荒"的生活。作者在这里，不只慨叹，而转为愤慨了。然而就在这"应添上国羞"的局面中，南宋小朝廷居然心安理得地过了一百多年，直到王朝彻底被断送了才告结束。

除了以上三类咏史诗之外，还有一类直接以"怀古"题名的咏史诗，如《河间怀古》《永康怀古四首》《吴山怀古诗二首》《白沟河怀古次壁间韵》《秦淮怀古四首》等。这一类怀古诗走的是传统的路子，新意不够，留下来的数量也很少。但也有一些较好的作品，如"蛾眉前后皆奇绝，莫怪群公欠致身"[1]，严迪昌胜称"在赞许顾媚（横波）等奇绝蛾眉时，一击两响地深讽着龚鼎孳等人"[2]，诚为的论。厉鹗的咏史诗，史实多集中在宋明两朝，叹宋之屈辱求和、终致丧亡与伤明之覆灭精神上实是相通的，而作者的意味就深藏其中。在雍、乾之时文网高张之际，借咏史一体感慨兴亡、追悼宋明之场屋倾覆，比直接抒发也肯定要高明得多！

三 反映民风民俗之诗

厉鹗诗集中反映民风民俗的诗作留下来的不多，据笔者统计有近二十首。然而对此类诗进行研究意义甚大。这些吟咏民风民俗的诗篇，可以帮助我们了解清代中期杭州等地的风俗习惯、风土人情。所

---

① 厉鹗：《樊榭山房续集》卷四《秦淮怀古四首》之二。
② 严迪昌：《清诗史》，第882页。

以，从这一角度看，这些诗具有珍贵的民俗学价值。这些诗是：《腊月二十四日风霰交作》《寒夜同沈栾城、杭大宗集赵功千二林吟屋分咏岁除节物二首》《午日湖上同少穆、耕民观竞渡》《上冢》《人日立春用壬寅年人日雪韵》《九月十三夜月》《元夕集吴瓯亭斋中赋武林踏灯词四首》《小泊阿城镇戏成三首》《艾人》。另有《闰三月三日同人集湖上续修禊效兰亭诗体二首》，此诗上文已有涉及，不再赘述。这十多首诗分咏都门年夜"醉司命"、杭人"交年"献"胶牙饧"和"粔盆"，杭人端午龙舟竞渡、十月初上坟、妇女在春日"钗头"、杭人以潮大为丰年之兆、三月三日修禊、元宵踏灯、鲁人姑不嫁则长女亦不得嫁、端午节采艾避邪等风俗。篇目虽不算多，但涉及内容却相当丰富。尤其涉及春节、元宵、端午等节较多。兹举《元夕集吴瓯亭斋中赋武林踏灯词四首》为例，诗云：

> 即渐冰轮特地圆，几年无此好灯天。
> 若教两夜添晴色，不负钱王买夜钱。
>
> 闹蛾丛里斗新妆，去点吴山十庙香。
> 学得吴中低髻子，阿谁百媚身中央？
>
> 诗人家住荐桥街，处处看灯此处佳。
> 翻破存斋新乐府，底须碧玉拾遗钗？
>
> 双柳垂髫竹马迎，映纱笼烛最轻盈。
> 儿童也识熙朝盛，一色春旗写太平。①

这一组以"元宵踏灯"为题的诗，实际上写了杭人元宵节前后的一系列群众性活动。首先，杭人在元宵节前后五天张灯，初时从众安桥到官巷口，灯火通明，而且灯上悬挂锦缎彩绣，大街小巷，真可谓

---

① 厉鹗：《樊榭山房续集》卷六《元夕集吴瓯亭斋中赋武林踏灯词四首》。

"张灯结彩",并且终夜音乐不断,制造节日气氛。各界人士齐集,人声鼎沸,其热闹情景可以想见。据《杭州府志》记载,这个习俗最初只三夜,五代十国时期吴越国创建者武肃王钱镠念念不忘国家统一大业,其子孙主动"纳土归宗"。此后,这一风俗在原来基础上,乃添两夜,故诗人云"不负钱王买夜钱"。五夜晴明,此俗寄寓了人们期望五谷丰登的美好愿望。第二首写元夕之日,妇女皆佩戴珠翠、闹蛾、玉梅、雪柳、菩提叶灯毬、销金台蝉貂袖项帕,而衣尚白。这一天相传为上元诞日、天官赐福之日,故烧香者甚多。据《杭州府志》记载,匍匐礼拜者,尚不在少数。第三首提到"扫街"之俗,是日夜晚,人声静去之时,有持小灯照路拾遗之俗,谓之"扫街",遗钿坠珥,往往扫得。这一习俗本为洛阳一带习俗。南渡后,杭州也盛行。第四首讲望日"祭门",祭时先将柳枝插在门上,随柳枝所指,陈设酒饭及豆粥插上筷子进行祭祀。

这十几首诗是厉鹗表现民俗的代表性作品,诗人记录这些风俗一方面是清诗风气所尚,另一方面这些习俗是日常生活所见,是真实生活场景的反映。

四 表现亲情友情及抒怀之篇

厉鹗一生基本上是居于乡野,不慕浮华,但他的朋友却极多,至交也往往是布衣。读此类诗,读者会觉得他是一个极重感情的人。这类诗的数量也很多。下文拟分三种情况加以介绍。

（一）表达朋友之间深厚友谊的诗篇

厉鹗集中写交游的诗特别多,然而由于厉鹗宗宋的诗学倾向,加上其特有的表达方式,他一般不直接抒情,而是非常曲折幽深,故这类诗中的大多数情感隐藏极深,只有当遇到一些特别的场合,如亲友的去世等,他的感情往往才得到较袒露的表现。这类诗多数写得情意缠绵深切,十分动人。这里重点讨论一下他的一系列悼念朋友的诗。其中具有代表性的如《哭王源村丁茜园二首》其一:

平生师友十年间,雪月花时记往还。

原季长贫成白首，应刘俱逝托青山。

箧多遗稿从人取，室少孤儿信命悭。

北郭西桥同此恨，笛中先后泪潺潺。①

　　王源村乃作者挚友，与作者亦师亦友十数年，二人精神相通，樊榭在诗中把他比为应玚、刘桢，可见尊崇之程度。源村一生命运多舛，死后子嗣孤单，诗稿散落，唯有像厉鹗这样的同病相怜者才作诗悼念，通过这首诗，其名才略有人知。另一首《哭吴丈志上》亦可谓肝肠寸断："北郭幽人住，扁舟数往来。十年交恨晚，终古别堪哀。大药成难待，名山业未灰。斜廊曝书处，尚想立苍苔。"② 这是一首感情袒露的好诗，挚友逝去，遗迹曝书处尚存，睹物思人，哀从中来。

　　此类诗作尚有悼吴焯："文阵推排岁屡迁，萧闲台远便登仙。秋湖小醉无期别，老笔新词后世传。公等莫追王武子，梦来犹见石延年。平生一掬知交泪，斗酒相和滴到泉。"③ 此诗是追悼平生挚友吴焯（1676—1733）的一首诗，吴焯字尺凫，号绣谷，两人交谊极厚，超出一般。吴氏筑"瓶花斋"，系著名藏书家。厉鹗、吴焯等人合著《南宋杂事诗》，而且樊榭著《宋诗纪事》在材料上部分得益于吴氏，故两人堪称志同道合。《哭吴尺凫》诗前小序介绍此诗写作缘起："八月三日，与尺凫饮湖上。来广陵两月，遽闻尺凫凶问，仆性寡交游，里中二三故人相周旋……十月晦夜，梦尺凫手一笺相示如生平，觉而为诗哭之。"友人逝后已数日，竟梦魂缠绕，作两界游，诚令人念之感之！十三年后，厉鹗尚有《亡友吴绣谷墓下作》一首，诗云："赤岸停孤艇，青山对殡宫。平生腹痛语，今日泪痕中。子守书无失，人嗟命不融。凌云埋可得，地下傲三公。"④ 时既已久，情益转深。这里不但由"地下傲三公"，壮人并壮己，而且告慰亡友生前藏书无

①　厉鹗：《樊榭山房诗词集》卷三《哭王源村丁茜园二首》。
②　厉鹗：《樊榭山房诗词集》卷六《哭吴丈志上》。
③　厉鹗：《樊榭山房诗词集》卷七《哭吴尺凫》。
④　厉鹗：《樊榭山房续集》卷五《亡友吴绣谷墓下作》。

虞。然而"平生腹痛语"一句实在耐人寻味，道人之所不能道，可见交谊极厚。

浙派人士的本色总是历久弥显，愈咀嚼而余味不去。其他如悼沈嘉辙："廿载交情兰韵在，一生文采玉尘销"①；悼赵昱："卅载心交类饮醇，道南宅近更情亲。谁知渐老多寥落，才入新年哭故人"，"征车同上话晨昏，往事回思一断魂"②，均是此类诗中的佳作。另外，悼周京、查为仁等人的诗也十分感人，此不赘述。

（二）表达对亲人怀念之情的诗作

雍正十三年（1735），对厉鹗来说，是极为重要的一年。这年中秋，因为无子，樊榭纳朱满娘为妾，由于是月夜相见，厉鹗呼之曰"月上"，此时朱氏十七岁，而厉鹗已经四十四岁。此后两人恩爱异常。此事极大地改变了樊榭此后的感情世界，也改变了他这一时期的创作面貌。检樊榭诗集，对个人感情的描写可以说集中在"月上"一人。仅在朱氏病逝后，厉鹗就集中写了十多首诗，这些诗感情缠绵、沉挚坦露，实是厉诗中的"异调"，连袁枚对这些诗也赞不绝口："诗人笔太豪健，往往短于言情；好征典者，病亦相同。即如悼亡诗，必缠绵婉转，方称合作。东坡之哭朝云，味同嚼蜡，笔能刚而不能柔故也。近时杭堇浦太史悼亡姬诗，远不如樊榭之哭月上也。"③这类诗堪称篇篇上乘。兹如《悼亡姬十二首》④ 以见一斑：

> 无端风信到梅边，谁道蛾眉不复全！
> 双桨来时人似玉，一奁空去月如烟。
> 第三自比青溪妹，最小相逢白石仙。
> 十二碧兰重倚遍，那堪断肠数华年。（其一）
>
> 一场短梦七年过，往事分明触绪多。

① 厉鹗：《樊榭山房诗词集》卷七《哭沈栾城》。
② 厉鹗：《樊榭山房续集》卷六《哭赵谷林四绝句》。
③ 袁枚：《随园诗话》卷十四《五七》。
④ 厉鹗：《樊榭山房续集》卷二《悼亡姬诗十二首》。

搦管自称诗弟子，散花相伴病维摩。

半屏凉影颜低鬓，幽径春风曳薄罗。

今日书堂觅行迹，不禁双鬓为伊皤。（其六）

这两首诗与诗史上最优秀的悼亡诗相比恐怕都不逊色，它深刻地体现了樊榭其人的另一面。前一首诗通过对二人月夜泛舟西湖的动人情景的回忆，更使目前的"悲"骨透肠断；后一首诗讲二人共同生活了七年，月上才华出众，与樊榭谈诗论书，其乐融融，美满异常。可惜"好梦"难长，念及此情，诗人的"双鬓"也不禁为之"皤"白了。渗透在这两首诗中的情感是自然而袒露的。显然，作者在面临巨大悲痛时直抒胸臆，一反他平时作诗时性情隐晦曲折的一贯作风。另外，还有一个重要因素，就是抒写个人感情一般也不会触及文网，故而诗人能够放胆去写，这是需要注意的。

厉鹗诗集中另有少数几篇悼其兄弟的诗也写得真情充沛、深沉动人，很有艺术力量，这里就不一一举例了。

（三）表达自己穷困潦倒生活状况的抒怀诗篇

厉鹗一生不善经营，加上对科举功名又不热衷，因而生活潦倒贫困，有时甚至衣食无着，经常靠朋友周济、卖书、典衣等方式维持生计。厉鹗集中此类诗作甚多。

先举一首靠朋友周济的抒怀诗作，《午节贫甚，发甫冒雨以白金十两假我，赋此奉谢》一诗云：

风蒲烟篠翳茅堂，著屐谁知水部郎？

三日雨来愁不绝，一流银外义偏长。

授经力养分华黍，裹饭深情过子桑。

重比木瓜何以报？但将轻薄笑人忙。①

诗中一方面表达了作者对好友桑调元的无限感激之情，另一方面

---

① 厉鹗：《樊榭山房续集》卷二《午节贫甚，发甫冒雨以白金十两假我，赋此奉谢》。

又抒发了自己虽贫困潦倒，但又乐观旷达的心胸。殳甫，即作者的好朋友、著名诗人桑调元，诗中虽云"借"十两白金，但以作者的偿还能力，恐怕还期亦旷日持久，作为诗人的好友的殳甫，亦有借而不还的心理准备吧。另外像"青镜流年始觉衰，今年避债更无台。……半为闺人偿药券，不愁老子乏诗材"①。一边是债台高筑，"避债无台"，一边又以"不乏诗材"自嘲，诗人所处的生活窘境也就不言而喻了。在《鬻书和沈峙公》一诗里，作者为迫不得已卖书换米而伤心落泪，诗云："收处心常损，拈来泪欲垂。谁怜非常物，竟遗易晨炊。宿读人难得，长贫我自知。"② 作为一个读书人，没有比卖书更令人伤心的了，然而生活窘迫连引"晨炊"都成问题的时候，又有什么办法呢？此类诗贯穿了诗人的诗集，而贫困也就伴随了诗人的一生，生活在几百年后的我们，读这些诗时也不禁为之扼腕三叹。

五 反映农民生活、农村现实之作

厉鹗诗集中，关注反映农民生活、农村现实的诗不是很多，但正因为不多，才值得格外重视。厉鹗生活的时代正是史家所艳称的"康乾盛世"，然而此说颇令人生疑。在厉鹗笔下为数不多的农村题材的诗作中，我们丝毫看不到所谓盛世的踪影。相反，只有官商勾结、囤积居奇和农民在水涝等天灾人祸之下的痛苦呻吟。因此，厉鹗此类诗颇有认识意义。

厉鹗集中农村题材的诗有二十首左右，涉及杭州、泰安等地。这些诗仿佛一个个镜头，忠实地摄下了"盛世"真实的照片。如《富春》就描写了农人在酷旱煎熬下的惨状，诗云：

> 富春县前江势奔，危楼如画俯山根。
> 林林人影向沙市，叶叶风帆下海门。
> 秋入遥空无寸霭，旱经焦土有千村，

---

① 厉鹗：《樊榭山房续集》卷一《岁暮二咏》其一《典衣》。
② 厉鹗：《樊榭山房诗词集》卷七《鬻书和沈峙公》。

田家正堕忧时泪，安得新酤倒瓦盆？①

　　读这首诗自然使人想起杜甫"朱门酒肉臭，路有冻死骨"之句来：县衙前"江势"奔腾，"危楼如画"，一派富足气象；而农村的状况是"旱经焦土"，农人正"堕忧时泪"，如此鲜明的对比极具认识价值。另外像《富庄驿遇潦》，又是水灾扰民，境况严重到"空村烟火绝，竟日苦饥肠"②，既没有官府来赈灾，又无朝廷来抚恤，只有饱受天灾和饥饿的折磨，哪有盛世的迹象！此外像"维神惠泽霑三农，只今苦旱方穷冬。献岁二麦望成熟，玉戏快雪除灾凶"③，"劳人歌一曲，憔悴有谁听"④ 等句，可以看出，人民确是生活在水深火热之中。

　　但人民的期望又实在不高，只要老天风调雨顺，则欣喜不已："野夫欣雨足，米价及时平"⑤，而不寄希望于官吏，因为"近日官仓米，如京积最高"，官吏囤粮目的不是赈济灾民，而是"盈虚如可酌，估客集千艘"⑥，用来获取高利了。正是在官商勾结操纵之下，粮价极不稳定，如"不道来麦贵，偏宜老齿残（近时麦价之昂，前此未有）"⑦。除此之外，人民还遭受战争的威胁，如《李森劫钵图吴耕民索赋》一诗小注中就写道"是日，闻……有寇警"⑧。

　　通过以上举例我们能清楚地看到，人民在"乱世"能遭遇到的灾难在这个"盛世"都已备尝其苦，真是令人感叹！

　　值得注意的是，诗人在描述这些灾难的时候，态度不是冷漠的。鉴于自身的生活境况，他与人民同喜同悲。在这里，我们惊奇地发现，厉鹗拥有类似杜甫对农民的情感，如《喜雨用建除体》一首，

① 厉鹗：《樊榭山房诗词集》卷二《富春》。
② 厉鹗：《樊榭山房诗词集》卷三《富庄驿遇潦》。
③ 厉鹗：《樊榭山房诗词集》卷二《泰安道中望岳作歌》。
④ 厉鹗：《樊榭山房诗词集》卷二《苦水铺》。
⑤ 厉鹗：《樊榭山房诗词集》卷五《雨后》。
⑥ 厉鹗：《樊榭山房诗词集》卷七《官米》。
⑦ 厉鹗：《樊榭山房诗续集》卷七《春饼》。
⑧ 厉鹗：《樊榭山房诗词集》卷二《李森劫钵图吴耕民索赋》。

诗云：

> 建幡青衣柳枝擘，除祛妖魃回眼赤。
> 满空风云瓶水滴，平地水深可盈尺。
> 定飞南箕东井檄，执符者谁玉京客。
> 破坏五塘少遗迹，危哉立苗困龟坼！
> 成功不尸向虚碧，收雷渊默百娇寂。
> 开颜江淮农笑哑，闭门角韵饮欢伯。①

此诗情调畅朗健康，境界雄健，先用恣肆之笔描写久旱之后的一场甘霖，然后表达极度喜悦的情怀，不禁使人想起杜甫类似的一些诗，可以说，这首诗的确透露出一种新的信息，值得关注！

第二节　厉鹗诗歌的艺术特色

厉鹗是康、雍、乾时期最重要的浙派诗人，又是狭义浙派的宗师。他在诗学理论上不但极大地推动了浙派诗学体系的构建与成熟，而且以自己锲而不舍的诗歌创作成为浙派诗成功的实践者，取得了很大的成就。笔者从以下几方面加以说明。

一　广用典故

诗中用典在中国诗史上有悠久的传统。典故运用得妥当贴切，可以极大地丰富诗歌的内涵和容量，产生咀嚼不尽、余味悠长的美学享受。唐代杜甫、李商隐等人都是用典的高手。但作诗用典真正形成风气是在宋代及其以后，不但大量用典，而且取典也各有专门，像江西派领袖黄庭坚，他作诗喜用《世说新语》中事。清人作诗用典更是"家常便饭"，身兼学者的浙派宗师厉鹗，其作诗用典形成其诗歌艺术的一大特色。厉鹗用典有两大特点，一是大量运用僻典，典故多从

---

① 厉鹗：《樊榭山房续集集外诗》：《喜雨用建除体》。

笔记及佛道典籍中资取。二是多用关于宋人的典故，这与他治学、作诗题材、诗学好尚是完全一致的。与这两个特点相关，其原因也有两点：一是由于厉鹗"不谐于俗"的人格追求。由于厉鹗一生情操自守，为人鄙弃"弯腰小儿辈"，作诗拒熟排软，所以他用典也多用僻典，并经过精心熔铸，故用典也不啻从己口出，用僻典也用活了。二是由于他精熟宋代文献典籍，学问渊博。前文已经说过，厉鹗不但是浙派标志性诗人，而且是著名的学者，其治学的领域专注于宋代，如《宋诗纪事》《南宋院画录》等。同时，治学与作诗在他手里相互配合，左右逢源，全祖望曾说他"于书无所不窥，所得皆用之于诗，故其诗多有异闻轶事，为人所不及知"[1]。厉鹗在诗学主张上极重学问，可以这样说，广用典故是厉鹗诗学重学问的一大表现。关于厉鹗作诗用典的特点，下例是很好的说明。

厉鹗《题陈子健所藏宋人画太真按舞图》最后两句云："劝君装潢藏弆牢，他时好待添丁付。"[2]"添丁"一语最早出自韩愈，唐代诗人卢仝生子取名"添丁"，韩愈《寄卢仝》诗云："去年生儿名添丁，意令与国充耘耔。"此典另一出处为《万姓统谱》，据此书记载，贾收字耘老，浙江乌程人，是苏轼挚友，其人甚贫，东坡怜之，作《古木怪石图》，画后书云："近日舟中霜寒，十指如悬槌，适有人致嘉酒，遂独饮一杯，醺然径醉。念贾处士贫甚，无以慰其意，为作《古木怪石》一纸，每遇饥时，辄一开看，饱人否？若是兴有好事者，能为君日致米三石、酒三斗，终君之事者，便以赠之。不尔可令双荷叶收掌，须添丁长以付之也。"按，双荷叶为贾收侍妾，添丁为贾收子。同一典故有两个出处，细品厉鹗诗意，这是一幅题画诗，故鄙意以为厉鹗之典应出于后者。

又厉鹗《秋夜宿葛岭涵青精舍二首》其二云：

　　　　书灯佛火影清凉，夜上层楼看海光。

---

① 全祖望：《厉樊榭墓碣铭》，厉鹗：《樊榭山房集》附录三，第1739页。
② 厉鹗：《樊榭山房诗词集》卷一《题陈子健所藏宋人画太真按舞图》。

蕉飔暗廊虫吊月，无人知是半闲堂。①

　　要确切理解此诗的内涵，"半闲堂"一语宜当典故讲，清人张维屏早已讲得很清楚："余爱诵樊榭《葛岭绝句》云：'蕉飔暗廊虫吊月，无人知是半闲堂。'古今来豪华喧热之场，转瞬间便是寂寞荒凉之境，半闲堂特千百中之一耳"②，张氏之论甚是。这个半闲堂若只停留在南宋贾似道"半闲堂"的层次上理解，厉鹗这首诗的历史概括力和涵盖力就差远了。故诗中半闲堂只能作为"千百中"之概括语进行理解。由此出发，"半闲堂"当为一个典故。贾似道是南宋理宗贾贵妃之弟，宋度宗赵禥时权倾朝野，在西湖畔的葛岭上营建私宅，修筑半闲堂，国家大事曾在这里裁决，因此，半闲堂曾是个异常繁华之地，俨然成了京师中的"京师"。但这一畸形的繁华似乎也预示着它必将归于毁灭，终于沉寂，而这位炙手可热的权相也落下千载骂名。由这首诗我们可以看到，在咏史诗中，厉鹗巧妙地运用历史典故，继承了文学史上咏史诗的优良传统，抒发了深沉的历史感慨，使得这类诗既表达了史识，艺术上又显得境界宏阔，寄旨遥深，颇能使人想起"旧时王谢堂前燕，飞入寻常百姓家"之类的名句来。

　　再如，《九里松至西山道中同金寿门、周少穆、王雪子作》一诗云：

不负幽寻出郭门，木棉裘暖趁朝暾。

山遮坏塔可十里，树袅孤烟自一村。

高冢多风松落子，空田无雪稻生孙。

须知岁晏人游少，正要诸公细讨论。③

---

①　厉鹗：《樊榭山房诗词集》卷一《秋夜宿葛岭涵青精舍二首》。

②　张维屏：《听松庐诗话》，厉鹗：《樊榭山房集》附录四，第1743页。

③　厉鹗：《樊榭山房诗词集》卷一《九里松至西山道中同金寿门、周少穆、王雪子作》。

此诗中,"稻生孙"一典可谓极其自然而巧妙,既与上下文内容格调相协调,又表达了更深一层的意义,若不细察,极易望文生义,不作为典故看。其实关于"稻生孙"一语,出于宋人叶寘《垣斋笔衡》,书中讲到米芾秋日登楼雅集,看到已割之稻,田中有禾苗,青翠可爱,问农人,则曰:"稻孙也。"原来是稻子收割以后,余秧遇雨又抽穗。米芾大喜,遂以"稻孙"为其楼名。其实,从现代植物学角度看,此种现象实不难理解,"返青复活"乃植物界普遍现象,古人谓稻子"返青复活"为"稻生孙",可备一噱!

厉鹗不论在诗学主张上,还是在创作上,都是浙派典型。作诗重学问是厉鹗最重要的诗学论点之一,作诗用典又是其重学问的主要表现方式。在这方面,厉鹗付出了巨大的努力,获得了很大的成功,也引来不少批评。首先是袁枚,他评厉诗说:"吾乡有浙派,好用替代字,盖始于宋人,而成于厉樊榭。樊榭在扬州马秋玉家,所见说部书多,好用僻典及零碎故事,有类《庶物异名疏》《清异录》两种。"[1]又如"至若典僻而意或晦,藻密而气为伤"[2]之类,也实不足怪。文学史上不存在不偏不倚的"圣人",一家之长在另一家又为其短,袁枚自己生前身后也不是饱受诋毁么,批评意见的存在或许正好证明诗人的诗史地位。

二 清、瘦、硬的诗歌意境的营造

"清"是中国诗史上的一个重要的美学范畴,对厉鹗来说,又构成了他诗学体系中重要而又别具特色的一环。与厉鹗等浙派同仁人格气质取向密切相联系的"清"的诗学观念,不仅是浙派诗人的人格追求,而且是他们的诗歌创作追求。由此出发,厉鹗的诗从宏观上看有两大特征,一是诗歌写景化。综观厉鹗的一千四百多首诗,大部分为写景诗。就是不侧重写景的,也要么以景物作背景色调,要么景物构成这些诗的重要组成部分,没有写景成分的诗在厉鹗诗集中实在极

---

① 袁枚:《随园诗话》卷九"八三",第 320 页。
② 吴骞:《拜经楼诗话》卷四,王夫之等撰:《清诗话》,中华书局 1964 年版,第 773 页。

少。二是诗歌冷色调。由于厉鹗性格"不谐于俗"，一生耽于山水风景，把山水作为自己的情感寄托的主要载体，诗歌主张又倡一"清"字，故厉诗对"清"的意境的营造为其重要特色之一。具体来说，有以下几点。

一是独特意象的选择。厉鹗诗中，为了营造诗歌的独特清境，作者选择最多的意象是："晚秋""秋夜""月夜""雨夜""雨中""秋雨"等，光"秋夜""晚秋"这一类意象，据笔者不完全统计，就有二三十处之多。中国诗史上，文人感秋是一个历久弥浓、光景常新的主题，自宋玉《九辩》开其先河之后，"秋"简直成了悲怆心境的代名词。厉鹗一生穷困偃蹇，有太多的凄凉，"秋"这一意象在他的诗中也承担了很重的分量。根据现代心理学的研究成果，一个人内心的情感情绪总会投射到最能与这种情绪情感契合对应的客体实体上。这种契合对应是如此自然，以至于其本人也不易觉察，而使得这种投射行为往往出于不自觉状态中。我们无法推断厉鹗诗中如此多的关于"月""夜""雨""秋"等感伤意象的频繁出现是由于自觉还是不自觉，但这种意象客观上营造出一种"清"的意境，一种冷色调的情绪感受，这种格调是厉鹗诗的共有特征。此类现象在厉鹗几乎全部的诗中都有或曲折或直率、或袒露或隐晦的表现，这里只举两首为例：

> 风雨轩窗枕手吟，乍凉晓觉满西林。
> 年光又共草色变，秋思有如云影深。
> 坐对画叉添寂寂，闲寻茗盌试森森。
> 第三桥畔莼香滑，欲动归桡一夕心。①

前人评厉诗用心曲折，这首诗大概也能体现这样一个特色。虽然这首诗所能表达的情绪很淡，但"秋思""欲动""一夕心""寂寂"这样一些字眼还是泄露了诗人内心的很多信息，这些信息与所谓"盛世"的喧闹与嘈杂形成了两种截然对立的心境与诗境，因此，作者着

---

① 厉鹗：《樊榭山房诗词集》卷二《初秋写怀》。

力刻画的诗歌"清"境实际已是一拒俗排媚的人生道路与人生追求的诗化，表现这种人生的诗在诗史上也不凡同调："寂寂寥寥扬子居，年年岁岁一床书"（卢照邻诗）。

再举一首《广陵秋夜闻络纬》，诗云：

> 清月出三更，重露零百卉。
> 空堂风骚骚，卧听虫恤纬。
> 不能成我衣，尔虫焉足贵？①

此诗含义比上一首诗要显明得多，而且首句二字标明"清月"。从这首诗，我们似乎能想见诗人秋夜旅居扬州时孤独、凄清的心境，这种心境或许是由于萧条的外界景物引起的，如"重露""风"等意象，我们由此也能听见雍、乾时期现实世界中一种真实的声音。结尾骤一反问，实是意味深长：愤世嫉俗实是玩世不恭，而在野的心态却也袒露无遗！

上面说的是厉鹗诗歌清境的营造，与此相适应，厉鹗的一些诗，体现出一种对"瘦""硬"的风格的追求。"瘦""硬"诗风的本质便是拒绝平庸。相当有趣的是，当时以厉鹗为首的浙派和以沈德潜为首的格调派从人格、诗格、个人穷达都构成了奇特而耐人寻味的两极。厉、沈二人在沈氏得宠前也曾有一二唱和交游篇什，但当沈德潜迁回于"清切之地"以后，在厉鹗集中便再难发现沈氏的踪影！对于这种诗学追求的差别，厉鹗也曾自言："世有不以格调派别绳我者，或位置仆于诗人之末，不识为仆之桓谭者谁乎？"② 由这种诗文化现象，我们分明可以看出，诗歌创作有时真不可轻视，它实在携带了太多的时代信息！由反对格调派的人格到反对其平庸熟软的诗风，厉鹗必然地提出了"瘦""硬"的诗学要求。厉鹗诗词皆宗姜夔，而姜词善于用"寒""瘦"字眼来构造清空骚雅的意境。厉鹗去熟求生的主

---

① 厉鹗：《樊榭山房诗词集》卷三《广陵秋夜闻络纬》。
② 厉鹗：《樊榭山房续集》《自序》。

要手段是喜欢用借字。如《题嶰谷、半槎南庄七首·鸥滩》，诗中有"待君秋雨余，同盟三品鸟"① 之句，所谓"三品鸟"，即鸥；在《二月二十七日皋亭山下看桃花》中有"当境底须频吝酒，铣溪如许已成尘"② 之句，"铣溪"指石崇的金谷园。这些借字的运用对避免熟字出现是有效果的，但有时也造成了诗意晦涩的问题。

厉鹗避熟求生的另一手段是追求折拗的节奏，这也是典型的宋诗"家法"，黄庭坚就是造拗句的大师。厉鹗诗作中这样的例子很多，如《岁除日同王雪子、吴耕民放舟湖上南山作》中的"春八九分来鼎鼎，年三十二去堂堂"③；《沈椒园待御寄和移居诗用韵奉答》之四中有"卧上下床豪气在，住东西屋故人云"④；《小舫次姚茶山韵》中有"长短桥通新雨后，两三客坐夕阳时"⑤；等等。都是通过句式变换，造成节奏上的顿挫，从而给人以新鲜感。

至于"瘦"，亦为诗人人格的外化体现，如"禅灯照影诗皆瘦"⑥，"画石最数毕京兆，深坳浅凸瘦不肥"⑦，"榜剩樗寮有瘦藤"⑧ 等都为显例。

总的来说，"清"是厉鹗诗歌意境构造的首要追求，而"瘦""硬"则都属于技巧范畴。"清"的本质就是不俗，并与人格相统一，"瘦""硬"则为制造不俗之诗服务。

三 语言、风格的多样化

厉鹗诗的典型风格是"清雅"，但厉鹗作诗重学问，所以不少诗又写得很"古奥"；同时厉鹗知识很广博，为人又清傲，饱受压抑，

---

① 厉鹗：《樊榭山房续集》卷五《题嶰谷、半槎南庄七首·鸥滩》。
② 厉鹗：《樊榭山房诗词集》卷一《二月二十七日皋亭山下看桃花二首》其一。
③ 厉鹗：《樊榭山房诗词集》卷三《岁除日同王雪子吴耕民放舟湖上南山作》。
④ 厉鹗：《樊榭山房续集》卷一《沈椒园待御寄和移居诗用韵奉答四首》。
⑤ 厉鹗：《樊榭山房诗词集》卷八《小舫次姚茶山韵》。
⑥ 厉鹗：《樊榭山房续集》卷六《宿南屏让公房用东坡病中独游净慈韵》。
⑦ 厉鹗：《樊榭山房续集》卷三《诸公诗来兼咏山石予诗似有未尽再用前韵赋一首》。
⑧ 厉鹗：《樊榭山房续集》卷三《同寿门、敬身登宝石山天然图画阁予不游此已十四年矣用前韵题壁》。

故时有豪放风格的诗出现，富有浪漫主义色彩；最后，与"古奥"形成对照的是，一部分诗写得极为平易。下面，分别就这四种不同风格举例作以说明。

（一）清雅

清雅诗风是厉鹗的主导风格，这一类诗在厉鹗诗集中比比皆是。厉鹗论诗词皆主"雅"，由此，我们可以看到厉鹗的诗学理论和实践在这方面结合得比较好。厉鹗清雅风格可举《雨后坐孤山》，诗云：

> 林峦幽处好亭台，上下天光雨洗开。
> 小艇净分山影去，生衣凉约树声来。
> 能耽清景须知足，若逐浮名愧不才。
> 谁见石阑频徙倚，斜阳满地照青苔。①

这首诗中几乎看不出诗人个人情绪的表露，完全符合诗人关于"雅正"的理解。人与境归于同一，无思无虑，无喜无忧。厉鹗多数的诗就是这一类，显得恬淡而中正。在厉鹗看来，在诗中过多流露个人情感或许就是诗调"不正"的一种表现，在他的诗学主张中，他曾就这种诗风大力进行廓清。但人毕竟是有感情的，当挚友逝去，或者亲人丧亡，诗人也会仰天长啸，有时失去了"把握"。总的来说，这些诗仍然遵守着雅正的规范。由于这一类诗是厉鹗诗的主流，数量很多，故这里就不一一举例了。

（二）豪放、浪漫的语言风格

像厉鹗这样一位学问渊博、才思丰富的一代诗人，在那个时代受到可悲的压抑，写出一些具有浪漫色彩的诗篇以寄托情怀原是理所当然的事，正如隐士陶渊明也有"金刚怒目"的一面一样。厉鹗这种语言风格的诗虽数量不大，但对我们挖掘诗人的心灵世界有特殊的意义。

首先要提到的是《望金华山出云俄而大雨》，惜诗长不能照录，

---

① 厉鹗：《樊榭山房诗词集》卷三《雨后坐孤山》。

但由诗题便可见气势不凡。诗中诗人想象纵横驰骋，左突右冲，天上地下，实有李白《梦游天姥吟留别》的浪漫精神。且看如下几句："金华迢迢不可到，但见翻风撼石树色何槎枒……森然三十六洞天，正在白云离合处。忽如馈馏炊乍浓，又讶奔马来何峰。其间坌涌墨翻汁，俄顷变化随飞龙……云中仿佛悬霓旌，神仙得者皇初平……喷洒林壑天瓢倾，山邪云邪两奇绝……但愿打钟扫地老此山，结屋青崖坐看云生灭。"① 这首诗如若混入李白集中，能鉴出者大概不多。设想一下在知识分子普遍受到压抑的雍、乾时代，而性格内敛谨严的厉鹗能写出这样的诗，实令人惊骇和难以置信。前人曾评厉鹗不擅歌行，然而这首歌行却是技巧纯熟，厉鹗驾驭文字的精湛技巧、艺术才能在这首诗中得到很好的体现。

厉鹗写得风格雄健的诗可举《自金华至永康道中作》为例，诗云：

> 筍舆悬度翠嶙峋，连日看山态转新。
> 涧仄泉疑翻白鹭，雨深松欲化青人。
> 秋衾梦落前龛磬，晚饭试题破壁尘。
> 不是平生多远意，寂寥无侣恐伤神。②

整首诗除末句"寂寥无侣恐伤神"意态转沉之外，前面诗句语言都是昂扬、雄放的。意象的选择和情绪都显得健康而明朗，实是厉鹗诗作中难得的精品。另外像《秋玉游洞庭回以橘茶见饷》所流露的豪迈、浪漫的情绪也很感人。直到厉鹗中年以后，还写出了"想见盘旋跳荡发绝叫，惊电破砚翻云涛。长枪大剑莫相笑，毛锥如此亦足豪"③ 之类豪迈的诗句，实在不同凡响。有学者认为厉鹗是一个"体弱气衰"的人，体弱固不必费辞，然"气衰"实难苟同。中老年以后尚有如此豪气，却冠以"气衰"之评，说明厉鹗研究亟待深入！

---

① 厉鹗：《樊榭山房诗词集》卷二《望金华山出云俄而大雨》。
② 厉鹗：《樊榭山房诗词集》卷二《自金华至永康道中作》。
③ 厉鹗：《樊榭山房续集》卷五《碧山草堂橡笔歌》。

（三）古奥

厉鹗是著名学者，诗论主学问，故其诗"古奥"就是必然的了。"古奥"这一语言风格在咏古诗及鉴定金石书画一类的诗中表现最为充分。兹仅举《惠山听松庵观王孟端竹炉诗画卷次吴文定公韵》一例说明，诗云：

> 舍人雅尚寄名泉，为爱山僧手自煎。
> 饼响风中兼雨外，水评陆后更张前。
> 空寮只许茶人住，一榻翻同竹祖眠。
> 三百年来留宝墨，箭材无恙是天全。①

这首诗涉及相当多的历史知识，若不熟悉，根本不知所云。此诗涉明代名画家王绂（字孟端）事，人多不谙，故觉晦涩。王绂，字孟端，博学，工歌诗，能书，写山水竹石，绝妙一时。洪武中，坐累戍朔州。永乐初，用荐，以善书供事文渊阁，除中书舍人。这也是厉鹗这类诗的特点。咏怀诗及咏金石书画、题卷等类诗都可称典型的学人之诗，通过这些诗，作者的学问、诗才都尽得挥洒，厉鹗也不例外。

（四）平易

厉鹗的诗也有写得极平易。有的朴白如话，但都如行云流水，浑然天成，别具一格。如《古荡舟中同大宗、圣几、江皋探梅作》，诗云：

> 小船如瓜皮，可坐兼可眠。
> 春山随我行，谈翠何绵连。
> 竹外一鸡唱，风气太古前。
> 摇摇四诗人，漾入梅花烟。①

---

① 厉鹗：《樊榭山房诗词集》卷三《惠山听松庵观王孟端竹炉诗画卷次吴文定公韵》。

这一类诗表面上看朴白平易，但却平易而不浅薄，很有味道，廖廖数语勾勒出动人的情景，就像一幅精练的简笔画。另外像"小有江湖乐，舟居如屋里。偃卧看萍星，个个生九子"①；"林深老屋斜，日落山风大"②；"老僧年八十，自小住汀州"③ 等都明白如话，这代表了厉诗的另一面。厉鹗诗平易的另一表现是厉鹗诗作中有仿民歌的作品。这类诗的代表作有《蘋洲曲十首和鲍明府》《西湖竹枝词三首》《四月吴淞好二首》《西湖柳枝词》《西湖采莼曲》《采菱词二首》《杨柳枝词》等。由于这些诗都是向民歌学习的成果，所以具有婉转高亢、语言浅近、格调纯朴的特点，这里不一一举例了。

四 众体兼备，不拘一格

厉鹗的诗不但在风格上多样化，而且在诗歌形式上极为多样，显示了清代作为中国古典诗歌集大成时期的特点。前代诸种诗歌形式在厉鹗诗歌创作中几乎都得到娴熟的运用。以字数言，三言、四言、五言、六言、七言齐备，而且一诗之中，一至七言俱有；以诗体论，有五、七言诗歌行，五言、七言律诗、绝句；另外，厉鹗尚有拟民歌体、仿楚辞体、集句诗、联句诗；以题材论有抒情诗、叙事诗，几乎古往今来的各种诗体无所不有、无所不包了。并且，这些诗体还时有交叉，例如联句诗尚有三言，集句尚有五言、七言，等等。下面笔者将部分特色突出者举例加以说明。

首先谈一谈厉鹗的叙事诗。中国古典诗歌向来是抒情诗发达，而叙事诗则总的来说难与抒情诗匹敌。厉鹗也是如此，写景诗、抒怀诗多，而叙事诗则极少，但不是说没有，《杨贞女诗》是一首完全合格的《孔雀东南飞》式的叙事诗。这首诗讲的是景德镇同知杨中哲女许嫁何焯之从子，未婚而何死于京师。何氏誓守妇节，厉鹗作《杨贞女诗》诗颂扬之。且不管这首诗中宣传的思想倾向是否正确，从叙事诗的角度说，叙述严密，层次清晰，客观地描述了杨贞女从许嫁何氏

---

① 厉鹗：《樊榭山房续集》卷二《题西冈小蔟园十二首·萍床》。
② 厉鹗：《樊榭山房续集》卷四《摄山杂咏十二首·白云庵》。
③ 厉鹗：《樊榭山房续集》卷五《秋雪庵赠与耆上人》。

到"入门拜尊章，毁容披素帏"①的全过程，在厉鹗的全部诗作中实属绝无仅有，可堪关注。

再谈谈联句诗。联句诗可说是文人雅集的产物，厉鹗集中这类诗有几十首。联句诗的一大特征是在每一句或两句之后都缀有作者姓名，从而让人明确地知道哪些诗人参与创作这首诗。确切地说，联句诗是一种集体创作，整体格调难免产生不协调。但联句诗有很大的文献及考证价值。如我们给某位诗人作年谱，便可参考其交游者的诗集，找出其中的有该诗人参与创作的联句诗，以此为线索调查其行年活动。下面以《看山楼雪月联句》为例简要说明之，诗云：

> 雪初晴，月复清（鹗）。气飂厉，光晶莹（章）。
> 登层楼，畅幽情（世钰）。炙冰砚，温海铛（曰琯）。
> 澄万象，增双明（曰璐）。广寒村，白玉京（鹗）。
> 竹声泻，松影横（章）。籁既寂，思已盈（世钰）。
> 剪残烛，恋深更（曰琯）。岁云晏，志合并（曰璐）。②

在《樊榭山房集》中，此诗上一首为《小玲珑山馆对雪联句》，下一首为《行庵雅集分咏寒事得宋子京修唐书》，可以断定，此诗的写作是在二马小玲珑山馆之看山楼。抛开此诗主要咏月的主题不说，它主要给人们提供了以下信息：首先，本诗编年为"乙丑"，当为乾隆十年（1745），此时厉鹗五十三岁，正是频繁来往于杭、扬之间之时。其次，诗中参与唱和者有"扬州二马"，另有布衣陈章和姚世钰，可见陈章及脱祸不久的姚世钰都在小玲珑山馆。再次，这些布衣寒士聚于"扬州二马"处，谈文论艺，频频唱和，如上一首诗中唱和者就有厉鹗、陈章、姚世钰等人。最后，这次唱和由厉鹗首倡，这在一定程度上证明了厉鹗在这一群体中的地位。从以上分析，联句诗包含的信息之丰富可见一斑。

---

① 厉鹗：《樊榭山房诗词集》卷三《杨贞女诗》。
② 厉鹗：《樊榭山房续集》卷五《看山楼雪月联句》。

总之，厉鹗诗的形式是非常多样的，但主导形式是五古、七古，五律、七律及七绝。据刘世南统计，厉鹗集中五古有 331 首，七古134 首，五律 237 首，七律 383 首，七绝 300 首，占其诗作绝大多数。所以厉诗形式既多样化，又有主导的形式。对其成就，吴榕园的意见很公允，他说："（厉鹗诗）参用性灵、书卷，自辟蹊径，诸体皆工，七律更耐寻绎。"①

---

① 吴榕园：《浙西六家诗钞》，厉鹗：《樊榭山房集》附录四，第 1754 页。

第五章　厉鹗词的题材内涵与艺术成就

厉鹗一生除诗歌创作成就很大之外，在词的创作领域也用力甚勤，成就突出。《樊榭山房诗词集》中有词二卷，110 首；《樊榭山房诗词集集外词》收《秋林琴雅》词共 104 首；《续集》中有词一卷，32 首；《攀榭山房续集集外词》收《河传十五首》，共计 261 首词。这些词艺术造诣高超，为他赢得了词坛大家的声誉与浙西词派重要词人的地位。

第一节　厉鹗词的题材内涵

厉鹗一生鄙俗弃庸、清操自守，然而个人经历上没有什么大起大落，一生中除徜徉遨游山水林泉之外，最大的精神寄托便是追求才艺的专精，故而其行径绝类南宋末年姜夔等"江湖派"诸人。这样的生活经历与精神追求也使得他的词正如其诗一样，大多是传统题材。然而正如蒋寅所讲，随着唐代古典诗歌体裁的成熟，来自诗体内部的发展动力（自然之势）已然消失，诗人再不能利用诗体本身蕴藏的资源，而只能靠艺术表现上的创新性来推动诗史的进程。也就是说，宋以后诗歌艺术的成就和水准纯粹只能凭作家个人的才能去冲刺。厉鹗的词大体上沿袭了其诗的题材和作风。

一　模山范水，吟风弄月

厉鹗一生多吟咏西湖山水，然其游踪遍及江、浙，稍及齐、鲁等地高山大川，故厉鹗词中此类内容之作最多。先看他描写西湖山水的词。

> 绿遍山腰，青迥沙尾，花信几风吹断。屏间鸟度，镜里舟移，乍试苧衫绡扇。常把禅机破除，难负春妍，流光如箭。正蘅皋税驾，袜尘不动，黛明波远。
>
> 看渐是、弱絮萦烟，新荷铸水，丽景一番熏染。初啼鸠后，将噪蝉前，池阁嫩晴千变。谁道凭栏，有人暗忆年华，自怜幽倩。且停桡浅酌，霏雨霑衣数点。①

这首词上阕将读者带入"舟行碧波上，人在画中游"的优美境界中，作者似乎也被这美妙的景色陶醉了，而进入"物我两忘、人景合一"的境界。然而这几乎是一幅静止的画面，即使"鸟度""舟移"也使人悄然不觉，只见"色"不见"声"。下片则形成鲜明对照，有声有色，有景有人。先是紧承上片继续写景，接着"初啼鸠后，将噪蝉前，池阁嫩晴千变"，这纷杂的声音似乎将词人从寂静的山色水光中惊回到现实，"暗忆年华，自怜幽倩"，既写人又写己，然而结尾处又强作潇洒，"停桡浅酌"，完全是一副超然物外的样子，但心怎能毫无挂碍！另外，这首词还有一点可堪注意，即用周清真原韵。厉鹗词学宗周邦彦、姜夔，从这里可以看到，厉鹗词学是从实践中来的，又在词的创作实践着他的词学理论，尽管这种实践有时并不尽如人意，但探索是值得肯定的。

再举一首《谒金门·七月既望湖上雨后作》，词云：

> 凭画槛。雨洗秋浓人淡。隔水残霞明冉冉。小山三四点。艇子几时同泛？待折荷花临鉴。日日绿盘疏粉艳。西风无处减。②

这首词似淡实浓，上阕纯为写景，下阕则为怀人。而开篇"凭画

---

① 厉鹗：《樊榭山房诗词集》卷九词甲《惜余春慢·戊戌三月二十二日泛湖用清真韵》。

② 厉鹗：《樊榭山房诗词集》卷十《词乙》《谒金门·七月既望湖上雨后作》。

槛"既是写景,又为下阕怀人奠定了基调。由于这首词中出现的节令是"秋浓",故而又使得此词情调感伤、哀怨,尽管作者把情绪藏得很深,但"艇子几时同泛"一句还是透露了若干消息。"艇子"是一个特殊意象,《古乐府》有"艇子打双桨,催送莫愁来"之句,后来李商隐《莫愁》"若是石城无艇子,莫愁还自有愁时"和周邦彦《雨河》"莫愁艇子曾系"都进一步肯定和加强了"艇子"的内涵,厉鹗此处用"艇子"庶乎可解为用典。由此出发,词义进一步显豁,作者期待"同泛""艇子"的是一位女子,这样,后句"待折荷花临鉴"便落到实处,不纯为写景了。对这首词,陈廷焯也称赞云:"余最爱樊榭《谒金门》云云。中有冤情,意味便宽,否则无病呻吟,亦可不必。"①《云韶集》卷十八亦云:此词"'人淡'二字精妙。通首写雨后情景,画所不到。上半写景,下半寄情"②。由以上两首词我们大体可窥见厉鹗山水词的特质,这些词大都以情运景,作者的情感、意绪有时虽然淡到看不见,但实际上,这是词人用心曲折、选意隐秘的结果。只要仔细品读,尚可发现其中的蛛丝马迹。

二　登临怀古,抒发幽绪

厉鹗词在这方面的内容与其诗一样,题材多集中在宋明两代。咏史诗词取材于宋明,实包容了太多的兴亡感慨。一方面,宋明均亡于"异族",带给士子们的去国愁怨亦极相类;另一方面,宋文化又代表了典型的华夏文化。厉鹗在诗词创作上将笔触投射于宋明,实体现了与其治学思路的一致性。事实上,这是包含了不易也不敢言明的深意的。首先来看这首《西湖月·明慈圣李太后赐画九莲观音像在灵隐寺借秋阁》,词云:

> 匆匆梦了华胥,早鹫岭窗前,贮将图画。翠璎长带,铢衣细叠,冷绡光研。崖居瞻瑞相,展一橙松风尘外挂。任水际、若入

① 陈廷焯:《白雨斋词话》卷四《樊榭〈金门〉》,唐圭璋辑:《词话丛编》,中华书局1986年版,第3848页。
② 陈廷焯:《云韶集》卷十八,清光绪稿本。

秋心，依旧九莲开也。

  署年仿佛神宗，说侍养深宫，白头闲话。月轮圆里，山河小影，似惊飘瓦。兴亡多少事，便指与枯禅应泪洒。已零落、阿监当时，奉香黄帕。①

  作者由此像起兴，以此画为线索，感叹兴亡。词作上阕描写此画内容，"崖居瞻瑞相……依旧九莲开也"；下阕写由此图引起的无限感慨。由于厉鹗生活在清廷早已定鼎天下、明遗民凋零殆尽、文字狱和科场大案盛行的雍、乾时代，这就使得作者在这首词中抒发的兴亡感慨充满浓重的无奈与颓唐情调，只有"指与枯禅应泪洒"了。再看这首《百字令·表忠观怀古》：

  云旗风马，见虬姿、仿佛英雄徒步。啼得罗平妖鸟尽，自向钱塘开府。玉册楼高，锦衣城壮，百万貔貅驻。江神心折，迴涛先避强弩。

  休说朱五经儿，东南霸气，三世偏能据。天遣山河都姓赵，拱手还归真主。麦饭空祠，柳圈寒食，缓缓歌游女。苏碑仍在，眼前龙凤飞舞。②

  这首词与上词堪称异曲同工。上阕格调虽与上词迥异，异常豪迈，然下阕"关遗山河都姓赵，拱手还归真主"，在气势与结果上形成极大反差，最后还是落入到"麦饭空祠"的无奈与凄冷中去。真是"苏碑"故物尚在，但朝代已无情更替。

  厉鹗怀古词最具代表性的当数《满江红·题桃花扇传奇》，词云：

  千古南朝，剩满眼、钟山废绿。问谁记、渡江五马，玉楼金屋。复社尚兴风影祸，教坊偏占烟花福。笑无愁帝子莫愁湖，欢

---

① 厉鹗：《樊榭山房诗词集》卷九词甲《西湖月·明慈圣李太后赐画九莲观音像在灵隐寺借秋阁》。
② 厉鹗：《樊榭山房诗词集集外词·秋林琴雅三》之《百字令·表忠观怀古》。

娱迷。

　　醉舞散，灰绯烛。宫骑走，降幡蠢。看湘东已了，枯棋残局。桃叶渡边飞燕语，桃花扇底铜仙哭。算付将、此曲雪儿歌，难终曲。①

　　这首词中所叙史事，大概离厉鹗所处的时代现实最近，几乎成为时事了。在当时，写这一类题材是有一定风险的，但厉鹗在这首诗中寄托抒发的感慨是最明显的。由于是题《桃花扇》之作，故而明末重大史实，在这首词中均有明确反映，在厉词中确属难得。

　　厉鹗的怀古词有 20 首左右。这类词大都以某一古迹、文物为创作触因，且词围绕这一动因展开，同时把这一古迹、文物作为整首词的线索，由此抒发自己的兴亡感怀、民族情绪，但渗透在其中的情感多是消沉的、感伤的。

三　悼亡感怀，挥泻性情

　　厉鹗词学主"雅正"，这就使得他与其同乡前辈朱彝尊有相当大的不同。朱彝尊不但为其妻妹写了《风怀二百韵》长诗，而且其词集《眉匠词》《茶烟阁体物集》全为情词。在厉鹗词集中，这类词极少，较典型的仅一首，词云：

　　春衫泪浣。谁问春寒浅？依旧去年正月半。锦瑟华年未满。重来经曲苔荒。一屏梅影凄凉。疑在小楼前后，不知何处迷藏。②

　　这首词格调凄哀，情调健康、庄重，与朱彝尊在《茶烟阁体物集》中大写女性乳、肩等"宫体"意味的词颇异其趣。只有健康、严肃的感情才是真挚的，这首词是写给其亡姬月上的，由这首词足见厉鹗亦为性情中人，其痴情竟产生了"疑在小楼前后，不知何处迷

---

① 厉鹗：《樊榭山房诗词集集外词·秋林琴雅二》之《满江红·题桃花扇传奇》。
② 厉鹗：《樊榭山房续集》卷九词甲之《清平乐·元夕悼亡姬》。

藏"的幻觉，这种幻觉完全是一种真实的体验，大概不少失去亲人的人在短时期都有"斯人尚存"的体验。厉鹗这种情感的确是很真挚感人的。除这首作品之外，厉鹗还为她写了几首悼亡词，均为上乘之作。

除了这首悼念的词作之外，厉鹗还写了大量感怀词，集中有七十多首，兹举两例，先看这首《高阳台·湖上感旧》：

> 野水垂杨，古墙苍莽，伤心清泪偷沾。前梦无凭，闲情曾过莺帘。狂红只在西湖路，记来时、月细风尖。最情忪。同问青旗，同谱乌盐。
>
> 酒人转眼多星散，任尘埋蜡屐，网里书签。能话相思，憎他双燕呢喃。平生不信潘郎鬓，到而今、鬓也丝添。更厌厌。叶暗空庭，云堕晴檐。①

厉鹗曾自言"抱侘傺之悲"，但这种"悲"，厉鹗一般运之以柔婉，不以激烈的方式表达出来，这首词可谓代表作。作者在这首词里表达的情绪相当微妙复杂，有感叹岁月易逝、华年不再、双鬓添丝；有感慨友朋离散、身世转移；有不甘，也有无奈；有怀人，也有自珍自勉，但最终还是忍不住"伤心清泪偷沾"，情致哀婉动人。厉鹗一生重情重友，这一类词尚有不少，如《倦寻芳》言与江佩水之友情，《水调歌头》写访吴志上，均以抒怀表达对友情的珍重。而集中抒怀的词作，尚有《湘春夜月·当歌有感》也甚堪一读，词云：

> 剪春灯，越罗无奈寒侵。袅袅乍啭莺吭，清绝月穿林，丁字竿垂帘下，恐落梅风起，吹散难寻。算世间只有，酸甜几拍，堪诉情深。
>
> 朱颜暗换，锦屏迢递，千万沈吟。揾透啼衫，知那里、弄丝烟柳，犹系人心。鳞乖雁阻，写翠笺、谁是知音？恁怨咽、纵当

---

① 厉鹗：《樊榭山房诗词集集外词·秋林琴雅二》之《高阳台·湖上感旧》。

时所得，愁眉早聚，何况而今！①

这首词除叹息"朱颜暗换"、岁月流逝与上词相同以外，在词中还流露了深刻的孤独感。作者深情呼唤真正志同道合的"知音"。他浩叹即使"弄丝烟柳"，也"犹系人心"，何况人呢。然而"谁是知音"？知音难觅。这样，在词中，抒情主人公显得孤俦无侣、愁怨异常，这反映了厉鹗中年以后的精神苦闷与精神困境。

总的来说，厉鹗此类题材的词表达的感情是相对显露的，而且情、词兼美，不像山水、咏物题材的词那么迂回婉转、曲折隐蔽，这或许与词体的特征相关。因此，这类词给我们提供了不少探索厉鹗心灵世界的佐证，很有价值。

四 咏物题画，寄托深远

咏物词有久远的传统，自从词体产生以来，咏物便为词之大宗。而咏物词更与浙西词派的产生、发展、衰落相始终，如若不避片面性之嫌的话，说浙西词派"成也咏物，败也咏物"，大概还不算太过分。康熙十八年（1679）浙西词派创始人朱彝尊携带南宋末年咏物词集《乐府补题》入京，遂"一集激起千层浪"：在清初遗民多存、故国之思正浓之时，此集的出现立刻引起唱和者近百家，形成清代词史上独特的"后补题"现象。浙西词派正是以此为契机而产生，又由朱彝尊、汪森的亲手推动而光大。并且，以朱彝尊为首的浙西六家都大量创作咏物词。《乐府补题》的咏物词讲比兴寄托，微言大义。朱彝尊力倡这个传统是很有意义的。但当清廷平定天下、遗民已了无一存的时代条件下，过多地写这种咏物词难免被人讥为"饾饤"，大加堆砌，而比兴不存，再加上其他诸多原因，浙西词派走向衰落就毫不足怪了。但毋庸讳言，咏物词是有其独特价值的。在清初文网高张、政治酷烈之时，文人忧惧乃是正常之事。故而咏物词以幽微深致之笔曲折表达作者的"深言大义"这一特点，再一次被重视亦是正

---

① 厉鹗：《樊榭山房诗词集集外词·秋林琴雅三》之《湘春夜月·当歌有感》。

常之事。况且咏物词的真正大家是周邦彦，其创作与浙派词学尊尚完全相符，厉鹗曾将周邦彦列为浙西词派词学宗法的源头。因此，咏物词的被重新提起并被大量创作乃是浙西词派发展史上的大事，朱彝尊之后，咏物词的创作遂成为一个传统。厉鹗集中就有大量咏物词，达七十多首。

《乐府补题》中收南宋遗民十四人之作，分咏龙涎香、白莲、莼、蝉、蟹，共五调三十七首，风格十分一致，词旨隐约而若有所指。这五种物象，厉鹗都用原调一一咏吟，可见其继承传统的意识之强，自觉性之高。这五首词分别是《天香·龙涎香》《摸鱼儿·莼》《齐天乐·蝉》《水龙吟·白莲》《桂枝香·蟹》。厉鹗自己论词绝句也有"头白遗民涕不禁，《补题》风物在山阴"① 之句，这说明厉鹗从理论到实践都秉承了浙西词派重视咏物词的传统。兹录二首略做分析：

> 苦竹潭深，枯桑岛远，灵姝秋卧无味。哀雾醒初，战沙去后，剩得唾痕凝紫。鱼衣试采，重与和、宫奁花水。天上梅魂乍返，温馨似垂纤尾。
>
> 并刀断云暗递。认分明、蜃窗灯穗。一缕闲情如旧，暖金难寄。焚出青芦雨里，伴小舫凉声静敲碎。松石图开，余烟半纸。②

> 绿罗万笠高低，姑山雪拥横塘路。铅红浣褪，娟然幽意，最宜凉雨。苇乱萍疏，银囊独立，羽衣来暮。衬鳞鳞波底，鱼云粉朵，如明镜，添妆处。
>
> 多少轻舟溪女，叹年时、嫩琼谁主？襟裾开遍，满陂照影，旧游欢阻。香远堂空，舞绡零落，含悽无语。念玉笙纤手，与花一色，浥残清露。③

先看前词，据《岭南杂记》载，龙涎香于香品中最贵重，出大食

---

① 厉鹗：《论词绝句》之六。
② 厉鹗：《樊榭山房诗词集集外词·秋林琴雅二》之《天香·龙涎香》。
③ 厉鹗：《樊榭山房诗词集集外词·秋林琴雅二》之《水龙吟·白莲》。

国西海之中，上有云气罩护，下则有龙蟠洋中大石，卧而吐涎，漂浮水面，为太阳所烁，凝结而坚，轻若浮石，用以和众香焚之，能聚香烟，缕缕不散。厉鹗之前，朱彝尊也曾原调原题写过此词。厉鹗这首词，先由《霏雪录》《云林遗事》等笔记所载关于龙涎香产地入手，发挥想象，构思出一位若隐若现的"灵姝"形象，这位神人又具有若有若无的"闲情"，似乎隐约之间欲有所语，但又难以捉摸。第二首写白莲的词，"浙西亚圣"李良年也曾原调原题和过。厉鹗词后小注云："淳熙九年中秋赏月，香远堂植千叶白莲。上皇召小刘妃独吹白玉笙《霓裳中序》。"淳熙为孝宗赵昚年号，此中"上皇"即为宋孝宗。词的上片刻画出白莲生长的环境："铅红浣褪，娟然幽意，最宜凉雨"。下片讲曾经的繁华热闹都一去不复返，王朝与不幸的女子终归空灭。植千叶白莲的香远堂也"含无语"；而曾经"与花一色"的玉人又在哪里？作者在词中丝毫不着一己之色，但兴衰存灭之感已客观冷静地得以传达。而这白莲仿佛是历史的见证人，也一道经历了荣衰生灭。除了和《乐府补题》中的原题原调的词之外，厉鹗的咏物词还有：《梅子黄时雨·蚕豆》《满宫花·细雨》《买陂塘·书带草》《玫瑰花》《八宝妆·孔雀》《凤凰台上忆吹箫》《露华·玉簪》《视芙石近·蛙》《桃源忆故人·萤》《台城路·蚕》《长相思·绿萼梅》等等。

此外，厉鹗还能描摹一些不成形的虚无缥缈的物像，如写影、写声，此类作品能看出作者对物象体验、观察的细致入微，这正是厉鹗擅长处。这类作品代表性的有：《沁园春·声》《沁园春·影》《疏影·湖上见柳影因赋此阕》等。

另外，还有题画词值得一提。厉鹗诗集中就有大量的题画词，其格调、内容与题画诗完全一致，都表现了文人高雅的情趣。厉鹗的题画词代表作可推这首《高阳台·题华秋岳横琴小像》，词云：

> 剑气横秋，诗肠涤雪，风尘湖海年年。三径归来，慵将身事笺天。草堂不著樱桃梦，寄疏狂、菊涧梅边。想清游，如此须眉，如此山川。

枯桐在膝冰徽冷，纵一弦虽设，亦似无弦。世外音希，更求何处成连。几时与子苏堤去，采蘋花、小艇冲烟。笑平生，忘了机心，合伴鸥眠。①

此词为作者挚友华岩（字秋岳）题像之作。华岩为"扬州八怪"画派的重要成员，与厉鹗是平生至交。由于厉鹗深深了解华岩，故此词一改其婉约词风，而代之以豪放伸张、"剑气横秋"的风格。这首词下阕以"笑平生，忘了机心，合伴鸥眠"作结，这样，华岩豪迈慷慨、不拘小节以及潇洒随缘的生活态度便跃然纸上，使人读词如见其人。厉鹗此类词甚多，如《南乡子·题挥扇女士图》《声声慢·题幼鲁风雪归舟图》等，都值得一读。

以上所及樊榭词内容及思想取向，基本上与其诗题材一致，都可看作其"不谐于俗"性格的体现。而厉鹗词的真正特色和精华在其艺术方面，下文将作较深入论述。

第二节　厉鹗词的艺术成就

厉鹗词在艺术上取得了巨大的成功，在当时就已奠定了其词坛的地位。诚如谢章铤所说："雍正、乾隆间，词学奉樊榭为赤帜，家白石而户梅溪矣"②，谢章铤是对浙西词派极不满的词论家，曾讽浙西词为"饾饤"，其言厉鹗在词坛地位当属可信。具体讲，厉鹗词的艺术品格有以下几点得以体现。

一　幽隽寒逸，清境独具

厉鹗论诗论词都主"清"，"清"既是其诗学词学体系构建的核心，又是其诗词创作努力的最高境界。由于清雅的词风与人格相联系，故而厉鹗集中大量描写山水风光的词最能体现厉鹗词追求清境的

---

① 厉鹗：《樊榭山房诗词集》卷九《高阳台·题华秋岳横琴小像》。
② 谢章铤：《赌棋山庄词话》卷十一《小山词社》，唐圭璋辑：《词话丛编》，中华书局 1986 年版，第 3458 页。

特有风貌。吴衡照曾说厉鹗"有幽人气"①，这是说厉鹗的精神气质偏雅偏静。事实上，这种偏雅偏静正与作者抗拒尘俗的取向相联系。兹举两首为证：

> 溯溪流云去，树约风来，山剪秋眉。一片寻秋意，是凉花载雪，人在芦漪。楚天旧愁多少，飘作鬓边丝。正浦溆苍茫，闲随野色，行到禅扉。
>
> 忘机。悄无语，坐雁底焚香，蛩外弦诗。又送萧萧响，尽平沙霜信，吹上僧衣。凭高一声弹指，天地入斜晖。已隔断尘喧，门前弄月渔艇归。②

> 秋光今夜，向桐江、为写当年高躅。风露皆非人世有，自坐船头吹竹。万籁生山，一星在水，鹤梦疑重续。挐音遥去，两岩渔夫初宿。
>
> 心忆汐社沈埋，清狂不见，使我形容独。寂寂冷萤三四点，穿过前湾茅屋。林净藏烟，峰危限月，帆影摇空绿。随流飘荡，白云还卧深谷。③

关于前一首词，其小序云："时秋芦作花，远近缟目。四望诸峰，苍然如出晴雪之上。庵以'秋雪'名，不虚也。乃假僧榻，偃仰终日，唯闻棹声掠波往来，使人绝去世俗营竞所在。"正是在这个"使人绝去世俗营竞"的"所在"，词人心无俗虑，创造出幽逸隽洁的清境。写景尚易，而构造清逸词境则非得有"忘机"的超尘越俗之心不可。第二首词也是一首清境独具的佳作。作者并没有机械地将景物摄于笔下，而是充分调动自己的感观，有选择地排比意象，匠心独运地使这些意象为营造清寒的词境服务，并时时运用点

---

① 吴衡照：《莲子居词话》卷三《厉鹗有烟癖》，唐圭璋辑：《词话丛编》，中华书局1986年版，第2459页。
② 厉鹗：《樊榭山房诗词集》卷九词甲《忆旧游·辛丑九月既望》。
③ 厉鹗：《樊榭山房诗词集》卷九词甲《百字令·月夜过七里滩》。

睛之笔进行提纲挈领,如:"风露皆非人世有,自坐船头吹竹""清狂不见,使我形容独""随流飘荡,白云还卧深谷"等句筑起了整首词的骨架,而其中贯穿的景物及人物两方面的意象已经把整首词的清逸基调奠定了。所以这两首词形异神同,都是能够表现厉鹗词清境的力作。

由于要表现特定的心境统率下而形成的词风:清雅,故在厉鹗词中,某些意象已经形成了固定化、经常化的趋向,高频率地出现。这就是前文已提及的"秋""夜""月""雨""雪"等,并与西湖泛舟相联系。这是因为这些意象的形成是有传统的,已经积累了相当厚重的历史文化心理内涵,故而其内涵在某种意义上已经约定俗成,使得后人能在此基础上更进一步进行开掘、丰富和深化。厉鹗在这方面用力甚勤,只要我们审视某些词的题目便可对其词境之清有所体察,如《疏影·湖上见柳影因赋此阕》《惜余春慢·戊戌三月二十二日泛湖用清真韵》《梦芙蓉·戊戌五月十八日泛舟碧浪湖作》《采桑子·晚秋同程松门泛舟江桥登平山堂》《凄凉犯·庚子十二月二十四日宿济南敖阳店,寒甚有怀故园节物,凄然作此解》《玉漏迟·永康病中夜雨感怀》《声声慢·题符幼鲁风雪归舟图》《夏初临·初夏雨中同蒋丈静山泛湖》《蝶恋花·长安秋雨夜赋》《好事近·吴江月夜》,等等,不一而足。作者认识到特定意象对构造特意意境的作用,所以这些意象在厉词中极为普遍。

厉鹗是以整个身心进行创作的词家,他的词在艺术上取得极大成就,尤其表现在他对清逸词境的营造上。这一点众多词人乃至词论家几乎达成了共识。厉鹗挚友陈撰评曰:"近称西泠词派,或踪迹花间,或问津草堂,星繁绮合,可谓极盛。乃缘情体物,终惜其体制之未工。独吾友樊榭先生起而遥应之,清真雅正,超然神解,如金石之有声而玉之声清越,如草木之有花而兰之味芬芳。登培嵝以览崇山,涉潢汙以观大泽,致使白石诸君,如透水月华,波摇不散"①,诚为知

---

① 陈撰:《题樊榭山房集外词》,尤振中等编著:《清词纪事会评》,黄山书社1995年版,第364页。

者之言。但为避朋辈溢美，再举一例以为比对，瓮僖曰："樊榭先生幽居道古，脩然清远，诗文之外，锐意于词。尝病倚声家诞荡者失之靡，豪健者失之肆，因约情敛体，深秀绵邈……要以自写胸抱，非求悦众耳也。"① 其他称赞厉鹗诗境清逸者很多，兹不一一举例了。

二　典故层出，以学济词

清代社会是一个学问型社会，诗人多兼学者，厉鹗也是如此，其《宋诗纪事》等八种学术著作均收入《四库全书》或存目。再加上以厉鹗为职志的浙派又倾向于宗宋一派，均更加注重学问。沈德潜就曾说："樊榭征士学问淹洽，尤熟精两宋典实，人无敢难之者"②，并且将"淹洽"的学问大量用于诗词创作，"子书无所不窥，所得皆用之于诗，故其诗多有异文轶事为人所不及知"③，诗如此，词亦如此。因此，厉鹗在诗论和词论中大张旗鼓地提倡学问，以学问做词，创造出词人之词与学人之词相结合的作品。兹举一例说明，《百字令·丁酉清明》是厉鹗的一首力作，词云：

> 春光老去，恨年年心事，春能拘管。永日空园双燕语，折尽柳条长短。白眼看天，青袍似草，最觉当歌懒。惝惝门巷，落花早又吹满。
>
> 凝想烟月当时，饧箫旧市，惯逐嬉春伴。一自笑桃人去后，几叶碧云深浅。乱掷榆钱，细垂桐乳，尚惹游丝转。望中何处？那堪天远山远。④

此首诗中包含很多典故，若不熟悉这些典故，将直接影响对词意和审美内涵的理解与把握。如"白眼看天"一句，《晋书·阮籍传》

---

① 瓮僖：《樊榭山房集外词跋》，尤振中等编著：《清词纪事会评》，黄山书社1995年版，第364页。
② 沈德潜：《清诗别裁集·诗话》，厉鹗：《樊榭山房集》附录四，第1746页。
③ 全祖望：《厉樊榭墓碣铭》，厉鹗：《樊榭山房集》附录三，第1739页。
④ 厉鹗：《樊榭山房诗词集》卷九词甲《百字令·丁酉清明》。

称阮籍"能为青白眼，见礼俗之士，以白眼对之"，而此句的直接典故则来自刘克庄《赠高九万并寄孙季蕃作》，此诗有"诸人凋落尽，高叟亦中年。行世有千首，买山无一钱。紫髯长拂地，白眼冷看天。古道微如线，吾徒各勉旃"之句。前者为愤世嫉俗，后者则慨叹古道微茫，意有不同。厉鹗这里用后典，实抒发了对自身命运的感叹。再看"青袍似草"，《古诗十九首》有"青袍似春草，长条随风舒"之句，是说作者的情思就像春草之生未已。厉鹗下句"最觉当歌懒"与此典结合，说明词人用情之专。第三典，"愔愔门巷，落花早又吹满"，语意出自周邦彦《瑞龙吟》，其中有"愔愔坊陌人家"之句，厉鹗用此典写出了一幅静态的凄美境界。第四典，"凝想烟月当时，饧箫旧市，惯逐嬉春伴"，"饧箫"一典出于《诗经·周颂·有瞽》"箫管备举"，郑玄笺："箫，编小竹管，如今卖饧者所吹。"孔颖达疏："其时卖饧之人，吹箫以自表也。"意即市场买饧者吹箫以招揽顾客。第五典，"一自吴桃人去后"，"吴桃人"，唐崔护诗有"去年今日此门中，人面桃花相映红。人面不知何处去，桃花依旧笑春风"，实为熟典。这是一首怀人之词，对方是谁难以实指，然作者通过大量用典使得意脉连贯，但若隐若现，不对这些典故进行深入探讨，此词的内涵也难以挖掘。

厉鹗词用典是普遍现象，这里再举一首《八归·隐几山楼赋夕阳》，其云：

> 初翻雁背，旋催鸦翼，高树半挂微晕。销凝最是登楼意，常对乱波红蘸，远山青衬。不管长亭歌欲断，渐照去、鞭痕将隐。想故苑、燕麦离离，满地弄金粉。
>
> 何况春游乍歇，花愁多少，只恼黄昏偏近。冷和帆落，惨连笳起，更带孤烟斜引。误雕阑倚遍，霁色明朝也应准。无言处、望中容易，下却西墙，相思人老尽。①

---

① 厉鹗：《樊榭山房诗词集》卷九词甲《八归·隐几山楼赋夕阳》。

　　这首词用典更为繁密，因而意绪也更加复杂丰富。首句"初翻雁背，旋催鸦翼"，典出周邦彦《玉楼春》"烟中列岫青无数，雁背夕阳红欲暮"之句，可见"雁背"实与夕阳有对应关系。"销凝最是登楼意"，则显出王粲《登楼赋》"登兹楼以四望兮，聊暇日以消忧"句。而"不管长亭歌欲断，渐照去、鞭痕将隐"一句虽不属标准的用典，但化用前人词句及意绪的痕迹甚是明显，如"长亭"句显受周邦彦《兰陵王》中"长亭路，年去岁来，应折柔条过千尺"的影响，"鞭痕"句显受王实甫《西厢记》"四围山色中，一鞭残照里"的影响，不管从意境还是句式都可称神似。再看"帆""笳""孤烟"等意象均有出处。温庭筠《梦江南》："过尽千帆皆不是，斜晖脉脉水悠悠，肠断白蘋洲"，可见"帆"乃盼人回归的象征。庾信《拟咏怀》有"胡笳落泪曲"之句，说明"笳"也有盼归之意。王维《使之塞上》有"大漠孤烟直"之句，而"孤烟"也空寂、孤独之极，这三个意象看来意义相通，均有抒发主人公极度孤单、渴盼所思之人早日归来之意。最后"误雕阑倚遍"，化用了柳永《八声甘州》"想佳人妆楼颙望，误几回、天际识归舟"之意。由此可见，这首词归根到底即是怀人之意，作者却大量地、或明或暗地运用典故，曲折往复地加以渲染强化，使得抒情主人公的相思之情充满了张力，也使整首词内涵更加丰富、情致更加细腻，为深入刻画主人公的内心世界起了很大作用。

　　总的来说，厉鹗用典的手段是高明的，或用成典，或借用，或化用，或只见意绪的借用，而不落言荃，有时真可谓"羚羊挂角、无迹可寻"。所以，厉鹗用典对提高词的艺术表现力是有效果的，但唯一的不足就是有时用典过多，造成意象的复沓和重叠，或言之"堆砌"，有过分逞现学问的倾向。而且有些典故用得过生过僻，这必然导致有些词作意义晦暗，令人难以索解。对此，前人早有批评，谢章铤就曾说："宋词三派：曰婉约，曰豪放，曰淳雅。今则又益一派曰：饾饤。……至国朝小长芦出，始创为征典之作，继之者《樊榭山房》。长芦腹笥浩博，樊榭又熟于说部，无处展布，借此以抒其丛杂，不足为标准也"①，说的不无过分，但就用典之弊来看还算适用。厉鹗用典作为一种艺术手段，对丰富词的容量，提高词的表现力，应该说十分有效。至于其带来的弊病，也是瑕不掩瑜的。

三 怀抱幽怨，时露郁勃

像厉鹗这样一位一代才人，生活在文人动辄遭咎、噤若寒蝉的政治高压下，一方面"耽闲爱静，乐山水"②，另一方面时代总会在其创作中或多或少地投射下它的影像。事实也正是这样，翻开厉鹗诗词集，我们触目所及多为一些"游山之什"、"流连光景"③之作。但这只是表象，不深入研究厉鹗的全部作品，则无法进入厉鹗的内心世界和全面评价厉鹗作品的艺术成就。因此，当我们的目光触及厉鹗词中的某些"异响"之作时，作者的形象便在我们眼前生动起来，三百年前的这位文化巨人的心灵世界便异常地丰富起来。他的悲喜，他的消沉抑或颓唐，他的豪气则我们能够充分感知。

基于厉鹗的人格和性格，以及词体本身的特征（他论词主婉约），以幽怨为基调乃是厉鹗词的主色调，即使是显露豪迈之情的作品也以哀怨为底色。对于厉鹗词的哀怨特色前文举例均能证明这一点。这里只探讨厉鹗词中流露郁勃不平之气的作品。先看这首《玉漏迟·永康病中夜雨感怀》，词云：

> 薄游成小倦。惊风梦雨，意长笺短。病与秋争，叶叶碧梧声颤。湿鼓山城暗数，更穿入、溪云千片。灯晕剪。似曾认我，茂陵心眼。
>
> 少年不负吟边，几熨帖光阴，试香池馆。欢境消磨，尽付砌虫微叹。客子闲情药裹，觅何地、烟林疏散？怀正远。胥涛晓喧枫岸。④

---

① 谢章铤：《赌棋山庄词话》卷九《词贵清空》，第3443页。
② 杭世骏：《词科掌录》，厉鹗：《樊榭山房集》附录四，第1744页。
③ 全祖望：《厉樊榭墓碣铭》，厉鹗：《樊榭山房集》附录三，第1739页。
④ 厉鹗：《樊榭山房诗词集》卷九《玉漏迟·永康病中夜雨感怀》。

这是厉鹗中年以前写的词，从整篇意境看，悲病交加，凄苦无比，所用意象如"薄游""惊风""梦雨""病""秋""虫叹""灯晕"等，极其惨淡。具体说来，这首词所抒之"悲"，杜甫《登高》亦不过如此。词中应有以下数悲：旅行途中又兼倦困为一悲；风猛雨疾为二悲；孤独无伴欲诉纸短为三悲；适逢病中为四悲；时令为秋为五悲；又是夜间、雨打梧叶、灯晕昏黄为六悲；虫鸣如叹更添悲。然而就在这七悲交集、情惨意淡之际，词末竟喊出"怀正远，胥涛晓喧枫岸"的壮语，与前文形成极大的反差。说这句为厉鹗词中最为豪迈的词句恐怕亦不为过。这一句气势宏大，足震撼全篇，惊顽去懦——"涛"，色彩明朗——"枫"，境界鲜活——"喧"，作者的胸怀也壮迈宏阔，气不可遏 ——"怀正远"，我们似乎看到病中的主人公似乎一跃惊起，抖落身上的琐秽，陡然间变得精神抖擞，气魄雄伟。这种意象实是作者内心深处的冲动受到环境人事压抑而表现出的反弹，是我们深入体察词人心灵的一面镜子。

再举一例，其云：

> 瘦筇如唤登临去，江平雪晴风小。湿粉楼台，酽寒城阙，不见春红吹到。微茫越峤。但半汀云根，半销沙草。为问鸥边，而今可有晋时棹？
>
> 清愁几番自遣，故人稀笑语，相忆多少。寂寂寥寥，朝朝暮暮，吟得梅花俱恼。将花插帽，向第一峰头，倚空长啸。忽展斜阳，玉龙天际饶。[①]

这首词上阕纯写雪景，透出一层寒意。下阕写词人心境的凄寒，从上阕到下阕，从心外景到心内境，寒意料峭，然而结尾收来处一句"忽展斜阳，玉龙天际饶"，貌似摹写景物，实则是神来之笔，正是这意外的一抹夕阳残照，衬托出诗人心境因看到此景而骤然一转，境界变为畅朗，色调也由冷变暖，胸怀也为之开阔，天地间寒意似乎瞬

---

① 厉鹗：《樊榭山房诗词集》卷九词甲《齐天乐·吴山望隔江霁雪》。

间为之尽扫，作者的颓唐之感也为之尽除。

比较这两首词我们可以发现，这类词都是先用笔墨渲染凄冷的自然景况和凄惨的心境，然后在结尾用寥寥一两句形成反戈之击，以求荡尽惨冷、振起全篇之效。这些词尽管数量不多，但都微妙地展现了词人的心灵世界，值得倍加珍视。

厉鹗的词还有一个整体性的特点就是在写景时以情运景，即根据自己表达情感的需要去安排众多的景物物象，以求主体情绪得到整体性的传达。与此相关，正因为他的词讲究用整体意象传达一种捉摸不定的意绪，故而他惯用曲笔，即使一个简单的意思也不直接说出，所以厉鹗词意总是隐约模糊，咀嚼不尽。这一方面使词具有多义性，适合向多个方向伸展，难以实指，同时又造成词晦暗不明，多数词境界不够疏朗，这是勿庸讳言的。

总之，厉鹗词取得了很高的艺术成就，凝就了独特的艺术品格。正因为他的词出自其绝俗的人品，故词品也自树高格，陈廷焯说："樊榭词，窈然而深，悠然而远，能令动者静，燥者安；桀骜者驯；词之可以化人气质者，其惟樊榭乎？樊榭词，泠泠有泉石之响，而不流于禅。"诚为的评，又说"词贵有弦外之音，便令人探索不尽；樊榭词，每读一篇，试问读者探索得尽否？"① 是的，对于樊榭词，由于其人生前声名不显，故而后人对其词作的研究探索与其在雍、乾词坛的影响与地位极不相称，尚需大力开掘。

---

① 陈廷焯：《云韶集》卷十八，清光绪稿本。

第六章　厉鹗的曲和文的创作

厉鹗是康、雍、乾时期最重要的诗人和词家之一，其创作最能代表浙派的特质。同时，厉鹗的散曲及文的创作成就也很高，尤其是其散曲创作的独特艺术成就也足以使其在清代散曲史上拥有一席之地。

第一节　厉鹗曲的创作

厉鹗《樊榭山房续集》中共收散曲小令 81 首，再检凌景埏、谢伯阳辑《全清散曲》收厉鹗散曲作品亦为 81 首，故这 81 首作品代表了厉鹗散曲创作的成就。

就题材来讲，厉鹗的散曲也不外写景咏物、叹世抒怀等题材，这也是其诗词作品所共有的内容，但厉鹗散曲由于其人格追求的独特性，而在作品中形成独特的个性与格调。下文略做分析。

首先是叹世抒怀一类的作品。这一类作品要么借古人之酒杯，浇自己之块垒；要么直抒情感，表达复杂微妙的意绪。前者如这首《折桂令·赋得客帐梦封侯》，其云：

> 傍幽窗斗帐凄凉。何许儒冠，忽拥油幢？虎士趋风，蛾眉环坐，珠履成行。班祭酒须轻故乡。李将军得遇高皇。万里名扬，万户勋偿。一枕邯郸，总是荒唐。①

---

① 厉鹗：《樊榭山房续集》卷十《词乙》。

作者生活的清代雍、乾时期是一个极有"特色"的时代，由于政治高压及残酷的文化政策，士人的精神世界呈现出两极发展的趋势，一极是"奴化"，这是统治者所企望的，一极是"畸化"，这是精神有操守的耿介之士的普遍选择。由于极端的专制，士人无法自由发挥自己的才能，但又不甘"献媚"，所以只能于"离立"于主流之外。"奴化"的典型可举沈德潜，"畸化"的代表可举杭世骏、厉鹗。当然还有大批中间状态者，忽而与王朝相疏离，忽而又歌颂升平，但最终还是被"奴化"。这一独特的文化景观深刻地影响到这时期文人的结社、文学观及创作实践。厉鹗在这首散曲中就表达了一种很复杂的心态。作者用大量篇幅重现了"邯郸一梦"，而梦中所呈现的也是历来一部分士人所梦寐以求的："虎士趋风，蛾眉环坐，珠履成行""万里名扬""万户勋偿"，真是极尽荣宠，不可一世。然而就在繁华达于巅峰之际，作者在结尾反戈一击："一枕邯郸，总是荒唐"，无情击碎了人们极力追求的空中楼阁，其表达的思想虽未见比前人《南柯记》《邯郸记》高明多少，但都具现实精神，这反映了厉鹗在遭受科举考试的挫折后（尽管他对科举态度淡漠）对现实生活的认识大为加深。然而这种认识与蒲松龄又不同。蒲松龄是带着激愤抨击科举，而厉鹗在这首散曲中则态度冷静，更多地体现出理性，再加上描写对象是古人，因而这种表达具有相当的历史深度和宏阔之感。表现手法上，这首作品与他的某些词是相通的，先是大量渲染某种境界：悲凄、冷寒、繁荣等。结尾用寥寥数语以构成反面情景，虽不直接揭示，但作者的主旨便在这"点睛之笔"中袒露无遗，同时，这种反面情景一般是具象化呈现，而不是说教，故而这种一正一反的对比就具有了哲理意味，要靠读者去体察。

再看一首《折桂令·双调·述怀》，这是一首直抒胸怀之作，其云：

问先生底事穷愁？放浪形骸，笑傲五侯。不隐终南，不官彭泽，不访丹丘。搔白发三千丈在手。算明年六十岁平头。天许奇游。弄月蛟门，看雨龙湫。①

从作品中"算明年六十岁平头"来看，这是厉鹗的一首晚年之作（厉鹗六十一岁时去世），应该说这首抒怀之作当最能代表成熟期厉鹗的思想水平。这首曲子写得非常豪放洒脱，一扫其人穷病气息，格调上乐观自信，心态积极，反映了厉鹗阅世既久、思想成熟之后的风采。在作品中，作者认为官、隐、道均不足取，而崇尚"弄月蛟门，看雨龙湫"的境界，这与其在诗词中追求的人生理想境界也颇相通。

再来看一下厉鹗的写景咏物之作。正如其诗词作品一样，其散曲作品中也有不少描写杭州西湖之作：如他以《清江引》为曲牌共写了西湖的十处美景，如《花港观鱼》写得形神兼具：

> 东风倚栏花似雪，小汊分鳞鬣。
> 鱼将花吐吞，花逐鱼明灭。人生不如鱼乐也。②

这首作品把花港观鱼、自得其乐的情景渲染得十分动人。结尾一句"人生不如鱼乐也"，感慨极深，而又异常自然，与前文内容结合得水乳交融。这说明了作者是深感人生的不自由，雍、乾时代士人精神的不自由！

再看一首咏物之作，《清江引·邻墙杏花》云：

> 高楼雨，深巷风。惜花人作诗无用。
> 红香笑窥墙脚东，笑先生白头非宋。③

这是一首意味深致之作，作者以"惜花"而自惜，在"楼雨""巷风"之中，守住一己之"风操"，而结尾"白头非宋"又使人浮想联翩。

---

① 厉鹗：《樊榭山房续集》卷十《词乙》。
② 同上。
③ 同上。

总的来说，在题材上，厉鹗的散曲与诗词题材一样，几乎无所不达，大凡咏怀、题画、咏史、怀古、写景、咏物等包揽无遗，以上两类可说是最具特色者。艺术上也清醇幽深，与诗词风格又相当一致。诚如陈廷焯评厉鹗词风格："厉樊榭词，幽香冷艳，如万花谷中，杂以芳兰，在同朝词人中，可谓超然独绝者。"① 厉鹗的散曲也呈现这种格调。正因为此，厉鹗散曲创作在清代曲坛也应占有重要一席，故杭世骏也说厉鹗"乐府为今海内第一"。

另外，补充一点，清高宗乾隆十六年（1751），也就是厉鹗去世前一年，弘历南巡至浙江（见杭世骏《词科掌录》，厉鹗《樊榭山房集》附），厉鹗与友人吴城（吴焯之子）尝共撰《迎銮新曲》，吴撰首套《群仙祝寿》，厉撰次套《百灵小瑞》，此事在当时文坛甚有影响，杭世骏、全祖望皆为撰序，丁敬、张云锦、汪沆等人为之题辞。然读其作，当为应景之交，实不足道。其歌颂升平之调，亦实非厉鹗本意。前文叙及杭世骏与弘历的言辞较量实透露了这批在野文人的皮里阳秋、阳奉阴违的真实心态，这里，厉鹗亦当作如是观。

第二节　厉鹗文的创作

厉鹗是雍、乾时期的著名学者，其诗学词学都崇尚学问，而学问在其文的创作中体现更为突出。同时，其为人"不谐于俗"的特点在文中也有更直接和率真的体现。向来人们的视野集中在厉鹗的碑版传序，多用序跋研究厉鹗文学思想，此类作品应予重视。但鄙意认为，更能体现厉鹗散文创作成就的是貌似"闲"文的一类作品，此类作品首推《三十六鸥亭记》，文曰：

> 赵君谷林为亭于西池之上，名以"三十六鸥"。……谷林取
> 之，意有在于盟鸥也。夫鸥之为物也，倏然而清，眇然而远，褶

---

① 陈廷焯：《白雨斋词话》卷四《樊榭词超然独绝》，唐圭璋辑《词话丛编》第62种，中华书局1986年版，第3847页。

翳之所不得掩，矰缴之所不得加，笼槛之所不得系，豢饲之所不得驯，嬉游于隈渚，灭没于烟波。举物之无机者，莫鸥若也……由是观之，举世，一波也；万物，一鸥也。吾无辨，坚白无所用其辨；吾无巧，棘猴无所用其巧；吾无斗，投盖无所用其斗；吾无谱，掇蜂无所用其谱。物之伎于吾无所用，故吾于物无不习也。泛泛乎，飘飘乎，若远若近，载沉载浮于天地间，焉往而不得鸥之乐斯已矣。①

此文俨然一篇宣言，以厉鹗为首的浙派的全部精神及为人为诗为词的要义尽归于此。飞翔遨游于山水之间的鸥实为浙派人士的写照，此鸥非同凡鸟，乃"盟鸥"，"褵翳之所不得掩，矰缴之所不得加，笼槛之所不得系，豢饲之所不得驯"，看似徜徉山水，无所关心，实则有所寄托，极具"芒角"和个性。厉鹗这番"夫子自道"足以显露这样几个信息：第一，浙派人士是一个心灵相通的群体，而且"举物无机"，以真性情对待他人，也就是"盟鸥"。第二，浙派人士对自己的人格取向、为诗为词为文的特质有清醒的认识并化为明确的人格、艺术追求。换句话讲，就是他们对此派容纳了些什么样的人，写什么样的作品的认识是自觉而不是盲目的。由这篇散文，使得我们对活跃于雍、乾时代的浙派诸人的精神面貌的认识进一步清晰和生动起来，上文在厉鹗文中实属有文有质、极具宣言特点的一篇。

除记之外，在厉鹗文集中，数量最多的是一些序跋文。这类文章分学术性著作的序跋和诗词序跋两种。关于后者笔者在第三章《厉鹗的诗学和词学思想》中已广为征引，兹不赘述。前者的代表如《石经考异序》便是一篇见解精当、条理分明的长文。在这篇散文中，作者历述石经渊源，论及清之前有关石经著作，如欧阳修《集古录》、晁子止《石经考异》，指出这些著作对历代石经记载要么有遗漏，要么其事散佚不传。到清顾炎武著《石经考》和杭世骏补顾氏所作之著，"直发千古之蒙滞、皎然如揭白日，焕然如释春冰"，尤其杭世

---

① 厉鹗：《樊榭山房文集》卷五《三十六鸥亭记》。

骏之作"缀缉既力，用思复精，足以剖芒厘，审同异，不独为顾氏之诤友，兼可上溯晁氏，大裨来学者已"①，这篇序文便是应杭世骏之请而撰。该文充分显示了作者渊博的学识，不独对宋籍一般性著作海纳百川，而且对经学也如数家珍，是厉鹗文集中的力作。

此外，文集中还有一些赋颂，如《春阳赋》《授衣赋》《河清海晏颂》等，皆表现出作者高度的语言驾驭能力；碑志如《田家湾志》《屠墟廊碑》《重修钱塘西溪天曹庙碑》《重修扬州双忠祠碑》等，显示了厉鹗对乡邦文献的深湛研究。这类学术专长在其专著《东城杂记》《湖船录》等书中已有充分表现。

厉鹗文集中尚有部分作品属于纯粹的考据之作，如《厉氏考》《汉西京无太学辨》等，都属专而深的研究。如《厉氏考》专门考证其族氏的渊源流变，由炎帝、神农氏以至厉姓源流皆有辨析，显示出乾嘉考据风气的先声。从文学角度看，此类文章的文学性已很淡薄，实为专题学术论文，散文成为承负学问的载体。

由此可见，厉鹗一生文学创作成就是多方面的，张舜徽认为由厉鹗之文可以看出，"其功力之勤，闻见之博，自非得以词章名家者所可望而及也"②。清人王曾祥《送杭大宗北行序》云，厉鹗"所为文，词高旨深，若观涛重溟，莫得畔涯"③，此言甚是。厉鹗文集是其逝前一日托其弟子汪沆编纂而成，其时文网高张，散佚加上删除之篇甚多，未能完整传世，想必有极可观者，殊为憾事！

① 厉鹗：《樊榭山房文集》卷二《石经考异序》。
② 张舜徽：《清人文集别录》卷五，明文书局1982年版，第137页。
③ 王茨檐：《送杭大宗北行序》，厉鹗：《樊榭山房集》附录四。

结语　厉鹗在清代文学史上的地位

厉鹗及其浙派在清代文学史上是一个独特的存在。清人言厉鹗，基本上与浙派属同一概念。因而在某种意义上可以说，厉鹗在清代文学史上的地位便是浙派在清代文学史上的地位，没有了厉鹗，浙派就失去了灵魂。同时，厉鹗及其浙派的两大特质这里有必要再加以申明：被厉鹗冠以"盟鸥"之称的浙派本质是浓厚的在野性；浙派诸人的创作是其人格追求的产物和升华。

厉鹗登上文坛之时，"国朝六家"宋琬、施闰章、朱彝尊、王士禛、查慎行、赵执信已去世或进入暮年，所存者赵执信创作生命已行将结束，"乾隆三大家"袁枚、蒋士铨、赵翼尚未崛起，全祖望言："余自束发出交天下士，凡所谓工于语言者，盖未尝不识之，而有韵之文莫如樊榭"①，汪师韩也称厉鹗"要无一字一句不自读书创获，所以雄视一时"②，谢山称其"出交天下士之际"，汪氏称厉鹗"雄祖一时"之时，正是"国朝六家"之后，"乾隆三大家"之前的这一段时间，这是厉鹗在清代文学史上所处的历史时段。

然而厉鹗及其浙派一出现就是一个让人们争议不休的对象。早在时代稍迟于厉鹗的袁枚，对厉鹗作诗作词大量运用代字、僻典就颇有微词，他说："吾乡诗有浙派，好用替代字，盖始于宋人，而成于厉樊榭"③，而在《答沈大宗伯论诗书》中，又云：袁枚，"浙人也，亦

---

① 全祖望：《厉樊榭墓碣铭》，厉鹗：《樊榭山房集》附录三，第1739页。
② 汪师韩：《樊榭山房集跋》，吴骞：《拜经楼诗话》卷四，《续修四库全书》集部1704册，上海古籍出版社2002年版，第139页。
③ 袁枚：《随园诗话》卷九：八三，第320页。

雅憎浙诗"①，但袁枚对厉鹗及其浙派尚能一分为二，作出较公允评价。到姚鼐、蒋士铨和方贞观，则对厉鹗及浙派全盘否定甚至加以诋毁，视浙派为仇雠。姚鼐将厉鹗及其浙派视为"恶派"，方贞观则极端地认为"但愿天地多生明眼人，不为其所迷惑，使流毒不远，是厚幸矣"②。真不知一文学派别有何威力制造"流毒"，且"迷惑"于人。事实上，我国抗战时期尚有人作浙派诗，可见其"流毒""迷惑"于人真可谓久矣！对厉派词予以批评的又有谢章铤，他说："宋词三派：曰婉约、曰豪宕、曰淳雅。今则又益一派曰'饾饤'。"③

由以上诸家批评意见可见，厉鹗及其浙派作为一个与人无争、与世无争的在野一派，在其生前及身后，对此派从各个角度进行了评论，实说明此派在清代文学史上引起了广泛的关注，并说明其影响及地位。

在反对的意见之外，更多学者从正面给厉鹗一派的文学史地位以肯定。杭世骏作为厉鹗挚友及此派中人，对厉鹗及浙派的文学史定位较为公允，其云：

> 厉太鸿为诗，精深华妙，截断众流，乡前辈汤少宰西崖先生最为激赏。自新城、长水盛行时，海内操奇觚者，莫不乞灵于两家，太鸿独矫之以孤淡。用意既超，征材尤博，吾乡称诗于宋元之后，未之或过也。④

杭世骏对厉鹗的评价是在宋元以来文学史的视野中进行的，认为厉鹗在"新城、长水"之外自辟一径，确是恰当的。

以上是对于厉鹗在清代文学史上地位的种种争论，下面笔者从两方面具体分析厉鹗在雍、乾之际诗坛的地位及诗史意义。一是厉鹗在

---

① 袁枚：《小仓山房文集·小仓山集外文》卷十七，第283页。
② 方贞观：《方南唐先生辍锻录》，郭绍虞编选：《清诗话续编四》，上海古籍出版社1983年版，第1943页。
③ 谢章铤：《赌棋山庄词话》卷九，第2443页。
④ 杭世骏：《词科掌录》，厉鹗：《樊榭山房集》附录四，第1744页。

清中期杭州、广陵、津门诗坛的崇高地位。厉鹗一生，尤其是三十岁以后，频繁往返于杭州、广陵之间，并和津门水西庄查氏兄弟为知交，故厉鹗实是杭、扬诗坛的主盟者及联系杭州、广陵及津门诗坛的重要桥梁。

雍、乾之际，杭州大小诗社林立，重要者有湖南诗社、南屏诗社等，这两个诗社中绝大部分成员为浙派中人。湖南诗社以周京为主持，南屏诗社中杭世骏为佼佼者，这二人与厉鹗均为终生挚友。而其骨干成员如全祖望、金农、丁敬、汪沆、陈章、姚世钰、金志章、郑筠谷等与厉鹗或师或友，心脉相通。厉鹗的为人及诗风给诸人以极大影响，他们对厉鹗都甚为钦慕，如全祖望评厉鹗为"有韵之文莫如樊榭"，杭世骏也承认"吾诗学不如厉樊榭"，而这两人皆当时诗坛上之出类拔萃者。由此可以明显看出厉鹗在此派中地位之崇高。再看扬州，在当时"扬州二马"小玲珑山馆聚集了一大批韩江诗社成员，主倡者为厉鹗，厉鹗去世后，陈章所撰挽诗云："屈指论交四十年，吟场无地不随肩"，"楼敞丛书万卷开，析疑订谬服君才"，"邗江诗社迭为宾，凭仗君扶大雅轮。翡翠鲸鱼皆有得，敦槃无复主盟人"①。钦敬与推崇之意洋溢而出！对此，全祖望也云："嶰谷诗社，以樊榭为职志，……风雅道散，方赖樊榭以主持之，今而后江淮之吟事衰矣"②。由此，厉鹗在扬州诗坛的地位也无须再费辞了。

再看津门诗坛，雍、乾之际津门诗坛的主要集结地为查为仁、查礼（号为北查）的水雨庄，其主要唱和诗集为《沽上题襟集》八卷，合八人之诗，此八人之诗为"二查"、刘文煊、胡灵斋、万光泰、吴廷华、陈皋、汪沆，后六人为浙人，陈皋、汪沆为厉鹗挚友、弟子，皆浙派主要成员，而"二查"与浙地不能分割，津门查氏北迁始于其七十三世祖查朴，祖籍浙江。厉鹗对津门诗坛的影响由厉鹗撰《沽上题襟集序》也可见出，而且厉鹗与查为仁共撰《绝妙好词笺》也是人所共知。对厉鹗在津门诗坛的地位，汪沆之论也可见一斑，其

---

① 厉鹗：《樊榭山房集》附录二陈章《挽诗》。
② 全祖望：《樊榭山房集》卷三《厉樊榭墓碣铭》，第 1739 页。

云："韩江之雅集，沽上（津门）之题襟，虽合群雄之长，而总持风雅，实先生为之倡率也。"①

由以上所论可知，厉鹗由于其博学多闻以及诗词文等多方面的文学成就，成为杭、扬、津三地在野诗群的魁首是当时浙派内外的共识，厉鹗在清代文学史上的面目模糊，主因便是这一流派具有强烈的在野色彩，其人不求闻达，因而没有引起足够的注意。

二是厉鹗及其浙派与沈德潜及其格调派的参照意义。厉鹗与沈德潜早年曾有交往，厉鹗集中也曾有若干首写与沈氏交往的诗，但修《浙江通志》时已见分歧，袁枚说："吾乡厉太鸿与沈归愚，同在浙江志馆而诗派不合。"② 然而沈氏与厉鹗一样，均出身贫困，比厉鹗大将近二十岁，但沈氏晚年却青云直上，且享高寿，皇帝为其诗集写序，真是极尽荣宠。然而视其人其诗，诗格庸弱，诗论陈义甚高。其人身在高位，却不见有任何政治建树。在世俗看来，厉鹗实不足与之比肩。然而，沈、厉的诗史意义恰在于此。当沈德潜身居"清切之地"时，厉鹗恰寄怀于山水之中，且二人论学主张呈现两个极端，二人在文集中也互有讥讽，实是耐人寻味。对于沈、厉的分歧，一言以蔽之，实是两种人生道路、两种人格追求、两种创作精神的决然对立。厉鹗及其浙派也恰恰是通过这种对立来体现其特质和诗史价值与意义的。

康熙五十年（1711），"一代正宗"王士祯辞世，以其为代表的朝堂诗坛"权力真空"，以厉鹗为领袖的在野诗派——浙派填补了这一"真空"，赢得了其人其派在清代文学史上独特而重要的地位。而其流风余韵，一直延续到晚清。

---

① 汪沆：《樊榭山房文集序》，厉鹗：《樊榭山房文集》卷首，第703页。
② 袁枚：《随园诗话·补遗》卷十《一三》，第617页。

附 录

厉鹗交游年谱[*]

1692 年　　康熙三十一年　　壬申　　诞生

五月初二日辰时，母亲何孺人生其于杭州城东东园。

《樊榭山房续集》卷八附其友吴凤华《寿樊榭先生六十》中有
"五月冀吐二"之句；厉鹗《东城杂记·自序》云："杭城东曰东园，
先君子家焉。小子生于是……"

**1693—1706 年　　康熙三十二年至四十五年　　癸酉至丙戌
一岁至十五岁**

厉鹗在贫困中度过孩提时代，且早已丧父，不但谈不上童年的欢
乐，且面临难以养活的困境，这也造成了其独特的个性。

《樊榭山房集》附全祖望为撰《墓碣铭》称："樊榭少孤家贫，
其兄卖淡巴菰叶为业以养之，将寄之僧寮，樊榭不可"；又《樊榭山

---

　　* 王水照先生在《曾巩研究论文集》序言中曾说："我们迫切需要选择一些便于展开综
合研究的题目。例如，宋代作家间的师承交游关系，就是一个饶有兴趣的话题。钱惟庸、
欧阳修、苏轼都曾作为文坛盟主或领袖，而且代代相传，成一系列。……研究这种主盟形
式对文学发展的具体作用，比单纯就诗论诗、就文论文不是更有意义吗？我每读欧阳修
'缅怀京师友，文酒邀高会'的诗句，欣赏传为李公麟所画的《西园雅集图》，总引起对当
时作家间交游情形的许多遐想。"江西文艺研究所：《曾巩研究论文集》，江西人民出版社
1986 年版。其实，这种情况到了清代极其盛行，达到了文学史的顶峰。因此，对以厉鹗为
中心的浙派作家交游情况做较系统的研究，是非常必要的。这个研究名之曰"厉鹗交游年
谱"，主要是想提供一个足以证明厉鹗作为浙派宗主的脉络和线索以及浙派诸人交游情况的
全景。这个年谱以厉鹗《樊榭山房集》为主，以主要交游者的别集及年谱为辅，勾画一个
相对精当的厉鹗文学活动和交游的概貌。除此之外，笔者尚根据挽诗碑记之类做了必要的
推断。

房集》汪沇序云："（先生）易箦前一日，召沇而语之曰：'予生平不谐于俗，所为诗文，亦不谐于俗……'"

1707 年，康熙四十六年　　丁亥　　十六岁

是年从杭可庵先生游，与其子杭世骏兄弟为终生密友。

《樊榭山房文集》卷五《杭可庵先生遗像记》："犹忆鹗弱冠时，从先生游，堇浦小于鹗四岁耳。……鹗于先生为后进，于堇浦为密友。先生命其少子执经于鹗，而堇浦亦时相过，以文辞往复。"

1708 年　　康熙四十七年　　戊子　　十七岁

1709 年　　康熙四十八年　　己丑　　十八岁

1710 年　　康熙四十九年　　庚寅　　十九岁

是年作《游仙百咏》。

《樊榭山房诗词集集外诗·游仙百咏自序》所题时间为"康熙庚寅六月"。

1711 年　　康熙五十年　　辛卯　　二十岁

1712 年　　康熙五十一岁　　壬辰　　二十一岁

1713 年　　康熙五十二年　　癸巳　　二十二岁

是年作成《游仙百咏》《续游仙百咏》《再续游仙百咏》。

《樊榭山房诗词集集外诗》收《游仙百咏》自序题款为"康熙庚寅六月"。据其《再续游仙百咏序》，这一系列组诗非一时之作，具体年月及进展情况尚不能考定。

1714 年　　康熙五十三年　　甲午　　二十三岁

是年对厉鹗来说，是具有里程碑意义的一年：一是其一生心血之结晶《樊榭山房集》之编年始于是年；二是他于这年以塾师身份馆于汪氏听雨楼，为汪氏教二子汪浦、汪沇，尤其后者，师生间更是相知终生（《文集》之四《汪母顾太君六十寿序》）。

得识布衣、"扬州八怪"之一金农，探研文物、交流诗艺学问。（《诗集》卷一《金寿门见示所藏唐景龙观钟铭拓片》《读水经注寄金寿门》）；与诗友杨杨山、汪潭（字青渠）有酬答往还（《诗集》卷一：《观汪青渠所藏嵩山诸碑版拓本六本》《晚秋寄杨杨山》）。

1715 年　　康熙五十四年　　乙未　　二十四岁

是年除与金寿门、汪潭等故交保持艺文探讨外（《诗集》卷一《汪青渠送砚光笺》《江上访金寿门出观颜鲁公麻姑山仙坛记、米海岳颜鲁公祠堂碑拓本》），还结识金志章（字绘卣）、汪大舆（诗僧）、蒋静山、梅庚、倪国琏、丁文衡（字茜园）等人，均有过往诗作。

是年与周京（字少穆，号穆门）有唱和（《文集》卷三《无悔斋诗集序》）。

1716 年　　康熙五十五年　　丙申　　二十五岁

厉鹗于是年婚配，娶蒋氏，实属晚婚，得与蒋氏世父蒋静山论诗（《文集》卷三：《蒋静山诗集序》）。

是年大的唱和有两次，一次为是年秋与王菊存、汪青渠、杨开绪访亦谙上人（《秋日同王菊存、汪青渠、杨开绪渡湖至鞏庵由幽居洞上看摩崖家人卦，登慧日精舍访亦谙上人，际晚下山，寻明昌化伯墓不得，泛舟而还，得诗四首》）；一次是与金寿门、周少穆、王雪子之酬唱（《九里松至西山道中同金寿门、周少穆、王雪子作》）。

1717 年　　康熙五十七年　　戊戌　　二十六岁

是年与王既成往还二次（《西溪归访王既成》《岁暮答王既成》），王既成何人，失考。

厉鹗与陈撰交谊之年份，可考者为是年，见《秋分日呈陈楞山兼寄亦谙上人》，由此诗推断，二人初识时间当更早。

是年与蒋静山有唱和（《园居和蒋静山》）。

1718 年　　康熙五十七年　　戊戌　　二十七岁

是年，厉鹗与鲍钤交往独多，鲍钤字西冈，旗人，历官长兴知县、杭州海防、草塘通判，资刻厉鹗、金农等人诗集，为厉鹗官场至交（《同寿门访长兴鲍西冈明府、留宿县斋即事》《蘋洲曲十首和鲍明府》）。

是年与金农出仁和北关，游菱湖、碧浪湖，至长兴，访鲍钤，苴若溪广惠寺，兴尽而归，均有诗纪其行迹（《月夜舟出北关同寿门作》《同寿门游若溪广惠寺、是陈武帝故宅》等）。

是年与汪台（字抱斋，曾官天台教谕）、王柘村（于潜知县）、石文（字贞石，杭州布衣）有交（《秋夜雨中集汪抱朴斋》《于潜王柘村明府招饮寓斋》《次韵酬石贞石雪后过访》）。

厉鹗于是年结束于汪氏家五年的坐馆生涯（据陆谦祉《厉樊榭年谱》）。

观厉鹗是年行迹，独于官场人物往还为多（尽管多是卑官），这一方面是由于其诗名扩大，另一方面是由于其结束坐馆生活，少受约束之故。

1719 年　　康熙五十八年　　己亥　　二十八岁

厉鹗于是与汪台、汪青渠、程鸣诸友有吴、无锡、淮扬之游（《虎阜即事》《同青渠、抱朴游惠山》《游藩厘观》《同程友声红桥夜泛》《登平山堂》），陆谦祉《年谱》言此时"即寓马氏"，不知何据。是年与汪佩水有往还（《秋林琴雅·倦寻芳·扬州……》）。

是年有答谢好友吴耕民之诗（《雨中耕民寄新诗兼觊有丸药奉答二首》）

1720—1721 年　　康熙五十九年至六十年　　庚子至辛丑二十九岁至三十岁

此二年在厉鹗一生极具意义、举足轻重。1720 年，厉鹗中式乡试，为应进士试，生平第一次入京，沿途每经一地均有诗，创作活力甚盛，是年除夕方行至山东德州（《除夕宿德州》），直至 1721 年早春才至京（《都下春雪怀里中诸友》），虽应考失利，但丰富的创作真实记录其行踪及心迹。

此二年有赠张梁友诗（《诗词集》卷二《将返武林留别张梁友先生》），张时官永康知县，为厉鹗康熙五十九年乡试副主考官，实为师辈。时在京师与江佩水在程蓉楼寓所重见（《樊榭山房诗词集集外词》之《倦寻芳扬州……》）。

康熙六十年夏与周京、吴耕民同游西湖（《诗词集》卷二《夏至前一日同少穆、耕民泛湖》）；是秋与陈撰、符曾（字幼鲁，官郎中）施安（字竹田）、张旸（字东扶）于湖上唱和（《诗词集》卷二《湖上秋阴同陈楞山、符幼鲁、施竹田、张东扶作》）；晚秋时节又与蒋宏道（字宾侯，号雪樵）、徐逢吉（字紫山）有唱和之作（《诗词集》卷二《试天目茶歌同蒋丈雪樵、徐丈紫山作》）。

康熙六十年冬著《南宋院画录》成（见《南宋院画录自序》落款有"康熙辛丑小雪日"字眼）。

1722 年　　康熙六十一年　　壬寅　　三十一岁

厉鹗是年似有入都之行（《诗词集》卷二《题金绘卣江声草堂图》附注"时将入都"），然未见其他线索。

是年秋，《秋林琴雅》首卷付梓，徐逢吉等六人题辞（见陆谱相应年份）。

同年末，鹗钞《绝妙好词》成（见《绝妙好词跋》，此文 1992 上海古籍出版社点校本《樊榭山房集》未收入）。

初春，与吴耕民赏梅（《诗词集》卷二《耕民斋中看梅》）。

深秋，与蒋静山登吴山（《诗词集》卷二《和蒋丈静山九月八日登吴山》）。

1723 年　　雍正元年　　癸卯　　三十二岁

是年厉鹗交游极盛：先访诗僧亦谐上人（《诗词集》卷三《相国寺亦谐上人》）；夏冒雨与符曾、符之恒（字圣几）泛舟湖上（《诗词集》卷三《雨中同符幼鲁、圣几泛舟河渚看梅暮至西溪》）；继于秋日送别好友陈章（字授衣）（《诗词集》卷三《七月六日送陈授衣之广陵》）；并在好友金焜（字以宁）宅中赏画（《诗词集》卷三《金以宁斋中观苏汉臣扫象图》）；冬日携友张东扶同游凤凰山（《诗词集》卷三《冬日同东扶游凤凰山》）；岁末又与沈栾城、杭世骏毕集赵昱书屋分咏唱和（《诗词集》卷三《寒夜同沈栾城杭大宗集赵功千二林吟屋分咏岁除节物二首》）；除夕日与王雪子、吴耕民游湖登山（《诗词集》卷三《岁除日同王雪子吴耕民放舟湖上入南山作》）；其间不乏故友张东扶、金农等人寒日送暖之谊（《诗词集》卷三《金寿门过访以诗卷索拙序，茶话良久，殊慰寒夜》《东扶送水仙花五本，时腊月七日雨中》）；同年又送徐紫山之岭南（《诗词集》卷三《寄徐丈紫山岭南》）。

是年交游除上而外，与丁敬（字敬身）的交谊甚值一提（《诗词集》卷三《闲居和丁敬身》《瓶菊和丁敬身》），然很明显，已非初识，而是情深意笃了。

是年著《南宋杂事诗》七卷成（方盛良《二马年谱》）。

1724 年　　雍正二年　　甲辰　　三十三岁

是年厉鹗有入都之行，沿途皆有诗（《诗词集》卷三《都下寓舍偶作》等）。

是年厉鹗与全祖望初识（见《全谢山年谱》"雍正二年甲辰"条，《全祖望集汇校集注》卷首），然是年无与谢山唱和之诗。

是年与张东扶、石文同游云居庵（《诗词集》卷三《同张东扶石贞石游云居寺，礼中峰和尚发塔》）。

是年同沈栾城、吴焯（字尺凫，著名藏书家）、赵昱同游（《诗词集》卷三《同沈栾城吴尺凫赵功千登六和塔》）。

是年秋与汪台等人游惠山（《诗词集》卷三《立秋日同马丈碧沧、汪青渠、松泉上人游惠山，舟中口占》）。

是年与符曾有唱和之作（《诗词集》卷三《风氏园古松相传……》）。

是年冬与吴耕民同游城北（《诗词集》卷三《雪后同耕民泛舟北郭游一僧舍颇尽幽趣》）。

是年冬春之际与周京、吴耕民唱和（《诗词集》卷三《春雪密香斋拥炉同少穆、耕民作》）。

是年夏，厉鹗入京前，张东扶、符之恒为之饯行于湖上（《诗词集》卷十《念奴娇·甲辰六月八日予将北游，东扶、圣几饯予湖上……》）。

是年厉鹗由京归杭，至扬州与汪被江相晤甚欢（《诗词集》卷十《定风波·申辰冬杪南归，过邗城被江见留，酒间款语忘暮，月里江寒，行五六里送至舟中而别。到家旬余，被江书来，作此寄之》）。

另，是年诗中无只字及"扬州二马"，但陆谱于是年称"（鹗）到广陵，仍留马氏，时嶰谷新赋悼亡，故先生为题梅花卷（原刻为

'巷'，盖误）词"，不知何据；方盛良《马曰琯、马曰璐年谱》沿袭此说。陆谦谱之所以有此说，私意以为，《樊榭山房诗词集》卷十有《菩萨蛮·马佩兮梅花卷子寓骑省之戚徽予赋此》一词，该词前后有《念奴娇》及《定风波》，皆有明确系年"甲辰"，且其他几首词似涉此次入京之游踪及交往，故而造成一种错觉，陆氏或由这首《菩萨蛮》词断定这次厉鹗入京过广陵时"仍留马氏"，尚不能断定。

1725 年　　雍正三年　　乙巳　　三十四岁

与"扬州二马"是年有交（《诗词集》卷四《题马佩兮所藏马麟摹黄筌春波鸂鶒图》），另《樊榭山房诗词集》卷十《扫花游·乙巳三月二十三日客扬州，空斋积雨，孤愁特甚……赋寄尺凫》似为厉鹗并未"留马氏"：既已"留马氏"，何故"客扬州"，却留于"空斋"，且孤身一人，"孤愁特甚"？

是年正月初七与陈章、丁敬、石贞石有登吴山游（《诗词集》卷四《人日同陈授衣、丁敬身、石贞石登吴山……》）。

是年秋八月九日得晤余葭白（《诗词集》卷四《九日雨中集葭白斋》）。

是年十月十八日与余葭白、陈章、闵华（字廉风）出游（《诗词集》卷四《十月十八日同余葭白、陈授衣、闵廉风游禅智寺》）。

是年冬寄居于余元甲（字葭白）处（《诗词集》卷四《冬日移寓葭白斋中二首》）。

是年送沈樗崖至安徽宣城（《诗词集》卷四《画松歌送沈丈樗崖归宣城》）。

1726 年　　雍正四年　　丙午　　三十五岁

是年正月十二日，与符之恒同游西溪（《诗词集》卷四《十二日同圣几泛西溪暮宿姚氏庄》）。

是年与陈撰有诗往还（《诗词集》卷四《泊垂虹桥谒三高祠叠前韵寄陈楞山》）。

是年曾寓符之恒秋声馆（《诗词集》卷四《坐圣几秋声馆作》）。

是年端午节与周京、吴耕民观西湖龙舟竞渡（《诗词集》卷四

《午日湖上同少穆、耕民观竞渡》)。

是年为吴志上祝七十岁生日(《诗词集》卷四《吴丈志上七十生日即次其病起韵为寿》)。

是年十二月六日同吴耕民共登吴山(《诗词集》卷四《十二月六日大雪初霁同耕民……》)。

是年十二月二十日,为两浙运使王凤台撰《开浚西湖碑记》。

1727 年　　雍正五年　　丁未　　三十六岁

是年《湖船录》一书撰成(《文集》卷八《湖船录题辞》落款为"雍正丁未"),陆谱云为《湖船录自序》,不确。

是年正月,厉鹗至杭,携汪祓江拓赠厌胜钱文并同人诸作,丁敬因成五律一章(丁敬《砚林诗集》卷一,厉鹗《文集》卷六《开浚西湖碑记·代王都运作》)。

是年厉鹗与同人唱和游历甚繁。

年初(正月)同姚世钰(字玉裁,号薏田)、姚世铼(字念慈)同游道场山(《诗词集》卷五《正月晦日同姚玉裁、念慈游道场山》);二月二十九日与吴耕民同游东郊(《诗词集》卷五《二月二十九日同耕民闲步东郊、晚眺沙河二首》);三月一日与杭世骏、符之恒、汪沆同游城东皋园(《诗词集》卷五《三月一日同杭大宗、符圣几、汪西颢游皋园……》);三月初六与杭世骏、丁敬、汪沆、符之恒继游城东(《清明后一日同大宗、敬身、西颢、圣几游城东顾氏庄》);春夏之交,马曰璐由扬至杭,厉鹗与游西游(《诗词集》卷五《暮春马佩兮来游湖上,用去年泊垂虹桥谒三高祠韵》《和佩兮游冷泉亭》);又与马曰璐、汪祓江共游吴县支硎山(《诗词集》卷五《同祓江、佩兮游支硎山》);与金农、姚世钰有书信来往(《诗词集》卷五《夏至日雨中得金寿门泽州书》《寄题姚玉裁莲花庄图》);六月上旬又与丁敬、石贞石游西城龙兴寺(《诗词集》卷五《六月十日同丁敬身、石贞石……》);余元甲病初愈,招饮,厉鹗赴与(《诗词集》卷五《葭白病初起招饮月下作》);与赵虹(字饮谷)共鉴篆刻文物(《诗词集》卷五《赵饮谷买得乐安长公主小玉印……》)。另,据其词集,丁未五月二十五日,与吴焯、赵信、丁敬、沈嘉辙(字栾城)

畅游西湖（《樊榭山房诗词集》卷十《水龙吟·梅雨初霁，湖上山水浮动，凉气沁人肌骨。尺凫买舟约予辈数人，缘孤山，掠苏堤，入西林桥，以泊于里湖。时意林鼓琴，敬身作小篆数幅，栾城觞碧筒劝客。予与尺凫各赋此曲，极暮乃罢去。丁未五月二十五日也》）；此年冬，厉鹗由芜城归杭时，赵虹钱送（《樊榭山房诗词集》卷十《意难忘·丁未冬抄，客芜城将归，次饮谷送别韵》）。

1728 年　雍正六年　戊申　三十七岁

是年有迁居之事（《诗词集》卷五《移居》）。

是年初春，同丁敬、张旸游云居寺，时好友石贞石已下世，触景伤情（《诗词集》卷五《同敬身、东扶过云居寺，伤石贞石下世》；丁敬《砚林诗集》卷一有诗）。二月十六日，由吴焯首倡，与袁舒雯、沈嘉辙、符曾、赵昱、赵信、丁敬、杭世骏偕往包家山赏桃花（《诗词集》卷五《二月十六日……》）；春夏之交与沈嘉辙、赵昱同游南屏（《诗词集》卷五《送春日同沈栾城、赵功千游南屏四首》）；与鲍鉁书简唱和（《诗词集》卷五《答西冈明府见怀》）；四月中旬与施自勖、吴焯共游西山（《诗词集》卷五《四月十五日同施自勖、吴尺凫游西山入龙泓洞》）；夏，集于符之恒秋声馆鉴文物（《诗集》卷五《雨中集秋声馆观唐于府君墓志铭砖》）；初秋，再晤友人符之恒（《诗集》卷五《初秋同圣几作皋园二首》）；深秋，晤蒋静山（《诗词集》卷五《秋霁同将丈静山东皋散步》）；八月间，二会丁敬（《诗词集》卷五《八月十八日同丁敬身游龙华寺寻……》）；九月初，三会丁敬，与丁敬、张增、金焜、符之恒共游天龙寺（《诗词集》卷五《九月一日同……》）；十一月，与黄树谷（字松石）、张情田夜游散花滩（《诗词集》卷五《十一月十二夜月同黄松石、张情田散花滩闲步，用句曲外史马塍新居韵》）；四会丁敬，与丁敬、吴焯登云岭（《诗词集》卷五《同尺凫、敬身……》）。

1729 年　雍正七年　己酉　三十八岁

是年，为文献所明确表明厉鹗馆于"扬州二马"二马之年：（《文集》卷八《友林乙藁跋》款署"雍正己酉春三月中旬，借钞于邗江马君佩兮斋……"）；马曰琯、马曰璐招饮，共观墨竹图（《诗词集》卷六《马秋玉、佩兮招饮出观顾定之墨竹》）；厉鹗为马曰璐"街南书屋"十二景赋诗：《小玲珑山馆》《丛书楼》《透风透雪两明轩》《红药阶》《石屋》《看山楼》《七峰草亭》《梅寮》《清响阁》《浇药井》《藤花庵》，这一组诗由厉鹗题书，说明其已与"扬州二马"结成密切之关系，同时也说明他在该派诗人中具有较高地位。

是年其他交游活动尚有：上巳之日集于余元甲斋（《诗词集》卷六《上巳集莨白斋》）；金农由扬州之河东，厉鹗送行（《诗词集》卷十《广陵送寿门游河东》）；答谢余元甲饷琴鱼之谊（《诗词集》卷六《莨白饷琴鱼》）；与姚世钰、杭世骏皋园之会（《诗词集》卷六《同玉裁大宗集皋园》）；再会姚世钰，同宿闵华寓所（《诗词集》卷六《玉裁来广陵同宿闵廉风斋中即事》），出示其所著《湖船录》，嘱其序，姚欣然命笔（据陆谱）。

1730 年　　雍正八年　　庚戌　　三十九岁

是年，全祖望至扬州，厉鹗等诸友泛舟江桥，兴尽送谢山归京。据陆谱：《全谢山年谱》此年有谢山于是年"始识马氏兄弟"之载，检之，不见。然厉鹗《诗词集》卷六《四月十八日同人泛舟红桥登，平山堂送全绍衣入京》，盖此事确切。

是年，其他交游活动尚有：正月十一日，与吴焯、赵昱欲约丁敬游湖，期之不至（《诗词集》卷六《正月十一日同尺凫、功千泛舟湖上期敬身不至二首》）；过访杭州教授苏滋恢（字耕余）（《诗词集》卷六《过苏耕余教授斋赋赠》）；二月十日，与丁敬、金文淳（字质甫）、陈皋共登宝石山（《诗词集》卷六《二月十日同丁敬身、金质甫、陈红皋登宝石山天然图画阁》）；五月十三日，与丁敬同游智果寺（《诗词集》卷六《五月十三日同丁敬身游智果寺》）；赵昱得高丽墨二枚，一赠厉鹗，一赠吴焯，丁敬不知，作诗求墨，赵昱复赠之流求扇，殊为文坛雅事（《诗词集》卷六《功千送高丽墨用山谷和文潜谢穆父赠松扇韵》等三首）；与王澍（字蒻林，曾任史部主事）有游惠山之行（《诗词集》卷六《王蒻林司勋邀游惠山访寓公谷四首》）；与"二马"、汪沆、陈皋共游焦山（《诗词集》卷六《同秋玉佩兮西颢江皋自京口放船至焦山》）。

1731 年　雍正九年　辛亥　四十岁

是年，值得关注的是与沈德潜的三次会面。会面的契机是这年浙抚程元章聘厉鹗及杭世骏、张熷、苏滋恢、吴焯、赵信、张云锦、沈德潜等人（《诗词集》卷六《春社呈志局诸局》），大部分为厉鹗挚友。其时沈德潜尚未达，厉鹗与之一见如故，集中连续有三首诗纪之（《诗词集》卷六《雨中泛舟三潭同沈确士作》《送沈确士归苏州》《意林所藏宋徽宗鹡鸰图同确士作》），此后则分道扬镳，既不见他人叙及，也不见本人文字有及。

是年，正月初七，同人集于施竹田寓所（《诗词集》卷六《人日集施竹田蘱香斋》）；与陈皋饮于吴山酒楼，感悼老友石文（贞石）（《同江皋饮吴山酒楼怀亡友石贞石》）；春，与杭世骏、符之恒、陈皋于古荡村赏梅（《古荡舟中同大宗、圣几、江皋探梅作》）。

1732 年　雍正十年　壬子　四十一岁

是年迁居南湖，故其有"南湖花隐"之号（《诗词集》卷七《晚秋夜雨有怀故园》）。

是年秋至扬州，仍留"二马"南斋及小玲珑山馆，年底归（《诗词集》卷七《佩兮南斋观倪元镇赠邾伯盛静寄轩诗真迹次韵三首》《朱碧山银槎歌为秋玉赋》《丁未暮春佩兮来游湖上曾作五字诗奉赠，壬子秋，仆至邗，留寓小玲珑山馆，岁晚将归，复次前韵志别兼呈令兄秋玉》《诗词集》卷十《国香慢·壬子冬至后三日，过马半槎南斋，炙甜香以供客……》）。

1733 年　雍正十一年　癸丑　四十二岁

是年清明，同赵信、赵一清（赵昱子）、陈皋于虎丘山踏春（《诗词集》卷七《虎丘清明同意林、诚夫、江皋作五首》）。

晚春，与吴焯、汪沆登丁家山（《诗词集》卷七《春晚同尺凫西颢登丁家山新亭》）。

四月初十，与丁敬、陈章游吴山重阳庵（《诗词集》卷七《立夏后二日同敬身、授衣过重阳庵薛尊师房》）。

　　夏，与汪惟宪（字积山）共游西湖，意甚惬（《诗词集》卷七《汪积山招泛湖上观荷分得于字》）；某夜月下，与沈嘉辙、赵昱漫步南湖之岸（同卷《夏夜同栾城、功千步月南湖》）。

　　初秋，同王曾祥（字麐征）、汪沆、符之恒游报国寺（《诗词集》卷七《早秋同王麐徽、汪西颢符圣几坐报国寺院地上》）。

　　十一月，为"二马"撰《朝议大夫候选主事马公暨元配洪恭人墓志铭》（《文集》卷七），马公、洪恭人分别为"二马"先大父、大母；又应"二马"之请，为其异母兄马曰楚撰《墓志铭》（《文集》卷七《候选儒学教谕马君墓志铭》，陆谦注此文在卷二，盖误，今订正之）。

　　是年为多事之秋，厉鹗先后失两位挚友：先于十月痛失吴焯，《哭吴尺凫》（《诗词集》卷七）序云；"八月三日，与尺凫饮湖上。来广陵两月，遽闻尺凫凶问。仆性寡交游，里中二三故人相周旋，学积行修，意气高爽如尺凫者，何可多得？竟连蹇不遇以死。晚年颇耽琢小词，以仆为能赏音，今无春风之笔矣！十月晦夜，梦尺凫手一笺相示如生平，觉而为诗哭之"，诗中又有"平生一掬知交泪，斗酒相和滴到泉"之句；继而老友沈嘉辙病故，《哭沈栾城》（《诗词集》卷七）后附注云："今天夏，同君及功千、意林早出钱塘门，道逢丧车，众随其后，君独徘徊不前，若畏惧者，孰意其为先兆也！"诗中又有"廿载交情兰韵在，一生文采玉尘销"之句，堪为知己之言。

1734年　　雍正十二年　　甲寅　　四十三岁

　　年初，与丁敬、汪沆、王曾祥游城北（《诗词集》卷七《北郭舟中同丁敬身、汪西颢、王麐征作》）。

　　夏，与赵信登隐几山楼（《诗词集》卷七《夏五雨后同意林登隐几山楼望江湖诸山，怀功千游华亭》）；夏中，先生卧病，汪沆、符之恒探访，赵昱更有鼟鼓之类以赠，鹗至为感激（《诗词集》卷七《病疕少间西颢、圣几见访》《病中承功千以佳鼓满器见饷，遂进淖糜，率裁小诗报贶》）。

　　八月间，应汪沆之请，为汪母撰《汪母顾太君六十寿序》（《文集》卷四）。

是年，王藻（字载扬，号梅沚）入京师，先生怀之（《诗词集》卷七《舟泊平望怀王载扬客都下》），又送老友沈樗崖之汉阳（同卷《送沈丈樗崖游汉阳》）。

是年，厉鹗有广陵之游，居留"二马"小玲珑山馆，与方士倢（字右将）有书信往还（《诗词集》卷七《小玲珑山馆月夜答方右将见怀》）；同年，"二马"独资兴建扬州梅花书院落成，厉鹗为赋（《诗词集》卷七《扬州新构梅花书院纪事二十韵为秋玉赋》）祝贺；是年冬，小玲珑山馆举行盛大集会，先生诸友毕集，有余元甲、汪祓江、金农、闵华、汪沆、陈皋以及"二马"，集毕，鹗及汪沆、陈皋归杭（同卷《冬日马秋玉、佩兮招同葭白、祓江、寿门、廉风、西祓、江皋集小玲珑山馆限韵，时予与西颢、江皋将还武林》），十一月间，与周京共游西湖（同卷《腊日同周少穆泛湖》）。

1735 年　　雍正十三年　　乙卯　　四十四岁

二月，与孙庭兰（字瑶圃）、孙庭槐（字右垲）兄弟（二人皆厉樊榭诗弟子）往皋亭赏桃花（《诗词集》卷七《皋亭看桃花，舟中同孙瑶圃、右垲作》）。

是年，鲍鉁在罢官十二年后，复任长兴知县，厉鹗于陈章处读其诗集，颇怀是人（《诗词集》卷七《鲍西冈明府罢官十二年，复宰长兴，顷从授衣处读其诗集，作此奉答》）。

春，与唐绍祖（字次衣，号致唐）唱和（《诗词集》卷七《唐改堂使君索和元日之作》）。

四月二十一日，与沈树本、杭世骏、沈炳巽、沈炳谦等人聚竹墩积照堂联句唱和（《诗词集》卷七《闰四月二十一日集竹墩积照堂联句用颜鲁公石尊联句韵》），同月，偕杭世骏，过沈绎旃居，为撰《盆山小隐图记》（《文集》卷五）。

八月四日，与沈绎旃、沈幼牧同游（《诗词集》卷七《八月四日同沈绎旃、幼牧泛舟后庄，漾游上金寺》）。

是年吴耕民卒。冬，与汪抱朴祭吴耕民（《诗词集》卷十《浣溪沙·乙卯冬日同抱朴裁酒过湖酹耕民殡官作》）。

是年厉鹗纳姬人月上朱氏，时年十七岁（《续集》卷二《悼亡姬十二首并序》）。

1736 年　　高宗乾隆元年　　丙辰　　四十五岁

是年春与施竹田、陈皋、汪沆、符之恒有吴山之游（《诗词集》卷七《春晴登吴山同竹田、江皋、西颢、圣几作》）。

是年，清高宗弘历登基，效其祖父故事，开博学鸿词科，浙抚程元章荐举厉鹗等十八人。鹗无意应试，全祖望时在京师，致书相劝（《全祖望集江校集注》卷四十六·简帖六《与厉樊榭劝应制科书》），厉鹗许之，遂于七月入都应试（《诗词集》卷十《兰亭芳引·乾隆丙辰秋七月十日行郯城道上……》，《诗词集》卷七《七月十五日夜宿羊流店，望徂徕山同功千作》）。此试因鹗作不合格式而报罢。

十月十三日，与金志章、金农、符曾、全祖望、王藻、申甫（字及甫）、汪沆别于接叶亭（《诗词集》卷七《十月十三日接叶亭留别金绘卣、金寿门、符幼鲁、全绍衣、王裁扬、申及甫、汪西颢》）。年底至杭，心境坦然（《诗词集》卷七《岁暮行答蒋丈雪樵》一诗中有"归来时序已趑趄，跌宕依然向文史"之句）。

1737 年　　乾隆二年　　丁巳　　四十六岁

四月，与陈章唱和（《诗词集》卷八《同授衣话吴兴旧游》，该诗后附陈章词作，中有"四月桑阴门巷绿"之句）。

四月十一日，客扬州，与"二马"有京口之游（《诗词集》卷八《四月十一日客广陵，秋玉、佩兮招予同为京口之游，晚雨泊舟，入高旻寺》）；独游丹阳曲阿城，成诗寄"二马"（《同卷《曲阿道中偶成寄秋玉、佩兮》）。

夏，沈树德（字申培）见访，先生作诗酬之（《诗词集》卷八《答沈申培见访之作》）。

夏，先生患咳嗽哮喘之疾，历数月乃愈［《诗词集》卷八《拟冬堂赠辞并序》云："乾隆丁巳夏五，子（应为'予'，盖误，今订正之）抱嗽上气之疾，历秋乃瘳……"］。

夏秋之际，卧病家中，沈幼牧、沈炳震寄诗问病，先生寄诗三首答谢（《诗词集》卷八《夏秋之交卧疾南湖草堂，辱竹溪、沈六、幼牧以佳句三首见寄，如数奉答》），答沈氏诗于是冬方成（同卷《答沈东甫病中见寄》）。

同年，杭世骏因应鸿博获携，在京纳姬，先生寄诗戏之（《诗词集》卷八《寄调大宗纳姬京邸》）。

秋，先生病愈，与吴敦复、沈樗崖、符曾、施竹田、王曾祥、赵一清共游西湖（《诗词集》卷八《八月二十五日病起吴敦复邀同宣城沈丈樗崖、符幼鲁、施竹田、王麐征、赵诚夫泛湖》）；与高西唐共游城北铁佛寺（同卷《秋日同高西唐游铁佛寺》）。

是年，先生重游广陵，居"二马"斋，适马曰琯游洞庭，未及同至，马氏归，赠以橘茶，先生赋诗以谢（《诗词集》八卷《秋玉游洞庭回，以橘茶见饷》），又为马曰琯《洞庭诗》卷后题诗（同卷《题秋玉洞庭诗卷后》）。

冬，归杭，与符之恒唱和（《诗词集》卷八《长至日雪次圣儿韵》）。

冬，于城南访丁敬，畅游焚天寺（《诗词集》卷八《小雪初晴访敬身……》）；雪日，聚于符之恒秋声馆唱和（《诗词集》卷八《雪中圣儿招饮秋声馆用前韵》）。

初春，与王曾祥、施安（字竹田）聚吴城瓶花斋，作诗唱和（《诗集》卷八《立春后一日集吴敦复瓶花斋次竹田韵》）。

是年，徐紫山已八十三岁高龄，虽病足不便行动，仍与先生书简酬唱（《诗词集》卷八《徐丈紫山今年八十三矣……》）。

年底，好友郑江（字玑尺，号筠谷）寄书与先生，并赠歙墨若干，先生作诗谢之（《诗词集》卷八《郑筠谷宫赞姑孰书来，兼以歙墨八枚见贶，赋此代札》）。

除夕，故友赵信赠松江鲈鱼，先生以诗答谢（《诗词集》卷八《除夕意林送糟藏松江鲈鱼，戏报以二绝句》）。

1738 年　　乾隆三年　　戊午　　四十七岁

是年正月九日，同人集于绣谷亭唱和，但不明其参与者（《诗词集》卷八《正月九日夜同人集饮绣谷亭限灯字》）。

春，与颖芳林往西溪赏梅（《诗词集》卷八《同吴西林泛舟西溪看梅》）；至扬州，与陈章、闵华红桥联句（《诗词集》卷十《醉大平·戊午暮春泛舟红桥授衣、廉风联句》）。

是年沈东甫病卒，先生有《哭沈东甫》（《诗词集》卷八），又有符之恒盛年病卒，先生为之吟稿作序（《文集》卷三《秋声馆吟稿序》）。

秋，与施廷枢游西湖（《诗词集》卷八《施北亭携酒湖上》）；访吴颖芳（字西林）（《诗词集》卷八《秋日过吴西林郊居有作次韵二首》）；深秋，又至扬州，与陈章应闵华等人之邀，再游江桥（《诗词集》卷十《湘月·扬州胜处……》）。

初冬，先生尚留广陵，赵谷林自北之广陵，相见怅然，年底，先生归杭州（《诗词集》卷八《角招·予与谷林长安别三年矣……》）。

1739 年　　乾隆四年　　己未　　四十八岁

年初，与张世荦（字无夜，别号妙峰）西溪赏梅，晚宿永兴寺（《诗词集》卷八《同张妙峰探梅西溪留宿永兴寺》）。

春，与吴颖芳城东赏花（《诗词集》卷八《同吴西林城东看花遇大风，戏为长歌》中有"新花破萼初满丛"之句，故可推定时序）；与施安等人游西湖（同卷《寒食前一日同竹田、曦亮诸君泛湖》）。

是年王豫（字立夫）逝，先生悲极，作《哭长城王立夫》（《诗词集》卷八）。

三月十八日与孙庭兰兄弟等四人游南屏（《词诗集》卷八《三月十八日同麐征、瑶圃、右堦、苏门游南屏山》）。

夏夜，同王茨檐等五人唱和，甚欢（《诗词集》卷八《夏夜同茨檐、北亭、饮章、绪弘、南轩以布囊春醉酒钱粗为韵，予得第二字》）。是夏，复至符之恒秋声馆凭吊，悲痛至极（《诗词集》卷八《重过秋声馆追悼圣几》中有"牙绢一绝干行泪，山水清音为写衰"之句）。

秋，过访丁敬（《诗词集》卷八《秋晓过敬身幽居》）；与吴颖芳、徐申来唱和（同卷《次韵西林和徐申来无酒》）。

是年，先生移居南湖已八年，经张旸为之介，遂有再次卜居之举，然未果（《诗词集》卷八《予赁居南湖上八年矣……》），戴廷熺

（字纶长）、丁敬、张旸复助先生卜居城南，先生以诗相和（《续集》卷一《纶长、敬身、东扶次韵见和，有招予卜居城南之意，仍用前韵奉答》），此后，四人又欲登六和塔，因风雨未能成行（《续集》卷一《三君招予九日六和塔登高，风雨不果，仍用前韵奉寄》）。

是年赵信将其隐几山楼构为三层，先生赋诗纪之（《续集》卷一《赵意林添构隐几山楼为三层，赋诗纪事，属予次韵》）。

是年，与马曰琯唱和（《续集》卷一《赋诗牌和嶰谷》）；诗弟子汪沆自津门查为仁处归，过访小饮草堂，与先生有晤（《续集》卷一《西颢归自津门过访小饮草堂有作》）。

年底，与汪沆等三人孤山赏梅（《续集》卷一《同麐征、西颢、瑶圃放舟孤山探梅，分得低字》）。

1740 年　　乾隆五年　　庚申　　四十九岁

年初，与汪沆、吴城等人游西溪赏雪（《续集》卷一《同麐征、敦复、西颢、曦亮、北亭游西溪，进舟西堰桥，望秦亭、法华诸山晴雪》）。

春，至广陵，与祝荔亭、高西唐、陈授衣唱和（《续集》卷一《红桥春游曲祝荔亭席上西唐、授衣同作》）；又返杭，杭世骏自京师寄诗并赠越香，先生赋诗答谢（同卷《杭堇浦编修以诗寄越香次韵奉谢》）。

四月十七日，与丁敬、吴颖芳等集游西湖唱和（《续集》卷一《四月十九日药山招敬身、西林集湖舫分得人字》）。

初夏（据陆谱），移居城东，有《移居四首》（《续集》卷一）；与桑调元（字弢甫）为邻（同卷《南邻桑屯田弢甫见访，兼和移居诗，辄赋五言用酬雅贶》）；与郑江宅亦近（同卷《筠谷见和……》）。

夏，先生之广陵，与王藻会于僧舍（《续集》卷一《申寅秋抄……》）。

秋，吴颖芳邀先生赏菊唱和（《续集》卷一《西林招看菊小饮分得开字》）。

冬，同人集于明章禅师处（《续集》卷一《冬日同友人集倬云禅师方丈》）；与吴颖芳同游杭州水陆寺（同卷《同西林游水陆寺追和东坡先生韵》）；先生受郑江之邀与张湄（字鹭洲，号南漪）饮于书带草堂（同卷《郑筠谷招饮书带草堂同张南漪作》），与赵昱等集于小山堂，食熊掌（同卷《集小山堂食熊掌作呈谷林》）。

1741 年　　乾隆六年　　辛酉　　五十岁

春，与郑江往河渚赏梅，夜共宿郑雪崖之北渚草堂（《续集》卷一《同郑筠谷河渚看梅，宿郑雪崖北渚草堂》）；继与郑江、清一上人（号太虚）游花坞，先后至精进林、法楞庵、八斋、在涧庵、憩锡庵、眼云室、树雪林、谷饮庵、云巢、实相庵等处（同卷《同筠谷、太虚上人游花坞诸精舍十首》）。

与邻居桑调元有诗唱和（《续集》卷一《邻墙杏花和桑弢甫》）。

夏，马曰琯赠以曲竹杖，先生以诗谢之（《续集》卷一《嶰谷以曲竹杖见赠》）；卧病，赵一清馈杏酪，先生赋诗答谢（同卷《夏日卧疾，诚夫惠杏酪一器，作此谢之》）。

秋，以香橼赠吴颖芳，并赋《以香橼送西林系以长句》（《续集》卷一）；时杭世骏弟杭世馨（字奕闻）将入京，先生送之，兼书与杭世骏一封（同卷《送奕闻计偕北上兼简令兄堇浦》）。

岁暮贫极，至于有典衣之举，为姬人治疾（《续集》卷一《岁暮二咏》，之一《典衣》注"时朱姬病甚危"）。

是年，先生与沈廷芳有唱和，沈曾官至山东按察使（《续集》卷一《沈椒园侍御寄和移居诗用韵奉答四首》）。

1742 年　　乾隆七年　　壬戌　　五十一岁

是年正月初三，月上朱氏病逝，年仅二十四岁，先生至痛，赋《悼亡姬十二首》，至情至性，受到袁枚称赏（《随园诗话》），又连赋《小园杏花一株，去年颇盛，今春，月上亡后，叶发而绝无一花，因用旧韵志感》及《清明日过朱姬湖上权厝》二诗，以志感悼（以上诗均见《续集》卷二）。

是年春，挚友汪青渠、余葭白接连亡故，先生哀不自禁，因作《二哀诗》（《续集》卷二）；而先生生活也极为困顿，午节之日，邻居兼好友桑调元冒雨送先生白金十两，先生甚感，为赋诗答谢（同上

《午节贫甚，毅甫冒雨以白金十两假我，赋此奉谢》)。

夏，拜会老友鲍钤（时钤任长兴知县），为赋诗（《题姜学在画松为鲍西冈运判作》《题西冈小簇园图十二首》，见《续集》卷二）；与沈樗崖至灵隐寺访义果大师（字巨涛）（同卷《灵隐寺访巨涛禅师次沈丈樗崖韵二首》)。

秋，与姚世钰唱和（《续集》卷二《答姚玉裁庚申秋日入黄鹤山见怀》）；至西山灵隐寺，与沈樗崖同游冷泉亭（同卷《秋晓入西山访沈丈樗崖于灵隐，同游冷泉亭观水，兼呈巨公》）；与吴城、赵昱、查为仁、赵一清、丁敬有唱和（同卷《和吴敦复题重得先人旧藏宋刻丁卯集后》《种芦次赵谷林韵》《津门查莲坡和予移居诗四首远寄，次韵奉酬》《谷林和予……》《冒雨肺疾……》)。

十二月十五日，雪，与丁敬集于赵昱南华堂，观旧刻（《续集》卷二《十二月十五日雪中……》)。

1743年　　乾隆八年　　癸亥　　五十二岁

正月初八，同人集于施北亭寓所（《续集》卷三《八日集施北亭斋中》）。初十，与其侄厉志黼登吴山，时有大雪（同卷《携侄黼登吴山西爽阁望湖上霁雪》)。

是年，与篆刻家、画家沈心（字房仲）唱和，赋《和沈房仲论印十二首》，遂开以诗论印之先河（见《续集》卷三）。

三月三日，与许初观（是年与许唱和数次）共访敷文书院院长（山长）鲁曾煜（《续集》卷三《三月三日同许初观访鲁秋塍山长于敷文书院即事有作二首》)。

春，与周京、施安、吴城、张增登吴山，事毕，诸人于西桥送先生（《续集》卷三《同少穆、竹田、敦复、南漪饮吴山酒楼。时桃始花，薄暮泛月归，诸君送予至西桥别去》）；继与蒋雪樵往湖上吊徐紫山故居（同卷《徐丈紫山没三年矣。闻湖上故居名黄雪山房者，已拆卖于人。雪樵有诗吊之，予亦次韵》）；又于寒食节与周京、许初观往城南看花（同卷《寒食同少穆、初观城南看花，用东坡上巳日携酒出游韵》)。

是年春，仁和顾之琏赠先生以竹叶符，先生赋诗答谢（《续集》

卷三《次韵顾丈月田以罗浮竹叶符见赠》），清明节后，鲁曾煜邀先生、顾之琎及许初观山中赏花并唱和（同卷《清明后一日，鲁秋塍招同顾丈月田、许初观看花山中分韵》），第二天，顾之琎作东，置酒请先生、周京、许初观往鲁曾煜处唱和（同卷《次日顾丈载酒邀同少穆、初观就饮秋塍于山中，同用昌黎山石韵》）。时汪沆从京师来杭，居数日，即行福建，先生送之（同卷《西颢自都下归里数日，即有闽中之行，诗以送之》），并为汪撰《盘西纪游集序》（《文集》卷三）。

春，与顾之琎、周京、金农、丁敬、施安、吴城、张湄共游西湖（《诗集》卷三《谷雨前一日……》），与金农、丁敬共登宝石山天然图画阁（《诗集》卷三《同寿门、敬身登宝石山天然图画阁……》）；桑调元购得元人百家诗，征和诗，先生预此事（同卷《桑弢甫水部买得元人百家诗……》）；闻同乡老友郑江患足病，先生赋诗慰之（同卷《讯筠谷足疾》）。

四月，往广陵，居"二马"小玲珑山馆，为曰璐古董汉铜雁足镫赋诗（《续集》卷三《汉铜雁足镫歌，为半槎赋》）；五月二日，齐聚马氏小玲珑山馆观古画（同卷《五月二日集小玲珑山馆观李遵道古木幽篁图》）；既而，同人至张四科（字渔川）处饮茶（同卷《同人携茗……》）；为丁敬古董汉铜龙虎鹿卢镫赋诗（《续集》卷三《汉铜龙虎占……》）。

秋七月五日，晤汪日焕（字旭瞻）于满月楼舍（《续集》卷三《七月五日满月楼舍同汪旭瞻坐雨用东坡韵二首》），既而吴颖芳来访（同卷《西林过满月精舍》）；又与汪日焕共游金沙港（同卷《秋晓同旭瞻涌金门外渡湖至金沙港》）；时杭州灵隐寺高僧巨公营造僧舍成，先生以诗纪之（同卷《巨公重建春淙亭于清绕桥，诗以落之》），又为平湖张云锦词题诗（同卷《书拓湖张龙威长短句后二首》）。

是年，杭世骏因建言获罪，罢官归里，先生携同人与晤（同卷《董浦归里同诸君过报国禅院池上，分得时字》中有"故人罢官归"之句）。

重九前数日，先生复至广陵，曰琯赠以木瓜，先生谢之（《续集》卷三《嶰谷以栖霞僧所送木瓜见赠》），九月九日，同人集于曰璐行庵，先生有《九日半槎招集行庵以仇英画渊明像为供，分得归字》（同卷），表面看来轻描淡写，与其他集会无任何不同，然参先生《文集》卷六《九日行庵文讌图记》及全祖望《鲒埼亭集》卷二十五"序三"《九日行庵文讌图序》（《全祖望集汇校集注》本），则此次集会成员之复杂，人数之众多，同人之重视程度，实乃空前绝后，为浙派雅集厉鹗交游生涯中之一大高潮和标志性文化事件。此次参加聚会者共十六人，他们是："二马"、厉鹗、胡期恒、唐建中、方士庶、闵华、全祖望、张四科、陈章、程梦星、方士僙、江玉枢、王藻、陆钟辉、洪振珂，陆谱言为十四人，不知何故。事后，吴中画家叶震初为之图，先生为之记。

又与陈章、闵华游扬州城北建隆寺（《续集》卷三《同授衣、廉风游建隆寺用沈传师游道林岳麓寺韵》）；与方士庶、闵华、陆钟辉（字南圻，又字淳川）同游（同卷《同方西畴、闵玉井、陆淳川……》）；与栖霞寺僧界清（久林）有交（同卷《游摄山栖霞寺，留止三宿，得诗三首》）；与全祖望有唱和（同卷《洪熙古刺水歌同全谢山作》）。

马曰琯、月璐自南京移老梅十三本，值于山馆，一时时人皆有诗（据李调元《雨村诗话》），厉鹗亦作《金陵移梅歌为嶰谷、半槎赋》）。

冬，同人共游扬州北郊（《续集》卷三《冬日同人游广陵北郊作》）；又有观浮山山海经塑像之行（《续集》卷三有《浮山禹庙观山海经塑像三十韵》一诗），但不明同行者何人，据方盛良《二马年谱》，是为："二马"、胡其（当为"期"，盖误，今订正之）恒、唐建中、程梦星、洪玉枢、厉鹗、王藻、方士僙、陈章、闵华、陆钟辉、全祖望、杨述曾共14人（依据是《韩江雅集》有此14人同体诗唱和）。

是年冬，先生因久无子嗣，复纳姬人刘氏。陆钟辉、张四科等友为借聘钱，"二马"为之"分闲馆"而贮之（《续集》卷三有《十一月十三日广陵纪事戏答诸同人作二首》中有"名士肯分闲馆贮"之

句，附注"谓巇谷、半查"；"词流许借聘钱来"附注"谓恬斋、西
畴、南圻、渔川"），故此事时间及脉络清晰，但朱谱、方盛良《二
马年谱》将此事纳入乾隆七年纪其事，实误①。另，马曰琯《沙河选
老小稿》卷二有《厉樊榭纳妾》。

1744 年　　乾隆九年　　甲子　　五十三岁

正月十二日，同人集于赵昱小山堂（《续集》卷四《试灯前一日
同人集赵谷林小山堂观流求国官工松元泰新刻墨谱，用山谷松扇
韵》）；十五日，集于吴城瓶花斋（同卷《元夕雨中集吴敦复瓶花斋
分得何字》）。

春夜，访云林诗僧巨公和尚（《续集》卷四《春夜访巨公于云林
宿面壁轩》）。

二月初三日，与周京、施安等人游湖题诗（《续集》卷四《二月
三日同少穆、竹田诸君集湖上题酒楼壁》）；十四日夜，与周京、胡
光先（字又乾）、施安、吴城、汪旭瞻、施北亭等人月下湖湖（同卷
《二月十四夜……》）。

是年，与许大纶、施竹田、丁敬、金志章（《续集》卷四《吴山
卖卜行为许初观作》《次韵答竹田雨中见寄》《觉范画梅为敬身作》
《倪毿畴给谏……》）。

春夏之交，有广陵之行。至广陵，陆钟辉招先生及同人集于行庵
唱和（《续集》卷四《陆南圻招同人集行庵分咏广陵古迹得秋声
馆》）；五月二日，"二马"复招先生及同人于小玲珑山馆唱和（同卷
《五月二日巇谷、半槎招同人集小玲珑山馆题五毒图》）；五月十四
日，与陆钟辉、王藻等人夜游江桥（同卷《五月十四夜红桥王氏园
看月同玉井、梅泮、南圻作》）；时施闰章曾孙施念曾将赴官余姚，
先生送之（同卷《送施檗斋之官余姚二首》）。

盛夏，归杭，顾月田招同人至南屏山避暑唱和（《续集》卷四
《顾丈月田招同人南屏让师房避暑分得叶字》）；周京招同人游杭州玛

---

① 依厉鹗《樊榭山房诗词集》及《续集》，月上逝去之年为乾隆七年（1742），迎刘
氏之年决然在次年，而不可能在同一年。

瑙寺唱和（同卷《周少穆招同人游玛瑙寺访后仆夫泉，分得无字》）。

八月十五日，陆芸轩招同人重游南屏山（《续集》卷四《中秋日陆芸轩招同人游南屏观米南宫摩崖琴台字分韵》）。

秋，朱樟（字鹿田，官至泽州知府）邀先生等游宝奎寺（《续集》卷四《朱泽州鹿田招同人游宝奎寺分韵》）。

1745年　　乾隆十年　　乙丑　　五十四岁

正月初四，过访巨公和尚于灵隐寺（《续集》卷五《正月四日……》）；十五日，吴城邀先生等人集于瓶花斋唱和（同卷《元夕吴敦复招同人集瓶花斋分韵》）。

初春，汪沆约先生等人游湖（《续集》卷五《汪西颢招集湖舫分赋》）；与张熷等人赏梅（同卷《河诸探梅同南漪、旭瞻、蒔庭、笠人作五首》）。

三月初六，顾月田邀先生等人游凤凰山、包家山（《续集》卷五《三月六日……》）。

晚春，与新安人吴震生（字长公）游青山庄（《续集》卷五《舟泊毗陵同长公游清山庄四首》）。

夏，至广陵，"二马"邀先生等至行庵食笋唱和（《续集》卷五《马嶰谷、半槎招集行庵食笋限笋字》）；程梦星邀先生等至篠园唱和（同卷《程浙江编修招集篠园水亭分韵》）；为"二马"南庄题诗七首（同卷《题嶰谷、半槎南庄七首》）。

初秋，与金澧等人同游西山（《续集》卷五《初秋同旭瞻、蒔庭有兰游西山作四首》）。

秋，与周京、施安、吴城游杭州报国寺（《续集》卷《秋日同少穆、竹田、敦复过报国院》）。

八月初一，让山和尚邀先生等同人游南屏山唱和（《续集》卷五《八月初一让山上人招集南屏山楼看雨分韵》）。

深秋，先生与同人集于汪台城北水房唱和（《续集》卷五《秋阴集汪抱扑城北水房分韵》）。

是年顾月田卒，先生有挽诗二首（《续集》卷五《顾丈月田挽诗二首》）；与东湖吟社张云锦、鲍询、陆铭义等人唱和（同卷《寄和东湖吟社斗蟋蟀用韩孟斗鸡联句韵》)。

九月，许绳武招先生等集于雪庄（《续集》卷五《九月晦日许绳武招集雪庄二首》)。

冬，陆云轩招先生集于南屏山让公处唱和（《续集》卷三《立冬日陆云轩招集南屏让公房看红叶分韵》)。

冬，有广陵之行，居小玲珑山馆，与同人唱和，有张熷、"二马"、姚世玉、陈章等人（《续集》卷五《小玲珑山馆对雪联句》《看山楼雪月联句》《行庵雅集……》)；与金志章同游直指庵（同卷《雪后同金江声过直指庵寻韩平原阅古泉遗迹》)。

除夕，与金志章、金农、杭世骏、吴城等登吴山唱和（《续集》卷五《除夕同……》)。

1746 年　　乾隆十一年　　丙寅　　五十五岁

正月初三，与吴城等访恒公，未果（《续集》卷五《正月初三日……》)；时桑调元有天台山、雁荡山之游，先生送之（同卷《送桑弢甫独为天台、雁荡之游》)。

早春，赵一清访先生（《续集》卷五《立春日雨中赵诚夫松江归过访》)；与施安及大恒、让山二高僧历游九里松、西山（同卷《同竹田……》)。

春，与许松、赵一清等人城北赏花（《续集》卷五《雨中许莳庭、春岩招同诚夫、笠人泛舟北郭看花二首》)；三月三日，杭州太守鄂敏于湖上修禊，与会者六十一人，先生预焉，赋《闰三月三日同人集湖上续修禊，效兰亭诗体二首》(《续集》卷五)。

夏，与杭世骏等游东新关（《续集》卷五《晚出东新关同董浦、瓯亭作》)；施檗斋邀先生至县斋（同卷《施檗斋明府招集德清县斋》)。

秋，同舒瞻、施安等人泛舟湖上（《续集》卷六《中元夜同舒云亭明府、竹田、瓯亭诸君泛湖》)；八月十八日，与丁敬钱塘观潮（同卷《八月十八日同敬身观潮》)。

秋，病，友吴城赠以药资，先生答谢（《续集》卷六《谢瓯亭送药资》)，舒瞻写信问候（同卷《次韵答平湖舒明府见寄》)。

冬，先生与同人有"销寒三会"，"第一会"由杭世骏招集（《续集》卷六《杭菫浦招集寄……》）；"第二会"由汪启淑（字秀峰）招集（同卷《汪秀峰自松江……》）；"第三会"由吴城招集，地点瓶花斋，唱和者先生及周京、梁启心、全祖望、杭世骏、丁敬、吴城、顾之麟、汪启淑、金志章等人，规模甚大（同卷《十二月八日敦复招集瓶花斋食腊八粥联句》），《鲒埼亭诗集》卷五《瓶花斋早集……》。

冬，张云锦与先生等人集于弄珠楼（《续集》卷六《张龙威招同……》）；嗣后，叶东宿、叶迎坡等人招同人先后有德藏寺、南庄之聚（同卷《叶冬宿……》《叶迎坡……》）。

1747 年　　乾隆十二年　　丁卯　　五十六岁

年初，与周京、杭世骏、梁启心、丁敬、吴城、汪秀峰等人乘舟至皋亭赏梅（《续集》卷六《泛舟出东新关至皋亭看梅，同周穆门、杭菫浦、梁蔎林、丁龙泓、吴瓯亭、汪秀峰作》）；赵昱病故，先生为诗以悼（同卷《哭赵谷林四绝句》）；与周京、杭世骏、吴城在皋亭雨中唱和（同卷《皋亭雨泊同穆门、菫浦、瓯亭》）；既而访张云锦，并宿张之艺舫（同卷《宿张龙威艺舫》）。

春，叶迎坡等人邀先生同泛东湖（《续集》卷六《叶迎坡信臣、陆纤耐士招泛东湖分韵》）；三月，与周京等人于湖上唱和（同卷《小寒食日同穆门……》）；上巳之日，同人祭顾月田，并修禊唱和（同卷《上巳日同人……》）；此后吴城邀先生等人集绣谷亭唱和（同卷《吴瓯亭招同人集绣谷亭看藤花分韵》）；时好友舒瞻将归京，先生送之（同卷《送舒云亭明府还京二首》）；嗣后，先生等集于汪抱朴寓所唱和（同卷《同人集汪抱朴复园送春分韵》）。

初夏，之广陵，仍居小玲珑山馆，唱和无虚日（《续集》卷六《五月十五日客广陵马半槎……》《题巚谷所藏郭河阳寒风密雪图》）。

五月五日，先生应"二马"之邀，与张四科、陈章、姚世钰、汪玉枢于小玲珑山馆联句唱和（《沙河遗老小稿》卷三有《五日席间咏嘉靖雕漆盘联句》）。

五月十五日，先生为之引，"二马"等同人各就钟馗画中物色赋诗一首（《集外文》之《分赋钟馗画引》，《沙河遗老小稿》卷三有

《展重午集小玲珑山馆分赋钟馗画得踏雪图》一诗)。

秋，将离扬归杭，"二马"饯送先生于平山堂（《续集》卷六《秋日嶰谷、半槎饯予平山堂分韵》）；先生与"二马"等数十人集于是园（《扬州画舫录》卷十三）。

八月十七日，先生至吴，吴城邀同人登吴山赏月唱和（《续集》卷六《八月十七夜……》）；归杭后，与周京、金志章、梁启心、施安、吴城泛湖（同卷《秋日同穆门、江声、蔎林、竹田、瓯亭泛舟至湖心亭》）。

重阳节，与全祖望、吴城等人共游城东报国寺（《续集》卷六《九日同全谢山、吴瓯亭诸君游城东报国院》）；既而与全祖望月夜唱和（同卷《月夜唐栖舟中同谢山作》；《鲒埼诗集》卷六《月夜唐栖舟中和樊榭韵》）；嗣后，计与谢山同往扬州，先生足疾发，祖望惜之，有诗（全祖望《鲒埼亭集》卷七《溪行欲与樊榭游乌镇东西二寺不果》，厉鹗《樊榭山房续集》卷六《与谢山偕往广陵，予至吴门疾作遽归，谢山有诗惜别次韵》）。

1748 年　　乾隆十三年　　戊辰　　五十七岁

正月十五日，集吴城瓶花斋（《续集》卷六《元夕集吴瓯亭斋中赋武林踏灯词四首》）。

初春，与周京、金志章、张湄、施安、吴城等人舟游雨溪（《续集》卷六《舟行余航道中……》）。

春，张湄邀先生等同人往城北赏桃花（《续集》卷六《雨中柳渔招同……》）；三月三日，与周京、梁启心、施安、恒公和尚等人酒悼顾月田，兼修禊唱和（同卷《三月三日同穆门……》）；稍后，汪沆自闽中归杭，先生即邀周京、汪沆晤面（同卷《寒食日同穆门、西颢集湖上，时西颢自闽中归》）。

是年，先生忽发宦兴，欲入京铨选县令（全祖望《墓志铭》及《鲒埼亭诗集》卷七《樊榭北行》），行至山东峄县，有诗与沈廷芳（《樊榭山房集·续集》卷七《峄县待牖呈沈侍御椒园》）；六月六日有书寄天津水西庄查为仁（同卷《六月六日舟中寄查莲坡》），七月，至天津，留居水西庄，应查氏招请，同人集于碛南草堂唱和（同卷

《七夕查莲坡……》），后又因查为仁以佛手柑见赠，赋诗谢之（同卷《莲坡以佛手柑见饷赋谢》），与保和殿大学士冯英廉酬唱（同卷《酬英梦堂晚过寓斋元韵》）；闰七月七日，汪沉自京师至查氏水西庄，三人唱和（同卷《闰七夕汪西颢自京来津门，莲坡招集水琴山画堂分赋》）；居数月，与查为仁同撰《绝妙好词笺》七卷，不入京而归（同卷《莲坡饯予竹间楼张灯看月，得三绝句》，是卷诗为"诗庚"，陆谱注为"续诗己"，盖误）。谢山戏之为"不上竿之鱼也"（全祖望《厉樊榭墓志铭》，《鲒埼亭诗集》卷七有《樊榭至津门而归》诗）；行至卫河，与先行离津的汪沉相遇，时沉将之武昌，先生赋诗送之（《樊榭山房续集》卷七《归舟行卫河……》），不久，抵扬州（同卷《淮城使风暮抵扬州》）。

秋，与吴城有晤（《续集》卷七《吴瓯亭席上食哈密瓜分韵》）；深秋，全祖望将赴蕺山书院院长之任，先生送之（同卷《送全谢山赴蕺山书院山长》）；冬，复之广陵，"二马"发起游焦山，此为先生第三次游焦山，此行焦山后同人集成《焦山纪游集》，先生为之序（《文集》卷三）；归后，洪振珂邀先生等人集延清斋雅集（同卷《洪曲溪延清斋雅集分题得炙砚炉》）；张四科邀先生于春草堂雅集（同卷《张渔川春草堂雅集同赋盆梅》）。

十二月二十五日，与周京、吴城泛舟圣因寺（《续集》卷七《十二月二十五日……》）。

除夕之日，与金志章、吴廷华、吴城共游紫阳庵（《续集》卷七《岁除日同江声、东壁、瓯亭游紫阳庵》）。

另，是年北行至吴，与王昶结忘年交（王昶《蒲褐山房诗话》）。

1749 年　　乾隆十四年　　己巳　　五十八岁

正月十五日，先生及同人集于汪秀峰真砚斋唱和（《续集》卷七《元夕大雪集汪秀峰真砚斋看灯分韵》）；初春日与周京、梁启心、恒公大师泛湖（同卷《春雪初霁同穆门、蓻林、恒公泛湖得岫字》）；春分日，与周京、施谦（字兰垞）、杭世骏游湖（同卷《春风后三日初晴，雪轩招同穆门、兰垞、董浦游湖分韵》）；杭世骏邀先生等人凤凰山看桃花（同卷《董浦招同诸公凤凰山看桃花作》）；

周京又邀先生等往甘林看花（同卷《穆门招同诸公泛舟甘林看花分韵二首》）。

二月十五日夜，与周京、张湄、施安、恒公和尚泛月三潭唱和（《续集》卷七《二月十五夜泛月三潭同穆门、柳渔、竹田、恒公作》）。

是年，与山东按察使沈廷芳寄书唱和（《续集》卷七《寄沈椒园观察莱州》）。

春，至扬州，复有韩江雅集（《续集》卷七《赋得未到晓钟犹是春》附注："韩江雅集"），晤"扬州二马"（同卷《听巂谷、半查谈泰山之胜》）；至夏尚在扬州（同卷《夏日田园杂兴》附注《韩江雅集》）。

初秋，与陈章唱和（《续集》卷七《立秋日和陈授衣》）；时闻查为仁逝，痛不欲生（同卷《哭查莲坡》）；与张世进等人唱和（同卷《次韵张啸斋同舟渡江之作》《同啸斋、西畴暮游惠山至泉上》）；时周京又逝，先生赋《哭周穆门》（同卷），诗中曰："偻指交情三十载，九原无路说相思"，又为其诗集作序（《文集》卷三《无悔斋诗集序》）。

九月九日，送汪沆到武昌（《续集》卷七《九日送西颢之武昌二首》）。

冬，与全祖望晤面（《续集》卷七《全谢山喜饮苦酒诗以嘲之》）；与杭世骏、全祖望同游城北（同卷《同堇浦、谢山北郭闲泛》）；时沈廷芳书至，并赠阿胶，先生答谢（同卷《长至前一日……》）；与张四科共访陆培（同卷《同张龙威访陆南香北墅》）；与陆锡周、陆震光、张元叔、陆培集于陆培所唱和联句（同卷《集南香斋观窗上树影联句》）。

深冬，先生将返杭，鲍询等当湖吟社诸友送别，先生赠诗以谢（《续集》卷七《奉答当湖吟社诸君折梅赠行之作》）。

归杭后，与丁龙泓共访大圜上人（《续集》卷七《同丁龙泓……》）；与舒瞻、吴城、施安等人又集吴山（同卷《冬日同云亭……》）。

1750 年　　乾隆十五年　　庚午　　五十九岁

正月初三，同吴廷华、吴城、施安又集吴山（《续集》卷八《新正三日……》）。

早春时节，与金志章、丁敬、让公大师南屏山赏梅（《续集》卷八《新晴探梅南屏山中同江声、龙泓、让公作》）；为华岩《浴鹅图》题诗（同卷《题华秋岳浴鹅图》）；时金志章著《吴山志》成，先生为之赋诗（同卷《金江声吴山志成，诗以落之》）。

二月十五日，先生等将老友周京遗骨正式安葬，葬于青芝坞（《续集》卷八《二月十五日同人……》）。

春末，与吴凤翔唱和（《续集》卷八《寄吴鸣皋》）；与金志章、吴廷华、吴城共登吴山西爽阁，听吴山道士施锡昌弹琴（同卷《同江声、东壁、瓯亭登吴山西爽阁》《西爽阁听施炼师弹石上流泉》）；与施自荝赏海棠（同卷《赵氏西池看海棠同施自荝作三绝句》）。

初夏，至广陵，与"扬州二马"唱和（《续集》卷八《题文待诏石湖诗画卷二首同嶰谷、半查作》）。

五月，送王藻归里（《续集》卷八《赋得满天梅……》）；时汪祓江卒，先生赋《哭汪祓江》以悼（见同卷）。时将归里，"扬州二马"赋《齐天乐·送樊榭归西湖》（分别见《嶰谷词》及《南斋词》卷二）词相送，先生亦赋《齐天乐·庚午夏五将归湖上，留别韩江吟社诸公》（《续集》卷九）。

六月二十二日，鲍钤邀先生及金志章等人集于复园唱和（《续集》卷八《六月二十二日云亭明府……》）。

八月，与张四科、陆纤斋、叶迎坡、孙刲翾集于南屏山让公处（《续集》卷八《秋暑……》）。

十二月十一日，先生等同人集于杭世骏桂堂为恒公大师四十岁生日祝寿（《续集》卷八《腊月十一日同人集堇浦桂堂为恒公四十寿》）。

1751 年　　乾隆十六年　　辛末　　六十岁

是年先生六十岁（《续集》卷八有《庚午除夕》诗，重有"六十明朝是辜人"句）。同卷有《六十生日答吴苇村见贻之作》，附吴氏

《寿樊榭先生六十》诗，中有"先生闰史辰，五月翼吐二"，知先生
生日为五月初二)。

　　是年春，乾隆帝首次南巡（李斗《扬州画舫录》："乾隆辛未、
丁丑、壬午、乙酉、庚子、甲辰，上六巡江浙"）又据全祖望《迎銮
新曲题词》（《鲒埼亭集外编》卷二十六，此年乾隆南巡时，"吾友杭
人厉君樊榭、吴君鸥"（《樊榭山房集》凡涉及吴城时，均作"瓯
亭"），各为《迎銮新乐府》，受到皇帝嘉许。除全序外，杭世骏也
有序，金志章、吴廷华、蒋德、丁敬、汪沆、马曰璐、陈章、舒瞻、
张云锦、张湄、周宣遒等多人题辞，成一时佳话，先生另作《圣驾驻
跸西湖，恭纪一律，以当衢歌》《续集》卷八)。

　　早春，与金志章。吴震生、丁敬游吴山唱和（《续集》卷八《同
江声、可堂、龙泓游吴山分得开字》)。

　　春，与张四科等登宝石山（《续集》卷八《同纤斋、龙威……》)。

　　是年春至扬州，遇张庚，"握手邗江语不休"（《续集》卷八《邗
上逢张浦山即送其重游大梁兼寄桑弢甫》)。初秋，与陈章、楼锜等
聚于天宁寺唱和（《续集》卷八《早秋同近人、授衣、于湘……》)；
不久，与易谐送蒋德归嘉兴（同卷《集易松滋半厂书屋送蒋秋泾还
檇李》)。冬，先生复至扬州，马曰琯因事受牵北上（《沙河遗老小
稿》卷四《辛未冬入都同人各赋一物见送，予得板桥即以留别》)；
仲冬，先生与全祖望、马曰琯等集于小玲珑山馆，曰琯自北行途中寄
诗来，同人和之（《续集》卷八《嶰谷寄鹤天宁僧舍有作，同人和
之》)；《南斋集》卷四《辛未仲冬，樊榭至自钱湖，谢山自甬上至，
雨中招集山馆，有怀家兄暨于湘北上》，按，于湘即楼锜。

　　是年方环山卒，先生为《挽方环山》（《续集》卷八)。

　　先生诗纪年止于是年。

　　九月九日，"二马"招集先生等于行庵（《续集》卷十《满庭
芳·辛未重午嶰谷、半查招集行庵分韵》)。

1752 年　　乾隆十七年　　壬申　　六十一岁

　　是年春，仍至扬州；秋，病重，以二册文稿授弟子汪沆（据陆
谱），并嘱之序（《樊榭山房文集》汪序）。九月十一日辰时卒（据朱

谱）；十二日，"扬州二马"招张世进、方士㑈、陈章、闵华、陆钟辉、楼锜、程梦星、汪玉珂等 11 人，在行庵设灵位祭之；程梦星、马曰琯、汪玉珂、张世进、方士㑈、马曰璐、陈章、闵华、陆钟辉、张四科、楼锜、杭世骏、丁敬、赵信、赵一清、胡应瑞、易谐、吴廷华、沈心、桑调元、许大纶等赋挽诗哭之，赵信、陆钟辉、楼锜、张四科、方士㑈、闵华、张世进、程梦星等人还二赋挽诗以奠（据方盛良先生《二马年谱》）及《樊榭山房集》附仁和龚胡崟搜辑挽诗，题为《壬申杪秋闻樊榭先生凶问，越日同人为位哭于行庵》，同人挽诗对先生在杭、扬等地诗坛地位以予高度而公允的评价。

附文五篇

厉鹗与浙派诗学思想体系的重建

　　浙派自清初黄宗羲发其嚆矢，一直延续至清末，几乎与整个清王朝的历史相始终。① 这个诗派以宗宋为基点，以至于众多论者每以其作为清诗宗宋一派的代名词，然而，在唐宋诗之争彼消此长的清代诗坛，宗宋而非浙派者大有人在。在浙派发展史上，各个阶段的代表人物生活背景不同、生平经历相异、人格特征不同，因而其诗学主张也在宗宋大旗下各异其趣。审视浙派诗学理论的发展过程，可说是凡经几变。黄宗羲之后，查慎行以其文学高级侍从的身份成为浙派在这个时期的重要代表，由于骨子里仍为耿介之士，所以他的诗学主张仍在一定程度上体现了浙派的个性。到浙派后期代表钱载，与查氏构成了奇特的隔代呼应现象，不但生平经历相似，而且这种生平经历也不同程度地影响了他们的诗学观。如果说把查慎行视为浙派诗学迈向成熟阶段的过渡性人物，那么，钱载诗学则是浙派诗学体系正式形成之后的变异，难怪又有学者把钱载视为浙派的一支——"秀水"诗派的创始人。② 当

---

　　① 作为一个地域性文学流派，"浙派"之称有广义、狭义之别。广义的"浙派"，泛指清初肇始的以宋诗为基本诗学宗尚，由浙人构成的诗歌流派。此派一直延续至清末，各个阶段的代表人物分别为黄宗羲、查慎行、厉鹗、钱载等。狭义的"浙派"则专指以厉鹗为代表的生活于康熙、雍正、乾隆时期的以宋诗为帜志的杭州诗人群体，清人所称"浙派"基本上都指狭义的"浙派"。相关论述可参严迪昌《清诗史》（浙江古籍出版社 2002 年版）第二编第三章"朱彝尊的诗及其诗学观"、第五章"查慎行论"、第三编第六章"乾嘉时期地域诗派诗群巡视"等对"浙派"概念之辨析。

　　② "秀水"诗派为广义"浙派"发展上的一个阶段，是乾隆后期出自浙西秀水，以钱载为代表的一个地域性诗歌流派。

然，真正从生平经历、人格品性、诗歌创作和诗学理论上代表浙派的是厉鹗。他是康、雍、乾时期浙派最重要的诗人，其诗学观体现了浙派（狭义的浙派）成熟期诗学主张的核心和主干。厉鹗的诗学理论对浙派前期诗学体系有明显的深化、发展和整合作用，并且具有鲜明的重建性质。需要特别强调的是，典型的浙派诗学体系背后有一只"看不见的手"，这只"手"就是浙派成员的人格追求，是一种不屈的人格特征。浙派诗人大都以诗艺的专精为毕生追求，多类于宋代的"江湖""四灵"诗人，政治上多不尚仕进，具有极强的疏离意识和田园色彩，诗歌创作上也体现出极为浓厚的"野逸"情趣。厉是浙派诗人的灵魂，浙派诗学思想体系在厉鹗手中得以"重建"。其以宋诗为主、兼及唐诗的、宏通的宗唐宗宋观，更为明确地标举学问对于诗才的重要性，系统确立诗歌清寒论，都标志着浙派完整而成熟的诗学思想体系的建立。

一　物穷则变，变则通：宏通的宗唐宗宋观

诗歌作为中国古代文学中最重要、历时最久、发展最成熟的一种体式，经过唐代的高度繁荣，宋代的另辟新路，到了清代（尤其是清初），宗唐宗宋成了诗坛论争的焦点。从清初到晚清，唐宋诗之争此起彼伏，从未间断。[①] 从一定程度上说，宗唐宗宋与唐宋诗之争有其客观必然性。正如钱锺书所讲："唐诗，宋诗，亦非仅朝代之别，乃体格性分之殊。天下有两种人，斯分两种诗。……高明者近唐，沉潜者近宋，有不期而然者。故自宋以来，历元、明、清，才人辈出，而所作不能出唐宋之范围，皆可分唐宋之畛域。唐以前之汉魏六朝，虽浑而未划，蕴而未发，亦未尝不可以此例之。"[②] 叶燮对唐宋诗之别也有巧妙的譬喻："譬诸地之生木然……唐诗则枝叶垂荫，宋诗则能开花，而木之能事方毕。自宋以后之诗，不过花开而谢，花谢而复开。"[③] 在

---

① 可参阅齐治平先生《唐宋诗之争概述·引言》，岳麓书社1984年版，第3页。
② 钱锺书：《谈艺录·一》，《诗分唐宋》，第2—3页。
③ 叶燮：《原诗·内篇下》之六，丁福保辑：《清诗话》本，第588页。

清初诗歌宗唐宗宋、莫衷一是之际，厉鹗以其在唐宋诗之争问题上的通达见解以及示范性的诗歌创作为宗宋一派开出新路，可以说顺应了诗歌发展的客观趋势。

追溯浙派诗学渊源，其始祖黄宗羲虽对诗歌宗唐宗宋尚未严加轩轾，但他明确反对贬斥宋诗，宗宋的倾向相当清楚。[①] 他指出："余尝与友人言诗，诗不当以时代而论。宋元各有优长，岂宜沟而出诸于外，若异域然。"[②] 在如何对待唐诗和宋诗这两个诗学传统上，黄宗羲采取了平等的态度。又说："天下皆知宗唐诗，余以为善学唐者唯宋。"[③] 还说："夫宋诗之佳，亦谓其能唐耳，非谓舍唐之外能自为诗也。"[④] 唐诗的成就固不容抹杀，然宋诗从学唐诗中来，也有其地位。肯定宋诗对唐诗的继承关系，强调宋诗的合传统性，这就为诗学强分唐宋者开了一剂良药。然黄宗羲主张给宋诗一定地位又有一层重要原因，就是为了扫除明代前后七子片面倡导"盛唐"之诗所造成的不良影响，他说："夫诗之道盛大，一人之性情，天下之治乱，皆所藏纳。古今志士学人之心思愿力，千变万化，各有至处，不必出于一途。今于上下数千年之中，而必欲一之以唐，于唐数百年之中，而必欲一之以盛唐。盛唐之诗，岂其不佳，然盛唐之平奇浓淡，亦未尝归一，将又何适所从耶？是故论诗者，但当辨其真伪，不当拘以家数。"[⑤] 就是说，盛唐诗并非一体，而唐诗更非一体，机械地认为所有唐诗或盛唐诗都高于宋诗是片面的，"唐诗中亦非无蹈常袭故，充其肤廓，而神理蔑如者"[⑥]。既然唐诗中有如此"蹈常袭故"的下品，而宋诗的优长岂应视之"蔑如"？可见，黄宗羲在论诗时所表现的对宋诗的偏向主要是在大力肯定唐诗并指摘其个别不足的前提下体现

① 请参见张兵《黄宗羲的唐宋诗理论与清初诗坛的宗唐和宗宋》一文，《西北师范大学学报》（社会科学版）1993 年第 5 期。

② 黄宗羲：《南雷文定前集》卷一《张心友诗序》，《黄宗羲全集》第十册，浙江古籍出版社 1985 年版。

③ 黄宗羲：《南雷文定后集》卷一《姜山启彭山诗稿序》，《黄宗羲全集》第十册。

④ 黄宗羲：《南雷文定前集》卷一《张心友诗序》，《黄宗羲全集》第十册。

⑤ 黄宗羲：《南雷诗历·题辞》，《黄梨洲文集》，中华书局 1959 年版。

⑥ 黄宗羲：《南雷文定前集》卷一《张心友诗序》，《黄宗羲全集》第十册。

的。肯定唐宋诗之间的渊源关系，就是强调唐宋诗之间的同质性，从而为进一步肯定宋诗的价值作铺垫。当然，黄宗羲对诗歌价值的判断有一条最基本的标准——即性情。他认为，评价诗歌的优劣主要看其所表达的诗人性情的真与伪。他说："诗之为道，从性情而出，性情之中海涵地负，古人不能尽其变化，学者无从窥其隅辙。"① 又说："诗自齐、楚分途以后，学诗者以此为先河，不能究宋元诸大家之论，才晓断章，争唐争宋，特以一时为轻重高下，未尝毫发出于性情，年来遂有乡愿之诗。"② 一切以性情真伪为主，"时代""家数"等判断诗歌高下优劣的标准均失去了意义，尊唐抑宋的价值观念自然被打破了。黄氏对宋诗的爱好，更表现在他参与吕留良、吴之振、吴自牧《宋诗钞》的编选上，他虽未与此项工作相始终，但足以体现其诗学倾向。事实上，《宋诗钞》的编选，在清初唐宋诗之争呼声甚高之时，为宋诗价值的呈现，为浙派的进一步形成和发展提供了有力的选本支撑。

浙派诗学理论到黄宗羲的及门弟子查慎行，进一步发展演变。查慎行是清朝政权确立之后成长起来的一代诗人，时世境遇与黄宗羲已不同，而诗心人格也迥然。以文学侍臣兼浙派前期代表的双重身份，"慎行"二字的含义足够深刻：一方面如履薄冰，驻足于险恶的宦海；另一方面又尽力维持人格精神上的最"领地"。在宗唐宗宋问题上，黄宗羲是在唐诗的"背影"下提倡宋诗，查慎行与黄氏相比，则向前走了一大步，他变"以唐论宋"为"唐宋互参"。在劝勉诗人梁佩兰时，查慎行写道："知君力欲追正始，三唐两宋须互参。"③ 当有人问诗法时，他又说："唐音宋派何须问，大抵诗情在寂寥。"④ 不难看出，唐宋诗在查氏心目中各具千秋、各有成就，不应强分高下。作为可资借鉴的不同的审美价值系统，唐宋诗应平分秋色，不能偏

---

① 黄宗羲：《南雷文定后集》卷一《寒村诗稿序》，《黄宗羲全集》第十册。
② 黄宗羲：《南雷文定三集》卷一《天岳禅师诗集序》，《黄宗羲全集》第十册。
③ 查慎行：《敬业堂诗集》卷四《吴门喜晤梁药亭》，四部备要本，中华书局 1936 年版。
④ 查慎行：《敬业堂诗集》卷二十八《得川叠前韵从余问诗法戏答》。

废。查慎行的这一提法表面看来守中持平，但联系当时宗唐宗宋势力互相责难的时代环境，所谓"唐宋互参"，无异于为宋诗张目，其宗宋的倾向比黄宗羲要明显得多。同时，他还嘲笑那些毫无创建、盲目随风的"王李""钟谭"之流曰："孰从牙后拾王李，纤入毛孔求钟谭。"① 对盲目宗唐者的痛加贬斥，并不意味着盲目宗宋。查慎行对待宋诗的态度是理智而辩证的。他于宋诗瓣香心折，尤在苏轼，曾前后花三十年时间注解苏诗，完成《补注东坡编年诗》五十卷，其诗歌创作也明显受到苏轼的影响。对最能代表宋诗审美特征的黄庭坚诗，他也极为欣赏，但在评价黄庭坚及江西诗派时，却极为谨慎。其《初白庵诗评》云："涪翁生拗锤炼，自成一家，值得下拜，江西派中原无第二手也。"所谓"值得下拜"，出自元好问《论诗绝句》："论诗宁下涪翁拜，未作江西社里人。"足见黄庭坚在查慎行心目中的地位。不过，《初白庵诗评》在评《稼奎律髓》中赵章泉《早离寺门作》时则又云："此吾所以不喜江西派也。"评陆游《人城至郡圃及诸家园亭，游人甚盛》时又说："剑南诗非不佳，只是蹊径太熟，章法句法未免雷同，不耐多看。"喜黄庭坚而不喜江西诗派，总体肯定陆游而又指出其不足，即扬宋诗之长而去其弊。这在康熙朝前期尊宋诗风渐次趋热的过程中，无疑是一种冷静而客观的选择。

真正建构浙派诗学体系并进行卓有成效的创作实践，使浙派以独特面貌而自立于清代诗坛的是浙派中期宗师厉。面对宗唐宗宋莫衷一是或者含糊其词的局面，厉鹗摆脱了他的浙派先辈黄、查等人或以唐倡宋或唐宋持平的诗学观，鲜明而辩证地提出以宋调为主，也不偏废唐诗的诗学主张，在浙派诗学体系的建构上做出了重大贡献。

厉鹗本不主张树坛立派。在流派与风格之间，他选择以风格来评价诗人。尤其对那些体现出独特创作风格的作家，他极为欣赏。《查莲坡蔗塘未定稿序》云：

> 诗不可以无体，而不当有派。诗之有体，成于时代，阙乎性

---

① 查慎行：《敬业堂诗集》卷十九《题项霜田读书秋树根图》。

情，真气之所存，非可以剽拟似，可以陶冶得也。是故去卑而就高，避褥而趋洁，远流俗而向雅正，少陵所云"多师为师"，荆公所谓"博观约取"，皆于体是辨。众制既明，炉鞴自我，吸揽前修，独造意匠，又辅以积卷之富，而清能灵解，即具其中。盖合群作者之体而自有体，然后诗之体可得而言也。自吕紫微作江西诗派，谢皋羽序睦州诗派，而诗于是乎有派。然犹后人瓣香所在，强为胪列耳，在诸公当日未尝断断然以派自居也。迨铁崖滥觞，已开陋习。有明中叶，李、何扬波于前，王、李承流于后，动以派别概天下之才俊，啖名者靡然从之，七子、五子，叠床架屋。本朝诗教极盛，英杰挺生，辍学之徒，名心未忘，或祖北地、济南之余论，以锢其神明；或袭一二巨公之遗貌，而未开生面。篇什虽繁，供人研玩者正自有限。①

厉鹗追溯自宋以来诗歌流派发展的状况，明辨"体""派"之别。他认为，"体"成于时代，关乎性情，是不可以模仿的；但作者可将众体熔铸为一体，形成自己独特的创作风格。而对派的一味追求，只会产生一批徒袭其貌的盲从者，清代诗坛那些盲目的宗唐宗宋者不正是这种情形吗？正因为他看透了甚嚣尘上的唐宋诗之争给诗坛带来的流弊，所以在审视唐、宋诗传统时，方有冷静的态度，宏通的观点。尤其是对宋诗审美价值的深刻体味与精确把握，使他所代表的浙派在清代诗坛产生过深广的影响。正如洪亮吉所言："近来浙派入人深，樊榭家家欲铸金。"②

厉鹗一生活得很低调，他很少在论诗时自我标榜，但对前辈诗人和当时诗坛状况却有自己独到的认识。《宛雅序》云："予尝谓渔洋、长水过于傅采，朝华容有时谢。"③ 王士禛早年曾倡导宋、元诗，晚年肆力于唐诗的推广；朱彝尊则一生都是唐诗的宗奉者。两家都追求

① 厉鹗：《樊榭山房文集》卷三《查莲坡蔗塘未定稿序》。
② 洪亮吉：《更生斋诗》卷二《道中无事，偶作论诗截句二十首》之十二，第1245页。
③ 厉鹗：《樊榭山房文集》卷二《宛雅序》。

诗歌语言的藻丽,追奉者甚众。所谓"傅采",即时人所言"朱贪多,王爱好"。对那些"唐音"的盲目追随者,厉鹗委婉地表达了自己的不满。《蒋静山诗集序》又云:"今世操不律为诗之士,少窥声病,即挟其技走四方,务妍悦人耳目,以要取名利。"①《叶筠客叠翠诗编序》亦云:"夫诗,性情中事也,而顾以穷与遇为从违!即为之而遇,犹未足以自信;使其不遇,则必且曰:'是果穷家具!'而弃之惟恐不速。诗果受人轩轾欤?"② 对于那班以诗歌为邀名逐利工具的追风者,他表达了极大的鄙视。厉鹗对宋诗的爱好,完全出于性情。他以半生精力编集的百卷《宋诗纪事》,本身就是对浙派宗宋诗学风尚的发扬光大。对于唐宋诗之争,他还表达过自己独到的见解,《懒园诗钞序》写道:

> 夫诗之道不可以有所穷也。诸君言为唐诗,工矣;拙者为之,得貌遗神,而唐诗穷。于是能者号之苏、黄、范、陆,时出新意,末流遂澜倒,无复绳检,而不为唐诗者又穷。物穷则变,变则通。③

表面上看,厉鹗在宗唐宗宋之间并无取舍。其实不然,他在这段话中表现出清晰的诗史观念。他认为,从诗史角度,唐诗、宋诗皆有其发展昌盛而复至衰灭的客观历程,非人为争论所能左右。对此,邵长蘅也曾说:"诗之不得不趋于宋,势也。盖宋人实学唐而能逸唐轨,大放厥词,唐人尚蕴藉,宋人喜径秀;唐人情与景涵,才为法敛,宋人无不可状之景,无不可色之情。故负奇之士,不趋宋不足以泄其纵横驰骤之气,而逞其赡博雄悍之才,故曰势也。"④ 厉鹗论唐宋诗,立足点全在"物穷则变,变则通",至于怎么"变通",他并未明言。综合考察厉鹗的创作实践及其诗学观点,他确乎走的是一条以"宗

---

① 厉鹗:《樊榭山房文集》卷三《蒋静山诗集序》。
② 厉鹗:《樊榭山房文集》卷三《叶筠客叠翠诗编序》。
③ 厉鹗:《樊榭山房文集》卷三《懒园诗钞序》。
④ 邵长蘅:《青门剩稿》卷四《研堂诗稿序》,第183页。

宋"为主，参酌唐诗，自成一家的道路。这就打破了宗唐宗宋之间人为的森严壁垒，承续并大大发展其浙派前辈的宗宋倾向，又充分认识到唐宋诗的末流各有其弊，故而"趋宋"时，并不忽视唐诗，能借鉴唐诗的成就。这样的思路可以说更加理性，更加严密，既促进了以宋诗审美特征为基础的诗学审美价值系统的建立，强调宋诗传统的特异价值，又有效地避免了偏颇，在浙派学宋的道路上，是确有其诗学贡献的。

二　群籍之精华经纬其中：更加明确地标举学问

浙派既"趋宋"、宗宋，标举学问也就成了浙派诗学理论的题中应有之义。

黄宗羲对作诗需要学问有深刻的体会，他曾说："余少学南中，一时诗人……皆授以作诗之法。如何汉魏，如何盛唐，抑扬声调之间……余时颇领崖略，妄相唱和。稍长，经历变故，每视其前作，修辞琢句，非无与古人一二相合者，然嚼蜡了无余味。……其间驴背篷底，茅店客位，酒醒梦余，不容读书之处，间括韵语，以销永漏，以破寂寥，则时有会心，然后知诗非学之而致。盖多读书，则诗不期工而自工，若学诗以求其工，则必不可得。读经史百家，则虽不见一诗而诗在其中。若只从大家之诗，章参句炼，而不通经史百家，终于僻固而狭陋耳。"① 黄氏从自己的学诗经历中，体会到学问对作诗的重要性，强调诗人的修养、胸襟和气度，而且他提倡的学问其内涵是"经史百家"，这是很值得注意的。另外，黄宗羲还在《后苇碧轩诗序》《马虞卿制义序》《高旦中墓志铭》《沈昭子耿岩草序》等文中多次谈到读书积学对于作诗的重要性，其中《马虞卿制义序》云："昔之为诗者，一生经、史、子、集之学，尽注于诗。夫经、史、子、集，何与于诗，然必如此而后工。"② 研读"经、史、子、集之学"，有益于

---

① 黄宗羲：《黄宗羲全集》第十一册《南雷诗历·题辞》，浙江古籍出版社 1985 年版，第 203 页。
② 黄宗羲：《南雷文定三集》卷三《马虞卿制义序》，《黄宗羲全集》第十册。

诗歌创作，这不仅是对前人创作现象的总结，而且体现了自己的见解与态度。

黄宗羲重学的见解在查慎行的诗学主张中进一步得到发扬，在"学"与"才"之间，他强调"学"。他曾说："诗关学不学，岂系才不才？"① 把"才"排斥在作诗之外，显然失于片面化，但亦可见他对作诗须积"学"的重视程度了。查慎行主张以学问养诗力，他道"闭门更读十年书，尚冀成章附吾党"②；又言"向来正得读书力，闭门万卷曾沉酣"，"搜奇抉险富诗料，然后所向无矛铁"。查慎行还反复强调学问对作诗的重要性，如"天资必从学力到，拱把桐梓视培养"；"向来风骚流，泛滥无津涯"③。可见，他认为作诗不但需要"学力"，而且需要"无津涯"的博学，这与宋代诗学精神是相通的。然而查慎行的诗学追求在对待学问这一点上也有矛盾之处，由于他作诗重白描，故而又说："插架徒然万卷余，只图遮眼不翻书。诗成亦用白描法，免教人讥獭祭鱼。"④ 具体到诗歌创作的层面，又排斥学问。诗兴到来时，纵然插架万卷也"徒然"，正暴露了这位浙派重要过渡性人物诗学主张的不彻底性。要消除这种不彻底性，真正确立浙派诗学体系的学问观，当有待于后来的厉鹗等人。厉鹗作为一位学者，著有《宋诗纪事》《南宋院画录》《辽史拾遗》等，精熟宋代史地及各种笔记、小说文献，因而他的诗学重视学问更带有浓厚的以身说法的色彩。全祖望称厉鹗"于书无所不窥，所得皆用之于诗，故其诗多有异闻轶事，为人所不及知"⑤，足见读书积学对于厉鹗诗歌创作的影响。厉鹗在《绿杉野屋集序》中集中表达了他作诗重学的观点：

　　少陵之自述曰："读书破万卷，下笔如有神。"诗至少陵止

---

① 查慎行：《敬业堂诗集》卷四十《题陈季方诗册》。
② 查慎行：《敬业堂诗集》卷十一《酬别许旸谷》。
③ 查慎行：《敬业堂诗集》卷十四《三月十七夜与恒斋月下论诗》。
④ 查慎行：《敬业堂诗集》卷三《东木与楚望叠鱼字凡七章》其二。
⑤ 全祖望：《鲒埼亭集》卷二十《厉樊榭墓碣铭》。

矣，而其得力处，乃在读万卷书，且读而能破致之，盖即陆天随所云"铢铢波涛，穿穴险固，囚锁怪异，破碎阵敌，卒造平淡而后已"者，前后作者，若出一拱。故有读书而不能诗，未有能诗而不读书。……夫粘，屋材也；书，诗材也。屋材富，而寀庮桴桷，施之无所不宜；诗材富，而意以为匠，神以为斤，则大篇短章均擅其胜。①

这里，作者至少表达了这样几个重要观点：一是从侧面进一步揭示宗唐宗宋不能强加轩轾，杜甫是唐诗的代表作家，又是宋诗之祖，更何况杜甫也高度重视学问，这与前述厉鹗论唐宋诗"物穷则变，变则通"的观点相契合。二是正面表明"书"（也就是学问）作为诗材的重要性，就像"寀庮桴桷"等建筑材料对造屋子的重要作用一样。三是如何使用材料。作诗对学问的处置，要像匠人运"斤（斧）"一样，以"意"统之，以"神"驭之，创造出"大篇短章均擅其胜"的诗章来。由此可以看到，浙派先驱黄宗羲、查慎行等只是单纯地强调学问对作诗的重要性，而厉鹗超越了这一点。

厉鹗不只强调学问对作诗的极端重要性，没有学问就无法作诗，就像没有建筑材料就无法盖房子一样，而且他就学问与宗唐宗宋的关系、学问的运用等都做了系统而有层次的论析，表现了其诗论对浙派诗学体系的重构品质。另外，厉鹗在学问的内涵范围上也大大扩展。黄宗羲强调的学问是"经史百家"，查慎行虽未明言，但他是治《周易》的专家，学问的内容大概也不出"经史"的范围。另一位对浙派诗学理论有较大影响的浙人朱彝尊也重视学问，其学问的范围也是"经史"②。而厉鹗在《汪积山先生遗集序》中称赞友人之诗"群籍之精华经纬其中"。可见，他与浙派先辈在学问的范围上表现出相当大的差异，由"经史百家"到"群籍"，不仅表现出诗材范围的扩大，而且是浙派诗学理论体系重构中发生质变的一个重大信号。这一变化

① 厉鹗：《樊榭山房文集》卷三《绿杉野屋集序》。
② 朱彝尊在《斋中读书十二首》之十一中有"诗篇虽小技，其源本经史"之句，见《曝书亭诗集》卷二十一。

有时代的因素，也有诗人自觉追求的因素。究其实，"经史百家"很能让人立即想起"诗言志"这样一个诗教传统，但是，作诗对以"经史百家"为范畴的学问的重视，即使对黄宗羲、朱彝尊、查慎行三人来说，意义也各不相同。黄宗羲是明遗民，抱兴亡之感以提倡宋诗，尤其是宋末遗民诗，强调"经史百家"式的学问，所"言"之"志"带有明显的伦理意味；查慎行、朱彝尊则在人生后期均为天子近臣，入值南书房，他们强调的"诗言志"则或多或少、或违心或自觉，都带有教化帮闲的色彩。而厉鹗提出的"群籍"是一个泛化、中性、不带任何倾向的学问概念。在雍、乾时期，诗人的归属不是附和王朝，就是隐于山野，没有第三条路可走，前者的代表是沈德潜，而性格"不谐于俗"的厉鹗等浙派诸人正好可为后者之典型。故从"经史"到"群籍"的微妙变化，正表明了正宗浙派在野化的本来面目：不只是诗学体系的异变重建，而是人格精神的山林化倾向。后者是根本，前者只不过是表现而已。

与重视学问相表里，黄宗羲极其强调性情，与倡导学问限于"经史百家"相协调，其"性情"所指也有强烈的儒家伦理色彩。关心社会治乱，提倡经世实学，是清初学术的共同点，黄宗羲诗学显受其影响。如前所述，他又将"性情之至"分为"一时之性情"和"万古之性情"，而符合儒家诗教规范的性情才称得上"万古之性情"，这些都是时代特征在诗学上的折射。而到了雍、乾时代，在浙派代表厉鹗那里，这种面对时代兴亡、时世治乱的"性情"开始急遽"内转"，转而关注表现自我的清高操守和耿介品性。时代既已不容诗人建功立业，而只有一味顺从奴化，诗歌题材、诗情意绪不妨向表现自我方面开拓。厉鹗就说诗应"清恬粹雅，吐自胸臆"①，表现真性情；又说"夫诗，性情中事也"②。然而真性情所指又何在呢？他在《樊榭山房集·自序》中说："……譬之山谣村笛，虽无当于钟吕之响，而向来所阅闲居羁旅、恬愉忧悴，历历在

---

① 厉鹗：《樊榭山房文集》卷三《汪积山先生遗集序》。
② 厉鹗：《樊榭山房文集》卷三《叶筼客叠翠诗编序》。

目,每一开视,聊以省忆生平,窃亦自珍自疑。"① 而在《张今涪红螺词序》中,也有相似论点:"仆少时索居湖山,抱侘傺之悲,每当初莺新雁,望远怀人,罗绮如云,芳菲似雪,辄不自已,仁兴为之(指作词)。"② 虽讲作词,但精神与诗学相通。厉鹗所讲的"性情"内涵与黄宗羲等人大不相同,主要指个人身世遭际、"侘傺"之悲,视角是内化的情感、内蕴的情绪。这一点,在中期浙派诸人中也是具有典型意义的。

正是在厉鹗等人的大力倡导下,浙派中期的核心人物杭世骏竟然在理论上严格区分"诗人之诗"与"学人之诗",明确标举"学人之诗",形成了诗与学兼擅的突出特点。其《沈沃田诗序》云:

> 诗缘情而易工,学征实而难假。今天下称诗者什之九,俯首而孜孜于学者,什曾不得一焉。……《三百篇》之中,有诗人之诗,有学人之诗。何谓学人?其在于商,则正考父;其在于周,则周公、召康公、伊吉甫;其在于鲁,则史克、公子奚斯。之二圣四贤者,岂尝以诗自见哉?学裕于己,运逢其会,雍容揄扬,而雅颂以作,经纬万端,和会邦国,如此其严且重也。后人渐昧斯义,勇于为诗,而惮于为学,思义单狭,辞语陈因,不得不出于稗贩剽窃之一途,前者方炽,后随朽落。…… 余特以"学"之一字立诗之干,而正天下言诗者之趋,而世莫宗也。③

杭世骏认为,《诗经》中就有"诗人之诗"和"学人之诗",但在叙述中显然更偏重于强调"学人之诗"。他将"学"立为诗之"干",看作作诗的根本,倡导诗人努力向学。在他看来,诗人必须"学裕于己",才能写出雍容厚重的好诗来。另外,杭世骏还在《郑筠谷诗钞序》《郑荔乡蔗尾集序》等文中对"学人之诗",以及诗人如何努力增长学问、如何以学养诗等进行了大量翔实的论述,使浙派

---

① 厉鹗:《樊榭山房文集》卷四《樊榭山房集·自序》。
② 厉鹗:《樊榭山房文集》卷四《张今涪红螺词序》。
③ 杭世骏:《道古堂文集》卷十《沈沃田诗序》,第296页。

诗人对学问的言说更加具体化。

三　清思眇冥，松寒水洁：确立诗歌清寒论

"清"是中国古典诗学理论中一个源远流长的美学范畴①。如果说曹丕的"清浊"论尚指文之大体风格，刘义庆《世说新语》对"清"概念的大量使用，均不限于诗一体；那么，"清"在谢灵运的山水诗中超乎寻常地使用，所侧重表现的，则是一种脱俗超凡之美。此后，刘勰《文心雕龙》、钟嵘《诗品》、高仲武《中兴间气集》、司空图《诗品》等遂将"清"这一美学概念衍化成一个深厚的美学传统。到了明代，作为古典诗学集大成者的胡应麟也在其《诗教》中阐释了"清"的概念；明末的钟惺更提出"诗，清物也"的观点②，推崇的是一种清雅逸致、绝尘离俗的诗美境界。到了清初浙派，诗歌"清"论几成绝响。唯有通过参编《宋诗钞》的浙派前驱诗人吴之振《长留集序》可窥一鳞半爪。在这篇序中，吴氏首先对王士禛"神韵"一派作了尖锐批评，然后说："读孔东塘员外、刘在园观察两公传稿，无非以当前景、实在事、委婉之心情、活泼之物理，浩歌微吟，随体裁制。清不涉空，真不涉俗，气动而发，意尽而止。"③ 吴之振称刘、孔二人诗"清"而不"空"是"清"这一审美传统与厉鹗大张旗鼓地确立诗歌清寒论相承接的一线"绝脉"，实不可轻视。

厉鹗的诗歌清寒论，是其对浙派诗学体系重建的极具特色的一个方面，其形成主要来源于他的独特的生活经历及人格精神、美学追求。如果说作诗重学问、融学于诗代表了学宋一派的共性的话，清寒论则凸显出厉鹗诗学主张的个性，也代表了浙派正式形成阶段的重要特色。厉鹗关于这方面的见解主要集中在以下两段论述中：

---

① 可参见蒋寅先生《清诗美学的核心范畴》一文的相关论述，见蒋寅《古典诗学的现代阐释》，中华书局 2003 年版。

② 钟惺：《隐秀轩集》卷十七《简远堂近诗序》，上海古籍出版社 1992 年版。

③ 刘廷玑、孔尚任：《长留集》，海王村古籍丛刊影印本，中国书店 1991 年版。

　　大抵诗之号清绝者，因乎迹以称心易，超乎迹以写心难。……昔吉甫作颂，其自评则曰：“穆如清风。”晋人论诗，辄标举此语，以为微眇。唐僧齐已则曰：“乾坤有清气，散入诗人脾。”盖自庙廊风谕以及山泽之臞所吟谣，未有不至于清而可以言诗者，亦未有不本乎性情而可以言清者。①

　　集中诗大都皆彫年急景，冰雪峥嵘，触于怀而托于音者也。初出以示予，标其首曰“销寒”，予献疑曰：“气之游者寒则敛，景之蒙者寒则清，材之柔者寒则坚。其在人也，寒女有机丝，人赖其用；寒士有特操，世资其道。寒亦何可竟销耶？况《复》之一阳，《临》之二阳，当顽阴凛冽之际，大块之生意萌兆于下，寒亦何必遽销耶？”②

　　“清”“寒”在意义上接近，所不同者仅在程度。二者的内涵主要是：诗人首先将诗风与诗心紧密联系。厉鹗一生憔悴失意，不谐于俗。“其人孤瘦枯寒，于世事绝不谙，又卞急不能随人曲折，率意而行，毕生以觅句为自得。”他三十岁之前坐馆于汪沆家五年，而三十岁以后大部分时间生活在“扬州二马”小玲珑山馆，晚年又曾与天津水西庄查氏兄弟有密切交往，这种长期坐馆的经历以及少年时代差点“寄于僧寮”的记忆，都使他形成了一种深刻的“寒士心态”，独特的生活经历又使他的性格“畸化”，变得异常孤傲、清高。这份孤傲、清高又来自于他的才学以及在当时诗坛的宗主地位。厉鹗生活的时代，正好是性灵派崛起之前，“南朱北王”“南施北宋”及“南查北赵”之后。当时，赵执信虽在世，但属前辈诗人，与厉鹗并无可比性，所以造成“有韵之文莫如樊榭”③ 的诗坛格局。这些对厉鹗诗学观的形成都具有深刻影响，难怪他有“寒士有特操，世资其道”之语。事实上厉鹗的“特操”不仅是个性人品使然，而且体现在具体行动上。通读厉鹗《樊榭山房集》中的一千多首诗，其中没有一首

---

① 厉鹗：《樊榭山房文集》卷三《双清阁诗集序》。
② 厉鹗：《樊榭山房文集》卷三《余苕村诗集序》。
③ 全祖望：《鲒埼亭集》卷二十《厉樊榭墓竭铭》。

干谒诗。他一生不踏权贵户限，尽管与他交游的友人中，也不乏仕途通达者，但他都不卑不亢，持守着"寒士"心灵中的"峥嵘"，维护着在野"寒士"的特操。正因为厉鹗秉持着"寒士"操守，所以论诗时才自然而然地生发出清寒之论。由此出发，他大力表彰那些"清操寒士"的诗作：

> 圣几赋性幽淡，迥出流俗，见干进改错辈，视如腥腐……故其为诗，澄汰众虑，清思眇冥，松寒水洁，不可近睨。①

符圣几是他的诗弟子，也是一位短命且苦命的诗人："起孤生，克自淬厉于学，不幸年三十三，积病不愈以段。"②出身经历几与厉鹗同。可见他表彰这些"寒士"诗人是颇为自觉的。

又如他记载诗友程文石：

> （文石）迫于贫，无以养母，转客四方。……所资以为客者，亦在于诗，然得意之作，文石不肯轻以示人也。……今读其诗，天机所到，自然流露，如霜下之钟，风前之籁，应气则鸣，初无旬锻月炼之苦，而达生遗物，能使人忘去荣悴得丧所在。然后知文石之诗之进乎道，向之以诗人求文石，犹浅之乎言诗矣。③

程文石乃又一位贫病交加的"同道"之人。大略可依一个人为谁不为谁作序来判断其归类和轩轾。另外，"清""寒"本身的内在要求是拒熟避俗，这一点也是诗人坚守"寒士"的"峥嵘"的必然结果。很明显，在这方面厉鹗继承了宋代黄庭坚的诗学主张。同时，康、雍、乾时期接二连三的文字狱也是这种诗风的促成因素。清初大量的文字狱案的打击对象多为浙人，诸如庄廷鑨《明史》案，汪景棋《西征随笔》案，查嗣庭日记案，吕留良《文选》案等，牵连杀戮动辄数

---

① 厉鹗：《樊榭山房文集》卷三《秋声馆吟稿序》。
② 同上。
③ 厉鹗：《樊榭山房文集》卷三《程文石诗序》。

百人。这些残酷的狱案迫使士人只能选择两条路：要想追求仕途的成功，必须奴化自己，为皇朝粉饰太平；拒绝走仕途之路，则只有隐于山林，缄口政治，以此保持自己的清操以厉鹗的人品天性，只能选择第二条路。与厉鹗形成鲜明对照的是沈德潜，他不但选择了前一条道路，而且"如鱼得水"。由此可见，厉、沈之间的分歧不在于作诗方法技巧的不同，诗学传统的相异，而在于两种人生道路、两种诗学精神的对立。事实上，厉鹗对沈氏的道路也颇不屑："往时东南人士，几以诗为穷家具。遇有从事声韵者，父兄师友必相戒，以为不可染指，不唯于举场之文有所窒碍，而转喉刺舌，又若诗之大足为人累。及见夫以诗获遇者，方且峨冠纤绅，回翔于清切之地，则又群然曰：'诗不可不学。'"① 可见当时风气何等庸俗！学不学诗与学何样诗，均以"遇"与"不遇"为标准，而"峨冠纤绅，回翔于清切之地"的沈德潜之流成了世俗社会人们眼中成功的典范、取法的对象。沈德潜诗歌创作成就的高下不属本文讨论的范围，但其所获得的"成就"是由于他的诗学宗旨与皇朝统治取得一致以及其人品的驯服，却是不争的事实。上引厉鹗的这段文字不仅表明了他拒绝庸俗的诗学立场，而且在轻松的叙说中极尽揶揄！在《余苕村诗集序》中，厉鹗又对这些性格"奴化"的文士进行了辛辣的讽刺：

> 如果以忍寒可矣，奚至效小儿女，骨脆不能凌吹，亟俟煦和。②

在鄙夷这些奴化人格与庸俗诗风的同时，厉鹗称赞了等待大地回春的"忍寒"意志，肯定了坚强不屈的疏离心态。以厉鹗为代表的浙派提倡"清""寒"的诗风以及人格追求，大约半个世纪之后，在杰出的浙西诗人龚自珍的诗中得到一定程度的体现，绝非历史的巧合。厉鹗诗歌清寒论的最终确立，是浙派诗学理论体系成熟的最显著

---

① 厉鹗：《樊榭山房文集》卷三《叶筠客叠翠诗编序》。
② 厉鹗：《樊榭山房文集》卷三《余苕村诗集序》。

标志。在清寒论指导下的诗歌创作，真正代表了浙派诗的独特风貌，从而也体现了厉鹗对浙派诗学系统重建的贡献。

谈到浙派诗论，尚有一人不可不提，这个人就是钱载。浙派发展到后期，其代表人物钱载、金德瑛等人的诗学观，实际上已趋变异，且与前期代表查慎行等人在个人经历上出现隔代共鸣。一方面官高位重，与典型浙派的田园风调大相径庭；另一方面虽馆阁气息浓重，但在创作上又不甘平庸，不断谋求创新。总的来说，从人到诗，都非正宗浙派气象。表现在诗论上，有两点可堪关注。一是虽仍强调学问，但钱载本人系名画家，学问中济之以书画之气，回避琐碎考证式的"学人之诗"，表现出学、才、情的结合。二是继承黄庭坚诗的生硬风格，也体现出韩愈以文为诗的特点。选词造语力求创新但生僻典故不多，且理俗用语甚为普遍，这与厉鹗大异其趣，因而显示出若干活力，即洪亮吉所谓"宗伯（载）之诗精深"①。同时，正由于他们对传统浙派的变异是如此巨大，以至于另立一支，形成"秀水派"。秀水诗人汪孟鋗有诗道：

> 诗学兴吾党，寻微为指蒙。
> 专家开手眼，异境拓心胸。
> 酝酿谁窥里，波澜独障东。
> 有来上下古，抚撑气如虹！②

这种观点代表了当时秀水派的公论。秀水派虽为浙派异化后的另一支，但诗学基本观点受厉鹗影响，则毫无疑问。

总之，厉鹗作为浙派发展成熟阶段的代表人物，他的诗学理论对前代浙派诗学观在"因""变""创"以及诗歌创作实践中进行了一系列的继承、发展、深化，再到整合、重构，既保持着浙派诗学系统的连贯性，又体现出明显的发展性和鲜明的方向性。具体说，"因"

---

① 洪亮吉：《北江诗话》卷四，见洪亮吉《洪亮吉集》第五册，刘德权点校，中华书局 2001 年版。

② 汪孟鋗：《厚石斋诗卷》卷九《赠捧石》其二，嘉庆刻本。

的内容就是重学问；"变"的内容是变以唐论宋（黄宗羲）、唐宋互参（查慎行）为以宋为主、参酌唐诗；"创"的内容是确立诗歌清寒论，以实现成一家之诗的"方向性"。同时，在"因"中又有"变"，虽重学问，但"经史"与"群籍"的差别涵盖了异常复杂的人格内容和精神追求，堪称精微；"变"中又有"因"，从黄宗羲到查慎行再到厉鹗，诗歌学宋的倾向越来越明显，越来越得到强化，在强化的过程中，表现为一脉相承和发展变化。而诗歌清寒论这一最能代表典型的浙派诗学追求的论点又是在"因"和"变"的交互作用中形成的，其本身又包含着"因"和"变"的因素。对传统"清"的审美范畴来说是"因"，也就是继承和发展，对吴之振所承传的"清"的一线"绝脉"来说又是"变"，也就是强化和超越。更为重要的是，诗歌清寒论是诗学和诗心的融合，而非简单的叠加，没有人格本身和时代氛围的因素，浙派的诗学就成了无源之水、无本之木。所以，完全可以说，浙派的诗学体系和诗歌创作是其人格精神的升华和回归，不了解这一点，就无法把握浙派诗学体系的实质。不难看出，厉鹗以其特有的人格精神和诗学实践，总结浙派诸先驱的诗学主张，通过"因""变""创"的努力，构建了以宗宋为前提、重学为途径、追求诗歌"清寒"为最高境界的三位一体的完整的浙派理论体系，其人不愧为浙派出色的诗学理论家和杰出的诗学实践者。

（与张兵合作，刊于《文学遗产》2007 年第 1 期）

厉鹗与浙西词派词学理论的建构

在清代词学复兴的大背景下，众多地域性词学流派与词人群体竞相涌现。这些词派和词人群体均以自己鲜明的词学主张与理论特色共同促进了清词创作的繁荣和清代词学理论的兴盛。其中，浙西词派是清代词史上延续时间最长、人数最多、最有创作实绩、理论上最有建树的词派之一。从被公认的词派初祖曹溶发其端，经过词派的创始人朱彝尊，到中期宗匠厉鹗，再到后期代表吴锡麒、郭麐等人，一直延续了一百多年，实为清代前中期词坛之主盟①。这一词派成员众多，在清初就有著名的"浙西六家"，中后期成员更多，至于受浙西词风影响的词人更是不计其数。浙西词派之所以能在当时和后世产生如此重大的影响，主要原因就在于这个词派对词学理论和词派自身建设均极为自觉。浙西词派的词学理论不但极具系统性，而且富有层次性，同时在词学主张的各要素之间又具有有机的联系。这些有主有次的词学要素共同组成一个较为严密的理论体系，再加上浙西词人富有成就的词创作实践，浙西词派在清词史上产生如此重大的影响当不足为怪。在浙西词派发展史上，厉鹗是一位具有承前启后意义的理论家和实践家。在他手中，浙西词派的词学理论体系更趋严密，词派建设意识更为自觉，创作内容更加丰富，词艺也更为精湛。厉鹗对浙西词派词学理论的建构功不可没，诚如前人所评，浙西词派由"竹垞（朱彝尊）开其端，樊榭振其绪，频伽（郭麐）畅其风"②。本文拟从浙西词

---

① 参见严迪昌在《清词史》中之相关论述。

② 蒋复敦：《芬陀利室词话》卷二，《词话丛编》本，中华书局1986年版。

派发展史上初、中、晚三个阶段词学理论所呈现的不同要素与特征的比较分析中，凸显厉鹗词学主张的基本特点，并肯定其在浙西词派词学理论建构中的功绩。

一　厉鹗引领浙西词派

与清代词学昌盛的局面相较而言，明代词风不振。不仅专心于词的作者不多，创作数量偏少，而且创作质量不高，普遍存在的问题是浅俗、浮艳、不合词律，题材内容也过于狭窄。在清词中兴的大潮中，不少作家开始反思明代词学。浙西词人也正是在对明代词学的反思中走上词坛的。被认为是浙西词派初祖的曹溶在《碧巢词》所附评语中说："诗余起于唐人而盛于北宋，诸名家皆以春容大雅出之，故方幅不入于诗，轻俗不流于曲，此填词之祖也。……元明以来，竞工鄙俚，故虽以高、杨诸名手为之，而亦间坠时趋。"①崇雅反俗，矛头直指元明词风，甚至认为高启、杨慎诸人亦难免流俗。在《古今词话序》中他还倡导"当行种草，本色真乘"②，追求当行本色的审美理想。曹溶于词学，论述不多，自非独树一帜的词论家，但其对雅正的倡导和婉约词风的提倡，开浙西词人崇雅之先声，已奠定了浙西词派词学理论的主调。论词倡雅正，本是南宋以来的一个词学传统，张炎在《词源》中就说："词欲雅而正。"但曹溶崇雅正，却有转移词坛风气的作用，具有很强的现实意义，所以朱彝尊在谈到曹溶对浙西词派形成的历史贡献时即言："数十年来，浙西填词者，家白石而户玉田，春容大雅，风气之变，实由先生。"③ 对雅正的推崇，到浙西词派创始人朱彝尊，更将其倡导为整个词派最为核心的词学论点，而且理论针对性更强。首先，朱彝尊与曹溶一样，对明词有一个基本的认识："夫词自宋、元以后，明三百年无擅场者。排之以硬语，每与调

---

① 《碧巢词》附曹溶评语，载于聂先、曾王孙辑《百名家词钞》，清康熙绿荫堂刊本。
② 沈雄：《古今词话》，《词话丛编》本，中华书局 1986 年版。
③ 朱彝尊：《静惕堂词序》，见曹溶《静惕堂词》，《清名家词》本，上海书店 1982 年版。

乖；窜之以新腔，难与谱合。"① 其次，他在谈到词时曾反复强调"雅""醇雅"，认为"昔贤论词必出于雅正"②，"词以雅为尚"，"填词最雅无过石帚"③；在评沈尔璟《月团词》时又说："绮而不伤雕绘，艳而不伤淳雅。"④ 朱彝尊把作词"雅"的要求提到了一个无以复加的程度，就是为了达到反拨明词"陈言秽语，俗气熏入骨髓""间有硬语""与乐章未谐"等俗陋词风和重振"醇雅"词统的目的，可谓一石二鸟。与朱彝尊合编《词综》的汪森也说："鄱阳姜夔出，字酌句练，归于淳雅。"⑤ 尽管着眼点在炼字炼句、协音合律等语言形式方面，其目的仍是为倡导淳雅词风。另外，浙西词派还有一个传统，就是在词学建构上极其自觉，词派目的也甚为明确，具体表现为"明体致用"和"一体两用"。要明之"体"则为"醇雅"或"雅"，这是浙西词派的词学建设的基础。而其要"致"的"两用"，一是按照淳雅的要求树立词的创作榜样，一是根据淳雅的标准精选词集，以标示创作典范。"两用"与"一体"相互配合，形成一个层次感强、表里清晰的理论结构。关于"两用"，为清眉目，分述如下。

（一）创作榜样：姜夔、张炎

清人论诗严唐宋之辨，论词则明北宋、南宋之分。朱彝尊为倡"醇雅"理论，明确提出"小令宜师北宋，慢词宜师南宋"⑥的主张。他说："窃谓南唐北宋，惟小令为工，若慢词至南宋始极其变。"⑦ 又称："世人言词，必称北宋，然词至南宋始极其工，至宋季而始极其变。"⑧ 朱彝尊不仅提倡小令、慢词分而学之，而且从词史发展演变的角度充分肯定南宋词。他还明确指出学南宋词应效仿的榜样是姜夔、

---

① 朱彝尊：《曝书亭集》卷四十《水村琴趣序》，四部丛刊本。

② 朱彝尊：《曝书亭集》卷四十《群雅集序》，四部丛刊本。

③ 朱彝尊：《词综发凡》，见朱彝尊、汪森编选《词综》，上海古籍出版社1978年版。

④ 沈雄：《古今词话·词评》卷下，中华书局《词话丛编》本。

⑤ 汪森：《词综序》，见朱彝尊、汪森编选《词综》，上海古籍出版社1978年版。

⑥ 朱彝尊：《曝书亭集》卷四十《鱼计庄词序》，四部丛刊本。

⑦ 朱彝尊：《曝书亭集》卷四十三《书东田词卷后》，四部丛刊本。

⑧ 朱彝尊：《词综发凡》，见朱彝尊、汪森编选《词综》，上海古籍出版社1978年版。

张炎。他说："词莫善于姜夔，宗之者张辑、卢祖皋、史达祖、吴文英、蒋捷、王沂孙、张炎、周密、陈允平、张翥、杨基，皆具夔之一体。"① 这就为浙西词派开出了一张代表淳雅词风的名单。朱彝尊还认为他自己的词风与张炎接近："不师秦七，不师黄九，倚新声、玉田差近。"② 从此以后，姜、张成了浙西词派词人效仿的典范。不难看出，在朱彝尊所列淳雅词人的"名单"里，包括张炎在内有不少人是浙人。尽管如此，从朱彝尊的词学言论可知，他从史的联系和词学宗尚的相近两方面明确和完善了浙西词派的概念。他只有自觉的词派意识，而无宗派思想。但龚翔麟选《浙西六家词》，正式打出浙西词派的旗号，使得浙西词派作为一个地域性词派的特征和宗派特点得以显现和强化，也使浙西词派具有流派的明确性和凝聚力。

（二）编选《词综》，严斥《草堂诗余》

在朱彝尊看来，明词之所以衰落是受了南宋书坊编辑的词选《草堂诗余》的影响。所以，他与汪森编选《词综》，目的正是为了消除《草堂诗余》对清初词坛的不良影响，为词学"醇雅"进一步铺平道路。朱彝尊云：

> 古词选本，若《家宴集》《谪仙集》《兰畹集》《复雅歌辞》《类分乐章》《群公诗余后编》《五十大曲》《万曲类编》及草窗周氏选，皆轶不传，独《草堂诗余》所收最下最传，三百年来，学者守为兔园册，无惑乎词之不振也。③

又批评道："填词最雅无过石帚，《草堂诗余》不登其只字，……可谓无目者也。"④ 他还认为："词人之作，自《草堂诗余》盛行，屏

---

① 朱彝尊：《曝书亭集》卷四十《黑蝶斋词序》，四部丛刊本。
② 朱彝尊：《解佩令·自题词集》，《曝书亭词》，上海书店《清名家词》本。
③ 朱彝尊：《词综发凡》，见朱彝尊、汪森选《词综》，上海古籍出版社1978年版。
④ 同上。

去《激楚》《阳阿》，而巴人之唱齐进矣。"① 对《草堂诗余》，汪森《词综序》也表达了与朱彝尊相同的看法。可见，在朱彝尊等浙西词派前期代表人物心目中，明词之不振就是"醇雅"词风之不振，对《草堂诗余》的批评就是对清初词风的扭转。而正是在朱彝尊等人的大力批评下，随着《词综》的刊刻与流布，清初词风为之一变。

王昶说："国朝词人辈出，其始犹沿明之旧，及竹垞太史甄选《词综》，斥淫哇，删浮伪，取宋季姜夔、张炎诸词以为规范，由是江浙词人继之，扶轮承盖，蔚然跻于南宋之盛。"② 郭麐也说："《草堂诗余》，玉石杂糅，芜陋特甚，近皆知厌弃之矣。"然竹垞之论未出之前，诸家皆沿其习，故《词综》刻成，喜而成词曰："从今不按，旧日《草堂》句。"③《词综》出现的价值也正在此。

除了崇"醇雅"和宗姜、张之外，以朱彝尊为代表的浙西词派前期词人论词还有两大要素值得关注。一是"尊词体"。清词"尊体"是一种较为普遍的现象，但"尊体"观念的确立也有赖于当时最高统治者的明确提倡，康熙皇帝于康熙四十六年（1707）为《历代诗余》作御序，将词看作是与诗文同样的正统文体，这一信号对清人普遍推尊词体产生了直接影响。对于"尊体"观念，朱彝尊虽有流露但不明确，他的合作者汪森有着明确的表述。汪森道："古诗之于乐府，近体之于词，分镳并骋，非有先后，谓诗降为词，以词为诗之余，殆非通论矣。"④ 汪氏认为词作为长短句，上接古诗、乐府。把诗词视为平等的体裁，也就是尊词体。实际上，"尊体"与"醇雅"直接相关，体既尊，则格就高，自然也就雅了。二是倡言寄托，对此，朱彝尊说：

　　词虽小技，昔之通儒巨公往往为之，盖有诗所难言者，委曲倚之于声，其辞愈微而其旨愈远。善言词者，假闺房儿女子之言，

① 朱彝尊：《曝书亭集》卷四十三《书绝妙好词后》，四部丛刊本。
② 王昶：《春融堂集》卷四十一《姚莲汀词雅序》，清嘉庆十二年塾南书屋合刊本。
③ 郭麐：《灵芬馆词话》卷一《草堂诗余》，中华书局《词话丛编》本。
④ 汪森：《词综序》，见朱彝尊、汪森编选《词综》，上海古籍出版社1978年版。

通之于《离骚》变雅之义，此尤不得志于时者所宜寄情焉耳。①

尽管他还认为词为"小技"，但明确表示词可以和诗骚一样，以"微言"表"大意"。与此观点相联系，朱彝尊很看重咏物词。他于康熙十八年（1679）将南宋末年王沂孙、周密等词人咏物词集《乐府补题》携带至京即是一证。其《乐府补题序》云："诵其词可以观志意所存，虽有山林友朋之娱，而身世之感，别有凄然言外者，其骚人《橘颂》之遗音乎。"② 仍然强调的是词作的寄托之义。当然，随着个人身份地位的变化和时势的变迁，朱彝尊的词学思想前后期有不一致之处。他对寄托的认识范围和强调程度也不一样。

浙西词派的词学理论尽管在前期已形成了较为完整的框架，但由于作为宗主的朱彝尊生活经历和思想的复杂性，因而在词学主张上常表现出一种游移不定。这种游移不定到中期宗匠厉鹗时方被彻底消除，表现出纯粹化和稳定性的特点，但毋庸讳言，这种理论的纯粹性和稳定性也是浙西词派词学理论被推向极端化的一种表现。

二　补充与深化浙西词派理论体系

厉鹗生前曾自言"诗不可以无体，而不当有派"③，但从论词文字看，他不仅在理论上较为自觉，而且有很强的词派意识。他不仅于雍正十年（1732）写出了系统性极强的《论词绝句十二首》，而且在《群雅词集序》《红兰阁词序》《张今涪红螺词序》《吴尺凫玲珑帘词序》和《陆南香白蕉词序》等词序中集中明确阐述了自己的词学主张。厉鹗继承了浙西词派前辈的主要词学观点，并对朱彝尊等人的词学体系进一步丰富、明确和深化，体现出明显的发展轨迹，在浙西词派的词学系统构建上建树颇丰。

---

① 朱彝尊：《曝书亭集》卷四十《陈纬云红盐词序》，四部丛刊本。
② 朱彝尊：《曝书亭集》卷三十六《乐府补题序》，四部丛刊本。
③ 厉鹗：《樊榭山房文集》卷三《查莲坡蔗塘未定稿序》。

（一）探词源，论词史，尊词体

对于词产生渊源的追溯、词发展历程的探讨和词体的推尊，在清代一些词论家的词学理论中多有涉及。厉鹗作为浙西词派巨子，首先高度重视词在文体中的地位，探讨词源，推尊词体。其《论词绝句十二首》（以下简称《绝句》）第一首即开宗明义：

> 美人香草本《离骚》，俎豆青莲尚未遥。
> 颇爱《花间》肠断句，夜船吹笛雨潇潇。①

厉鹗不仅把词源溯至盛唐李白，而且认为词的创作精神应上推至《离骚》。不管李白是否创作了尚存争议的《菩萨蛮·平林漠漠烟如织》《忆秦娥·箫声咽》等词，也不管作为后起的词，与《离骚》是否有直接的关系，作者的着眼点和旨归是词完全可以和《离骚》一样，言"香草美人"之志，也可以出自像李白这样的大诗人之手，这就使词和向来被认为是"小道""末技"的观念划清了界限。厉鹗除了把词与《离骚》相提之外，还把词与《诗经》《乐府》相联系：

> 词源于《乐府》，《乐府》源于《诗》。四《诗》大小《雅》之材，合百有五。材之雅者，《风》之所由美，《颂》之所由成。由诗而乐府而词，必企夫雅之一言，而可以卓然自命为作者，故曾端伯选词，名《乐府雅词》，周公谨善为词，题其堂曰志雅。②

众所周知，《诗经》是儒家经典之一，厉鹗却从词的风格入手，上溯《诗经》《乐府》，认为词与《诗经》《乐府》是同源的文体，也就充分肯定了词的文体地位。《绝句》其三云："鬼语分明爱赏多，小山小令擅清歌。世间不少分襟处，月细风尖唤奈何。"据《邵氏闻

---

① 厉鹗：《樊榭山房诗词集》卷七，《论词绝句十二首》其一。
② 厉鹗：《樊榭山房文集》卷四《群雅词集序》。

见后录》卷十九载："伊川闻诵晏叔原'梦魂惯得无拘谨，又踏杨花过谢桥'长短句，笑曰：'鬼语也'。意亦赏之。"厉鹗特意举出道学家邵雍欣赏晏几道词的例子，显然是在推尊词体。"唤奈何"，《世说新语·任诞》云："桓子野每闻清歌，辄唤奈何。"诗中又引晏几道《蝶恋花》中语"月细风尖垂柳渡，梦魂常在分襟处"，体现出他对晏几道的称赏。朱彝尊虽也尊词体，但还显得不够明确，而且在其人生的不同阶段对词的认识又犹疑不定，比如他曾说：

> 昌黎子曰："欢愉之言难工，愁苦之言易好"。斯亦善言诗矣。至于词或不然，大都欢愉之辞，工者十九，而言愁苦者十一焉耳。故诗际兵戈俶扰流离琐尾，而作者愈工。词则宜于宴嬉逸乐，以歌咏太平，此学士大夫并存焉而不废也。①

所谓"宴嬉逸乐""歌咏太平"，与传统和世俗把词视作"小道"毫无不同。厉鹗在朱彝尊、汪森之后重申和强调"尊词体"这一命题，显然具有深刻的现实意义，对浙派词学而言也是一种发展。这一观点到常州词家那里，更被明确而有力地加以肯定，周济就曾言："诗有史，词亦有史，庶乎自树一帜矣。"②可见，提高乃至确定词体地位是清代有真知灼见的词家的共识。在充分尊重词这一文学创作体式的基础上，厉鹗还对词史发展以及词派流变作了独到的论述：

> 尝以词譬之画，画家以南宗胜北宗。稼轩、后村诸人，词之北宗也；清真、白石诸人，词之南宗也。③
> 南宗词派，推吾乡周清真，婉约隐秀，律吕谐协，为倚声家所宗。自是里中之贤，若俞青松、翁五峰、张寄闲、胡苇航、范药庄、曹梅南、张玉田、仇山村诸人，皆分镳竞爽，为时所称。元时嗣响，则张贞居、凌柘轩。明瞿存斋稍为近雅，马鹤窗阑入

① 朱彝尊：《曝书亭集》卷四十《紫云词序》，四部丛刊本。
② 周济：《介存斋论词杂著》条八。
③ 厉鹗：《樊榭山房文集》卷四《张今涪红螺词序》。

俗调，一如市侩语，而清真之派微矣。本朝沈处士去矜号能词，未洗鹤窗余习，出其门者，披靡不返，赖龚侍御蘅圃起而矫之。尺凫《玲珑帘词》，盖继侍御而畅其旨者也。①

由此可见，厉鹗有着清晰而系统的词派及词史演变观念。论画分南北宗始自明末董其昌，且认为"南宗胜北宗"。这里，厉鹗以画论词，认为词正像画一样，有南北宗之分，"北宗"即所谓豪放词，以辛弃疾等人为代表，"南宗"即所谓婉约派，以姜夔等人为代表。而论及浙省一地词人，由宋至清，俨然是一部系统的地域词派发展史。事实上，浙西词派的词学取径基本上是前代浙地词人（只有姜夔是江西人），如朱彝尊之尊姜夔、张炎。厉鹗则取径稍宽，除尊姜、张外，还尊周邦彦。因此，可以说浙西词派的产生应当是这一地域性词派发展史在清代的合乎逻辑的推延。

（二）宗法周、姜、张，崇尚淳雅，辅之以清，补之以正

如前所述，朱彝尊论词虽宗姜、张，但其《词综》对周邦彦、柳永、秦观、晏几道等人的作品都广泛收录。厉鹗也尊姜夔、张，但更强调周邦彦的示范作用，如前引《吴尺凫玲珑帘词序》所谓"南宗词派，推吾乡周清真，婉约隐秀，律吕谐协，为倚声家所宗"，正是给周邦彦以特殊地位。他推崇周邦彦，并不是要尊崇北宋词，其用心仍在南宋姜、张诸人。周邦彦的浙人身份和词史地位，使厉鹗推尊周邦彦既显示出其词派建设的自觉精神和苦心孤诣，又充分考虑到词史上雅词的发展理路。显然，厉鹗首先着眼于周邦彦在词史上独特而重要的地位。陈廷焯《白雨斋词话》称周邦彦"前收苏、秦之终，复开姜、史之始"②，可谓一语中的。周邦彦既开"姜、史之始"，那么倡言尊周邦彦或周、姜同尊应该比独尊姜夔更策略，换句话说，尊周

---

① 厉鹗：《樊榭山房文集》卷四《吴尺凫玲珑帘词序》。陈廷焯：《白雨斋词话》卷一《词至美成乃有大宗》，第 3786 页。

② 陈廷焯：《白雨斋词话》卷一"词至美成乃有大宗"。唐圭璋辑：《词话丛编》（第四册），中华书局 1986 年版。

邦彦已包含了尊姜夔。这就把浙西词派的尊崇对象上溯到源头，也使人不得不承认姜、张等词人不管是浙人还是非浙人，都只是流，真正的源是浙人周邦彦。因此，厉鹗通过尊崇周邦彦，指出了浙西词派的词学走向，并将浙西词派的地域意识空前强化。这当然可视为他对浙西词派建设的有力推进，在强调词派地域性的同时，词派的宗派意识也被强化。其次，他还着眼于周邦彦在词律上的精深造诣。厉鹗除肯定清真词"律吕谐协，为倚声家所宗"外，在《绝句》之十二中也表达了他对词律的重视：

　　　　去上双声子细论，荆溪万树得专门。
　　　　欲呼南渡诸公起，韵本重雕菉斐轩。

　　此诗原注云："近时宜兴万红友《词律》严去、上二声之辨，本宋沈伯时《乐府指迷》。余曾见绍兴二年刊菉斐轩《词林要韵》一册，分东、红、帮、阳等十九韵，亦有上、去、入三声作平声者。"赞扬万树《词律》，就是对词学韵律的重视。由此可见，厉鹗推崇周邦彦，深层用意在于以周为榜样，强调词律，追求雅正。他曾于词友中精于词律、风格雅正者极力称赏，说吴尺凫"掐谱寻声，不失刌度"①；张渔川"删削靡曼，归于骚雅"②。足见厉鹗对音律的重视。同时，强调审音谨严、宫调协谐与推崇雅正、排俗拒腐在精神实质上又相当一致。从某种意义上说，遵守词律是词的"雅正"的首要要求和重要标志。这说明，以朱彝尊为领袖的浙西词派，发展到中期代表厉鹗，把更加偏重格律作为其词论主张的重要方面。厉鹗在其词论中拈出周邦彦，对浙西词派词学体系建设是一个明显的深化和推进。在尊周邦彦的前提下，厉鹗在一些序跋和《绝句》里又一再推尊姜夔，如《绝句》之五云：

　　① 厉鹗：《樊榭山房文集》卷四《吴尺凫玲珑帘词序》。
　　② 冯金伯辑：《词苑萃编》卷八，中华书局《词话丛编》本。

　　旧时月色最清妍，香影都从授简传。

　　赠与小红应不惜，赏音只有石湖仙。

　　所谓"旧时月色"，是姜夔词《暗香》的起句。《暗香》词序曰："辛亥之冬，余载雪诣石湖。止既月，授简索句，且征新声，作此两曲。石湖把玩不已，使二妓肄习之，音节谐婉，乃名之曰《暗香》《疏影》。"又据《研北杂志》卷下载："小红，顺阳公青衣也，有色艺。顺阳公之请老，姜尧章诣之。一日，授简征新声，尧章制《暗香》《疏影》两曲，公使二妓肄习之，音节清婉。尧章归吴兴，公寻以小红赠之。""石湖仙"即范成大。此词通过叙说姜夔、范成大二人的文学交往，既体现了姜夔在当时的影响，又表明了他对姜夔的爱慕。另外，厉鹗对张炎也非常推崇，如《绝句》之七云：

　　玉田秀笔溯清空，净洗花香意匠中。

　　羡杀时人唤春水，源流故自寄闲翁。

　　张炎，字玉田，父张枢，字寄闲，善音律。玉田论词有家学渊源，重音律，主清空，其《南浦·春水》词中有句云："和云流出空山，甚年年，净洗花香不了"，所以人称"张春水"。可见，厉鹗尊崇姜夔是因为他的词"最清妍"，推崇张炎是因为其词能"溯清空"，都着眼于一个"清"字，这与他词论的核心精神相通。其《红兰阁词序》云"清婉深秀"，《吴尺凫玲珑帘词序》云"婉约深秀"，《陆南香白蕉词序》云"清丽闲婉"，《群雅词集序》云"清修嗜古"，都说的是一种境淡意远、格高韵清的审美标准。他标举清空，实际上也就是追求词的"雅正"。而在《群雅词集序》中，他还集中论述了自己对"雅正"的看法：

　　词之为体，委曲啴缓，非纬之以雅，鲜有不与波俱靡，而失其正者矣。……今诸君词之工，不减小山，而所托兴，乃在感时赋物、登高送远之间。远而文，淡而秀，缠绵而不失其正，骋雅人之能事，方将凌铄周、秦，颉頏姜、史，日进焉而未有所止。研农编次都为一集，将镂版以问世，冷红词客标以"群雅"，岂非倚声家砭俗之针石哉！①

厉鹗宗尚周邦彦、姜夔，根本着眼点还是在于把他们看作"雅""正"的典型。厉鹗尊尚姜、张，这一点和朱彝尊完全相同，所以他说："寂寞湖山尔许时，近来传唱六家词。偶然燕语人无语，心折小长芦钓师"（《绝句》之十）。"六家词"，指《浙西六家词》。一生清高的厉鹗是向不轻许人的，所谓"心折"，足见他对朱彝尊的嘉许。对厉鹗来说，朱氏乃浙西词派宗主，对自己来讲属前辈人物；更重要是在词学领域，二人词学主张接近或者说主脉相同。如他们都提倡"雅"，"雅"是其词学核心，只不过厉鹗对"雅正"的追求更见强烈。事实上，厉鹗在"雅"这一浙西词派词学理论体系基核上与朱彝尊的所指内涵并不完全相同，朱彝尊侧重于"句琢字炼""咀宫含商"等语言形式方面，而厉鹗则强调"写心"，表达真情，并把人品与词品相联系，有内容因素，如他在《双清阁诗序》中对其友人闵廉风人品的称赞，即为一例。而且正如他的前辈一样，厉鹗也使用"一体二用"的"手法"，对浙西词派词学体系进行了大胆而又审慎的丰富、补充和完善。首先在"体"上辅之以"清"："清雅""清空"；补之以"正"："词……非纬之以雅，鲜有不与波俱靡，而失其正者矣，缠缠而不失其正"。其次是在"用"上进一步扩展：一是抬出周邦彦，廓清源头；二是推崇《绝妙好词》，并与查为仁为之笺，这对清雅词风的推行产生了很大作用。正是通过这些举措，浙西词派词学体系的典型面貌到厉鹗才开始充分显现。前文说过，朱彝尊、厉鹗等人既是理论家，又是实践家，二人词学主张的差异在其创作上也得到鲜明的体现。如爱情题材的词作，朱彝尊前期的《眉匠词》《茶烟阁体物集》颇多"绮语"，咏"美人"体态，这些表现恐怕在厉鹗看来有失其"正"，而厉鹗的个人感情生活也不是空白，但其词集中只

---

① 厉鹗：《樊榭山房文集》卷四《群雅词集序》。

有一首《清平乐·元夕悼亡姬》：

> 春衫泪浣。谁问春寒浅？依旧去年正月半。锦瑟华年未满。
> 重来经曲苔荒。一屏梅影凄凉。疑在小楼前后，不知何处迷藏。①

从这首词的格调看，主要表现一种哀思，态度庄重而严肃，表现出风流名士的气息，不像朱彝尊词甚至写女人的肩、臂、乳、背等。可见，厉鹗以"正"补"雅"，具有规范词的内容的作用。另外，朱彝尊一生的词学思想凡经几变，而厉鹗则极为稳定。与推尊周邦彦、姜夔，崇尚雅正相联系，厉鹗以南词为词学正宗，严抑苏轼等豪放词人，这一点也与朱彝尊不同，呈现出极端化倾向。在《绝句》之八中，厉鹗明确指出：

> 《中州乐府》鉴裁别，略仿苏黄硬语为。
> 若向词家论风雅，锦袍翻是让吴儿。

《中州乐府》是元好问所辑金人词集，收在《中州集》中，所选词大抵为苏、黄一路，其所体现之"硬语"与"风雅"相对。"锦袍"，用唐武则天衡诗赐锦袍典。武则天幸龙门，从臣赋诗。东方虬先成，赐锦袍。后宋之问诗成，武则天认为优于东方虬，更夺袍以赐。"吴儿"当指江南。这里是说以风雅词风为代表的南宋词胜于苏、黄词风影响下的金元词。在对待以苏、辛等人为代表的豪放词人的立场上，朱彝尊与厉鹗不同。朱氏对以豪放著称的陈维崧词风非常钦佩，说他是辛弃疾的后身，这也说明他对辛弃疾是肯定的。同时，《词综》中也选了辛弃疾的三十多首作品。这些都体现出朱、厉二人词学主张的"同中有异"和厉鹗词学观的纯粹化倾向。对豪放与婉约的不同认识，实际上涉及区别南、北宋词的问题。如前所述，在对待词的南、北宋问题上，朱彝尊虽主张词宗南宋，但对南唐、北宋也不完全排斥。

---

① 厉鹗：《樊榭山房集·续集》卷九《词甲》。

事实上，他学词就是从北宋入手的。而厉鹗在这点上更见纯粹，他虽推尊周邦彦，但学词却专南宋，丁绍仪就曾说："我朝竹垞太史尝言，小令当法五代，故所作尚不拘一格。逮樊榭老人专以南宋为宗，一时靡然从之，奉为正鹄。"① 厉鹗写词专学南宋，往往落下一些口实，其实厉鹗的出发点主要是推扬南宋清雅词风。当然，厉鹗精研宋代文史，熟知宋代掌故，作为宋代文化精神的最佳传人，其治学、作诗的主要关注点在南宋，也是不争的事实。

（三）进一步强调"寄托"

朱彝尊肯定词的寄兴托意功能。厉鹗论寄托，对他的这位浙西前辈既有继承，又有发展。厉鹗的"寄托"观念集中体现在其《论词绝句十二首》中。除第一首："美人香草本《离骚》，俎豆青莲尚未遥"，显为其"寄托"说张目外，《绝句》其二云："张柳词名枉并驱，格高韵胜属西吴。可人风絮堕无影，低唱浅斟能道无？"其四又云："贺梅子昔吴中住，一曲横塘自往还。难会寂音尊者意，也将绮障学东山。"这两首诗分别写张先、贺铸。在作者心目中，"低唱浅斟"的浪子柳永是无法与"格高韵胜"的"西吴"张先"并驱"的。一抑一扬中已鲜明地反映出其"进雅黜俗"的观点。贺铸居住在苏州，又在城外横塘筑有别墅，常往返于苏州城和横塘之间。他善写相思之词，又因《青玉案》词中的"梅子黄时雨"被时人称为"贺梅子"。"寂音尊者"洪觉范也学贺铸《青玉案》词，但所作极浅陋。扬贺贬洪，仍体现出厉鹗词学观中的"雅俗之辨"。对于能接武贺铸小令的严绳孙《秋水词》也极力称赏（见《绝句》十一）。张、贺二人的词作均能寄托自己的人生感受，这种感受，厉鹗也亲同身受，所以在《张今涪红螺词序》中他又说："仆少时索居湖山，抱侘傺之悲，每当初莺新雁，望远怀人，罗绮如云，芳菲似雪，辄不能自已，伫兴为之，有三数阕。"② 这说明在厉鹗看来，词中应寄托个人的悲愤不平之志和

① 丁绍仪：《听秋声馆词话》卷六《沈钟柳外词》，中华书局《词话丛编》本。
② 厉鹗：《樊榭山房文集》卷四《张今涪红螺词序》。

"侘傺之悲",显然比朱彝尊说得更为具体。

除了抒发自己的人生哀愁之外,厉鹗认为,词还应具有更大的功用:

> 头白遗民涕不禁,补题风物在山阴。
> 残蝉身世香莼兴,一片冬青冢畔心。

(《绝句》之六)

> 送春苦调刘须溪,吟到壶秋句绝奇。
> 不读凤林书院体,岂知词派有江西。

(《绝句》之九)

"补题",指《乐府补题》,是南宋遗民词集,收录了王沂孙、周密等 14 人的 37 首咏物词,以《天香》《水龙吟》《摸鱼儿》《齐天乐》《桂枝香》五调分咏龙涎香、白莲、蝉、蟹等物。暗喻元僧杨琏真伽发会稽宋陵,唐钰、林景熙潜收帝后遗骨以葬并树冬青以志之事。《乐府补题》在浙西词派形成过程中起过举足轻重的作用,诚如严迪昌所说:"《乐府补题》的重出之与浙西词风的炽盛有着命脉相通的重大关系,是探讨浙西词派盛衰史不应忽略的一个至关要紧的环节。《乐府补题》作为浙西派词旨弘扬的载体,它在被凭借以倡导淳雅、清空的同时,一股咏物的词风也就与浙派的存亡相始终。"[1] 客观地讲,康熙十八年身为应召"布衣"的朱彝尊携带一册《乐府补题》入京,不能说出于无意识,也不能说无风险。但此举在距离明朝亡国未远,大量遗民尚存、故国之思仍烈之时,《乐府补题》的被重新发现就具有了超越时空的意义。它仿佛一面旗帜,一定程度上造就了浙西词派及其宗主朱彝尊。而时隔半个多世纪之后,厉鹗作为公认的浙派中期巨匠,仍以《乐府补题》作为"浙西词派词旨",很难说有什么现实作用,但在词学取向上确有积极意义,即认为词可以抒发家国

---

① 严迪昌:《清词史》,第 247 页。

之恨、兴亡之感，体现出一定的民族感情和历史眼光。再看"凤林书院体"，它指江西庐陵凤林书院刊刻之《名儒草堂诗余》，收南宋遗民词 203 首，作者多为江西籍，故云"词派有江西"。刘辰翁，号须溪，其词多送春、伤春题材，饱含亡国之痛。作者在这里之所以表现出对遗民词的重视，一方面是因为他在词学上尊崇张炎等遗民词人，同时又由于他看到遗民词在内容上有抒发身世之感、亡国之恨，寄托民族感情这一特点。厉鹗除在《论词绝句》中较为集中地论述词应寄托个人感愤和亡国之恨之外，还在一些序跋中也表达了这方面的见解。除前引《群雅词集序》评友人词用"托兴""感时赋物"诸词外，还说吴尺凫词"中年以后，故寄托既深，揽撷亦富，纡徐幽邃，惝恍绵丽，使人有清真再生之想"①。应当指出，由于时代和个人的原因，厉鹗强调词应抒发主体的哀怨悲愤和兴亡之感，虽然"陈义"甚高，但在"兴亡之感"上往往理论与实践相脱节。严迪昌在论及厉鹗词论与创作时曾精辟地指出，厉鹗"将朱彝尊的词学观发展推向到极点，于是偏至之论的流弊益重：雅洁无疑是雅洁之至，但性情与'真气'却匮乏少存；辅以积卷之富'这一点也空前未有，而'独造意匠'则未见用力。……这足见艺术个性和审美习惯的顽强的执拗性，往往不是理性所能约制的"②。厉鹗认为词应抒社会"兴亡之感"与其创作实践严重脱节，确为不争的事实。尽管如此，厉鹗词学观对以朱彝尊为首的前期浙西词派词学理论体系的总结、发展与创新是显而易见的，而且对浙西词派后期词学理论也产生了巨大的影响。

三　浙西词派中后期的发展

浙西词派发展到中后期，常州词派开始崛起，浙西词派出现衰落迹象，一些浙西词派成员开始对前期词学理论进行反思和调整，但处在浙派中期向后期过渡阶段的一位重要人物王昶，却对业已形成的浙

① 厉鹗：《樊榭山房文集》卷四《吴尺凫玲珑帘词序》。
② 严迪昌：《清词史》，第 351 页。

西词派词学理论体系持全盘肯定的态度。他效朱彝尊、汪森编《词综》，编有《明词综》和《国朝词综》等，继续推尊词体，鼓吹清雅词风。他在《明词综序》中说："选择大旨，亦悉以南宋名家为宗，庶成太史（朱彝尊）之志云耳。"①《国朝词综序》又道："至选词大旨，一如竹垞太史所云，故续刊于《词综》之后，而推广汪氏之说，以告世之工于此者。"② 王昶还在《姚莹汀词雅序》《琴画楼词抄序》《国朝词综序》《江宾谷梅鹤词序》等文中进一步推演朱彝尊、汪森的"尊体"之说，一方面把词的起源一直追溯到《诗经》，为词争得"诗之正"的地位；另一方面指出人品之于词品的重要，重视词学中的知人论世。正由于王昶在词学理论上对朱彝尊亦步亦趋，所以谢章铤说他"一生专师竹垞，其所著之书，皆若曹参之于萧何"③。对浙西词派词学发展付出变革努力的是后期代表人物吴锡麒和郭麐。吴锡麒"慕竹垞之标韵，缅樊榭之音尘"④，对朱彝尊和厉鹗均极为倾慕，其《詹石琴词序》说：

> 吾杭言词者，莫不以樊榭为大宗。盖其以幽深窈渺之思，洁静精微之旨，远绪相引，虚籁自生，秀水以来，厥风斯畅。⑤

吴氏不仅承认厉鹗是浙西词风的倡导者，充分肯定其词史地位，而且对受厉鹗影响的浙西词派诸人也大加称赞："吾杭自樊榭老人藻厉词坛，挼张琴趣，一时如尺凫、对鸥诸先辈，合尊促席，领异标新，各自名家，徽徽称盛。"⑥ 吴锡麒还主动归宗认派，指出厉鹗等人对自己的影响："余获承末绪，有企前修，穷窈渺之音，博幽微之趣，往往

---

① 王昶：《春融堂集》卷四十《明词综序》。
② 王昶：《春融堂集》卷四十《国朝词综序》。
③ 谢章铤：《赌棋山庄词话》卷一《王昶论两宋词》，中华书局《词话丛编》本，第3321页。
④ 吴锡麒：《有正味斋骈体文》卷八《仁月楼分类词选自序》，清道光二十年刻本。
⑤ 吴锡麒：《有正味斋骈体文》卷八《詹石琴词序》。
⑥ 吴锡麒：《有正味斋骈体文》卷八《陈雪庐词序》。

草深双屩，独走空山，花泛一瓢，自导流水。"① 在以朱、厉理论为基点，承续浙西词派传统词学观的同时，吴锡麒又对浙西词论有局部调整。一是推尊姜、张，但不偏废苏、辛。他说：

> 词之派有二：一则幽微要眇之音，宛转缠绵之致，戛虚响于弦外，标隽旨于味先，姜、史其渊源也。本朝竹垞继之，至吾杭樊榭而其道盛。一则慷慨激昂之气、纵横跌宕之才，抗秋风以奏怀，代古人而贡愤，苏、辛其圭臬也。本朝迦陵振之，至吾友瘦桐而其格尊。然而过涉冥搜，则飘缈而无附；全矜豪上，则流荡而忘归。性情不拘，翩其反矣。是惟约精心而密运，耸健骨以高骞。而又谐以中声，调之穆羽，乃能穷笛家之胜，发琴旨之微。飘飘乎如遗世独立之仙，浩浩乎有御风而行之乐。一陶并铸，双峡分流，情貌无遗，正变斯备。②

作者将姜、史醇雅词派和苏、辛豪放词派放在一起加以讨论，给两派以同样的词史地位，同时又指出两派各自的优点和不足，符合词学发展实际。另外，吴氏还在《银藤词序》《倪米楼剪云楼词序》《与董琴南论词书》《史伯劭词集序》《唐陶山刺史露禅吟词序》等文中表达了相同的观点，尽管以雅正为宗，推崇姜、张，但又对苏、辛豪放词有较为独到的认识，对其他词派也能做实事求是的评价。这就突破了朱、厉等人一味推尊姜、张的狭窄门户，使浙西词论在词学门径上呈开放态势。二是重申词应"穷而后工"，否定以词"宴嬉逸乐"。朱彝尊在其康熙二十五年（1686）作的《紫云词序》中说"词则宜于宴嬉逸乐以歌咏太平"，曾引起后世不少词人的强烈不满，吴锡麒就说："昔欧阳公序圣俞诗谓：穷而后工。而吾谓惟词尤甚。盖其萧廖孤寄之旨，幽夐独造之音，必与尘事罕交，冷趣相洽，而后托幺弦而徐引，激寒吹以自鸣，天籁一通，奇弄乃发。若夫大酒肥鱼之

---

① 吴锡麒：《有正味斋骈体文》卷八《陈雪庐词序》。
② 吴锡麒：《有正味斋骈体文》卷八《董琴南楚香山馆词抄序》。

社，眼花耳熟之娱，又岂能习其铿锵，谐诸节奏。"① 他所说的"穷"，就是指孤寒之士的幽塞愁苦之感。强调"穷而后工"，高扬词人的主体情感，符合文学创作规律的实际。批评"眼花耳熟之娱"，就是对朱彝尊观点的反拨。

作为吴锡麒晚辈的郭麐也有较为宏通的词体词派观念，它不仅在《灵芬馆词话》卷一中将唐宋词分为四派，对四派之发展轨迹均予以分析，而且在《无声诗馆词序》中写道："苏、辛以高世之才，横绝一时。"② 对苏、辛豪放词大加赞赏。郭麐服膺朱彝尊、厉鹗，但也是对厉鹗提出较多批评的一位浙西词派中人，尤其对浙西后学批评更严厉。他说："本朝词人，以竹垞为至。"③ 又说："自竹垞诸人标举清华，别裁浮艳，于是学者莫不祧《草堂》而宗雅词矣。樊榭从而述之，以清空微婉之旨，为幼眇绵邈之音，其体厘然一归于正。"④ 坚决维护了朱、厉二人的宗主地位。但他又明确指出："倚声之学今莫盛于浙西，亦始衰于浙西。" 浙西词派一味追求典雅，刻意遣词造句，致使词之主旨隐约模糊，极难寻绎，所以郭麐以为词衰于浙西，即指此而言。当时凌廷堪等人认为厉鹗继朱彝尊之后推尊南宋词，创作更为精工，可谓后来居上。对此，郭麐大不以为然："谓樊榭胜竹垞，鄙意大不谓然。樊榭《论词绝句》云：'偶然燕语人无语，心折小长芦钓师。' 愚谓竹垞小令固佳，即长调纡余宕往中，有藻华艳耀之奇，斯为极至。即小令中佳者，亦未必惟此语为可心折也。大抵樊榭之词，专学姜、张，竹垞则兼收众体也。"⑤ 当然，专学姜、张，严格地讲并不必然导致浙西词派末流弊病，这主要看由什么才力和经历的词家来学来写，也受时事人心变化的影响。而在《绿梦庵词序》中，郭氏说得更偏颇：

---

① 吴锡麒：《有正味斋骈体文》卷八《张渌卿露华词序》。
② 郭麐：《灵芬馆杂著》卷二《无声诗馆词序》，清嘉庆丁卯刻本。
③ 郭麐：《灵芬馆词话》卷一《词综鉴别粗审》，中华书局《词话丛编》本。
④ 郭麐：《灵芬馆杂著》卷二《梅边笛谱序》，清嘉庆丁卯刻本。
⑤ 郭麐：《灵芬馆词话》卷一《凌廷堪论词》，中华书局《词话丛编》本。

国初之最工者，莫如朱竹垞，沿而工者，莫如厉樊榭。樊榭之词，其往复自道，不及竹垞。清微幽渺，间或过之。白石、玉田之旨，竹垞开之，樊榭浚而深之。故浙之为词者，有薄而无浮，有浅而无亵，有意不逮而无涂泽餖饤之习，亦樊榭之教然也。①

应该说，郭氏对厉鹗在浙西词派发展史上的功绩以及其词风特点的认识是非常明确的，但认为其末流"有薄而无浮，有浅而无亵，有意不逮而无涂泽餖饤"的弊病，是"樊榭之教然也"，显然有失偏颇。郭麐还在《灵芬馆词话》卷二、《桐花阁词序》和《梅边笛谱序》中对浙西词派末流追随规摹姜、张，而毫无自己创作特色的缺点一再予以批评。

公平地说，浙派末流所出现的创作弊病，责任并不全在厉鹗。把厉鹗的词学贡献当成他的词史责任，纵厉鹗再生，谅也不肯接受。文学史从来都没有事先预设的不偏不倚的道路，厉鹗对浙西词派前期词学理论系统的丰富、补充和完善，在词派理论建构上的贡献是不容抹杀的。但随着时代、文风的发展变化，这种词学观在新的条件下不一定完全适应，因此，文学思想不断地被修正、补充乃是文学发展的基本规律，也是无须惊怪的。辩证地看，郭麐等浙派后劲对厉鹗的批评，既体现了浙西词派后期诸人在新的条件下一种可贵的探索，尽管这种探索有时突破了浙西词派的核心词学观念，但又说明厉鹗词学主张及创作实践对后期浙派词论家所产生的重大影响。至于这种批评本身，则再次证明任何理论（包括词论）都是具有时效性的。有时，后人对于前人功绩的思考和评判会又一次为后来人做出贡献，这看似悖谬，又实是文学史上的客观事实。

（此文与张兵合作，刊于《西北师大学报》（社会科学版）2007 年第 5 期）

---

① 郭麐：《灵芬馆词话》卷二《绿梦庵词序》。

天津查氏水西庄与清代雍、乾之际文坛走向

　　清代雍、乾之际文坛是一个极其纷纭复杂的体系。然而，当我们梳理这一时期文学发展的总体状况时，不难得到以下印象：此时标榜"神韵说"、主盟文坛三十年的王士禛已故去，一代文宗所引领的文学气象已风流云散。徽人方苞正受案狱牵连羁押在监，不久被遣隶旗下。浙西词派领袖朱彝尊已卒，"开府江南"的宋荦也于朱氏卒后二年故去，"为诗派一大转关"的浙人中的一代大家查慎行也于雍正五年（1727）卒，此时赵执信已年近七十。若以这一年为断点，中期浙派领袖厉鹗三十六岁，查为仁三十四岁①，马曰璐四十岁，杭世骏三十一岁，全祖望二十三岁，其中除全祖望还较年轻外，其他浙派中坚都已进入到生命及创作的旺盛期和成熟期。同时，年羹尧、汪景祺和查嗣庭等大案相继密集发生，这些案狱对于此期文坛走向影响至巨。由此大体勾勒可以看出，此期文坛格局正是在"一代正宗"王士禛亡故后，出现极为独特的荒芜和领袖空缺现象。沈德潜、袁枚等领袖人物尚未主持风雅，翁方纲、朱筠等督抚大臣也未到施展文治才华之时。事实是，随着时间的进一步推移，除了在"朝"一派文人蓄势待发之外，代表着在"野"一派的隐逸布衣诗群的日渐活跃，

---

　　① 关于查为仁的生年，学术界尚有不同意见。严迪昌认为查氏生于1693年，见《清词史》，第355页。另据《莲坡先世世谱》，查为仁生于康熙三十三年（1694）十一月初七，《大清畿辅先哲传》（下）有查氏"乾隆十四年（1749）卒，年五十有五"的记载（见北京古籍出版社1993年版，第641页），这二者可以互相印证，故查氏生年定为1694年似为妥。

将形成潜在的巨大影响和声势，成为此期诗坛的真正主体，整个诗坛的重心下移于隐逸诗群，从而构成清代雍、乾之际"朝""野"疏离和并立的罕有的人文景观，这也代表了雍、乾之际诗坛的客观状况和发展走向。

这一时期，以厉鹗为领袖的中期浙派开始活跃于诗坛并产生了极其独特而广泛的影响。浙派从清初朱彝尊开始，到厉鹗即进入了其发展、衍变的典型阶段。实际上，就雍、乾之际文坛整体状况来说，厉鹗及其浙派扮演了"总持"和"盟主"的角色①。在此过程中，"扬州二马""杭州赵氏"和天津查为仁，一方面他们是浙派诗人相濡以沫的挚友，广泛参与了浙派的诗文化活动，而且更为重要的是"扬州二马"的小玲珑山馆、杭州赵氏的小山堂和天津查氏的水西庄共同构成三位一体的文化平台，做出了突出的文化业绩。厉鹗及其浙派同人依赖这些文化平台，雅集唱和，探研学问，著书立说，强力地推动了雍、乾之际以在"野"、隐逸为其特征、以与在"朝"文化疏离对立为其文化价值取向的文坛基本态势的形成。其中，小山堂和小玲珑山馆分别位于杭州和扬州，其影响以江南地区为剧，查氏水西庄则地处津门，其于雍、乾时期文坛走向所发挥的作用显得更为重要和独特。查为仁不独以其文学创作在当时为人称道，更主要的是其水西庄吸纳众多下层诗人、文士，与"扬州二马"的小玲珑山馆、杭州赵氏的小山堂遥相呼应，南北沟通，频繁互动，共同形成雍、乾时期以浙派为核心的野逸山林诗群的"大合唱"，故时人有"南马北查"之誉。水西庄查氏为推动雍、乾之际以在"野"、隐逸为其特征、以与在"朝"文化疏离对立为其文化价值取向的文坛基本走势的形成，展开了广泛的诗文化活动。

---

① 厉鹗在当时的文学地位已为多方面材料所证明，陈章的一首挽诗可为厉鹗一生文学活动与地位的总结："邗江诗社迭为宾，凭仗君扶大雅轮。翡翠鲸鱼皆有得，敦槃无复主盟人。"（见厉鹗《樊榭山房集》附录二《挽词》）另见田晓春《凭仗君扶大雅轮——从樊榭集外书札一通之考证论厉鹗在雍、乾诗坛的地位》较深入地论证了厉鹗在当时诗坛的地位〔载《西北师大学报》（社会科学版）2004 年第 2 期〕。

一 "到处江湖羽易摧"——艰难
时世中的寒士"巢穴"

在文字狱大案频发的雍、乾之际,天津查氏水西庄广泛结纳各阶层文士和诗人,尤其和大量下层隐逸人士惺惺相惜,相濡以沫,直接推动了雍、乾之际诗坛重心向在野诗群的下移,实为清史诗上一大景观,也是治清中期诗史者所不可回避的一大关节。

查为仁(1694—1749),字心谷,号莲坡,祖上即为文化世族。其先祖源出于徽州休宁,自唐时即为书香望族,后分为两支:一支迁江西临川,另一支迁浙江海宁。天津查氏实即江西临川一支的后人,号为"北查"。"北查"虽定居于津门,却与海宁查氏保持着非常紧密的宗亲关系。这样一种特殊的家世渊源,使天津查氏家族在清代雍、乾之际诗坛格局的形成过程中,发挥了极其特殊的作用。一方面,由于查氏家族是具有悠久文化传统的世家大族,再加上查为仁之父由于经营盐务而富甲一方,筑水西庄,蓄积书史,广交文人,在推动清中期文化发展方面有口皆碑。水西庄始建于雍正元年,查为仁有诗记之①。另考相关文献,"水西庄"一名最早出现于雍正中期,查为仁《水西庄》诗序云:"天津城西五里,有地一区,广可百亩,三面环抱大河……因购为小园……营筑既成,以在卫河之西也,名曰水西庄。"②富于历史巧合意味的是,水西庄的营建、极盛和衰败的整个过程与清代雍、乾时期在野隐逸诗群的集聚、繁盛和逐渐湮没同步,其可以为查氏水西庄推动雍、乾之际文学走向的一个重要佐证。水西庄主人博雅好文,水西庄又以广泛吸纳下层文士为职志,"其间意义至为丰富——包括康、雍、乾三朝政治秘闻,大江南北骚人墨客,硕儒名家的过从聚合,文化领域中的许多历史信息,艺术情缘,盛衰之运,荣辱之机,皆可于此窥见其一二"③。

---

① 查为仁:《蔗塘未定稿》内集《抱瓮集·新构小轩落成,即事有作》,乾隆刻本。
② 查为仁:《蔗塘未定稿》内集《抱瓮集·水西庄》。
③ 周汝昌:《响晴轩砚渍一》,《天津日报》1987 年 12 月 4 日。

同时，查为仁本人即为著名的诗人和诗文批评家，著述甚丰，有《蔗塘未定稿》内集八卷、外集八卷，合为《莲坡全集》，诗论著作有《莲坡诗话》等，所以，天津查氏之于一般富贵者为附庸风雅而结交文士有本质上的区别。这与水西庄查氏父子的人生遭遇和家族兴衰有直接关系，据查日乾《重筑于斯堂记》："不意甫数年，涉入帑案，平昔经营尽入于官，身几不保。……更不自揆，又罗文网，父子拘幽，计穷力竭，以为自今难幸免矣。讵意……俱得邀恩释放。"①"于斯堂"为查氏家宅堂号，此堂兴废实系乎查氏家运盛衰和个人遭遇，此种遭遇是查氏家族，尤其是查为仁亲近下层寒士的极重要原因。

另一方面，由于"北查"与"南查"同出一宗，其沟通南北诗坛的独特作用则为他人所无法代替，"当雍、乾之际……扬州有马氏之小玲珑山馆，杭州有赵氏之小山堂，皆与水西庄并擅一时之胜，至数海内诗人，为人所交口称颂者必推天津查氏"②。杭世骏在为查为仁弟查礼《铜鼓书堂遗稿》所作序中也说："莲坡先生耽嗜风雅，狎主齐盟，海内诗人，靡不向风景慕。同时广陵马氏遥遥相望。"③由此可见，在雍、乾之际，天津查氏水西庄实发挥了沟通南北诗坛的非同寻常的作用，为整个诗坛重心的下移、"朝""野"离立走势的形成，推波助澜。其具体作用可通过以下个案得到说明。

厉鹗（1692—1752），字太鸿，号樊榭，"是'浙派'诗人的一大典型，更可说是中期'浙派'的灵魂"④，其与水西庄查氏的关系也堪称"典型"，先为文字之交，继而为心灵挚友。作为中期浙派的领袖，其在南北文坛的影响是广泛而深刻的："邗江之雅集，沽上之题襟，虽合群雅之长，而总持风雅，实先生（厉鹗）为之倡率也。"⑤

---

① 查日乾：《重筑于斯堂记》，载《（民国）宛平查氏支谱》，1941 年铅印本。
② 徐世昌：《大清畿辅先哲传》，北京古籍出版社 1993 年版，第 640 页。
③ 查礼：《铜鼓书堂遗稿》，《续修四库全书》1431 册，上海古籍出版社 2002 年版，第 1 页。
④ 严迪昌：《清诗史》，第 877 页。
⑤ 汪沆：《樊榭山房文集序》，厉鹗：《樊榭山房文集》，第 703 页。

关于"沽上之题襟",厉鹗有《沽上题襟集序》,其曰:

> 津门为直沽入海处,自元、明以来,地近畿南,运舟官舫,从之取道。词客经由者,率多羁旅闷叹,所谓劳者之歌;求其游集宴衍,赋诗言志,如顾阿瑛《玉山雅集》、徐良夫《耕鱼轩集》等,不特自作者不可得,即援引前代,亦廖阒无闻,岂非不得其人,无地主以为之羿哉?查君心谷、俭堂昆弟,诗品皆清警拔俗,性复喜宾友,负郭有水西庄,轩楹虚敞,坐把风帆云树于无际,主其家者,多浙中名胜:山阴则有刘君雪舫、胡君泉斋,秀水则有万君柘坡,吾杭则有吴君东壁、陈君对沤、汪生西颢,其诗各张一军,与主人为劲敌。合数年来晨夕往还之作,厘为八卷,又辅以联句、诗余二卷,目之曰《沽上题襟集》。①

由此可以看出,"沽上之题襟"实即在查氏水西庄进行的历次诗歌唱和活动,其诗汇为《沽上题襟集》八卷,集中收水西庄主宾刘文煊、吴廷华、查为仁、汪沆、陈皋、万光泰、胡睿烈、查礼等八人诗,人各一卷,凡676首,另附有厉鹗、赵昱、查为义(查为仁弟)、王霖、朱岷等24人诗作35首,创作规模不可谓不大,参与人数不可谓不多。前八人除查为仁、查礼外,其余六人皆"浙中名胜",此为查氏水西庄极盛之实录。据现有材料考证,厉鹗虽一生中和查为仁只有一次晤面,然这仅有的一次晤面,却在浙派发展史上意义重大,其重要成果是两人合辑成《绝妙好词笺》。另外,查氏有《蔗塘未定稿》内外集各八卷,厉鹗曾为序云:"莲坡少婴世网,息机最早……读者因诗以仪其人,并因其已刻者想其未刻者,知予言之不妄叹也。"② 其中"少婴世网,息机最早"一言,明其因,知其果,诚为莲坡知己。

汪沆(1704—1784),字师李、西颢,号槐堂,浙江仁和人。少

---

① 厉鹗:《樊榭山房文集》卷二《沽上题襟集》。
② 厉鹗:《樊榭山房文集》卷三《查莲坡蔗塘未定稿序》。

师厉鹗学诗，与杭世骏等人并称"松里五子"，长期主于查氏水西庄。关于他与查氏往还脉络，汪沆曾自言"先是戊午间陈榕门观察聘予纂津郡邑二志，得交查心谷、鲁存昆季。心谷饫君（陈皋）名，属予作书招之北行，同主查氏水西庄，对屋而居数晨夕者五年"①。另外，查为仁之弟查礼《铜鼓书堂遗稿》载其与汪沆交往之事极多。乾隆元年清廷举博学鸿辞试，厉鹗、杭世骏、查礼、汪沆俱在征召之列，相聚于京师，杭世骏取中，汪沆、厉鹗、查礼等落榜。汪沆、查礼初识，相聚甚欢，遂相约游水西庄，此为汪氏主水西庄之初。又据查为仁《莲坡诗话》载，乾隆二年（1737），查为仁、查礼、汪沆、刘文煊、吴廷华、周焯、李授、朱岷、万光泰等15人聚水西庄，吟咏酬唱，极一时之盛。汪氏还在天津主持编纂了《（乾隆）天津府志》和《天津县志》，并作《津门杂事诗》百首。前者是天津历史上第一部府县志，其中，《县志》卷七载陈元龙《水西庄记》，是关于水西庄的重要文献；后者是考证天津轶闻风物、文化风俗的重要文献资料，是天津的第一部竹枝词。关于此事，查为仁有《题西颢津门杂事诗后，即送还钱塘》一诗记之②。总之，汪沆主查氏水西庄五年，活跃于各种文化活动中，他作为厉鹗弟子，自为浙派中人，然其长期馆于查氏水西庄，其沟通南北诗坛的作用确是相当独特的，因而其在查氏水西庄诸宾客中是很值得关注的一位。

查氏吸纳田园士人有众多史实可为佐证，以下罗列可窥一斑：

雍正元年（1723），诗人佟鋐卒，查为仁有《哭佟蔗村》二首，诗云："当代论通儒，如君复几人。"③

雍正三年（1725），查为仁与符曾、张坦等有燕赏之集④。

乾隆四年（1739），张少仪归苏州，查奕楠归嘉兴，赵贤归钱塘，查为仁怀念不已："散如落叶，不自知愁绪如梦也焚。"⑤

---

① 李桓：《国朝耆献类征·陈皋传》卷四三三，广陵书社 2007 年版。
② 查为仁：《蔗塘未定稿》内集《竹村花坞集》。
③ 查为仁：《蔗塘未定稿》内集《抱瓮集》。
④ 查为仁：《蔗塘未定稿》内集《莲坡诗话》。
⑤ 查为仁：《蔗塘未定稿》内集《竹村花坞集》。

乾隆五年（1740），查为仁与朱岷、陈皋等游盘山，并集途中唱和之句为《山游集》，查氏有序①。

诸如此类和野逸之士的唱和、燕集、出游等活动在查为仁《蔗塘未定稿》中俯拾即是，不绝如缕。另据刘尚恒先生统计，主于查为仁水西庄、有可靠记载的各类文士近六十人②。其中虽有少数中下层官员，但主体是江、浙下层文士，其中还有方外人士，而其著名者则有厉鹗、汪沆、杭世骏、刘文煊、陈皋、万光泰、胡睿烈、朱岷、吴廷华、徐兰、查曦、余尚炳、余峥、余懋樯、符曾、陆宗蔡、释成衡、赵虹、符之恒、高凤翰、查奕楠、赵贤，等等。

作为一方巨富的天津查氏家族何以对下层田园人士情有独钟，有论者以为查氏此举为"附庸风雅"，而居于江南扬州的"二马"也曾被人如此讥诮，此说诚非知者之言！当我们悉心审视当时的政治氛围和文化生态的时候，似乎不难得出结论。清代政治的一大特征是文字狱案名目繁多，其数量之多、打击面之广、于文化发展和世态人心影响之恶劣，皆为空前绝后③。雍、乾之际，文字狱案更是密集爆发，吕留良、年羹尧、汪景祺和查嗣庭等大案都发生在这一时期，且当朝对浙人的厌恶与迫害更为剧烈，以致人人以求自保，如"鸟之护羽"，这对于当时南北诗坛总体态势的形成和朝野文士精神面貌的影响相当巨大，客观上成为此一时期诗坛走向的转捩点，也深刻影响着当时的士风和人心走向，与此同时，在朝文人的"奴婢化"倾向则进一步加深。田园文士本与当朝有相当心理距离，在此种文化生态之下，更是噤若寒蝉，如履薄冰，"朝""野"疏离对立的态势则成为南北诗坛的重要特征。天津查氏水西庄和"扬州二马"的小玲珑山馆实为当时飘摇时世中在野诗人心灵相互慰藉之所，二者南北呼应，所影响者非独一隅，而是诗坛的整体走向。杭世骏

---

① 查为仁：《蔗塘未定稿》内集《山游集自序》。
② 刘尚恒：《查为仁的交游与水西庄主要宾客考录》，刘尚恒著，张文琴整理：《天津查氏水西庄研究文集》，天津科学院出版社 2008 年版，第 29 页。
③ 见张兵《清代文字狱研究述评》，载《西北师大学报》（社会科学版）2010 年第 3 期。

在查、马二人去世后，曾慨叹道："查莲坡殁而北无坛坫，马嶰谷殁而南息风骚。"① 可见，在雍、乾之际的南北文坛，这种影响虽具有极强的田园色彩，却构成文坛格局的主流。再细考天津查氏家族的代表性人物查为仁的出处经历，查氏水西庄与大量在野人士结缘、终成莫逆，则其内在缘由会得到更深入的诠释。康熙五十年（1711），查为仁举顺天乡试解元，主考官为尚书赵申乔。时朝廷为党争之事而兴大狱，诬查为仁贿赂主考官，先定其死罪，与父查日乾被关押在狱中长达八年，后来此事终明，被赐还。事发时，查为仁十九岁，此事对其为人处世影响极大。一方面他感喟现实的严酷："深山林麓间，虎豹威斯逞。置之槛阱中，奚所施其猛。"② 此诗以《自警》为题，足见王朝迫压对于士人心灵的戕害是何等严重，实为个人遭遇和感受的真实写照；另一方面，他觉得"前程真似漆，何处问金仙？"③ 如此直写心灵的诗句在《蔗塘未定稿》中极多。在如此肃杀的政治文化氛围笼罩下，他所能做的只是"跧伏花影庵中，心灰形槁，六时清课，唯《楞》《伽》堆案而已"④，且"放废以后，万事颓落，微特人事一切玩好声利，百不关虑"⑤。古人素重名节，蒙此不白之冤，对查氏来讲，不啻奇耻大辱，因此，查氏此后热心吸纳下层寒士之举的深层原因则不难理解。对此段史实，徐世昌《大清畿辅先哲传》有载："为仁既不幸婴世网，绝意仕进，澹然一无经营，因筑园于天津城西三里近河之处曰水西庄……庄离京都不满三百里，大江南北往来冠盖相属，一刺之投，辄延款如故知，一时名宿如万光泰、厉鹗、刘文煊、陈仪皆主其家，觞咏唱酬无虚日。"⑥ 这段记载看似平淡，然透漏的信息却至为紧要：查为仁受此重大打击之后，不但"绝意仕进"，且起意构筑水西庄，以收罗在野寒士为"职志"，则与在"朝"

---

① 杭世骏：《道古堂文集》卷十一《吾尽吾意斋诗序》，第308页。
② 查为仁：《蔗塘未定稿》内集《花影庵集·自警》卷上。
③ 查为仁：《蔗塘未定稿》内集《花影庵集·秋怀》卷上。
④ 查为仁：《蔗塘未定稿》内集《花影庵集自序》。
⑤ 查为仁：《蔗塘未定稿》内集《抱瓮集自序》。
⑥ 徐世昌：《大清畿辅先哲传》，第17页。

疏离甚至决裂的心态已表露无遗!

查氏不但以其水西庄为"巢穴",大量结交下层寒士,而且通过主持和参与清中期文学史上具有象征性意义的诗词唱和与学术活动,进一步推进在野文学群体的发展壮大,与"扬州二马"小玲珑山馆、杭州赵氏小山堂南北呼应,强力推动了雍、乾之际文坛新格局的形成。

二 "残芦滴响梦惊回"——《拟乐府补题》 唱和的参与

《乐府补题》是一部为人所熟知的宋元之际遗民咏物词集,其作者为周密、王沂孙等 14 人,其词为五调五题 37 首:《天香·龙涎香》八首,《水龙吟·白莲》十首,《摸鱼儿·莼》五首,《齐天乐·蝉》十首,《桂枝香·蟹》四首。《乐府补题》在词史上具有非同寻常的意义,其思想内容和表现形式都是咏物词的"标杆"。思想内容上突破了咏物词向来多咏物而少寄托的游戏态度,表达了南宋遗民对故国的怀念和目睹亡国巨祸的哀痛,托物达情;在表现形式上更是达到了后人难以企及的高度。《乐府补题》的复出更是清词史上具有重大影响的事件。由于《乐府补题》成书后,在元明时代并无刊本流传,据先师严迪昌考证,其复出时间应在康熙十七年(1678)前后,其刊刻流传也在康熙十八年(1679)前后[1],此集一出,在当时的文人士大夫中引起了广泛的共鸣。须知此时离明王朝亡国、满清入主中原尚为时不远,文人们面对这样一部渗透着宋遗民血泪记忆的词集,个中况味是不难体会的:抚古思今,哀从中发。此集的复出、刊刻和传播,在史称"康乾盛世"的开创期,衍生出一场规模浩大的咏物词大唱和,最终产生了清词史上具有举足轻重地位的词派——浙西词派。

时隔七十多年,《乐府补题》再一次成为文坛关注的焦点,引起

---

[1] 严迪昌:《清词史》,第 248 页。

更为广泛的唱和，唱和最终结集为《拟乐府补题》。对于这一词集，查为仁有序云：

> 赋物词以宋人《乐府补题》为极诣，浙西六家多和之。此绝唱，不当和也。樊榭、南香诸君即其词别拟一题：织绡泉底，杼轴自我。予结习未忘，颇有寄声之作，因并付开雕。是书亦名《蔗塘外集》，而实在《外集》之外。其所拟题有五。倡酬者，为仁与厉鹗、陆培等凡十人云。①

可见，此次唱和有厉鹗、查为仁等参与，书名《蔗塘外集》，由查氏刊刻。关于此次唱和的时间、地点，可由厉鹗《樊榭山房集》检得，则厉鹗与查氏虽文字交久矣，然平生与其见面仅一次，即乾隆十三年（1748）。时厉鹗入京铨选县令，"竟至津门兴尽而返"②，在津门查氏水西庄，留连数月，除与查氏笺注周密《绝妙好词》外，唱和《乐府补题》也应在这一年。另厉鹗《樊榭山房续集》有《七夕查莲坡召……集南碛草堂以荷净纳凉时分韵得荷字》一诗，南碛草堂在水西庄，说明唱和地点即在查氏水西庄。其唱和成员为厉鹗、查为仁、陆培、张云锦、张奕枢、陈皋、闵华、万光泰、楼锜和吴廷采等，除查为仁之外，皆为江浙野逸寒士，这些寒士来往于南北各地，南则马氏小玲珑山馆，北则查氏水西庄，构成雍、乾之际独特的在野文化活动景观。

《拟乐府补题》共五调五题41首，其中《天香·赋薛镜》八首、《水龙吟·赋漳兰》七首、《摸鱼儿·赋茨》八首、《齐天乐·赋洛纬》十首、《桂枝香·赋银鱼》八首。对于《拟乐府补题》，若单纯从其具体词作来看，很难说其中有什么深意。然而联系《乐府补题》产生的时代背景和作者情况、其在清初的复出、刊刻流传及对当时汉族士大夫产生的心灵激荡和广泛唱和来看，问题要复杂得多、内涵也

① 王廷燮等：《北京市志稿》（第十册），燕山出版社1998年版，第609页。
② 全祖望：《鲒埼亭集》卷二十《厉樊榭墓碣铭》。

丰富得多。从《乐府补题》的产生到清初的复出和广泛唱和，再到雍、乾时期《拟乐府补题》的出现，其文化意义已经远远超出了一部词集，而上升到文化心理和民族感情认同的高度，成为一种不自觉的文化意识，积淀于特定文化阶层的心脉之中，当面对同样的文化生态和心理境遇的时候，同样的或类似的文化现象会一次又一次地被"重演"。《乐府补题》的诞生，在清初的复出与汉族士大夫的唱和，雍、乾时期《拟乐府补题》的结集，似乎在暗示着某种只可意会而不易言传的意味，在这种状况之下，《乐府补题》以至《拟乐府补题》将不再重要，它们只是一个外壳和载体，水西庄查氏将其刊刻传世，重在传递一个特定的文化信号：江山风云变幻，风物今非昔比，故国沧海桑田，剩下的和能做的只是"惊回残梦"，和同人们一起咀嚼这个"残梦"。此时政治和文化生态的恶化以及清廷对汉族文士的戕害于此足见一斑！按常理，历史上的每一次王朝更迭，士人阶层大都会流露着怀故国的情绪，但当新朝的建立已成为不可变易的事实，统治亦趋稳固之后，在新朝成长起来的"新一代"士人则一般会汲汲追求功名利禄，对前朝的"记忆"逐渐淡化。然而在有着深刻而悠久的"夷夏之辨"传统的中国士人心目中，汉族的改朝换代与"夷族"入主中原有本质区别，"灭国"与"亡天下"有根本不同，所以无论时间如何推迁，风云如何变幻，改朝换代是永远抹不掉的隐痛和心结。要追索查为仁等《拟乐府补题》的文化意义和"集体无意识"，这一点是不可不察的。

当天津水西庄查氏汇聚众多山林野逸人士，唱和《乐府补题》的时候，正是文字案狱频发、读书人动辄得咎、饱受无情打击之时，其中江浙士人更是首当其冲，而江浙一带在清军南下之时也是抵抗得最顽强的地区。在如此严酷的政治生态和文化生态下，诗坛重心下移于野逸诗群的大格局已基本形成。大批的南北寒士寄身于查氏水西庄、马氏小玲珑山馆和赵氏小山堂等避身养心之所，和主人一道，徜徉于山水湖滨，著书立说，交游唱和，俨然置身于一个梳离于王朝肃杀氛围笼罩下的别一天地。试想，若无水西庄查氏这些盐商巨富提供物质保障和图书来源，这一朝野并峙文坛的格局的形成将无法想象，其疏离走向也将无法估计，此一段文学史面貌亦将改观。

当然，关于《乐府补题》在不同时代、同一时代不同时段的"异代同音"，已被文学史一再证明。清初有朱彝尊等对于《乐府补题》的空前唱和，清中期有查氏水西庄的《拟乐府补题》。无独有偶，民国九年（1920），徐致章发起组织了白雪词社，其唱和前后历时三年，参与者多至12人，结集为《乐府补题》甲编、乙编并予以刊布。徐致章等以前朝遗老的身份，目睹清朝覆亡的现实，经历传统道德体系的崩溃，内心痛楚不已。且不论其所持政治立场，仅从《乐府补题》甲、乙编所体现出的文化内涵看，亦与宋元之际的《乐府补题》、清初关于《乐府补题》的大唱和，以至查氏水西庄的《拟乐府补题》，具有同等意义。

三 "如山心事托书城"——《绝妙好词笺》的完成

当我们阅读雍、乾之际文人别集和相关文献资料的时候，感受到的是一种带着些许诡谲和有所意会但又难以精确传达的意绪，这正是此期严酷的政治空气和恶化的人文生态的曲折投影。文学史上原也不乏此类例证。当政治气氛恶劣甚至恐怖的时期，士人面对此种氛围，可以有多种表现，但有两种倾向值得注意：一种是把自己的棱角深深地隐藏起来，放情于山水，曲折幽隐地抒发内心的不满；二是嬉笑怒骂，大放厥词，指斥是非。前者性格偏于内敛，后者偏于狂傲。如魏晋易代之际的正始时期，面对异常恐怖的政治气氛，阮籍的表现是对政治三缄其口，整日"饮酒昏酣，遗落世事"，以掩其内心的极度痛苦。嵇康则不同，尚奇任侠，疾恶如仇，但最终被司马氏所杀。到了南朝的谢灵运，由于无法实现自己的政治愿望，便肆意遨游山水，探奇访胜。而南宋的江湖诗人则更为典型：以姜夔为代表的"狷者"专精艺术，不事张扬；以刘克庄为代表的"狂者"则高谈阔论，直陈政见！在清代雍、乾之际的政治和文化氛围之下，士人群体的主流显然可以归于阮籍、姜夔的这一流品。由于文字狱案在文化上所造成的高压态势，使得一些文献记载透露着莫名的惊悸和恐怖，即使在政治形势有所缓和的时期，文人也不敢畅所欲言，其思想感情也通过极其幽隐、曲折的方式表达出来，以至于如果对相关创作、著述不做整体性审视，竟会毫无觉察。

以雍、乾时期的浙派为例，其成员创作和著述的视点竟不约而同地都放在了南宋及其前后。南宋一朝的政治、经济和文化支点在杭州和扬州等南方城市，而清代浙派成员活动的重点区域也在杭州和扬州，其落脚点即在"扬州二马"的小玲珑山馆和"杭州赵氏"的小山堂等处。再者，对浙派人士来说，宋代代表了传统的华夏文化的最高峰，南宋为"夷族"所灭，与他们所处的时代"隔代呼应"，所以在他们心目中，高度认同宋代及其文化。他们不论著书立说，还是诗词创作，都将焦点对准宋代，这样既便于表达内心的隐衷与剧痛，同时也符合他们的审美追求和学术研究取向，又不为当朝留下口实。厉鹗曾有诗云："渺矣高鸿犹避弋，落然寒事又辞家。"① 可为此种心态的真实写照。这也可为以下史实所证实：

雍正初年，由浙派重要成员、杭州小山堂主人赵昱、赵信兄弟主盟，厉鹗、沈家辙、吴焯、陈芝光、符曾参与，唱和得诗 701 首，结集为《南宋杂事诗》。《四库全书总目》评曰："是书以其乡为南宋古都，故捃撷轶闻，每人各为诗百首，而以所引典故注于每首之下。……一代故实，巨细兼赅，颇为有资于考证。盖不徒以文章论矣。"②

乾隆十一年（1746），厉鹗得"扬州二马"的大力援助，借助小玲珑山馆等处的丰富图书，编成在学术史上有重要影响的煌煌巨著——《宋诗纪事》。《四库全书总目》云："考有宋一代之诗话者，终以是书为渊海，非胡仔诸家所能比较长短也。"③

乾隆十三年（1748），厉鹗北游查氏水西庄，查为仁、陆培、张云锦、张奕枢、陈皋、闵华、万光泰、楼锜和吴廷采等唱和，结集为《拟乐府补题》，此事上文已及，不赘述。

---

① 厉鹗：《樊榭山房文集》卷六《南湖秋望》。
② 永瑢等：《四库全书总目》，第 1733 页。
③ 同上书，第 1795 页。

在这些文学创作和著述中，水西庄查氏和厉鹗共同笺注南宋周密的《绝妙好词》，当亦属不能回避的文学史实。

《绝妙好词》七卷，为南宋周密所编。周密（1232—1298），字公谨，号草窗、蘋洲，又号四水潜夫，晚号弁阳老人。曾任浙江义乌令，南宋亡后隐居不仕，辑录家乘旧闻、宋代文献为《癸辛杂识》《齐东野语》等书。他编选的《绝妙好词》"不无荆棘之悲，用志黍离之感"①。《绝妙好词》选词始于张孝祥，终于仇远，收录了南宋132 家词人词作，近四百首。选词标准以姜夔、吴文英等人词风为宗，以婉约清丽为尚。

《绝妙好词》的命运和《乐府补题》类似，作为一部很重要的宋词选集，虽出于南宋，但至元明时已湮没无闻。关于《绝妙好词》的版本，清初钱曾述古堂藏有手抄本，钱曾族婿柯煜与其从父柯崇朴对抄本加以校订纠讹，镂板以传，从此，《绝妙好词》方重见天日。这个本子即康熙二十四年柯崇朴小幔亭刻本，此版后归高士奇，高氏于康熙三十七年将此版重新印行。雍正三年，项絪群玉书堂又重刻《绝妙好词》，此版本保存了许多宝贵资料。另外，《绝妙好词》版本今尚存清初毛氏汲古阁抄本，但不如前几种版本影响大。厉樊榭、查为仁用来做笺注的底本即柯、高之本。

乾隆十三年（1748），厉鹗迫于生计，入都铨选县令，竟在查氏水西庄留恋数月，不至京而归。不论其原因何在，厉鹗此一行为，客观上对当朝是一个辛辣的嘲讽，浙派中人行事大率如此。水西庄数月，厉鹗除与查为仁等人诗酒唱和，作品集成《拟乐府补题》之外，另一重要成果便是与查为仁共笺《绝妙好词》。关于笺注《绝妙好词》，厉鹗《绝妙好词笺序》叙其本末甚详：

> 夫士生隐约，不得树立功业，炳焕天壤，仅以词章垂称后世，而姓名犹在若灭若没间，无人为从故纸堆中抉剔出之，其非一大恨事耳？津门查君莲坡研精风、雅，耽玩倚声，披阅之暇，

---

① 柯煜：《绝妙好词序》，周密编：《绝妙好词》，上海古籍出版社1984 年影印本。

随笔札记，辑有《诗余纪事》如干卷，于是编尤所留意，特为之笺。……恍然如聆其笑语而共其游历也。予与莲坡有同好，向尝缀拾一二，每自矜刜获，曾以衣食奔走，不克卒业。及来津门，见莲坡所辑，颇有望洋之叹，并举以付之，次第增入焉。①

可见，查为仁、厉鹗笺注《绝妙好词》的宗旨是要把"姓名犹在若灭若没之间"的宋代前贤"从故纸堆中抉剔出之"，表彰其名、发其幽光的。在他们的心目中，读其遗著，就"恍然如聆笑语而共其游历也"，其亲切若此，也是深怜自身的不幸与坎坷，因而视其为隔代知己。这种共鸣，使得查为仁与厉鹗都不约而同地准备为《绝妙好词》做笺。从这篇"序"中，也可以看出两人所用材料是"举以付之，次第增入"，因此，《绝妙好词笺》是两人合作与友谊的一个绝好见证。厉鹗与查为仁"篝灯茗碗，商榷笺注，搜罗考订，颇瘁精力"（见查善长、查善和《绝妙好词笺跋》，四库全书本），因此，《绝妙好词笺》的出现，除具文化意义外，还在于其发微集成的学术成就。乾隆十五年（1750），《绝妙好词笺》由查氏水西庄自刻行世。

在文网高涨的雍、乾之际，查为仁、厉鹗对宋代文献的整理和研究付出了极大心血，一方面是学术研究，另一方面则通过这项工作，意在互相慰藉，曲折传达深藏内心的隐衷。更重要的是，厉鹗是浙派"总持"，查为仁乃水西庄主，二人合笺宋遗民所辑《绝妙好词》，其文化意义大于文献整理价值，其中传递的文化信息耐人寻味。古人选诗选词其意义本就不单纯，但多为昭示其诗词理论取向。厉、查共笺《绝妙好词》，主观上有号召浙派中人学习草窗的用意，然而其关键点尚不只是停留在这一步，实际上浙派诸人作词尊崇南宋周密一派词风，其心理机制是视草窗为"异代同调"的。基于此种认识，则厉鹗、查为仁通过笺注词集、创作实践，并以宋遗民周密所选词作相号召，以此在词学领域开拓宗宋新局面，客观上也强力推助了雍、乾之际文坛格局的形成，真可谓如山心事，托之书城。

---

① 厉鹗：《樊榭山房文集》卷四《绝妙好词笺序》。

通过以上梳理不难看出，在清代雍、乾之际，当一代文宗王士禛及诸前辈大家相继亡故后，酷烈频发的文字案狱和进一步恶化着的人文生态，使文坛必将沿着有异于此前的方向发展、演变。在诗主"神韵"的在"朝"文人渐趋沉寂之时，疏离于朝廷的在"野"隐逸诗群逐渐步入诗坛，并迅速活跃。在这一新的走向和格局形成过程中，天津查氏水西庄一方面与扬州马氏小玲珑山馆、杭州赵氏小山堂鼎足而立，广泛结纳大量下层野逸寒士，形成一个表面沉潜、实则异常活跃的文人集群，而其作为联结南北文坛的桥梁，水西庄的作用甚至比扬州马氏小玲珑山馆、杭州赵氏小山堂更为独特①。作为重要文化活动平台的提供者和诸多文化成果的创造者，水西庄查氏与浙派领袖厉鹗等人的诗词唱和与学术活动，强力推动了文坛新走向和文坛新格局的形成。《拟乐府补题》《绝妙好词笺》代表着一代文人之心性与追求，可视做指引文坛走向和文坛格局形成的重要文化事件。长期以来，由于参与活动的野逸士人身份卑微，性格沉潜，再加上此期的文献资料的遗佚、毁弃、篡改，作为清代雍、乾时期文学发展史实重要组成部分的天津查氏水西庄的文化功绩，亦变得晦暗不明，"犹在若灭若没之间，无人为从故纸堆中抉剔出之"，其地位和贡献也得不到应有的阐明和评价，"其非一大恨事耳"？故拙文若能抛砖引玉，引起学界对此种文学、文化现象的应有关注，则幸甚至哉！

（此文与张兵合作，刊于《西北师大学报》（社会科学版）2014 年第 6 期）

---

① 关于"扬州二马"小玲珑山馆和杭州赵氏小山堂的相关论述，请参严迪昌《往事惊心叫断魂——扬州马氏小玲珑山馆与雍、乾之际广陵文学集群》（《文学遗产》2002 年第 4 期），《谁翻旧事作新闻——杭州小山堂赵氏的"旷亭"情结与〈南宋杂事诗〉》（《文学遗产》2000 年第 4 期）。

清诗研究的基本视角：地域性和文化性
——以浙派诗群为例

清代诗歌发展状况十分复杂，诗派众多，其相互渗透、交汇的方式也多种多样，有通过不同诗派之间成员的广泛交游而互相影响的，有通过互相评价诗歌创作展开诗文化活动的，等等。这些诗群基本按照地域的不同进行分布。同时，清代又是我国历史上文化发展的繁荣期，清代诗人有不少同时又是著名的学者，许多以学问著称的治学大家又有数量不菲的诗文集传世，此类诗被成为"学人之诗"。还有，许多清诗创作群体以宗宋为好尚，不少诗人的诗歌作品又以征文存献为主旨。这种特点在清中期诗坛尤为突出。因此，突出的文化性又成为这些诗人群体的又一大特征。学术研究的方法和视角可以有很多①，但既然地域性和文化性是清诗的基本特征，那么群体性和文化性就成为我们研究清诗的两大基本视角，或者说研究方法。下文笔者试以清中期浙派为例加以申说。

一　浙派及其地域活动特征、研究视角启示

清代中期诗人集群是个庞大复杂的体系，所谓集群是多个诗人群的总称。这时期诗歌创作群主要有以厉鹗为代表的浙派，以沈德潜为代表的格调派，以袁枚为代表的性灵派，以钱载为代表的浙派后劲秀水派，以洪亮吉为代表的"毗陵七子"及以"毗陵七子"为中心的

---

① 可参看邵宁宁、马世年《赵逵夫先生访谈录》，《甘肃社会科学》2006 年第 5 期。

常州诗派，高密诗派，岭南诗群，桐城诗派，以及秦陇诗群，等等，这些诗歌创作群基本构成了清中期诗人集群的总体。同时，还必须注意，有些诗群内部还可以根据小的地域的不同分布形成相对独立的群落。其中，浙派具有很典型的意义。

（一）清中期浙派的基本情况

浙派在清诗史上是一个独特的存在：其肇始、发展、演进和嬗变实贯穿了有清一代近三百年，在其发展的各个时期，成员众多，诗家辈出，既具有特定时期浙派的整体特征，又具有自己创作特色的诗人层出不穷，他们各标风韵，唱和不断。尽管对浙派的评价历来各有褒贬，但从来治清诗史者不能忽略它的存在。同时，浙派作为一个地域性诗歌创作群体，又一直与"宗宋""学人诗""浙西词派"等概念纠结在一起，使得人们对浙派的认识变得模糊不清。其实，浙派与"宗宋""学人诗""浙西词派"等概念不能说完全重合，又不能说完全没有关系，它正是在与上述诸文学现象的相互影响与渗透中的复杂文化环境中产生和演变的。据现有材料我们可以认定，浙派肇始于清初黄宗羲，经查慎行继续向前推进，到厉鹗生活的清中期，已蔚为"正宗"，形成典型的"浙派"，此后继续发展演进，形成浙派后劲、以钱载为中心的"秀水派"。其中，查慎行以诗歌创作的大家地位，以明确的诗学观念，延续浙派发展的脉络，承前启后，诚为浙派发展过程中不可忽视的一个环节，"为诗派一大转关"（语出吴世昌《晚晴簃诗话》），值得认真审视！同时，取决于康熙朝中后期、雍正朝前期的特定政治历史生态和社会人文思潮，以及查氏的特定人格价值取向，浙派发展到查慎行时期，并未形成一个诗歌创作群体所应必备的群体特征，但正由于其所发挥的纽带作用，到雍、乾时期，以厉鹗为领袖的"正宗"浙派正式迈入诗坛，自具面目，形成其以野逸寒士为其核心成员，以不求仕进、离心于王朝之外为其人格取向的整体性诗歌群体特征。查慎行在浙派发展中的这种过渡性地位，归根到底，是清前期的特定政治历史生态和社会人文思潮的产物，而其人格价值取向的形成，也取决于这种政治历史生态和社会人文思潮。这种历史文化环境不会作用于某一个人，而是具有普遍性，如查慎行的同乡朱彝尊，亦是同理。作为中期浙派的领袖人物是厉鹗，从一登上诗坛，就与浙派其他成员以及这时期其他流派成员展开了广泛的交游、唱和、诗文评骘以及学术研讨等活动，成为这时期诗坛的富于核心意味和线索性的事件。这时期其他诗派成员也对厉鹗及其浙派展开评论。性灵派诗人袁枚在厉鹗生前就运用诗话形式点评厉诗及浙派，影响很大。同时，沈德潜对厉鹗及浙派也有所评述，《清诗别裁集》就选了不少厉鹗的诗歌作品。实际上，袁枚和沈德潜都不满浙派，但这些选集和评论不但说明了当时浙派已产生了很大影响，也说明诗派之间的互动。同时，厉鹗《樊榭山房集》、杭世骏《道古堂诗集》对沈德潜和袁枚等人也有所涉及。

（二）清中期浙派的地理分布

中期浙派的地域性特征非常突出。具体地说，他们是：以厉鹗、周京、吴焯、赵氏兄弟为中心的杭郡诗文化活动圈；以厉鹗、杭世骏、马氏兄弟为中心的邗江诗文化活动圈；以全祖望为中心的甬上诗文化活动圈；以汪沆、查氏兄弟为中心的津门诗文化活动圈。这些不同的地域性文化圈具有各自的独立性，但总体上都属于浙派的范畴。从其地域分布可以看出，浙派以浙江杭州为策源地，由于浙派领袖及其核心成员的文化活动而辐射至扬州和津门，甚至辐射至秦陇地区（浙派成员张思科等人系寓居扬州的陕西籍人士）。活动于两浙的浙派诗人群自不必说是浙派活动的重要区域，活动于扬州和津门的诗人群也自是浙派诗群的重要组成部分。就拿浙派的津门诗人群来说，其重要性也不容忽视。

这一时期，以厉鹗为领袖的中期浙派开始活跃于诗坛并产生了极其独特而广泛的影响。浙派从清初查慎行开始，到厉鹗即进入了其发展、衍变的典型阶段。天津查为仁和厉鹗是浙派诗人相濡以沫的挚友，广泛参与了浙派的诗文化活动，而且更为重要的是天津查氏的水西庄、杭州赵氏的小山堂和"扬州二马"的小玲珑山馆共同构成三位一体的文化平台，做出了突出的文化业绩。厉鹗及其浙派同人依赖这些文化平台，雅集唱和，探研学问，著书立说。查为仁不独以其文学创作在当时为人称道，更主要的是其水西庄吸纳众多下层诗人、文士，与"扬州二马"的小玲珑山馆、杭州赵氏的小山堂遥相呼应，南北沟通，频繁互动，共同形成雍、乾时期以浙派为核心的野逸山林诗群的"大合唱"，故时人有"南马北查"之誉。

查为仁（1694—1749），字心谷，号莲坡，祖上即为文化世族。其先祖源出于徽州休宁，自唐时即为书香望族，后分为两支：一支迁江西临川，另一支迁浙江海宁。天津查氏实即江西临川一支的后人，号为"北查"。"北查"虽定居于津门，却与海宁查氏保持着非常紧密的宗亲关系。这样一种特殊的家世渊源，使天津查氏家族在清雍、乾之际诗坛格局的形成过程中，发挥了极其特殊的作用。一方面，由于查氏家族是具有悠久文化传统的世家大族，再加上查为仁之父由于经营盐务而富甲一方，筑水西庄，蓄积书史，广交文人，在推动清中期文化发展方面有口皆碑。水西庄的营建、极盛和衰败的整个过程与清代乾嘉时代在野隐逸诗群的集聚、繁盛和逐步湮没同步。水西庄主人博雅好文，水西庄又以广泛吸纳下层文士为职志，查为仁本人即为著名的诗人和诗文批评家，著作甚丰，有《蔗塘未定稿》内集八卷、外集八卷，合为《莲坡全集》，诗论著作有《莲坡诗话》等，另一方面，由于"北查"与"南查"同出一宗，杭世骏在为查为仁弟查礼《铜鼓书堂遗稿》所作序中也说："莲坡先生耽嗜风雅，狎主齐盟，海内诗人，靡不向风景慕。同时广陵马氏遥遥相望。"① 由此可见，在雍、乾之际，天津查氏水西庄实发挥了沟通南北浙派诗人群的非同寻常的作用

由以上论述可以看出，浙派南北各个地域性诗人群之间形成密切的互动关系，这种跨地域的诗文化活动，成为清中期诗群活动的重要特征和活动方式。我们研究清代诗歌创作，对于此种特征不可不加以特别注意，而且这种特征本身为我们提供了研究问题的方法和视角。

---

① 查礼：《铜鼓书堂遗稿》，《续修四库全书》1431 册，上海古籍出版社 2002 年版，第 1 页。

二 浙派诗群活动文化性的表现
形态及其研究方法启示

　　民族文化是一个民族的"标签",一个民族的文化消亡了,这个民族也就消失了。清代时文化高度繁荣的时代,文化性是清代诗人的共性,清代诸诗派的代表性人物基本都有自己的学术著作,有的甚至为相关研究领域的权威学者。据现有研究可以断定:中期浙派是一个极具内涵的文化诗派,任何诗派都具有文化性,但浙派的文化品格却比此时期任何一个诗派都要强,这种强烈的文化意志每每让研究者寻味良久:悠悠华夏文化发展了几千年,哪怕是"夷族"入主中原的时期,也从未中断;这种悠久的文化沉淀深入到士人的血脉和骨髓,到清中期,无论面对多么强大的政治重压和外界变化,这种文化品格和意志竟表现得更加顽强和持久!浙派诸人就淋漓尽致地体现着这种顽强文化品格。以浙派领袖厉鹗为例,我们可以对其著作做一检视,以便窥一斑而知全豹,了解浙派其他成员的著作之丰硕。

　　厉鹗一生创作了大量文学作品,以及大量学术之作,主要有:(1)《樊榭山房集》三十九卷,《四库全书》收录。陈九思标校、上海古籍出版社 1992 年出版的《樊榭山房集》是目前唯一的厉鹗别集点校本,收录最全。集后附有大量有关厉鹗的文献材料,实堪称善本,是我们研究厉鹗的最主要依据。(2)与沈嘉辙等七人合著的《南宋杂事诗》七卷。《四库全书》收录。《南宋杂事诗》作为咏史诗的结集。考其来历,是雍正初年沈嘉辙、陈芝光、符曾、赵昱、厉鹗、赵信及吴焯七人,每个人各写 100 首,其中符曾多写一首,所以总数为 701 首。《杂事诗》不仅是清代宋诗学研究的一种重要典籍,同时也为南宋文学的研究提供了相当可观的文献资料以及足资校勘的文本异文,具有很高的诗学与史学价值。(3)《宋诗纪事》。《四库全书》收录。其中收录诗人三千八百一十二家,有不少诗人是不为人知,作品也久已散佚的。经过厉鹗的广加搜集,不仅以人存诗,而且以诗存人。(4)与查为仁合著的《绝妙好词笺》七卷。(5)《辽史拾遗》二十四卷《四库全书》收录。（6）《东城杂记》二卷。《四库全书》已著录。（7）《湖船录》一卷。（8）《增修云灵寺志》八卷。（9）《南宋院画录》八卷。《四库全书》著录。（10）预修《浙江通志》。（11）参修《西湖志》。（12）《玉台书史》。综上不难发现，厉鹗不但是诗词大家，而且是个有专攻的史学家。厉鹗的学术研究领域集中在文学、史学领域，时代集中在宋代，似乎对两宋之交和宋末元初又有极大"偏爱"，这与当时在朝学者普遍的歌功颂德大异其趣。这种"偏爱"固然有传承历史文化的动机存在，但也不与在野学者与王朝"离心"心态有莫大关系。这种心态虽不是以"夫子自道"的形式出现，但治学情趣本身也会给人以无穷暗示！

浙派中除了其代表厉鹗之外，其核心成员全祖望、杭世骏等也是学术大家，徐世昌《清儒学案》给全、杭两人列有专案。浙派人士除了创作、治学等文化活动之外，还从事藏书、刻书等文化活动，促进了当时的文化繁荣，这方面"扬州二马"（马曰琯、马曰璐）具有典型意义。

"扬州二马"作为大盐商，继承了明清盐商及先辈的优良传统，一生热衷文化事业。"二马"居于扬州新城东关街，在所居对门筑街南书屋。街南书屋由十二景构成：小玲珑山馆、看山楼、红药阶、觅句廊、石屋、透风透月两明轩、藤花庵、浇药井、梅寨、七峰茅亭、聚书楼、清响阁。厉鹗诗集中有《题秋玉佩兮街南书屋十二首》，专为纪这十二景而作。其中，小玲珑山馆与聚书楼两处景致，对厉鹗及其浙派诗人来说，极具感情色彩和象征意义。前者为"二马"藏书与厉鹗等浙派同人雅集吟咏之处，后者为"二马"刻书与"韩江吟社"成员读书借书之所。

先说小玲珑山馆。李斗《扬州画舫录》说："扬州诗文之会，以马氏小玲珑山馆、程氏筱园及郑氏休园为最盛。"① 据清人朱文藻及今人陆谦祉《厉樊榭年谱》，厉鹗馆"二马"小玲珑山馆几三十年。观厉鹗三十岁以后诗文，他每年均前往小玲珑山馆小住，并有大量与

① 李斗：《扬州画舫录》卷八《城西录》，第180页。

"二马"唱和作品传世。同时，厉鹗在与"二马"等人唱和时极受礼遇，地位很高。

再说聚书楼。"二马"的聚书楼藏书极为丰富。曰璐之子马裕在乾隆修《四库全书》时献书数量居当时第一，超过了传是楼和天一阁。关于马氏聚书楼，全祖望的介绍最为全面：

> 其居之南有小玲珑山馆，园亭明瑟，而岿然高出者，聚书楼也，迭叠十万余卷。予南北往还，道出此间，苟有宿留，未尝不借其书，而峰谷相见寒暄之外，必问近来得未见之书几何，其有闻而未得者几何？随予所答，辄记其目，或借钞或转购，穷年兀兀，不以为疲。其得异书，则必出以示予，席上满斟碧山朱氏银槎，侑以佳果，得予论定一语，即浮白相向。方予官于京师，从馆中得见《永乐大典》万册，惊喜贻书告之。半查即来，问写人当得多少，其值若干，从臾于甚锐。……百年以来，海内聚书之有名者，昆山徐氏、新城王氏、秀水朱氏其尤也。今以马氏昆弟所有，几几过之。①

可见，"二马"兄弟完全把藏书当成一种事业，投入了巨大的心力访书、购书、抄书，因而才积少成多，在学林获得盛誉。这与一般富贵人家借书籍装点门面、附庸风雅截然不同。由于藏书丰富，聚书楼对上到官员，下到寒士中热心向学者具有极大的吸引力，就连两淮盐运使卢见曾也是聚书楼的常客。《扬州画舫录》载："（卢氏）赠秋玉诗云：'玲珑山馆辟疆俦，邱索搜罗苦未休。数卷《论衡》藏秘笈，多君慷慨借荆州。'"②"荆州"虽语含戏谑，但亦见惠及学林之深。在马氏聚书楼众多的读者中，厉鹗是极具代表的一位。厉鹗一生著作等身，其大部分著作材料来源于马氏聚书楼，而且他又是清代最精熟宋代文献的学者之一，这也得益于马氏聚书楼。《清史稿》云：

---

① 全祖望：《鲒埼亭集外编》卷十七《聚书楼记》。
② 李斗：《扬州画舫录》卷十《虹桥录上》，第 231 页。

"扬州马曰琯小玲珑山馆富藏书，鹗久客其所，多见宋人集，为《宋诗纪事》一百卷，又……《辽史拾遗》……皆博洽详瞻。"①《宋诗纪事》乃厉著宋代诗学巨著，其前二十卷分别标著马曰琯、马曰璐之名，并不见得"二马"兄弟实际参与了该书的撰著，这是厉鹗为答谢他们慷慨提供文献之情而加。另几部著作如《南宋杂事诗》《东城杂记》《南宋院画录》的撰写，据有关资料，也可以肯定是受了马氏聚书楼藏书丰富之惠。当然，像全祖望、姚世钰等都深受马氏聚书楼的福泽，全祖望的成就更大，此不赘述。

"扬州二马"除了对各类文士以诚相待并纳于小玲珑山馆，将聚书楼丰富藏书慷慨出借外，在刻印图书方面，还有两项善举，不愧是清中叶盐商文化的杰出代表。

一是创立"马版"品牌。商业需要文化，这是人们的共识。两淮盐商在经营活动中，也深知文化的品位不同，将直接影响经济效益。由于马氏家族重视文化传承，于是"马版"品牌脱颖而出。"扬州二马"的食盐包装精美，在江淮盐市享有盛誉。又以蝉衣拓法拓《华山碑》，世称"马拓"。影响更大的，是饮誉雕版印刷业的"马版"品牌。"马版"图书校勘精审、雕刻细致，深受学者和一般读者欢迎。"马版"图书数量很大，范围极广。主要分两类：一是前人善本书，如唐张参《五经文字》三卷、宋娄机《班马字类》五卷等；二是当时人著作和诗词集。如著名的厉鹗《宋诗纪事》一百卷，姚世钰《屏守斋遗稿》四卷，"八怪之一"的汪士慎《巢林集》，后者版藏于小玲珑山馆。另外还有"二马"、厉鹗等人的唱和集，如《韩江雅集》十二卷、《焦山纪游集》一卷、《林屋酬唱集》一卷，还有"二马"自己的诗词集，如马曰琯《沙河逸老小稿》六卷、《嶰谷词》一卷、马曰璐《南斋集》六卷、《南斋词》二卷。此外，朱彝尊的《经义考》也是著名的"马版"产品。

二是创办梅花书院。梅花书院坐落于扬州广储门外梅花岭，明代即在这里建书院，名为甘泉竹窝，后更名为甘泉书院。清雍正十二年

---

① 赵尔巽：《清史稿》卷四八五《文苑传·厉鹗传》。

(1734)，"扬州二马"慷慨解囊，在甘泉书院原址独资兴建梅花书院。当时江都官方的文教长官吴锐特撰《梅花书院碑记》大力表彰。

在古典文学研究领域，一个具有悠久传统的基本研究方法是就人说人、就诗说诗，这种方法固有其价值和优势，但当诗人、诗歌的诗学内涵和文学价值被比较充分的阐释之后，进一步的研究究竟向何处去？作为后人，诗人、诗作的诗史价值是否就止步于此？基于此种状况，这些问题被很自然地提出：特定诗人、诗作生存、产生的历史文化土壤是什么？诗人活动、诗作流布的轨迹和方式又是什么？诗歌作为心灵史，它所代表的心灵和文化内涵又何在？创作个体、创作群体以及共存于特定时空中间的不同诗群绝不是毫无联系、各自独立创作和活动的，那么他们有什么样的联系？既然他们不是独立活动的，那么不同地域特定时空中的不同诗群又有什么样的联系？更要紧的，这些联系有无共性，即规律性？要解决这些文学研究中带有普遍性的、又决不能回避的问题，仅停留在单纯诗人、诗作研究的层面，那这些问题绝无解决的可能。厉鹗及其浙派生存的和活动的清中期，有着相当复杂的文化氛围和人文生态，要理清以上问题，必须在另外一个层面或多个层面和视角思考问题，这些基本层面和视角之一是带有整体性的文化层面，这样得出的结论才能更接近诗史实际。在文学研究中，只见兵不见军，"只见树木不见森林"的狭隘视野必须被抛弃！

综上所述，我们研究清诗，应立足于清诗发展的特征，采取与清诗发展特征相适应的研究方法和视角。清诗发展的地域性和文化性特征，促使我们不能只立足于研究清诗作品，而要采取地域性和文化性的研究视角的方法，才能得出符合清诗发展规律和发展事实的科学结论。

（《河西学院学报》2013 年第 1 期）

文化背景下的厉鹗山水诗审美风格探析

一　厉鹗山水诗的"人格"特征

厉鹗（1692—1752），字太鸿，号樊榭、南湖花隐、西溪渔者，浙江钱塘（今杭州）人，清代中期浙派诗的代表人物。康熙五十九年举人，屡试进士不第，乾隆初举鸿博，报罢。少孤家贫，性情孤僻，向往隐逸，鄙弃世俗，寄情山水，尤工诗善词，擅南宋诸家之胜。著有《宋诗纪事》《樊榭山房集》等。

厉鹗的诗主要描写杭州风景，存《樊榭山房前集》诗八卷、《续集》诗八卷、《集外诗》一卷，其中绝大部分作品描写杭州的山水，特别是西湖、西溪一带春夏秋冬不同时节的美景，都被厉鹗的诗笔捕捉，前人已经吟诵过的西湖美景在他笔下重新展现出清幽风味。吴城《云镀斋诗话》说厉鹗"集中西溪诸什，直抒胸臆，可当山经一卷读也"[1]。

厉鹗的山水诗意境清幽冷峭，诗句字斟句酌，精心琢炼，语言清雅空淡，形成以"清"为核心的清幽孤澹隽雅的审美艺术风格。明人胡应麟《诗薮》外编卷四曾说："清者，超凡绝俗之谓，非专于枯寂闲淡之谓也。"[2] 将"清"定义为一种超凡绝俗、远离尘世的气质与品格，但从审美的意义上来讲，"清"则与人生的终极理想和生活情趣相关联。全祖望《厉樊榭墓碣铭》论厉诗"最长于游山之什，冥搜象物，流连光景，清妙轶群"[3]。厉鹗的山水诗充满对杭州佳山

---

① 吴城：《云镀斋诗话》，见厉鹗《樊榭山房集》附录四，第1746页。
② 胡应麟：《诗薮·外编》卷四，上海古籍出版社1979年版，第178页。
③ 全祖望：《厉樊榭墓碣铭》，厉鹗：《樊榭山房集》附录三，第1739页。

盛水的深深眷恋和孤情满怀，他将自己对尘世万物的失意通过观赏山水表达出来，这份情感势必是清幽孤澹的。在厉鹗笔下，优美的江南风光寄寓了他的孤情，他描绘的自然风光不是雄奇高旷的壮美，而是清幽隽雅的淡妆山水。例如《雨后坐孤山》：

> 林峦幽处好亭台，上下天光雨洗开。
> 小艇净分山影去，生衣凉约树声来。
> 能耽清景须知足，若逐浮云愧不才。
> 谁见石栏频徙倚，斜阳满地照青苔。①

孤山，孤峙于杭州西湖的里湖与外湖之间，原本林峦幽美，亭台秀丽，大雨"洗"后，山林、亭台愈加洁净清丽，轻快的小艇分载去秀丽的山影，飘动的衣襟约来阵阵清凉的树声。诗人沉浸在雨后孤山的清幽景色之中，凭栏观赏，不屑于追逐浮名。

厉鹗描写杭州的山山水水常采用特写的手法，从细处着眼，把情感沉浸在山水之中，精致地刻画局部风景，比如微泉、林峦、月夜泛舟等近景小景。诗人以独具慧眼的察悟，清丽隽雅的语言，营造出幽隽冷峭的意境，表达其落拓失意又欲吐不能的感受。他的《晓登韬光绝顶》：

> 入山已三日，登顿遂真赏。
> 霜磴滑难践，阳崖曦乍晃。
> 穿漏深竹光，冷翠引孤往。
> 冥搜灭众闻，百泉同一响。
> 蔽谷境尽幽，跻颠瞩始爽。
> 小阁俯江湖，目极但莽苍。
> 坐深香出院，青霭落池上。
> 永怀白侍郎，愿言脱尘鞅。②

---

① 厉鹗：《樊榭山房诗词集》卷三《雨后坐孤山》。
② 厉鹗：《樊榭山房诗词集》卷一《晓登韬光绝顶》。

　　韬光峰位于杭州灵隐寺西北，上有韬光庵，因唐代高僧韬光在此结庵说法，故而得名。诗人在一个秋天进山三日之后，于一个清晨向山顶攀登，一路行来呈现在诗人眼前的是"霜磴""阳崖""深林光""冷翠"和"百泉"等山中细致小景，"蔽谷"的境界深幽，与俗世的纷纷扰扰相对比，衬托出诗人心境的清淡孤寂。登上峰顶，"小阁俯江湖""目极但莽苍"，诗人俯视江湖，视野开阔，极目苍莽，有一种终于摆脱尘世束缚的痛快。诗尾两句画龙点睛道出诗人的胸怀："永怀白侍郎，愿言脱尘鞅"，据史书记载，韬光本为蜀人，后辞师出游。师嘱之曰："遇天可前，逢巢即止。"当他游至灵隐山巢沟坞时，担任杭州刺史的是白居易。韬光悟道："此吾师之命也。"遂于巢沟坞结庵，与白乐天为友，时常唱和。遥想当年，白居易的形象浮现在眼前，白居易的诗句回响在耳边："纷吾何屑屑，未能脱尘鞅"，诗人表达了自己愿回归自然，远离俗世束缚的意愿。此诗虽写山景，但没有李杜诗中山峰的巍峨与壮美，反之表现山林清幽寂寥的审美意境，寄寓诗人孤淡的情怀。全诗用白描手法写山景，因其宗法宋诗，善用替代字，刻意求新，诗中呈现出雅致隽永的审美意味。

　　厉鹗写水也极具特色，多的是清静幽美的湖景，别具一番清气。如《晓至湖上》：

> 出郭晓色微，临水人意静。
> 水上寒雾生，弥漫与天永。
> 折苇动有声，遥山淡无影。
> 稍见初日开，三两列鸦艋。
> 安能学野凫，泛泛逐清景。①

　　这首诗带给我们的整体感受是静、寒、清的意境。在诗中出现"人意静""寒雾生""初日开""临水""逐清景"等语，描绘出一幅清新宜人的晓湖之景：清晨湖上缭绕的晨雾，清澈的湖水，若隐若

---

① 厉鹗：《樊榭山房诗词集》卷一《晓至湖上》。

现的清淡的远山，清灵的野凫。诗人怀着平静闲适的心情沉浸在这一幅淡墨渲染的山水画里，表达了对幽静自然的喜爱和亲近，渴望象野凫一样在清静秀美的湖光山影中自由生活，全诗具有清幽、开阔、淡雅、清新的审美意境。

上述可见，厉鹗的山水诗不但描绘出一幅幅清幽的淡雅风景画，而且表达对山光水色的欣赏和向往，流露出厌弃尘世、绝意仕进和渴望隐逸自然山水的意愿。他的诗诗中有画，画中有人，人有所思，值得回味。杭世骏在评价厉鹗时称"自新城、长水盛行，时海内操奇觚者无不乞灵于两家，太鸿独矫之以孤淡，用意既超，征材尤博"，"征材尤博"自然是指学问，而"用意既超""孤淡"指厉鹗诗歌情调偏向清雅高逸的特征，揭示出厉鹗诗歌创作中清幽孤澹隽雅的审美风貌。但诗人的诗歌审美风格是与其所处的时代文化传统和个人遭际有很大联系的。

二 厉鹗山水诗的时代内涵

明清易代的社会大动乱时代，中原动荡，沧桑变革，不断激化的民族矛盾与斗争，唤起广大士子的民族意识和创作才情，诗人们怀抱救世拯民的思想，关注生存危机和民族忧患，诗歌创作开始转向伤时忧世、同情民生疾苦的主题，抒发家国之悲，诗歌风格一变为慷慨悲歌沉郁泣血。康熙末年，清朝开始步入中期，这一时期即是历史上称之的"康乾盛世"。此时战乱逐次平息，社会秩序逐渐恢复，政治经济文化趋于稳定繁荣，心灵创痛渐渐平复，但在看似雍容和雅的盛世氛围中却隐藏着深刻的思想危机。一方面，清朝统治已经稳固，经过数十年的休养生息，出现了所谓"太平盛世"，社会上读书风气高涨，诗歌创作活跃，出现众多风格和流派。另一方面，清王朝对汉族士大夫大兴文字狱，实行高压政策，士人们受"稽右古文"政策和训诂考证的朴学影响，专注于学术研究，考据之风盛行，真正反映社会现实的作品减少了，清中期山水诗就是在这样的历史环境中产生的。

厉鹗身为寒士，处在康雍乾时代，面对社会的动荡变幻和朝廷文化制度的禁锢，他的内心始终处于一种矛盾状态。在现实生活里，他落拓失意、孤独无助，但又不甘心沉沦于这种状态，试图疏离令人失望的现实社会，超越世俗的方向，可是心灵上并不能完全摆脱，实现精神的自由。于是诗人寄情于钱塘的佳山盛水，诗酒往来，借淡笔描绘自然山水的清幽，宣泄抑郁低沉的情感，消减仕途的艰难困苦和精神的压抑，力求完成精神的超越。诗人的这种抑郁内敛的情怀使其山水诗的风格呈现出一种清幽孤澹隽雅的美学风范。如《雨宿永兴寺》：

> 山楼一灯寒，萧寥送清响。
> 暗生平地云，湿坠幽蹊橡。
> 遂成三宿桑，题壁记畤曩。
> 安居遇多雨，佛说发精想。
> 横窗双绿萼，交影入苍茫。
> 趺对妙香里，梦寐杂咏赏。
> 隔屋喧春禽，明将进溪榜。①

在这首诗中诗人选取"寒灯""清响""暗云""幽蹊""湿橡"、绿萼的"交影"等意象营造出永兴寺幽远萧廖的意境，窗外绿萼梅苍茫的交影，虚无的妙香，传递了微渺幽远的思绪，更增添了永兴寺雨夜的清寒幽静，弥漫着浓浓的禅意，但诗人自有一番超脱尘世之意，享受"趺对妙香里，梦寐杂咏赏"的禅意之趣。

自然山水本身是丰富多彩的，具有多向度阐释的可能，厉鹗偏爱描绘山林湖水的晨景和夜景、秋景和冬景、雪景和雨景，善于选取微渺幽深的意象，寄托他孤淡冷峭的情怀，因此诗境清幽孤淡，这正是其自身内在世界的复现，杭世骏评厉鹗诗"清微萧淡"，在厉鹗的山水诗中无论是自然风景还是诗人的情感流动都是清微的、萧淡的，这是由于时代环境和诗人个人际遇造成其心境胸怀极度内敛乃至许多内

---

① 厉鹗：《樊榭山房诗词集》卷六《雨宿永兴寺》。

在情感都欲吐不能，从而使诗歌呈现出一种清幽孤澹隽雅的美学风格。

三　厉鹗山水诗的地域审美特征

厉鹗山水诗的清幽孤澹审美风格在他的诗作中有多方面多层次的体现，这种审美风格的形成既有时代大环境和自身遭际的因素，又受诗人"不谐于俗"的个性与身处江浙地域环境和文化背景的影响。

厉鹗认为"诗不可以无体，而不当有派。诗之有体，成于时代，阙乎性情，真气之所存，非可以剽拟似、可以陶冶得也。"① 厉鹗出身贫寒，一生不得志，二十九岁考中举人，之后因为孤高耿介的个性一直没有仕进；三十岁后馆于扬州马氏兄弟小玲珑山馆；四十五岁荐举博学鸿词，又因答卷不合规格报罢；五十七岁时忽发宦情，入都依例待会选县令，北上至天津止步，停留在查为仁水西庄，尽兴数月而归。终其一生，没有得过一官半职，所谓"公车再上复征车，寂寞东归但著书"。虽然厉鹗一生也有机会出仕为官，但他自甘恬淡，不愿结交权贵，保持独善其身的人格理想，厌弃尘世，寄情山水、渴望隐逸自然求得精神的解脱。因此，他描绘杭州的山山水水，以表达对自然的喜爱，抒发胸中的块垒，诗中表现出来的清幽孤澹隽雅的诗风正与厉鹗不谐于俗的个性气质相契合。厉鹗个性的不谐于俗是吴衡照所谓"樊榭有幽人气"，是全祖望所称"孤瘦枯寒"，是王昶所言"性情孤峭，义不苟合"，正是这种不谐于俗的个性，成就了厉鹗在野人士的独特心态，也正是厉鹗这种淡泊名利、超凡脱俗、徜徉山水的处世态度，助成了厉鹗诗歌有别于庙堂大雅的清幽孤淡之风的形成，为清代山水诗吹来一股清风。

厉鹗生活于康、乾盛世，主要活动足迹在人文荟萃、山水清幽的杭州，三十岁后有较多年月馆于扬州马氏兄弟的小玲珑山馆。地理环境的差异可以带来人文的殊分，山川面目不同，诗歌风貌自是迥异。

---

① 厉鹗：《樊榭山房文集》卷三《查连坡蔗塘未定稿序》。

厉鹗山水诗艺术风范的形成亦是得益于江南一带秀美清丽的佳山胜水，品位其诗歌清幽孤澹的审美风貌确有浙西之地秀而文的精神气质。浙江杭州是厉鹗诗笔接触范围最广的地方。"厉鹗关于杭州的山水诗歌，篇什繁复，范围广泛，其彩笔所绘，遍及杭州的山山水水、一花一木，特别是西湖、西溪一带的万般景色，更是穷搜极索，靡有遗漏。"① 杭州素有人间天堂之美誉，湖光山色，风景秀丽，闻名天下。它是"欲把西湖比西子，淡妆浓抹总相宜"秀美的西子湖，是"乱花渐欲迷人眼，浅草才能没马蹄"的明媚春色，是"接天莲叶无穷碧，映日荷花别样红"的夏日景致，是"三秋桂子，十里荷花"的清丽、脱俗之美。杭州的秀山丽水熏陶着厉鹗的审美观，加之诗人秉性喜爱山水，他更能从不同角度撷取湖山景物的美，捕捉富有生命力的意象，用清幽之笔表达对这方山水的欣赏和热爱。杭州在东晋南朝时期就已经领江左风骚，至唐宋更是名震一时的大都市了。杭州曾经几度为都，永嘉南渡后更是偏安于此，在柳永笔下，杭州曾是"市列珠玑，户盈罗绮，竞豪奢"商品经济发达的繁华城市。但是清朝入主中原后，改朝换代和异族的统治使这座经济文化名城遭遇巨大损伤，厉鹗在内心深处与宋人产生共鸣，虽然他疏离于政治，对世事不关心，甚至是冷漠，但沉迷于山水之际又流露出淡淡的悲哀，以一种消极的态度和自身的"沉沦"与新朝形成了一种隐形的对抗，此种文化背景下厉鹗的诗歌风格势必会变得清空孤澹隽雅。

总之，正是在时代、个人际遇、诗人"不谐于俗"的个性以及江浙秀美的自然风光和人文背景诸种因素的共同作用下，造就出厉鹗山水诗清幽孤淡隽雅的审美风格，在清代乃至整个古代的山水诗中都有一定的高度。

（此文与吕娟霞合作，刊于《哈尔滨师范大学社会科学学报》2014 年第 4 期）

---

① 朱则杰：《论厉鹗的诗》，《杭州师院学报》（社会科学版）1983 年第 3 期。

主要参考文献

一　史部

王钟翰点校：《清史列传》，中华书局 1987 年版。

赵尔巽等：《清史稿》，中华书局 1977 年版。

中华书局：《清代人物传稿》，1984—2001 年版。

钱仪吉：《碑传集》，上海古籍出版社 1987 年版。

叶衍兰、叶恭绰：《清代学者像传合集》，上海古籍出版社 1989 年版。

厉鹗：《辽史拾遗》，丛书集成初编本，商务印书馆 1937 年版。

杨复吉：《辽史拾遗补》，丛书集成初编本，商务印书馆 1937 年版。

李春光：《清代名人轶事辑览》，中国社会科学出版社 2004 年版。

二　年谱

朱文藻撰，缪铨孙补：《厉樊榭年谱》，"嘉业堂丛书"本。

陆谦祉：《厉樊榭年谱》，商务印书馆 1936 年版。

方盛良：《马曰琯、马曰璐年谱》，《徽学》2004 年 12 月 31 日。

方小壮：《丁敬年谱》，南京艺术学院博士论文《浙派宗师丁敬研究》
　　附录，2003 年。

董秉纯：《全谢山年谱》，朱铸禹：《全祖望集汇校集注》，上海古籍
　　出版社 2000 年版。

王鲁豫等：《扬州八怪年谱》，江苏美术出版社 1990 年版。

三　总集、丛刻、选集

厉鹗：《宋诗纪事》，丛书集成初编本，商务印书馆 1937 年版。

陆心源:《宋诗纪事补遗》,光绪十九年陆氏家刻本。

陆心源:《宋诗纪事小传补正》,光绪十九年陆氏家刻本。

孔凡礼:《宋诗纪事续补》,北京大学出版社 1987 年版。

钱锺书:《宋诗纪事补正》,辽宁人民出版社、辽海出版社 2003
年版。

邓之诚:《清诗纪事初编》,上海古籍出版社 1984 年版。

钱仲联:《清诗纪事》,江苏古籍出版社 1987 年版。

龚翔麟:《浙西六家词》,四库全书本。

沈德潜:《清诗别裁集》,中华书局 1975 年版。

刘廷玑、孔尚任:《长留集》,"海王村古籍丛刊"本,中华书局 1991
年版。

徐世昌:《晚晴簃诗汇》,中国书店 1988 年版。

吴之振:《宋诗选》,上海古籍出版社 1993 年版。

张炎编,查为仁、厉鹗笺注:《妙好词笺》,上海古籍出版社 1984
年版。

金启光选:《古代山水诗一百首》,上海古籍出版社 1982 年版。

吕小薇选注:《西湖诗词》,上海古籍出版社 1980 年版。

凌景埏、谢伯阳辑:《全清散曲》,齐鲁书社 1985 年版。

四 目录提要

永瑢等:《四库全书总目》,上海古籍出版社 1965 年版。

袁行云:《清人诗集叙录》,文化艺术出版社 1994 年版。

张舜徽:《清人文集别录》,中华书局 1963 年版。

杨忠、李灵年:《清人别集总目》,安徽教育出版社 2000 年版。

钱曾:《读书敏求记》,文献书目出版社 1984 年版。

五 别集

厉鹗著,董兆熊注,陈九思标校:《樊榭山房集》,上海古籍出版社
1992 年版。

钟惺:《隐秀轩集》,上海古籍出版社 1992 年版。

谭元春：《谭友复合集》，四库全书本。

汪士慎：《巢林集》，《扬州八怪研究资料丛书》本。

郑燮：《板桥集》，《扬州八怪研究资料丛书》本。

黄宗羲：《黄梨洲文集》，中华书局 1959 年版。

黄宗羲：《黄梨洲诗集》，中华书局 1959 年版。

查慎行：《敬业堂诗集》，上海古籍出版社 1986 年版。

查慎行：《敬业堂文集》，四部备要本。

袁枚著，王英志主编：《袁枚全集》，江苏古籍出版社 1993 年版。

厉鹗等：《南宋杂事诗》，清刻本。

马曰琯等：《林屋唱酬录》，丛书集成初编本。

马曰琯：《嶰谷词》，丛书集成初编本。

马曰璐：《南斋词》，丛书集成初编本。

曹溶：《静惕堂集》，四库全书本。

杭世骏：《道古堂全集》，续修四库全书本。

金农：《冬心先生集》，上海古籍出版社 1979 年版。

华岩：《新罗山人集》，《扬州八怪研究资料丛书》本。

马曰琯：《沙河遗老小稿》，丛书集成初编本。

马曰璐：《南斋集》，丛书集成初编本。

全祖望著，朱铸禹汇校集注：《全祖望集汇校集注》，上海古籍出版社
  2000 年版。

朱彝尊：《曝书亭集》，四部备要本。

六　笔记、诗话、词话

李斗：《扬州画舫录》，中华书局 1960 年版。

厉鹗：《东城杂记》，中华书局 1958 年版。

厉鹗：《湖船录》，王月平主编：《西湖文献集成》本，杭州出版社
  2004 年版。

厉鹗：《南宋画院录》，四库全书存目存书本。

杨钟曦：《雪桥诗话》，北京古籍出版社 1992 年版。

洪亮吉：《北江诗话》，人民文学出版社 1983 年版。

袁枚:《随园诗话》,人民文学出版社 1982 年版。

谢章铤:《赌棋山庄词话》,《词话丛编》本。

陈廷焯:《白雨斋词话》,《词话丛编》本。

周济等:《介存斋论词杂著·复堂词话·蒿庵论词》,人民文学出版社 1984 年版。

徐釚撰,唐圭璋校注:《词苑丛谈》,上海古籍出版社 1981 年版。

七　近人论著

严迪昌:《清诗史》,浙江古籍出版社 2002 年版。

孟森:《明清史论著集刊》,中华书局 1959 年版。

孟森:《心史丛刊》,辽宁教育出版社 1998 年版。

谢国桢:《明清之际党社运动考》,辽宁教育出版社 1998 年版。

谢国桢:《明末清初的学风》,人民出版社 1982 年版。

王遂成:《科举史话》,中华书局 1988 年版。

梁启超:《梁启超论清学史二种》,复旦大学出版社 1985 年版。

刘桂生、长步洲:《陈寅恪学术文化随笔》,中国青年出版社 1996 年版。

朱则杰:《清诗史》,江苏古籍出版社 1992 年版。

钱锺书:《谈艺录》,中华书局 1984 年版。

张仲谋:《清代文化与浙派诗》,东方出版社 1997 年版。

张兵:《文化视域下的清代文学研究》,人民出版社 2013 年版。

田晓春:《清代布衣诗人群体研究》,苏州大学,博士学位论文,1998 年。

张健:《清代诗学研究》,北京大学出版社 1999 年版。

邬国平、王镇远:《清代文学批评史》,上海古籍出版社 1995 年版。

高建中等:《中国词学批评史》,中国社会科学出版社 1994 年版。

陈文新:《明代诗学》,湖南人民出版社 2000 年版。

李世英、陈水云:《清代诗学》,湖南人民出版社 2000 年版。

刘世南:《清诗流派史》,文津出版社 1995 年版。

马积高:《清代学术思想的变迁与文学》,湖南人民出版社 2002

年版。

漆永祥：《乾嘉考据学派研究》，中国社会科学出版社 1998 年版。

张健：《新安文献研究》，安徽人民出版社 2005 年版。

八 引用论文

严迪昌：《谁翻旧事作新闻——杭州小山堂赵氏的"旷亭"情结与〈南宋杂事诗〉》，《文学遗产》2000 年第 6 期。

严迪昌：《从〈南山集〉到〈虹峰集〉——文字狱案与清代文学生态举证》，《文学遗产》2001 年第 5 期。

严迪昌：《往事惊心叫断——扬州马氏小玲珑山馆与雍、乾之际广陵文学集群》，《文学遗产》2002 年第 4 期。

张兵：《文化视野中的浙派诗歌流变史》，《文学遗产》1999 年第 2 期。

张兵：《清词研究二十年》，《甘肃社会科学》1999 年第 5 期。

高建中：《略论樊榭词》，《华东师范大学学报》1997 年第 2 期。

陈铭：《诗魔厉鹗和他的〈西湖泛月〉诗》，《文化娱乐》1981 年 4 月。

杨海明：《从厉鹗〈论词绝句〉看浙派词论一斑》，《明清诗文研究丛刊》1982 年第 2 辑。

朱则杰：《论厉鹗的诗》，《杭州师院学报》1983 年第 3 期。

刘世南：《厉鹗与浙派》，《苏州大学学报》（哲学社会科学版）1994 年第 2 期。

王英志：《厉鹗山水诗初探》，《吴中学刊》（哲学社会科学版）1996 年第 4 期。

孙克强：《清代词学的雅俗之辨》，《学术月刊》2000 年第 6 期。

方盛良：《樊榭词新论》，《文学遗产》2007 年第 3 期。

王之望：《佳词醇雅 笺助风流——略论查为仁、厉鹗的〈绝妙好词笺〉》，《广西社会科学》2009 年第 5 期。

夏飘飘：《"唐宋互参论"辨——厉鹗"宗唐说"献疑》，《浙江学刊》2014 年第 4 期。

朱万曙：《小玲珑山馆：一个"有意味"的文学空间》，《中国人民大学学报》2016 年第 6 期。

叶修成：《厉鹗与水西庄查氏的文学交游及其意义》，《北京社会科学》2017 年第 4 期。

后　记

这本《厉鹗的文学思想与诗词创作》封存箧中已十余年，之所以如此，一是觉得它不够成熟，以其示之于人恐贻笑大方；二是它的篇幅和厚重度还不够，还远达不到我理想中学术专著的规模。然而十多年过去了，好像还没有看到有研究厉鹗的专书面世，因此我觉得此书还有出版的必要。

这里我要真诚地说两声感谢。

第一个是感谢三百年前这一群——以厉鹗为宗主的浙派诗人群。十年来，我与他们朝夕相处，"耳鬓厮磨"，俨然也是他们中的一员，我爱他们，我敬他们。他们改变了我的生活，也改变我对人文科学研究的看法：在人文科学研究中，对研究对象无所用心、无所用情的研究绝不是好的研究，甚至不是真的研究。以厉鹗为领袖的浙派诗人群体成员大多是命运十分不幸的人，又是极其倔强、个性鲜明的人。十年来，我阅读了这一群体近百人的集子，每一部皆是一个独特的个人世界，这些集子是三百年前这一特定群体生活的全记录。斯人虽去，睹其遗诗遗文，则每每其言笑音貌，恍然若在眼前。古人诗文集为其生前心神思想集萃，尤其不能目为"死"的文献。十年来，面对这一群，他们笑，我跟着笑；他们哭，我也忍不住泣；他们遭难，我推人及己……我研究他们，也从他们的"述说"中发现了自己。人文学科就应是一种关于"人"的研究，是一种介入自己生活的至情至性的性情研究。所以我感谢他们。

第二个是感谢我的恩师张兵先生。在世风浇漓、斯文坠地的今天，我深深地感谢他。我从事学术研究工作起步甚晚，及至而立之年才读硕士，那时候还才学写文章，先生每篇皆详细修改，至今我还保存着这些文稿。刚入先生之门，出于对学术的敬畏，对先生也非常敬畏。但先生非常和蔼亲切，慢慢打消了我的紧张感。还记得我读硕士是辞职去上的，那时候没有了经济来源，虽然原来算有一点积蓄，但三年读书期间，还是很清苦的。在这期间，我手头现在保存的几部重要的浙派研究典籍，还是先生出资购买的。这十几年来，正是在先生的指导下，我稍涉学问藩篱，得以体会有知之乐。近几年，我每年会有几次到先生办公室去谒见他，此间一二小时的畅谈，会说到学术，兼及其他，也成为人生极大的精神享受。深深感谢先生！

此外还需要感谢各位同门、朋友，研究中资料的共享，苦中有乐的温馨聚会，分久不见的挂怀问讯，加上上述所及，以及家庭和亲人，基本构成了我们所谓人生的全部内容，衷心地感谢他们。

王小恒

丁酉冬月于涪州